멜로드라마

멜로드라마

초판 1쇄 인쇄일 | 2005년 2월 16일
초판 1쇄 발행일 | 2005년 2월 18일

지은이 | 은나루
펴낸이 | 이숙경

펴낸곳	이가서
주소	서울시 마포구 서교동 330-1 2F
전화 · 팩스	02-336-3502~3 02-336-3009
이메일	leegaseo@naver.com
등록번호	제10-2539호

ISBN 89-5864-085-5 04810
      89-5864-060-X (세트)
가격은 뒤표지에 있습니다.
저자와 협의하여 인지는 생략합니다.

멜로드라마

은나루 장편소설

- 7 여름날의 해프닝
- 20 If I could see you again.
- 37 호텔 세르데냐
- 67 미련 곰탱이 그녀
- 77 내일은 없다?
- 101 불멸의 랩소디 1악장은 이미 흐르고 있었다
- 118 흑기사
- 125 야수의 아리아
- 139 Crazy boy.
- 164 우리 지원이
- 170 잠 못 이루는 밤
- 192 판도라의 상자는 열리고
- 220 그녀를 꼬셔 볼까?
- 243 열병

차례

사랑한다 말할까	251
사진 찍는 여자	270
외딴섬	281
My lady.	289
악마의 속삭임	302
Gloomy Sunday.	315
추억에 갇히고	335
날개옷을 주세요	357
눈뜨면 지옥	377
그리움은 그리움을 부르고	391
부제: 지독한 사랑	405
아침 인사	412
작가 후기	423

story 1
여름날의 해프닝

 여름 끝물이라 하기에는 무색할 만큼 기승을 부리는 불볕더위. 이것만도 겨운데 해변을 빠져나가는 차들로 몸살을 앓고 있는 도로 한가운데 갇혀 버렸다. 주유소가 바로 코앞인데도 지금으로써는 까마득하기만하다. 입에서 하염없이 한숨이 흘렀다.
 더위에 겨워, 엄마 잔소리가 지겨워, 나경 차까지 빌려 낯선 부산으로 피신을 왔었다. 어쩌면 더위는 핑계일 뿐, 민지원을 훌훌 벗어 던지고 싶었는지도 모르겠다.
 그러나 낯선 흥분이 가시기도 전에 차머리를 돌리고 말았다. 서울로 돌아가고 싶다는 마음만이 가득했다.
 10년 만에 찾아온 더위가 좀처럼 수그러들지 않는 까닭일까. 너나 할 것 없이 막바지 피서를 즐기려는 도떼기시장 같은 해변은 신비감을 불러일으키기는커녕 불쾌감만 안겨 주었다.

결국 사나흘 묵고자 하는 마음으로 내려온 지 불과 하루 만에 보름동안 심사숙고한 계획이 수포로 돌아가 버렸다.

넉넉잡아 2, 3분이면 될 거리를 30여 분을 허비하고 들어선 주유소 사정도 오십보백보였다. 줄지어 선 차들, 자칫 도로까지 점령할 태세다.

얼마쯤 지나자 지레 질려 그냥 후진하는 차들이 룸미러에 들어왔다. 지원은 잠시 갈등을 겪다가 기다린 시간이 아까워 꾹 참았다.

따분함에 겨워 라디오를 켰다가 다시 CD로 바꿔 올리는 일을 반복하며 또 얼마쯤 시간을 죽쳤을까. 숫제 포기를 하고 있자니 기다릴 만한데 어느새 순서가 가까워지고 있었다.

이윽고 주유를 끝낸 직원이 모자를 조금 들어 올리며 차창을 두드렸다.

"5만 원입니다."

"어머… 이를 어째!"

계산을 치르려고 백 안을 뒤지는데 지갑이 답삭 손에 잡히지 않았다. 순간 당황해 조급한 손놀림으로 샅샅이 훑었다. 이러기를 몇 초.

뭔가가 손끝에 거치적거렸다. 자세히 살펴보니 백 팩 귀퉁이 부분이 예리한 칼날에 베어져 너덜거렸다.

황당해서 어쩔 줄 몰라 하자, 반쯤 내려진 차창 너머로 얼굴을 빼쭉 들이밀고 있던 주유소 종업원 역시 감을 잡았는지 동정 어린 시선을 던졌다.

급기야 차례를 기다리고 있던 성질 급한 운전자 한둘이 클랙슨을 울려 댔다.

"이걸 어쩌죠?"

지원은 난감하기 그지없는 얼굴로 오히려 종업원에게 물었다.

"우선예 저쪽으로 차부터 빼 주이소."

방금 전까지만 해도 덩달아 황당해 하던 종업원은 언제 그랬냐는 듯이 심드렁한 표정으로 채근까지 해 댔다.

별 수 없이 지원은 종업원이 가리켰던 곳에 주차를 시키고 차 밖으로 빠져나왔다. 보닛에 기댄 채로 얼마쯤 넋 놓고 있다가 휴대폰을 꺼내 들었다. 나경 외엔 달리 방법이 없었다. 하지만 설상가상이라고 저편에서는 아무런 응답도 없었다. 신경을 곤두세우는 메시지를 얼마쯤 듣고 있었을까. 뜨거운 가마솥처럼 달구어진 차체에 엉덩이가 데일 듯하여 차양이 쳐진 사무실 쪽으로 종종걸음을 쳤다.

"무슨 문제 생겼습니까?"

영문 모를 앞차 때문에 아까운 시간을 얼마나 허비했나. 현빈은 슬슬 짜증이 나기 시작했다. 더운 것은 차치하고 미팅 시간까지 빠듯해 오자 초조한 마음에 후딱 빼지 않는 앞차가 유난히 신경에 거슬렸던 참이었다.

"그게 말입니더, 저 여자 분이 소매치기를 당한 것 같다 아입니꺼?"

현빈은 짜증 어린 시선으로 종업원의 손끝을 쫓았다. 뭔가 꽤나 못마땅한 듯 사무실 앞 기둥에 기대선 채 얼굴을 구기고 있는 여자. 차창에 얼비친 그녀의 첫인상은 철딱서니 없는 천방지축과의 전형이었다.

문득 따가운 햇살에 고개를 돌리려는 찰나 저만치 세워 둔 승용차가 확 박혀 들었다.

은빛 로드스터Z4. 무심결에 입에서 픽 소리가 터졌다. 밀착 취재! 그들의 배경을 밝힌다, 감이군…. 현빈은 행세깨나 하는 부잣집 딸내미라고 지레 넘겨짚었다.

그에 비해 휴대폰을 들고 안절부절못하는 그녀의 차림새는 부조화 그 자체였다.

빈티지 청바지, 타이트한 슬리브리스 티셔츠. 짧은 단발머리(염색조차 하지 않은 생머리)에 버버리 프린트 머리띠. 어림잡아 대학 2, 3학년쯤, 어찌 보면 한결 어려 보이기도 하고 좀처럼 가늠이 되지 않았다. 더군다나 화장기도 없는 자연산이다. 부모 몰래 차를 훔쳐 타고 가출한 불량소녀 같은 몰골. 하지만 시선은 여전히 한곳에 박혀 있었다.

더 눈 버리기 전에 후딱 돌리래도. 까닭 없이 켕겨 현빈은 헛기침을 했다.

"고맙습니더, 장갑 드릴까예?"

현빈은 다소 멍한 얼굴로 손사래를 치며 느리게 시선을 돌렸다. 종업원에게 건네받은 카드를 지갑에 끼워 넣다가 그만 풋, 웃음을 터뜨렸다.

해독 불가능한 감정. 좀 더 가까이 가서 그녀를 보고 싶다는 호기심이 꿈틀거렸다. 미치겠군, 고개까지 절레절레 내저으면서도 손은 기다렸다는 듯이 휴대폰 버튼을 누르고 있었다.

"난데, 오늘 일 있어서 못가겠다."

오 비서에게 전화를 해 미팅을 뒤로 미루고 갑자기 시들해진 여자에게 전화를 걸었다. 한순간 머리가 어떻게 됐는지 휴대폰 액정 화면을 보고서야 여자의 이름을 알아냈다.

"또요? 만날 물먹여. 내가 호텔로 갈까?"

"어딜 와?"

예기치도 못했던 저편의 소리에 자기도 모르게 목소리가 갈라져 나왔다.

"진짜 일이에요, 아니면 여자?"

"여자!"

나 원 참. 현빈은 가차 없이 그 여자 이름을 날려 버리고, 실없이 웃으며 계획에도 없었던 여름 사냥을 나섰다.

그녀 차 뒤로 차를 바짝 붙여 놓은 뒤 현빈은 담배를 꼬나물었다. 한 모금 짧게 빨아들인 것뿐인데도 눈앞이 아뜩했다. 얼마쯤 담배를 문 채로 지켜보았다.

망설여졌다. 가까이에서 보니 미성년자는 아닌 듯한데 너무 어린 것 같아 당혹스럽기까지 했다.

 한 번도 이런 주접은 떨지 않았는데…. 기다란 담배가 얼추 꽁초가 되어 갈 때까지 넋 놓고 바라보고만 있다가 벌컥 차 문을 열어젖혔다. 노망났지? 하는 마음속 질책의 소리를 애써 외면하고.

 막상 마음을 다잡고 나니 의외로 발은 잘 떼어졌지만 멋쩍은 기분만은 어쩌지 못했다. 휘적휘적 그녀 앞으로 다가가면서도 현빈은 연신 고개를 갸웃거렸다. 점심을 잘못 먹은 건 아닐까.

 "흠흠, 뭐 곤란한 일이라도…."

 등 뒤에서 들려온 낯선 목소리에 지원은 소스라치듯 몸을 돌렸다.

 "저요?"

 문득 짜증이 치밀었을까. 목소리가 갈라져 나왔다. 눈앞에 버티고 선 남자가 마땅치 않아 지원은 티 나게 딴청을 부렸다. 빨리 꺼져, 하는 얼굴로.

 "그럼, 여기 댁 말고 또 있습니까?"

 남자는 정색을 했다. 날카로운 반격이 예상 밖이었는지 조금 당혹스러운 얼굴이었다.

"저한테 무슨 볼일이라도?"

지원은 따지듯 되물었다.

그렇잖아도 짜증이 나던 차에, 목 하나는 더 있어 보이는 남자를 우러러 보고 있자니 발끈 열이 치밀었다. 내리쬐는 햇볕에 눈까지 따끔거리자 잔뜩 인상이 구겨졌다.

"곤란한 상황인 거 같아서…."

남자는 우물쭈물 말끝을 흐렸다. 공연히 말을 붙인 게 후회스러운 눈치다.

"그래서요?"

"도와주고 싶어도 무서워서 원."

"필요 없으니 비켜 주실래요?"

"쓸데없이 자존심은… 지금 보니 별 것두 아니구만."

남자는 한껏 느물대는 미소를 머금고 혼잣말처럼 주절거렸다.

"지금 뭐라고 했어요?"

슬슬 열이 치밀기 시작했다.

"내가 뭐라고 하던가요?"

"별 것도 아닌 게 꼴값 떤다고 했잖아요."

지원은 파르르 떨며 앙칼지게 쏘아붙였다.

"내가요? 난 그저 착시 현상을 일으켰다고 한 기억밖에 없는데… 그게 그렇게 해석되나?"

"웃기지도 않아서… 우이씨, 절라 재수 없네."

나이를 헛먹었는지 치근덕대는 남자가 못내 불쾌했다. 그것도 선수라면 말도 안 해. 지원은 어쭙잖은 양아치의 얼굴을 사납게 째려보면서 슬그머니 입술을 깨물었다. 이러는 게 민지원 맞나 싶어. 그냥 통 밟았다 하고 말걸 그랬나?

"?"

아무래도 어쭙잖은 양아치가 쇼크를 먹었는지 멀뚱히 바라볼 뿐 말이 없었다. 지원은 확실히 밟아 주고 가자는 생각으로 쐐기를 박았다.

"사람 얼굴 첨 봐요?"

"종로에서 뺨 맞고 한강에서 화풀이…."

금세 얼굴이 풀린 양아치가 다시 오장을 긁기 시작했다.

"저리 비켜요! 댁이랑 말씨름할 기운 없으니 딴 데 가서 알아봐요."

지원은 더 이상 상대했다가는 돌아 버릴 것 같아 황망히 등을 돌렸다.

"8.5."

몸을 돌리던 차에 야릇한 소리가 귀에 흘러들자 지원은 몸을 다시 틀고는 남자의 얼굴을 뜨악하게 올려다보았다.

"귀엽고 날씬하긴 한데 좀 빈약하군."

바지 양쪽 주머니에 손을 반쯤 찔러 넣은 채로 남자는 가볍게 고개를 갸웃거리며 씩 웃었다. 제법 틀이 잡혀 가는 자기 모습이 만족스럽다는 듯이.

"!"

제까짓 게 미스코리아 선발 대회 심사위원이라도 되는 양, 위아래를 훑는 노골적인 시선에 지원은 여지없이 눈이 뒤집히고 말았다.

따끈따끈하게 데워진 머리칼 틈으로 무럭무럭 김이 새어 나오는 듯하더니 휴대전화를 움켜쥔 손에 잔뜩 힘이 실렸다. 그리고 그 손은 어느새 양아치의 귀싸대기를 후려 치고 있었다.

"이제 비긴 건가?"

이거 아주 된통 걸렸다고 인상을 찌푸려야 마땅한 남자는 오히려 해죽 웃으며 느리게 입을 뗐다.

"?"

수습이 불가능할 땐 우선 피하고 볼 일이었다. 지원은 홱 등을 돌렸다.

"사과는 하고 가야 순서 아닌가?"

지원은 멈칫 발을 세웠다가 다시 옮겼다. 말을 섞으면 더 꼬이게 되지 않을까, 덜컥 겁이 났다.

"거기 서지."

"왜 이래요, 정말?"

하지만 쫓아오는 남자의 기척에 멈춰 설 수밖에 없었다.

착 가라앉은 저음의 목소리였지만 살벌하지는 않았다. 더구나 귀청 떨어지도록 윽박지르지도 않았다. 뿐만 아니라 얼굴조차 읽히지 않았다. 오히려 그게 불편했다.

봉변을 당한 사람치고는 하도 평온해 보여서, 마치 이런 일이 한두 번이 아닐 거라는 가정이 확신 쪽으로 기울고 있는 참이었다. 혹시 닳아빠진 양아치일까.

"왜 이래요, 정말? 이봐, 난 사과를 받아야 될 입장이야, 상황이 바뀌어도 한참 바뀐 것 같지 않아?"

조롱조로 지껄이고 있지만 그의 눈자위는 오히려 즐거움으로 번질거렸다.

여태껏 뺨을 문지르고 있는 모양새가 왠지 가식적인 행동처럼 비춰졌다. 능글맞게 웃는 모습도 여전했고, 음성 역시 열 받은 사람 같지 않게 나지막했다.

이럴 땐 대꾸를 하지 않는 게 상책이다 싶어, 몸을 획 틀어 버렸다. 하지만 공교롭게도 사무실 창문 밖으로, 잔뜩 기대에 부푼 눈들이 쭉 도열해 있었다.

"… 미안해요, 됐죠?"

입은 마음에도 없는 사과를 한다. 그저 똥 밟은 셈 치자는 마음에서 날름 튀어나온 한마디였다.

난감한 처지에 동정심이 발동했을까? 때마침 사무실 안에 있던 한 직원이 모자를 고쳐 쓰며 다가왔다.

"우예 하실겁니꺼?"

"네?"

지원은 직원의 빠른 사투리를 알아듣지 못하고 되물었다.

"계산하라는데?"

"읍! … 아 네, 잠깐만."

멍하게 눈만 끔벅이고 있는 모습을 바라보고 있던 남자는 재미있어 죽겠다는 얼굴로 친절하게 통역까지 해 주고는 생긋 미소를 날렸다.

발그레 달아오른 얼굴로 지원은 멋쩍게 두 사람을 번갈아 보다가 간격을 벌리려 조심스레 뒷걸음질했다. 애써 아무렇지 않게 발을 떼고는 있었지만 사실 창피하기도 하고 은근히 걱정이 돼 얼굴이 굳어져 갔다. 나경이 전화를 받아야 될 텐데. 좀 전에 기대섰던 기둥께로 가서 나경에게 전화를 걸었으나 아니나 다를까, 낭패였다. 몹시 난감해 발을 동동거리다가 그만 남자와 눈이 마주쳤다. 슬며시 짓궂은 미소가 걸린 남자의 입매.

지원은 어깨를 축 늘어뜨리고 쭈뼛쭈뼛 그 자리로 다가갔다.
"흠흠."
"저, 있죠. 저기요…."
들어줄 준비가 이미 돼 있다는 듯 남자가 가볍게 고개를 끄덕였다.

장승처럼 버티고 서 있는 종업원이 신경에 거슬려 그쪽을 힐끗거리자 남자가 먼저 종업원에게 자리를 피해 달라는 눈짓을 보냈다.

지원은 조그맣게 안도의 숨을 내쉬었다.

드디어 둘만 남았다. 그 다음은 뻔한 레퍼토리 아니겠어? 하지만 남자의 심상한 태도에 지원은 의기소침해지고 말았다.

난처한 상황을 뻔히 알고 있으면서도 손발이 닳도록 빌기를 바라는, 은근히 지금 순간을 즐기고 있는 치사한 남자에게 저주를 퍼부어 댔다. 몹시 분했지만 (실은 분해할 처지도 아니지만) 그 말고는 다른 방법이 없었다. 애써 마음을 다독이며, 최대한 공손하게 말문을 열었다.

"실은… 소매치길. 어디서 그랬는지 그건 잘… 그쪽도 당근 모르죠. 아우 이게 뭐야."

기어 들어가는 음성으로 힘겹게 한두 마디씩 건네다가 지원은 얼결에 머리를 쥐어박았다.

"날도 더운데 요점만 간단히 합시다."

"저 있죠, 기름 값 5만 원만 빌려 주실 의향 없으세요? 더도 말고 딱 5만 원이면 되는데…."

남자의 눈가에 보일락 말락 능청스러운 빛이 스쳐 갔다. 그래서?

지원은 그 눈빛에 실낱같은 희망을 걸고 정중하게 말했다.

"뭘 믿고 빌려 주나?"

"?"

문득 웃음기가 걷힌 그의 입에서 흘러나오는 사무적인 말. 힘들게 쥐어짠 부탁 한마디를 단번에 묵사발로 만들어 버리다니.

지원은 고개를 갸웃거렸다. 드라마를 보면 이런 경우 남자들이 당연히 선심 쓰듯 잘도 도와주더니만. 지원은 무참한 현실과 드라마 속 세상과의 엄청난 괴리를 맛보며 쓰게 웃었다. 하지만 여기서 물러날 수는 없지 않겠어?

지푸라기라도 잡는 심정으로 얼른 입을 뗐다.

"차 번호, 아니, 핸드폰 번호라두…."

"먼저 정식으로 인사나 합시다."

느닷없는 말에 한순간 지원은 어리둥절한 얼굴로 꼴깍 침을 삼켰다.

"최현빈입니다."

"민… 지원이에요."

지원은 주저리 이름을 대고는, 빤히 쳐다보는 그의 유들유들한 시선이 마뜩지 않아 냉큼 바닥으로 시선을 미끄러뜨렸다.

"이런 거래엔 믿을 만한 담보가 필요한 법인데, 이 정도는 알죠?"

휑하니 가지 않는 남자가 고마워 지원은 얼른 고개를 끄덕였다.

"담보물은…."

그가 말없이 눈을 찡긋하자 지원은 동그랗게 눈을 뜨고 손가락으로 자기 얼굴을 가리켰다.

story 2
If I could see you again.

끼익!

"아야, 좀 더! 아니 왼쪽으로 확… 오케이."
"민 반장, 어때, 잘 빠졌지?"
엄지손가락을 세워 보인 십장이 은근히 뻐기듯 말했다.
"글쎄…. 저기 떴네, 저기 봐 봐요."
"엥? 야! 너 짬밥 몇 년짼데 톱질 하나 제대로 못 해? 니미럴!"
방금 전까지만 해도 짐짓 흐뭇한 미소를 머금고 있던 십장 얼굴이 삽시간에 벌레 씹은 얼굴로 변했다. 다된 밥에 재 뿌리기라도 하듯 MDF판 한쪽 귀퉁이가 싹둑 잘려 있었다.
"그만해요, 김 군 울겠네."

"어이? 윤태, 뭐 빠지게 슈퍼 앞으로! 종이컵 꼭 챙겨, 오늘도 그냥 오면….”

사다리에서 내려온 김 군이 점퍼를 챙겨 들자 십장이 목 긋는 시늉을 하며 혼자 뭐라고 씨부렁댔다.

부슬부슬 흩날리는 톱밥 가루에 눈물을 찔끔거리면서도, 지원은 합판만 덩그렇게 처진 천장에서 눈을 떼지 못했다. 순간 헌팅캡으로 반쯤 가린 이맛살이 잔뜩 찌푸려졌다. 먼지를 들이키지 않으려고 앙다문 입술이 안으로 말렸다. 버릇 나오는 것 보니 초조하긴 하나보다.

후유, 진한 한숨이 먼지에 섞여 들었다.

"저거 마저 하고 먹자는군.”

"금강산도 식후경이라네.”

"앞으로 한 달이에요, 가능, 아니 꼭 그 안에 마감쳐야 해요.”

"민 반장, 이 몸도 빨리 마감치고 마누라 궁둥짝 두드리며 니나노하고 싶다고.”

"여기 오너 얼마나 깐깐한지 잘 알잖아요. 아마 오픈 날짜 하루라도 미루는 날엔 손해배상 청구한다고 들고 일어날 거란 말예요.”

조급함을 어쩌지 못하고, 지원은 헌팅캡을 꾹 눌러쓰며 투덜거렸다.

"거 있잖아… 왜 요즘 누드에 뽕에 시끄럽잖아….”

"고거 졸라 미끈한데?”

"뭐얼, 야가 더 낫고만. 바로 이 맛이랑께."

"뭔 맛이? 이 맛이? 요 맛이?"

막걸리 잔을 쭉 들이키면서 장단 맞춰 트림까지 하고 있는, 인부들 입에서 흘러나오는 말은 청산유수가 따로 없었다. 차츰 짧아지는 해가 원망스러워 애가 타는 누군 아랑곳없이, 옹기종기 모여 앉아 스포츠 신문 가십 기사를 안주 삼아 씹고 있는 인부들은 태평하기만 했다.

모 축구선수가 결혼을 했는데 이러쿵저러쿵, 모 여자 탤런트가 음료 CF를 찍다가 누구랑 눈이 맞았다는 둥.

피식, 코웃음을 치다가 지원은 포기했다는 얼굴로 막걸리를 홀짝였다. 하여튼, 작심하고 수다 떠는 건 남자들이 한 수 위란 생각을 잠시 하는 사이 주머니 속에서 휴대폰이 요란스레 울렸다.

"네, 민지원입니다."

지원은 전화번호도 확인하지 않고 냉큼 휴대전화를 귀에 갖다댔다. 워낙 수시로 전화가 오는 탓에 일일이 전화번호를 확인한다는 것은 별 의미가 없었다.

"네, 여기 현장입니다. 이쪽으로 오시겠다구요? 네? 저, 김 사장님 잠시만요."

기계 소음이 방해가 되자, 지원은 총총 층계 참으로 빠져나왔다.

10여 년 이상 날리는 배우였다가 퇴물로 전락하자, 자존심에 조연 생활은 하지 못하고 사업을 한답시고 <아델>을 찾아온 클라이언트며 한창 작업 중인 이곳 오너였다.

"죄송합니다, 워낙 안이 시끄러워서요."

홀 안쪽에서 나팔을 불어대는 소음을 조금이나마 차단시키려 지원은 다른 손으로 귀를 틀어막았다. 공구박스에 발을 올린 채로 저편의 소리에 귀 기울이다가 어느 순간부터는 아예 포기를 하고 멋으로 들고 있었다. 대꾸 없으면 알아서 끊겠지 싶었다.

지원은 망연한 눈을 창 밖으로 던졌다. 교문을 등지고 나오는 상큼 발랄한 모습들.

신입생인 듯한 두 여학생에게 보기에도 너무 아니 늙수그레한 두 예비역들이 작업을 걸고 있었다. 지원은 소리 없이 웃었다. 조금은 부럽기도 했다. 열정 없이 메말랐던 한때를 문득 보상받고 싶어서일까. 눈길이 한참 동안이나 미련을 떨어뜨리지 못하고 서성였다.

"네? 죄송합니다만 다시 한 번 말씀해 주시겠어요?"

그 참에 시간을 들먹이는 소리가 들려오자 모른 체하고 있었다가는 더 꼬이겠다 싶어 얼른 말을 받았다.

"오늘은 선약이 있습니다. 다음에…."

김 사장은 뻔한 핑계를 대며 저녁 식사 초대를 해 왔다.

<아델> 수석 디자이너, 다 좋은데 때로는 이게 문제가 되곤 했다.

클라이언트 대부분이 남자인 탓에 끈적이는 레이저 빔을 감당해 내야 하기 일쑤였고, 숫제 노골적인 대시를 해 오는 치들도 없지 않았다.

미혼 남성은 떳떳한 프러포즈를, 유부남은 나름의 재력으로 어물쩍 다가왔다.

당연히 거절을 해야 함에도 큰 건을 따내기 위해서는 마지못해 술자리 정도는 따라가 분위기를 맞추어야 했고, 이따금 맘에도 없는 헛소리를 해서라도 구워삶을 필요가 있었다. 그래야 나중이 편하다는 것을 터득했으니까.

그들을 휘두르는 노하우를 터득해 나갔다. 짐짓 쌀쌀맞은 척, 그러면서도 약간의 여지는 항상 남겨 두었다.

이게 사회에 첫발, 아니 다시 서울로 들어와 살면서 전수 받은 유일무이한 비법이었다. 스승은 친자매보다 가까운 나경이었다.

어쨌든 그 작자 의외로 쉽게 단념을 했다. 비록 말끝에 내일이라는 단서를 달긴 했지만.

이놈의 전화기를 던져 버려야지. 지원은 연신 씨부렁대며 다시금 먼지 구더기 속으로 몸을 틀었다.

또 하루가 간다.

이젠 하루의 틀 속에 스스로를 가두는 데 익숙해져 갔다. 눈

비비고 일어나면 으레 먼지 속에서 반나절을 보내야 했고 시끄러운 기계음과 인부들의 악다구니를 받아내야 했지만, 퉁퉁 부은 다리로 쉴 새 없이 홀을 누벼야 했을 때보다는 행복하기까지 했다.

지하철 맨 안쪽 기둥에 기대선 채, 지원은 어둠에 잠겨 드는 창 너머로 시선을 던졌다. 으레 그러하듯 창 밖은 연이은 퇴근 차량으로 북새통을 이루다가도 어느새 땅속 어둠을 스쳐 지나가는 루트를 밟곤 했다.

딱히 눈 둘 곳이 마땅찮을 때마다 유일한 피난처가 되는 읽을거리를 빠뜨리고 온 죄로 짐짓 분위기를 잡고 있자니, 고문이 따로 없었다.

얼마나 흘렀을까. 더디게 흐르는 시간에 겨워, 지원은 문이 열리자마자 갑판대로 뛰어나갔다. 계산을 치르고 다시 뛰어 들어오려는 데 문득 옆 칸으로 들어가는 남자에게 눈길이 갔다. 불가해한 이끌림, 대체 몇 번짼지…. 하지만 그 남자 얼굴도 확인하지 못한 채 우르르 쏟아져 들어오는 인파로 쓸리듯 갇혀 버렸다.

푸푸, 지원은 흘러내린 앞머리를 입김으로 불어 올리며 속으로 씨근덕댔다.

애마부터 사야겠어. 껌이 붙어 도로 한복판에 멈춰서는 비극이 일어나도 올 겨울이 지나기 전에 뚜벅이 신세는 면해야겠다고 생각했다.

"… 이 마담?"

지원은 얼른 청소기를 내려놓고 문을 열었다. 청소기 소리에 묻혀 어렴풋이 들려온 초인종 소리를 한참만에야 알아차렸다.

"그래 언니다, 빨리 문 열어, 무거워 죽겠어."

"뭔데 이리 수선… 와우, 너 무리했다, 이게 다 뭐야?"

문이 열리기 무섭게 나경은 비닐봉투를 한아름 안고 들어섰다.

"뭐했냐? 팔 떨어지겠구만."

"혹시 봉 잡았니, 아님 눈 먼 돈이라도 주운 거야?"

"봉은 봉이지, 울 아바마마 영접했거든? 풋하하!"

"그랬어? 오지기도 하겠다."

나경의 벌어진 입속으로 손가락 하나를 쏙 찔러 넣었다 빼내며 볼을 가볍게 쥐어뜯자 나경이,

"너어, 공짜라면 양잿물도 마신 댄다."

하며 씨근댔다.

구김살 하나 없는, 주체 못할 풍요 속에서 내내 행복한 나경. 시샘이 나는 건 두말 할 나위 없고 신을 저주하기까지 했지 아마?

짧은 미니스커트에 앵글부츠만으로 너끈히 나는 나경의 겨울에 비해 복사뼈까지 내려오는 투박한 롱코트로도 부족함을 느꼈다. 유달리 시린 겨울의 통로.

겨울은 가진 이에게는 스키를 탈 수 있는 부풀은 희망을 안

겨 줬고, 부족한 이에게는 끝없이 치솟는 난방비 걱정에 하루도 편할 날 없는, 한숨 가득한 설움만을 떠안겨 줄 뿐이었다.

가까스로 마련한 학교 근처, 욕실도 딸려 있지 않던 한 칸짜리 허름한 자취방이 문득 떠올랐다. 비좁은 주방 한편에 쪼그려 앉아 덜덜 떨어가며 씻었었지…. 현실의 비참함에 도망치고 싶었던 한때. 추적추적 빗소리에 가슴 뭉클해지는, 그런 감상과 열정 나부랭이 속에 심장을 담금질할 수 없었던 이유인지도 모르겠다.

어쨌든 이모 도움을 받지 못했다면 비싼 고시원비를 감당하느라 쩔쩔맸을 텐데 뜻밖의 행운이었다.

마치 어느 크리스마스이브에, 내내 바라마지 않았던 선물을 풀어 보고는 탄성을 지르는 아이마냥 감격했었다.

겨우내 방구석에 틀어박혀 책만 보리라. 혼자 쓰는 방, 3년 만에 누리는 호사에 담뿍 빠져 들었다.

"넌 빼고 뭐하니, 녹기 전에 빨리 해치워. 너 땜에 나까지 망가진다니까."

"엉?"

"왜, 안 당겨?"

"입에 넣기 아까워서, 목에 걸려 넘어갈까 몰라."

지원은 초콜릿 하나를 입에 풍덩 집어넣고 혀로 도르르 굴려대며 잽싸게 머릿속 계산기를 작동시켰다. 음, 하나에 줄잡아 3천 원쯤. 혀끝에서 금세 스르륵 녹는 것치곤 너무 비싸다.

향긋한 유혹에 까짓 3천 원이 아까우랴! 하이고, 웬 사치.

"그놈의 청승 이젠 버릴 때도 됐구만."

다리가 부었다며 벽면에 찰싹 붙이고 있는 나경의 희디흰 다리를 지원은 곁눈으로 슬쩍 흘겼다.

10센티만 더 길었더라면 모델이 되어 있을 나경. 결국 꿈을 포기하지 못한 채 스타일리스트로 방향을 바꿨다. 나름대로 인지도가 높은 나경은 요즘 부쩍 정신 없이 쏘다녔다. 나우는 물론이고 한참 뜨는 솜털 보송보송한 어린 가수들까지 나경의 손을 두루 거쳐 갔다.

나경은 자기가 배우를 해도 부족함이 없을 정도로 타고난 끼가 다분했다. 화려한 외모에 새치름한 분위기까지 겸비한 나경은 뭐 하나 빠지질 않았다. 워낙 강경한 집안 반대에 부딪쳐 스타일리스트로 눌러앉은 게 안타깝기까지 했다.

"그놈의 청승, 이젠 내다 버릴 때도 됐고만."

"아니, 쪼매 아깝다 이거지."

"에고 내 팔자. 아픈 다리 질질 끌고 사다 줘도 좋은 소리도 못 듣고."

"또 삐졌니? 다리 주물러 주리?"

"됐네 이 사람아. 노랠 부르지 말든지."

"내가 언제…."

"왜에, 나우랑 벨기에 갔을 때 먹었던 초콜릿, 초콜릿 노래 부른 게 누군데?"

"노래도 못하니?"

"뚫린 입이라고 잘도 나온다."

"요게…."

공연히 멋쩍어 지원은 와락 달려들어 간지럼을 태웠다.

"항복!"

약속이라도 한 듯 나경이 자지러지듯 소리치며 픽하고 꼬꾸라졌다.

"으잇!"

나경을 일으켜 세우려다가 그만 중심을 잡지 못하고 함께 뒹굴고 말았다.

향긋한 단내에 이끌렸을까. 바람에 실려 온 버석한 나뭇잎 몇 장이 젖은 창을 덮었다. 문득 입에서 자잘한 한숨이 터져 나왔다.

"여름이 어제 갔더니…."

저물녘 흩뿌린 부슬비가, 가을을 쓸어 간다.

미술관에서 빌라까지 이어지는 오솔길이 노란 은행잎으로 수북하다. 창밖을 멍하니 바라보며 현빈은 낮게 한숨을 내쉬었다.

두어 달 여름 바다만 보고 지낸 까닭일까. 눈앞의 가을이 새삼스럽다. 어쨌든 부산 호텔 리노베이션이 일단락되었으니

곧 가을을 받아들이겠지.

심호흡을 하고 앉자마자 노크 소리가 들려왔다.

"들어와요."

문을 열고 들어온 오 비서가 파일 철을 내려놓았다. 현빈은 말없이 파일 철을 들추고 사인을 해 나갔다.

한쪽에 쌓인 파일 철이 하나씩 오비서 손에 다시 들려지면 기다렸다는 듯 오 비서는 커피를 놓아두고 브리핑을 시작한다.

이렇게 밍밍한 일상은 시작된다.

"1시 루장 차이나 영업 이사님과 오찬, 3시 재정 이사님과 미팅, 6시 총지배인 인터뷰 있습니다. 차차 모임까지 시간이 비어 그 근처로 장소를 정했는데 불편하시면…."

"아니 그렇게 하지."

"이번 주말 아시아 패션 페스티벌 에맬 룸에서 열리는 거 알고 계시죠?"

"그런데?"

서류에 눈을 박은 채 현빈은 고개만 끄덕였다.

"저 그게 에이전시에서 연회 팀장에게 비공식적으로 요청한 게 있답니다."

"뭔데 보고까지 하나?"

"이번 쇼 vip 리스트에 중국 바이어 200여 명 주재 대사님이 올라 있는데, 대사님 따님이 나우 열성 팬이시랍니다."

"나우?"

그제야 고개를 들고 현빈은 혼잣말처럼 되물었다.

"건양 그룹 아드님…."

"아하? 이나경 씨 쌍둥이 동생?"

건양의 문제아, 이나우…. 현빈은 속으로 씩 웃었다. 차차 클럽 멤버이기도 하지만 거의 얼굴을 내비치지 않아 말을 섞어 본 적은 없었다. 그저 남 씹기 즐겨하는 멤버들 입에서 나온 말만 흘려들었을 뿐.

"네."

"근데 뭐가 문제야? 개런티?"

날리는 톱스타를 섭외할 수 없는 이유가 개런티 밖에 더 있을까, 싶었다.

"그게… 개런티 말도 꺼내기 전에 거절당했다고…."

"그래?"

"그래서 말인데요. 오늘…."

오 비서가 말끝을 흐렸다. 현빈은 모니터에서 눈을 떼어내고 오 비서를 올려다보았다. 좀처럼 말씹는 법이 없는 오 비서가 주저주저 말을 못하니 이상할 뿐이었다.

"?"

"오늘 모임에 가서서 이나경 씨에게…."

"로비하라고?"

현빈은 픽 웃고 다시 모니터에 시선을 묻었다.

"뭐 일테면 그래 주십사 하는 진언이죠."

오 비서가 장난기 가득한 목소리로 대꾸했다.

"이젠 별 걸 다 시키는군."

"그리고 이번 회장님 생신 선물 어떻게 할까요?"

"새삼스레 뭘 묻나? 할아버지도 오 비서가 보낸다는 거 오래 전에 눈치 채셨을 텐데 뭘. 속일 양반이 따로 있지."

무거운 짐을 덜었다는 듯 오 비서가 밝은 얼굴로 물어와 현빈은 일부러 퉁명스레 대꾸했다. 오 비서, 아니 오세영은 동아리 대자보 붙일 때도 그랬다. '팔이 짧은 게 이렇게 원통할 때가 없다니깐' 짐짓 우는 소리를 해서 일을 떠맡기곤 했었다.

"스카프로 하면 어떨까요? 저번에 대뜸 자네 스카프 좋구만 하시더라고요."

"이왕이면 때깔 죽이는 걸로 고르라고. … 아 참, 낼 아델 미팅 몇 시지?"

"11시로 잡혔는데요."

"그럼 팀장들 소집시키지. 최 이사님은 알고 있을 테니 됐고 GRO 매니저, 리셉션 코디네이터, CRO 치프, 이 정도만."

"네."

"애들 한번 데려오지 그래?"

가볍게 고개를 숙이는 오 비서 등에 대고 현빈은 흘리듯 말했다.

"수영 가르쳐 준다며 또 물먹이려고? 애들이 뭐라는 줄 알아? 그 아저씨 절라 재주 없대."

오 비서는 아무렇지 않게 받아치고 문을 빠져나갔다. 그리고 현빈은 급속 냉동되는 고깃덩어리처럼 얼어붙었다.
절라 재주 없어…!
그 여자는 늘 이렇게 쫓아다녔다.

"하루 5만 원이면 그리 박하진 않는 거 같은데."
"진짜 밥만 같이 먹어 주면 되는 거예요?"
"속고만 살았나."
"정말이죠?"
"관둡시다."
"아, 알았어요. 타면 될 거 아녜요?"

공연히 마음이 심란해 빠른 음악을 틀어 보라고 했더니 기사는 애꿎은 노래를 틀어 사람 맘을 더 심란하게 만들어 놓았다.
그녀의 매력이라나 뭐라나.
그 노래를 애써 흘려버리며 얼마쯤 참아 냈을까. 어느새 모임 장소인 갤러리 앞이다.
기사를 보내고 갤러리 안으로 들어가자 웅성웅성 모여 있는 사람들의 소리가 어렴풋이 들려왔다. 성큼성큼 계단을 뛰어 올라가 실내 문을 열어젖히자 여기저기서 손짓을 했다.
"어서 와라."
"이리로 와."

"뭘로 줄까? 언더락? 잭?"

누군가의 손이 건네주는 발렌타인 잔을 들고 주위를 둘러보았다. 먼저 임무 수행을 하고 맘껏 술을 푸자는 작정으로.

사람들 어깨를 스쳐 까르르 터지는 웃음소리를 쫓아가니 시원하게 웃어 젖히는 나경이 눈에 들어왔다. 현빈은 의뭉스러운 미소를 흘리며 가까이 다가가 솜씨 좋게 나경을 채는데 성공했다.

그리고 야외로 이어지는 테크로 정중히 모시고 나왔다.

"근데 무슨 일루다…."

청바지에 가죽 재킷 차림의 나경이 조심스레 물었다. 무척 의외라는 얼굴이다.

"그냥 뭐."

말문을 틀 말이 빈곤해 현빈은 칵테일 잔을 건네며 얼버무렸다.

"좀 의외라서요."

"그게 무슨 말씀?"

"평소엔 저 거들떠도 안 보시던데."

"그건 다 나경 씨 책임이죠."

공연히 멋쩍어 현빈은 하하, 웃었다.

"제 책임이라고요?"

나경이 동그랗게 눈을 뜨며 어색한 미소를 물었다.

"늘 갈기 세운 숫 사자들한테 둘러싸여 있는데 감히 똥파리가 엥엥거릴 수가 있나요? 한입거리도 안 되잖아요?"

나경은 긴장이 풀렸는지 크게 웃었다.

"근데 오늘 혼자…."

현빈은 슬슬 작업에 들어갔다.

"네? 네에, 저야 뭐 늘 외로운…."

"부나방?"

"어머? 최 사장님 사업 수완만 대단하신 줄 알았는데 이제 보니 작업도…."

술잔을 들어 올리며 현빈은

"선수라고요?"

하고 가볍게 받아넘겼다.

"어떻게 관리하세요?"

"관리라니요?"

"스토커 관리. 제 레이더에 걸린 적 없는 몇 안 되는 요주의 인물이라서요."

"출력이 어느 정돈지 모르겠지만 아마 힘드실 걸요?"

"그럴까요?"

"뭐, 제 부탁 하나만 들어주시면 한 번도 공개한 적 없는 엑스파일 하나 알려 드리죠."

나경이 입을 가리며 후훗 웃었다. 작전은 그런 대로 만족스럽게 진행되었다.

어느 여름날처럼.

빠끔히 열린 문틈을 비집고 If I could see you again.이 흘러나왔다.
"제길!"
현빈은 쓸쓸하게, 또 웃고 만다.

story 3
호텔 세르데냐

출근 시간이 들쭉날쭉한 디자이너들이 유일하게 얼굴을 맞대고 앉아 한 주간 스케줄을 짜는 월요일 아침.

초 새벽 현장에 들러 천장 마무리 작업을 끝까지 지켜보고 나서야 지원은 헐레벌떡 사무실로 들어섰다. 하지만 지각은 면치 못했다.

"인물 났네. 습관적으로 늦는다니까."

어김없이 구 실장 목소리가 먼저 반겼다.

"so sorry, 이렇게 자진 납세 하잖아요. 실장님 끔뻑 가는 딸기무스케이크, 요건 현 선배 **뽕뽕** 가는 크로아상, 바게트 샌드위치… 마지막 대장님 꺼."

구 실장이 구시렁대자 지원은 각자 앞으로 빵을 나눠 놓으며 속 좋게 헤실거렸다.

"하여튼 당할 재간이 없다, 민지원. 베리 굿이네. 근데 목이 자꾸 매이네? 바로 옆에 스타벅스 들어섰더만, 거기 모카가 환상이라더라."

"염병할, 아예 등골을 몽땅 뽑으셔."

건져주니 보따리 내어놓으라는 말에, 지원은 자리로 가면서 낮게 씨부렁댔다.

"너 그새 입 엄청 망가졌다."

"귀 하나는 아직 쓸만하네요. 김 팀장님."

샐쭉 입술을 비틀며 자리에 앉으려던 찰나 마주 앉은 김이 은근히 부아를 돋우자 지원은 슬며시 눈을 흘기며 비꼬았다.

"이쁘다 이쁘다 해 줬더니 진짜 이쁜 줄 알지…."

"조용 조용! 어째 모이기만 하면 민 못 잡아먹어 안달이야?"

워낙 자유스러운 분위기 탓일까. 아침 미팅은 흡사 동아리 방 쌈닭들처럼 입씨름하기 바쁘다. 여태 지켜만 보고 있던 시후가 진압에 나섰다.

<아델> 오너 백시후. 언뜻 보면 터프가이, 하지만 웃을 때만은 미소년 같은 표정이 얼핏 설핏 비쳐지는 꽤 매력적인 남자. 외근이 잦은 탓에 줄곧 청바지 차림이긴 하지만 군살 하나 붙지 않은 몸매와 다부진 인상만으로도 녹아나는 여자들이 한둘이 아닐 것이다.

사장을 위시한 남자 디자이너들 틈에 낀 홍일점은 늘 이렇게 당하기 일쑤다. 다들 적군인데 그나마 시후는 아군이다. 늘 배려해 주는 시후가 눈물나게 고맙다.

"민, 차질 없이 돼가? 마감 하루도 딜레이 안 돼, 알아서 하시라구."

"솔직히 말해요, 아님 듣기 좋은 걸로 해요?"

"그야 두 말하면 잔소리지."

"가능성 희박, 아니 완전 제로예요."

"민지원 사전엔 불가능이란 없다며? 근데 어쩌고저쩌고? why?"

"여기서 구구절절 좀 그렇구, 따로 말씀 드릴게요. 하지만 절대 그 날짜엔 자신 없어요, 죄송합니다."

"이유 불문하고 그 날짜에 맞춰, 날로 마감치는 한이 있더라도 정확히 지켜."

"사장님, 그건 저보다 더 못 보시면서 말로만…."

지원은 지그시 눈을 감으며 길게 한숨을 내쉬었다.

"다음, 압구정 포이즌."

딱 잘린 명령조로 입을 막아 버린 시후는 바로 옆에 앉은 현 선배에게 눈길을 돌렸다. 답답한 마음에, 지원은 한 입 베어 먹은 빵 조각을 접시 위로 떨어뜨려 놓고는 한 컵 가득 물을 따라 꿀꺽꿀꺽 들이켰다.

갑자기 맥이 탁 풀렸다. 지원은 두 손으로 턱을 괸 채 손가락 끝으로 피아노 건반 두드리듯 볼을 퉁기며 주위를 둘러보았다.

언제부터인가, 행복이라는 흐릿하기만 했던 단어가 슬그머니 다가왔다. 하고 싶었던 일을 하니 만족스러웠고 직장생활도 하등 불편하달 게 없었다.

"광주에 있는 박, 왜 아직 감감이야? 아는 사람."

"그게 말입니다. 실은, 저 사장님…."

마침 인터폰이 울리자, 현 선배는 본론도 꺼내지 못하고 입을 다물었다.

"뭡니까?"

"광주 박 기사님 전화인데요, 연결해 드릴까요?"

한참 만에 전화를 끊은 시후가 이편을 물끄러미 쳐다보았다. 문득 시후와 눈이 마주치자 손장난 치는 모습이 경박하게 비쳐질까 싶어 지원은 슬그머니 두 손을 내려뜨렸다.

"민, 내일 옷 좀 차려입어야겠는걸."

가볍게 헛기침을 한 시후가 무심히 말을 건넸다.

"네? 웬 옷?"

느닷없는 시후의 말에 순간 당황해, 지원은 눈을 동그랗게 뜨고 되물었다.

"광주 출장 간 박, 며칠 그쪽에 더 잡혀 있어야 될 것 같은데. 내일 대타로 프레젠테이션에 참석해야겠어."

"어디 건 말씀하시는 거죠?"

"응, 그게 민 기사 여기로 오기 전부터 계약된 건인데 조금 일정이 늦춰져 이제야 들어가게 된 거야. 박 대리 대신 내일만 참석해. 그저 인사나 하는 자리라고 생각하면 될 거야. 어차피 그 일 시작하면 전 직원이 매달려야 하는 일이니 미리 인사정돈 해 둬도 나쁘지는 않지, 신경 써서 차려입고 나오라고."

"그게 어디냐고요? 그걸 알아야 치마를 입던지 너덜너덜한 드레스로 휘감든지 할 거 아녜요?"

"세르데냐 호텔."

"네? 세… 르데냐? 세르데냐라고 하셨어요?"

지원은 멍한 얼굴로 홀린 듯 세르데냐를 되뇌었다.

"그래, 세르데냐 호텔. 왜 싫어?"

설마 하는 마음에 다시 한번 물었으나 시후 입에선 세르데냐 호텔이 또렷이 흘러나왔다.

"싫은 게 아니라 그, 그게…."

우물쭈물 말끝을 흐리자 시후가 어리벙벙한 얼굴로 쳐다보았다.

"민 반장, 정신 차려. 왜 갑자기 오금저린 사람처럼 그래?"

왜 그러지? 호기심 가득한 눈초리로 유심히 훑어보는 시후의 눈빛에 지원은 맥없이 고개를 내저었다.

"… 아, 아녜요. 근데 제가 꼭 참석해야 해요?"

"낼 한가한 사람 민 말고 또 누가 있어?"

퇴근하는 발걸음이 그지없이 무겁다.

갑자기 스민 한기에 몸이 으슬으슬 떨려왔다. 지원은 덧입

기엔 다소 갑갑할 듯해 숄더백에 걸쳐 둔 도톰한 꽈배기 카디건을 도로 걸쳤다.

이제는 면역이 될 법도한데 여전히 위태위태한 곡예라도 보는 양 잔뜩 움츠러들었다. 복잡한 심경을 가늠 길이 없다.

직접 확인을 하라니, 너무 잔인해. 지원은 축 늘어진 몸을 지하철 안으로 구겨 넣었다.

겨우 잊어가고 있었는데, 이제는 휘황한 네온으로 에워싸인 세르데냐 파사드가 눈을 찌를 듯 박혀 와도 속절없이 마음이 내려앉지 않을 정도로까지 무뎌졌다고 여겼는데, 사심 없이 발을 들일 정도로까지는 무신경해지지 않았나 보았다.

언제쯤이면 가벼운 감기처럼 순순히 지나갈까.

집에 들어오자마자 지원은 침대에 풀썩 쓰러졌다.

얼마나 지났을까. 애써 잠을 청해 보려고 몸을 뒤채고 있을 때 나경에게 전화가 걸려 왔다. 아무래도 철야를 해야 할 것 같아 집에 들어올 수 없겠다는 늘상 반복되는 통보 전화였다.

나경이 바쁘다며 전화를 끊으려는 순간 번쩍 떠오르는 생각에 다급히 나경을 불렀다. 미팅에 입고 나갈 마땅한 옷이 없었기 때문이다.

늘 캐주얼 팬츠차림이 대부분인지라 구색이 제대로 갖춰진 슈트가 거의 없었고, 몇 벌 있는 옷가지마저 아직 여기에는 없었다. 다행히 나경과 사이즈가 엇비슷한 탓에 대충 골라 입어도 별 무리는 없을 터였다.

나경의 취향이 화려해서 그게 걸리긴 했지만 쇼핑을 하자니 시간이 너무 늦었다.
　다행이 힐은 하나 사 놓은 게 있지만 까닭 없이 짓눌린 한숨이 비어져 나왔다.
　나경에게 사정 얘기를 늘어놓자 허락 운운하는 게 나경은 오히려 서운하다는 눈치였다. 그러면서, 이번에 어디야? 한다. 으응, 대학로 카페. 지원은 대충 얼버무렸다. 세르데냐라, 라고 말할 엄두가 나지 않았다.

　어김없이 아침 햇살이 흔들어 깨웠다.
　부스스한 얼굴을 부비며 화장대 스툴에 구부정하게 앉았다. 지원은 거울에 비친 낯선 얼굴을 멀거니 쳐다보았다. 마치 도살장에 끌려가는 소처럼 퀭한 눈.
　화장을 해야 하나, 말아야 하나, 한참을 고민하다가 푸석거리는 얼굴에 가볍게 파우더만 두드렸다. 립스틱도 생략할까 하다가 예의상 무난한 색으로 골라 발랐다.
　간만에 화장을 해서인지, 마음만큼이나 얼굴도 갑갑하고 내딛는 발걸음도 천근만근 무겁기만하다. 별별 생각이 온통 머리를 쑥대밭으로 만들어 놓을 즈음, 주위를 휘둘러보니 세르데냐 로비였다.
　이윽고 사장실 문전에서 잔뜩 긴장한 채 숨을 고르고 있자니 문 너머에서 두런대는 남자 목소리가 어렴풋이 들려왔다.

"그쪽은 대충 마무리 된 거야?"

"대충… 나이스 큐!"

"일 팽개치고 만날 구멍만 팠냐?"

"괜히 아침부터 짜증은, 너 날이냐?"

"날이다 왜!"

"쫌스럽긴."

비서가 노크를 하고 얼마잖아 문이 열렸다. 시후가 눈을 찡긋하며 맞아들였다. 주위를 둘러볼 여유도 없이, 지원은 주춤주춤 시후를 따라 들어갔다.

회의용 테이블에 앉으라는 손짓을 한 시후가 바삐 걸음을 옮겼다. 시선이 무심결에 시후를 따라잡았다. 기척이 나는 것도 아랑곳없이 여전히 큐를 잡고 있는 남자 옆에 멈춰 섰다. 아마도…. 스치듯 주위들은 그 남자겠지 싶어 몹시 긴장이 되었다. 언젠가 올해를 빛낸 CEO 30인 중에 끼었다는 기사를 본 것 같기도 했다.

시후가 귀엣말로 뭔가 소곤대더니 힐끗 이편을 쳐다보며 야릇한 미소를 흘렸다. 순간 멋쩍어져, 지원은 가방에서 다이어리를 빼내 테이블 위에 올려놓고, 몰래 그 남자를 훔쳐보았다.

코너포켓으로 큐를 조준하고 있는 남자의 탄탄한 등이 들어왔다. 또르르, 막힘 없이 흘러드는 8번 공을 보고 있으려니 공연히 마음이 불퉁거려 쓰게 웃었다.

팔자 좋은 놈들은 어디가 틀려도 틀리다니까….

마침내 끝을 보았을까. 큐가 당구대에 떨어뜨려지는 듯한 소리가 들려 온 지 얼마잖아 다이어리로 가져간 눈앞으로 시커먼 그림자 하나가 드리워졌다.

"지원 씨, 인사하지."

시후의 짐짓 무게 잡는 음성에 지원은 살짝 입술을 말아 올리며 서서히 고개를 치켜올렸다.

헛뜨, 어떻게…!

습관처럼 가볍게 말아 쥐고 있던 만년필이 손에서 스륵 미끄러지듯 흘러 저편으로 굴러갔다. 당장이라도 집어삼킬 듯 떡 버티고 서 있는 악마에게 협박이라도 당한 것처럼, 맥없이 손이 풀렸다.

가쁘게 들먹이는 가슴을 진정시킬 요량으로 지원은 질끈 아랫입술을 깨물었다. 마른 볏단처럼 풀썩 내려앉지 않은 것만도 다행이지 싶었다.

"여긴 최현빈 사장, 그리고 이쪽은 우리 히어로 민지원."

잠시 아연한 눈길로 흘깃거린 시후가 대뜸 목청을 높여 끼어들었다.

"처음… 뵙겠습니다, 민지원입니다."

애써 다리에 힘을 싣고 가까스로 인사말을 건네자니 말끝이 갈라져 나왔다. 차마 그와 눈도 맞추지 못한 채 어정쩡하게 고개를 숙였다.

그럼 당신이…. 다리가 후들거렸다.

그 참에 문을 열고 들어오는 사람들의 발자국 소리에 이어 시후의 목소리가 아득히 들려왔다.

시후가 앉아서 얘기하자는 말을 꺼내지 않았으면 그만 무너져 내렸을지도 모를 일이었다.

"만나서 반갑습니다, 최현빈입니다."

비꼬는 듯한 어조로 인사를 건넨 그는, 분명 하얗게 질린 얼굴을 그윽이 건너다보고 있겠지. 처음이라… 아주 극적인 재회로군! 하는 회심의 미소를 날리며.

"자, 인사들 나누시죠. 이쪽은 아델 백시후 대표, 그리고 저… 죄송합니다만 제가 성함을…."

짐짓 능청스러운 표정을 반쯤 드러낸 그는 직접 소개를 하라는 듯이 고개를 갸웃했다.

"민지원입니다."

지원은 고개를 숙여 보이며 끄응, 마른 신음을 말아 삼켰다.

그때도 그랬다. 그는 지금 모습 그대로, 비틀대던 여름 안으로 성큼 걸어 들어왔다.

마지막 발악을 해대던 더위를 먹어서였을까. 어쨌든 거래는 성립됐다.

나경의 차안으로 들어가 푹신한 시트에 몸을 맡겼다. 달리 방법이 없었다는 핑계를 둘러댄 채. 그러다가도 무심결에 살살 고개를 내저었다.

길길이 말리던 나경의 말을 들어야했어. 물밀 듯 후회가 밀려들었다. 아울러 헤픈 여자처럼 순순히 고개를 끄덕이고 만 것에 자책했다.

세상에 고작 5만 원에 팔리다니!

창밖을 스쳐 지나는, 즐비하게 늘어선 애견 매장에 눈길을 던지고 있다가 저도 모르게 실소를 흘렸다.

한낱 보신용 똥개도 5만 원에 팔리진 않겠지. 슬슬 비참해지기까지 했다.

얼마나 달린 걸까. 찌를 듯 뻗어 선 마천루가 노을빛으로 물들어갔다.

주유소에서 실랑이를 할 때보다는 열기도 어지간히 수그러들었고, 빵긋 열린 창틈으로 간간이 불어오는 미풍 탓인지 한결 숨통이 트였다.

"뭐 좋아해?"

"… 강아진 별루."

석양빛을 받아 불그스름하게 물든 흰색 마르티스 한 마리를 맥없이 쳐다보고 있는데 나른한 목소리가 귓바퀴를 훑고 지나쳤다. 문득 제정신으로 돌아와 시큰둥하게 대꾸했다.

"여기 온 지 며칠 째?"

"그건 왜 갑자기?"

귀에 익은 발라드 후렴구에 핸들 위로 손가락 박자를 맞추며 신호를 기다리고 있는 그가 난데없는 질문을 하자 지원은 아연해진 얼굴로 되물었다.
　"좋은 데 모셔 가려고."
　"…."
　공연히 비싼 반응을 보였다는 낯빛으로 지원은 냉큼 고개를 돌려버렸다. 어디면 어때?
　"뭐가 그리 맘에 안 들어? 저승문으로 끌려가는 사람 같잖아."
　그가 내민 조건은 간단명료했다. 투명성이 문제로 남긴 했지만.
　저녁을 포함해 이튿날 점심 식사 때까지만 함께 해 주면 된다고 했다. 혼자 밥 먹기가 고역스럽대나 뭐라나…. 정말 그것뿐이에요? 의심스럽다는 듯이 물었더니 그는 주저 없이 고개를 끄덕였다.
　그댈 사랑한다는 말 차마 하지 못했죠, 애절하게 흐르는 선율에 가는 한숨이 묻혀 들려왔다. 하지만 그 한숨까지 헤아려 주고픈 의지가 없었다. 자기 짐만도 한 보따리이면서 그의 기분까지 헤아려 줄 여유가 없었다. 다시금 고개가 저어졌다. 뒷에 단단히 씌인 거야.
　"…."
　"여기다 떨어뜨리고 갈까."

"?"

예기치도 못한 소리에 홱 고개가 틀어졌다.

내내 창 너머 쇼윈도에 눈을 묻고 있었던 참이었다. 아마도 자기를 무시한다고 여긴 모양인지 바짝 날이 선 목소리다.

"계약은 성실히 이행해야 한다는 것쯤은 알 나이 아닌가?"

어이가 없어 그냥 말없이 정면만 보고 있자 그가 혼자 나불댔다.

"심심한데 호구조사나 하며 갈까?"

침묵은 금이겠지.

"가출했어?"

"먼저 예의를 지키시면 성의껏 브리핑하죠."

"네에, 되게 못마땅하셨나보군요. 진작 거슬린다고 했으면 잽싸게 고쳤을 텐데… 요, 하핫! … 근데 민지원 씨 대체 몇 살?"

그는 짐짓 점잖을 빼며 사과했다. 말문 트게 하기 되게 힘드네 하는 얼굴로. 하지만 그것도 잠시, 그는 제 풀에 겨워 하하, 웃음을 터트렸다.

"…"

말문이 막혔다.

구멍 난 청바지 속으로 허벅지를 쓸고 있던 손끝에 힘이 실리자 푸드득, 실밥이 터져 나갔다.

"스물하나? 셋? … 서른?"

터질 듯한 분을 겨우겨우 억누르기라도 하듯, 지원은 빈주먹을 앙틀어쥐고는 질끈 눈을 감았다. 파르르 떨리는 속눈썹을 들키고 싶지 않아서였는데 애석하게도 숨겨지지 않아, 더욱 열이 치밀었다.

"원조교제 할 만큼 파렴치한은 아닌데… 요."

"그건 걱정 말아요, 먹을 만큼 먹었어요."

"그러니까 몇 살이냐고?"

"학교 졸업한 지 오래 됐어요."

"설마 중학곤 아니… 겠죠?"

"?"

열이 뻗쳐 지원은 손을 턱에 바짝 붙인 채 신경질적으로 손부채질을 해 댔다.

"암튼 미성년자는 아녜요, 유부녀라면 모를까. 하지만… 댁과 맞짱뜨려면 무지 오래오래 삭아야겠… 지요?"

지원은 그의 말투를 고스란히 흉내 내며 이죽거렸다.

"풋핫하!"

그는 웃지 않고는 배길 수 없다는 듯이 고개까지 젖혀 웃어 댔다.

끝 간 데 없이 드넓은 해변이 비로소 눈앞에 펼쳐졌다. 얼마쯤 오르막길을 타고 오르자 야트막한 언덕배기에 자리한 하얀 팬션이 모습을 드러냈다. 한때 개인 별장이던 터에 리모델링

한 바(bar)라고 했다. 그래서일까. 아늑한 분위기에 무엇보다 조망이 뛰어났다.

하얗게 부서지는 물결 위로 푸드득 갈매기 떼들이 활갯짓하며 떠올랐다가 휘휘 선회하며 멀어져 갔다.

낮게 깔리는 색소폰 선율에 저 멀리 부표가 덩달아 출렁였다. 해안선이 어스름 속으로 잠겨 드는 초저녁. 성질 급한 수은등이 바 주위로 엷은 주황 띠를 둘러치기 시작했다.

멀거니 창 너머를 바라보고 있다가 오싹 끼쳐 드는 괴괴한 느낌에, 지원은 움찔 어깨를 떨었다.

털컥 마법의 성에 갇혀 버린 기분.

왜였을까. 많은 것이 빠르게 변했고 여전히 혼란스럽긴 해도 모든 걸 뒤흔들어 버릴 배짱은 없었는데.

생면부지의 남자와, 끽해야 한 폭 너비 테이블을 사이에 두고 거리낌 없이 술잔을 비워 내다니. 지원은 혼곤한 꿈속을 뒤채고 있는 듯 눈앞이 흐리멍텅해졌다. 얼마나 마셨을까. 잔 수를 헤아리는 걸 포기한 지 오래였다.

부산을 벗어날 방법이 그것 밖에 없었을까. 지닌 거라고는 바지 주머니에 꼬깃꼬깃 접힌 천원 권 지폐 몇 장이 전부였대도 그건 면죄부가 될 수 없음을 모르지 않는다.

눈 가리고 아웅하기엔 너무 얄팍한 핑계거리에 불과했으

니까.

주유소에서 나경에게 줄기차게 전화를 해 대면 말끔히 해결날 일이었다. 조금은 진을 빼야했겠지만.

"학생? 아니면 백조?"

"…."

술잔 테두리에 살며시 입술을 묻고 딴 생각에 빠져 있다가, 지원은 화들짝 술잔을 내려놓고 시선을 들었다.

식사를 하는 동안 내내, 그리고 의무조항도 아닌 술까지 마시는 중에도 그는 끈질기게 질문을 퍼부었다. 그리고 지원은 고집스레 어떤 질문에도 침묵으로 맞섰다.

"지금 날건달 하나가 작업 들어가려고 안달 나 있거든요? 눈치 못 챘어요? … 대체 정체가 뭡니까?"

신변에 대해선 조개처럼 입을 꽉 다물어 버리는 여자. 꽃뱀으로 치부하자니 너무 고급 차에 서투른 행동거지가 확연히 잡혔을 테고. 더구나 아무리 눈여겨봐도 헤픈 끼는 보이지 않았겠지. 대체 무슨 마음으로 선뜻 늑대의 제의를 수락했을까. 앞에 앉은 남자는 유혹은 둘째치고라도 정체를 알고 싶어 조바심이 쳐지는 얼굴이었다.

"민증 뒷자리 2로 시작하는 포유류."

히죽, 낮게 웃음을 터트리며 지원은 혼잣말처럼 말했다. 술잔 테두리를 따라 손장난을 치는 모습이 어쩌면 요염하게 비쳤을지도 모르겠다. 술이 이성을 앗아갔을까, 이성을 부러 술로 삼켜 버렸을까, 여전히 의문이다.

그 참에 잔을 따라 맴을 도는, 유독 희뜩 패인 약지가 눈으로 파고들었다. 넋 없이 보고 있다가, 지원은 단숨에 술잔을 털어 넣고는 코웃음을 쳤다.

"내 애인 할래요?"

"꼴랑 5만 원 가지고 얕은 수 쓰지 마요."

픽, 소리 죽여 웃는 찰나.

식 올리기 전에 실수 한 번 했다고 그렇게 단칼에 베면 쓰겠냐, 저스틴한테 전화 한번 해 보지… 아무것도 모르는 엄마의 잔소리와, 그렇게 이 맹추야 너무 점잔 빼면 의심부터 하고 봤어야지, 나경의 얕잡는 소리가 신경을 긁었다.

"그럼 얼마면 되는데?"

어떻게 그런 놈한테 넘어가? 일만 하지 말고 두루두루 발도 넓히고 그래, 그리고 그거 거추장스럽지 않니? 순진하단 말 칭찬 아니다, 너?

술기운과 나경이 한꺼번에 몰아붙인 까닭일까. 예기치도 못했던 말이 흘러나왔다.

"부르는 대로 줄 거예요?"

가만 고개를 끄덕인 그가 담배에 불을 붙였다. 라이터를 켜는 그의 손끝이 희미하게 떨렸다. 몇 번의 헛손질 끝에 불을 붙인 그가 볼이 패이도록 깊게 담배를 빨아들이더니 고개를 돌리고 한숨을 토해내듯 길게 연기를 내뿜었다.

"오케이."

"하루는 너무 야박하고 이틀간 애인할 테니 백지수표 줘요."

순간, 술이 덜컥 목에 걸렸는지 그는 안쓰러울 정도로 기침을 해 댔다.

한참을 힘들어한 그는 물을 마신 뒤에야 진정이 됐는지 가소롭다는 듯이 씩 웃고는 심상하게 맞받아쳤다.

"좋아, 주지. 그런데 이틀치고는 너무 무리한 요구 아닌가?"

"무리한 요군지 아닌지는 계산치를 때 결정하죠. 단 이틀 동안 내 이름 외엔 아무것도 묻지 않기, 아니지 이름은 벌써 말했으니 물 건너갔고 아무튼 내 신상에 대해 전혀 궁금해 하지 않기."

굳이 싸구려 창녀처럼 굴어서까지 얻고자 한 것은 바로 이거였다.

이틀 동안만 추락하고 그 다음엔 깔끔하게 정상 궤도를 찾아가는 것, 그러려면 쓰레기 같은 증거가 남지 않아야 했다. 평생 딱 한번이란 생각으로 벌이는 도박에 많은 것을 잃고 싶지는 않았다.

그런데 자꾸 한 가지가 걸렸다.

부티가 좔좔 흐르는 남자, 얘기를 나누다보니 매너 꽝도 아니고 은근히 날카로운 구석까지 엿보였다. 어쭙잖은 양아치는 아닌 듯싶었다. 그렇다고 그를 신뢰할 수는 없었다. 만나자마자 애인하자고 꼬드기는 남자를 뭘 믿고 미주알고주알 떠벌리겠는가.

그저 부모 잘 만난 한량이겠지 하고 치부해 버렸다.

그래서 직업이 뭐죠, 어디 살아요 하는 의례적인 절차도 피했을 뿐더러 굳이 알려고 들지도 않았다.

"함께 이틀 동안 지내보다 서로 맞으면 계속 만나는 거, 어때?"

한참을 뭔가에 골몰한 얼굴로 담배를 피우고 있던 그가 재떨이에 담배를 비벼 끈 뒤 정색한 얼굴로 입을 뗐다.

"그, 그건 계약 조, 조건에 위배되는데… 야리짤없이 이틀이에요."

조금씩 알코올기가 퍼지는지 몸이 나른해지고 혀도 슬쩍 꼬이는 느낌이었다. 지원은 애써 허리를 곧추세우고 눈을 부릅떴다. 또 술버릇 나오면 안 되는데….

"전혀 여지가 없나?"

"없던 일루 하고 싶어요?"

없던 일로 해요, 하고 싶었는데 입에서는 주구장창 이상한 소리만 흘러나왔다.

"무슨 섭한 말씀을."

지원은 안절부절 술잔을 비웠다. 그가 냉정을 되찾자 오히려 초조해졌다.

"뭐 기간이야 천천히 생각해 보구. 여자 혼자서 여행을 한다, 어째 소설 한 편 써도 될 것 같은데. 여행 온 이유?"

"노코멘트."

"애인하자며, 애인이 뭐 이래?"

"자꾸 조르면 애인 자격 박탈해 버릴… 거야."

"버릴 거야? 훗, 진작 그러지. 귀여운 구석도 있군."

지원은 한 잔 그득 위스키를 따라 물처럼 둘러 마셨다.

"근데 어디까지가 애인이야?"

쉬운 말을 애써 돌려 하는 남자. 그의 정체가 문득 궁금해졌다.

"그런 거 깊이 생각 본 적도 없구, 어려운 거 잘 몰라요. 그냥 마음 따라 가요. 최현빈 씨는 애인이랑 밥 먹고 술 마신 뒤엔 뭐하는데?"

허공에서 뒤엉킨 시선이 일순간 불꽃을 튀기며 서로를 가늠하기 바빴다.

데일 듯 뜨거운 눈빛에 시선을 비켜 버리자, 어느새 그가 건너와 바짝 붙어 앉으며 눈썹을 씰룩거렸다.

지원은 지그시 눈을 감으며 후욱, 숨을 들이켰다. 정말 마법의 성에 갇히고 만 거야.

"모텔로 가든지 아니면, 아니 거의 파트너 집으로 가지. 그 다음도 설명해야 되나?"

"…"

지원은 느리게 고개를 내저었다. 스스로 막다른 골목으로 밀어붙여 버리고 만 꼴이었다.

마음을 진정시킬 요량으로 술잔을 홀짝이고 있는데 그가 부드럽게 어깨를 감싸 안으며 얼굴을 밀어붙였다.

"어멋!"

부지불식간에 튀어나온 새된 소리가 그의 혀끝에 남은 알싸한 위스키 향과 뒤엉켜 버렸다.

"계약이 체결됐으니 사인을 해야지."

입술선을 느리게 핥은 그가 혀끝으로 이를 간질대며 속삭였다. 바짝 졸아붙어 몸을 빳빳이 굳히자 그는 픽, 짧게 웃음을 토해내더니 와락 목덜미를 끌어당기며 혀를 쏙 밀어 넣었다.

그의 혀끝을 음미하기도 전에 어쩜, 어쩜, 그의 손이 불쑥 셔츠 속으로 파고들었다. 차가운 손끝에 또 한번 소스라쳤다. 지원은 그의 팔목을 붙잡고 눈을 끔벅였다. 말은 하지 못하니 필사적으로 손목을 붙들고 늘어질 밖에.

"아직 덜 자랐나부지? 애기 냄새가 나."

혀끝을 살짝 감쳐물고 있던 그가 손을 가볍게 뿌리쳐 내더니 이번에는 등 쪽으로 파고들며 입안에서 웅얼거렸다.

"누, 누… 가… 보면 어…."

사색이 된 얼굴로 지원은 힘껏 도리질을 치며 그의 손아귀에서 벗어나려 버둥거렸다. 어느새 술이 확 깨버린 듯했다.

"누가 보긴, 소파에 가려 보이지도 않는다구. … 그만 일어날까?"

질색팔색하는 반응이 너무 의외라는 듯이 그는 살짝 미간을 찌푸렸다. 그리고 조금 간격을 떼고 앉아서는 툴툴댔다. 하지만 뭔가가 아쉬웠는지 금방 들러붙으며 따끈따끈 달아오른 볼을 입술로 가볍게 깨물었다.

"아, 아직 술 남았잖아요. 이거 다 마시구, 또 한 병 더 마시구 그리구 나서 또…."

몇 병을 바닥내야 백지수표를 받아낼 수 있을까. 지원은 말도 채 끝맺지 못하고 허겁지겁 맥주병을 따내고는 벌컥벌컥 들이켰다.

그리고 얼마나 흘렀을까. 또 한번 그의 진한 키스세례에 진땀을 빼고….

"이쪽은 시설 팀장님. … 민지원 씨?"

어디선가 흘러드는 단호한 음성에, 지원은 화들짝 현실로 돌아왔다.

고객 코디네이터, 매니저, 각 팀장들과 건성으로 인사를 나눈 뒤 지원은 바짝 마른 입술을 혀끝으로 축이며 자리에 앉았다.

알고 보니 입사하기 몇 달 전에 계약된 세르데냐 호텔 V.I.P 맨션과 컨벤션홀 리노베이션에 들어가기 앞서 마련된 상견례 자리였던 거였다.

"오늘은 서로 얼굴 익히고 아웃트라인 잡는 걸로 마무리하죠."

그의 사무적인 목소리가 귀를 울린다. 비서가 차를 내려놓고 나가자 지원은 눈 둘 곳이 마땅찮아 주의를 둘러보았다.

깔끔하면서도 고급스러운 분위기. 시크한 소 갤러리 같다고 나 할까.

  제법 그럴싸하게, 확연히 튀지도 그렇다고 쳐지지도 않게 세심한 주의로 설계된 방은 주인과 흡사했다.

  소프트한 감색 양복바지, 크림색 스트라이프 드레스셔츠와 오렌지 빛 타이. 평범한 듯하면서도 패셔너블한 차림새.

  그때도 그랬던가?

  판촉 팀장이 주 고객층의 연령과 선호도를 늘어놓고 있을 때 돌연 시선이 맞부딪치고 말았다.

  불에 덴 듯, 지원은 후다닥 야릇한 시선을 피했다.

  "1일 내방객이 점프업 되려면 20대를 잡지 않으면 불가능합니다. 때문에 클래식한 컨벤션홀 리노베이션이 가장 시급하고 또 테마별 컨벤션홀 확충이 시급한 실정입니다. … 2, 30대 프로페셔널, 일명 고양이족들이 주요 타깃입니다. 당연히 완공은 힘들겠지만 급한 대로 몇 곳만이라도 우선 사용할 수….»

  사정없이 정수리에 내리꽂히는 매서운 눈초리에 귀까지 먹먹해져버린 걸까. 열의를 다해 늘어놓고 있는 일장연설이 한 줄도 제대로 들리지 않았다.

  한 자리 건너 뛴 곳에서 들이치는 혹한의 서리에 그만 손끝이 얼어붙어 버렸는지 메모조차 제대로 할 수 없었다. 하긴 들리지도 않는데 무슨 메모까지….

  손바닥이 흥건히 젖어 들었다.

  "시설 팀장, 외벽은 손 안 대도 됩니까?"

"외벽 전체 철거는 불필요하다고 보여 집니다. 기존 대리석 떼어 내고 밝은 화강암으로 교체하면 될 듯합니다."

치마 위로 손바닥에 밴 땀을 닦아내고 있으려니 시후가 이미지보드를 들고 중앙으로 나간다.

"저도 시설 팀장님 의견에 전적으로 동의합니다. 눈살 찌푸릴 정도가 아니면 일단은 재고해야 할 부분입니다. 고객들 컴플레인도 무시 못할 테고 직원들 스트레스 또한 늘어날 테니까요. 그것보단 우선시되는 건 객실이죠. 내년 일을 끄집어내는 이윤 요즘 트렌드를 말씀드리고 싶어섭니다."

시후가 이미지보드를 짚어가며 브리핑을 하는 내내 지원은 벼락이라도 맞은 듯 멍해 있었다.

"민지원 씨?… 민지원 씨?"

그제야 정신을 차리고 소리 나는 곳을 쳐다보니 차가운 그의 얼굴이 들어왔다.

"뭐라고 하셨는지…."

"백 대표님, 요즘 아델 돈이 남아나는 모양입니다."

그는 아예 녹다운시키고 싶은 모양이었다.

시후가 어리벙벙한 얼굴로 쳐다보자 지원은 얼른 시선을 비켰다. 따가운 시선들이 얼굴을 마구 쪼아대는 듯했다.

"콘셉트 잡아 온 거 없냐고 물었어요."

"저, 전 대타… 아니 실장님 출장 가시는 바람에 어쩔 수 없이…."

"어쨌든 치프 민지원 씨가 맡아요."

"?"

지원은 진땀이 밴 이마를 손등으로 찍어 누르며 그에게 애절한 눈빛을 던졌다. 우리 이러면 안 돼요.

하지만 공교롭게도 시야 안으로는 뾰족머리만이 들어왔다. 파일 철에 얼굴을 깊이 파묻은 그는 어떤 거절도 용납할 수 없다는 듯이 깡그리 무시했다.

처음 만났을 때보다 다소 마른 듯한 얼굴을 제외하고는 서늘한 눈과 가지런한 입매는 변함없다.

자연스레 흘러내리던 머리를 잘라 버려서일까. 낯설 만큼 차가웠다. 깊고 그윽했던 눈빛도 어딘지 다르다. 화난 듯 경직된 얼굴, 그때의 짓궂은 장난기를 찾을 수 없었다.

"난 민지원 씨가 맡아 줬으면 좋겠는데… 힘들까?"

갑자기 얼굴을 치켜든 그가 시후에게 물었다.

"결정이야 민 기사… 아니, 내 맘이지 안 그래 지원 씨?"

지원은 또 한번 멍해지고 말았다. 상의해 보고, 당연히 그럴 줄 알았던 시후였는데.

"저 사장님…."

"민지원 씨가 적격일 거 같아, 컨벤션홀은 남자보단 여자감각이 낫지 않겠어?"

말허리를 대번에 자르고 나서는 목소리에 담보물은 당신, 하는 소리가 겹쳐 들었다.

"듣고 보니 그럴 듯하네. 칼자룬 최 대표가 쥐고 있지 않습니까."

시후가 오묘한 웃음을 흘렸다. 꼭 알아야겠어, 모종의 밀어가 오가는 듯한 너희 사이를 내가 캐고 말거야. 시후의 꿍꿍이 속이 훤히 드러나 보였다.

시후의 따가운 눈초리를 피해 지원은 현장으로 피신을 왔다. 창 난간에 주저앉아 푸욱 한숨을 쉬며 질끈 눈을 감았다.
세르데냐 호텔 호텔…!
그 여름, 커튼 틈새를 파고드는 한줄기 따가운 햇살이 눈을 괴롭혔다. 마지못해 눈을 뜨니 머리가 빠개질 듯 아파왔다. 재롱이라도 부리는 아이처럼 머리가 절로 도리질을 쳐댔다. 술이 웬수다, 악문 잇새로 한탄의 신음이 비집고 흘렀다.
이러길 잠시, 타는 듯한 갈증을 참지 못해 물을 한 잔 마시려고 굼뜨게 몸을 움직였다. 무거운 눈꺼풀이 잘 떠지지 않아 무작정 시트를 들춰내다가 문득 뭔가 허전한 느낌에 재빨리 몸 곳곳을 더듬었다.
아닌 게 아니라 브래지어와 팬티 차림으로 자고 난 거였다.
맥이 탁 풀려 다시 몸을 뉘었다가 이내 침대 끄트머리로 몸을 밀어붙였다.
시간이 궁금해 습관처럼 팔을 내뻗었는데 마땅히 손에 잡혀

야할 휴대폰 대신 차가운 금속질이 느껴졌다. 소스라쳐 벌떡 일어나 앉았다.

눈에 들어오는 벽지가 낯설었다. 분명 자잘한 꽃무늬 띠 벽지-만약 얹혀사는 주제가 아니었으면 당장 도배부터 바꿨을 거다-가 눈에 들어와야 하는데, 주체할 수 없이 우아한 블루 그레이 직물 벽지가 시야를 부옇게 덮었다. 고개를 가만 돌려 보니 만날 여닫았던 방문이 아니었다. 다크 브라운의 육중한 문에 숨통이 턱 막혀 왔다. 저 문을 단숨에 열 수 있을까.

정신없이 방안을 두리번거렸다. 희번득 치뜬 눈에 생소하기 짝이 없는 커다란 물체가 들어왔다.

"으앗!"

입을 틀어막고는 후다닥 침대에서 벗어났다. 하지만 머릿속은 공동이 되고 말아 한참을 배터리 나간 인형처럼 서 있어야만 했다.

그때였다. 갑자기 부스럭대는 소리가 들려왔다. 집채만한 물체가 잠결에 몸을 뒤채는 모양이었다.

다시 들이친 충격에 그제야 정신이 조금씩 돌아왔다.

어김없이 술버릇이 도지고 말았던 거였다. 주량을 넘어서면 장소 불문하고 잠이 들어 버리고 마는 치명적인 술버릇. 선명하진 않지만 가위질 당한 필름사이로 간밤의 상황이 조각조각 스쳐갔다.

술집에 들어가 겁 없이 술을 마시고 허물없이(?) 대화를 나누다가 울컥, 하는 마음에 이해하기도 힘든 제안을 하고, 숨결이 섞이고 혀가 오가다가 또 술을 마시고… 그러다 편안하고 널찍한 가슴에 기댄 채로 있다가…. 흐릿한 기억은 거기에서부터는 영 진전이 없었다.

서론이야 어찌 됐든 끝엔 남자와 함께, 그것도 생면부지의 남자와 잠을 잤단 말이지. 고이 잠만 잤을까? 그 순간 백지수표 한 장이 휙 뇌리를 스쳤다.

눈앞이 아찔했다.

결국 삼십육계 줄행랑을 선택했다. 바들바들 떨리는 손으로 바지를 꿰며, 혹시나 싶어 남자의 널따란 등짝을 힐끔거리며 방을 빠져나왔다.

얼마나 다행인지, 잠자는 곰을 깨우지 않고 호텔을 빠져나와 택시를 잡아탔다. 그리고 대여섯 장 남짓한 지폐를 지푸라기라도 잡는 심정으로 틀어쥔 채 손을 풀지 않았다.

이윽고 차를 맡겨 놨던 주차장에 도착한 뒤 나경에게 구조요청을 했고 비행기로 날아온 나경의 잔소리를 귀가 닳도록 들으면서 서울로 돌아왔다.

마지막! 제발…! 한 여름밤의 꿈이길 간절히 빌었었다.

나경이 그랬다. 절대 잊지 못할 해프닝이라고.

나경의 말마따나 웃지 못 할 해프닝이거니 했다. 아니 그렇게 생각하려고 한동안 무진 애를 썼더랬다. 하지만 지워 버리고 싶은데도 좀처럼 지워지지 않던, 불쑥불쑥 싸가지 없이 고개를 내밀던 기억들.

"민 반장? 점심 먹으로 가자고."

가까이에서 들려오는 사람 기척에 지원은 번쩍 눈을 떴다가 힘없이 손을 젓고 다시 눈을 감았다. 그런데 이번엔 휴대폰이 방해를 했다.

만사가 귀찮은 듯 지원은 다리를 쭉 뻗고 휴대폰을 빼내 들었다.

"네."

"최현빈입니다. … 벌써 잊진 않았겠지?"

"으아악!"

저편에서 유유히 흘러드는 음성에 지원은 그만 엉덩방아를 찧고 말았다.

"민지원, 민지원… 얼마 만에 불러 보는 이름인가!"

"…"

엉덩방아를 심하게 찧은 통에 엉치뼈까지 아파 오자 지원은 잔뜩 미간을 찌푸리며 엉거주춤 일어났다.

"계약을 먼저 파기하면 얼마를 추가 보상해야 하지? 그 정도의 상식은 있겠지? 애인님."

"…"

지원은 한 손으로는 수화기를, 다른 손으로는 엉덩이를 문지르면서도 연신 잔머리를 굴려대느라 바빴다. 봉착한 난관을 어떻게 뚫어야 한단 말인가!

지레짐작처럼 차라리 양아치라면 팔 벌려 환영이라도 했으련만. 그는 엄연한 클라이언트, 무시할 수나 있으면 기꺼이 받아들일 텐데, 선택의 여지가 없었다. 이것만도 머리에 쥐가 날 판인데, 세르데냐 호텔 사장이라니.

운명의 장난, 무슨 멜로드라마도 아니고.

더구나 계약 파기한 위약금까지 쳐서 달라니.

… # story 4
미련 곰탱이 그녀

 그녀가 온 날이 문득 떠올라 나우는 브레이크를 밟으며 눈을 감았다.
 스튜디오에서 밤을 새고 밴에 몸을 뉘었을 땐 이미 도로는 아침 전쟁을 시작하고 있었다.
 장사 준비를 서두르는 리어카 행상 아줌마, 연신 시시덕거리는 교복 차림의 여학생들이 눈앞을 슥 스쳐 갔다. 그렇게 얼마쯤 몽롱한 정신으로 있다가 어느 순간 까무룩 잠에 빠진 모양이었다. 문득 눈을 떠보니 아파트 앞이었다. 다시 눈을 감고 비몽사몽 헤매고 있자니,
 "야, 일어나 다 왔어!"
하고 규식 형이 어깨를 툭툭 쳐 댔다.
 "으응."
 "2시 화보 촬영 있는 거 알지?"

얼굴을 비비고 차 문을 여는데, 규식 형의 목소리가 송곳처럼 귀를 할퀴었다.

"귀찮아, 내 몸이 무쇠인 줄 알아? 생각 좀 해 보고 뺑뺑이 돌려."

하고 싶어 하는 일인데도 짜증이 나는 건 어쩔 수 없다.

"지랄 떨고 자빠졌네, 생짜들은 건수 없어서 안달이야."

"누가 뭐라냐?"

늘 그랬듯, 나우는 귀를 틀어막으며 항의했다.

"핸드폰 꺼 놓으면 죽어!"

"차라리 죽여! 아니, 꽉 혀 깨물고 죽는다, 형 소원대로 낼 신문 1면 화려하게 장식해 줄게."

"아가리를 꽉…."

규식 형의 볼멘소리를 뒤로하고 아파트 문을 열고 들어와 그대로 방으로 직행했다. 샤워도 귀찮아, 방에 들어서기 무섭게 침대로 몸을 날렸다. 느린 손으로 대충 옷을 벗어내고 비스듬히 누웠다. 그런데 웬 걸, 침대에 눕기만 하면 곯아떨어질 것만 같았는데 정신만 몽롱할 뿐 눈이 감기지 않았다.

"젠장!"

팬티차림으로 어기적거리며 주방으로 걸어가 와인 셀러 안에서 코로나 한 병을 빼내 규식 형 목을 비틀었으면 좋겠다는 마음으로 마개를 비틀었다.

그러다가 지레 멋쩍어 키득거리며 냉장고 야채 칸에서 레몬을 빼내 들었다.

"품치麾 품품麾품 A-Yo!"

잠시 현란한 몸짓으로 칼춤을 춘 뒤, 아무렇게나 베어 낸 레몬 조각을 병에 빠뜨리려는 찰나 휴대폰 벨소리가 정적을 갈랐다. 일순 규식 형이 분명하리라는 불길한 예감이 뇌리를 스쳤다.

"니미씨발, 웬수가 따로 없어, 아주."

모른 체 하기로 작정하고 얼마쯤 버텼을까. 하지만 휴대폰은 난리 블루스를 멈추지 않았다. 별 수 없어, 험한 욕을 고루 쏟아내며 방으로 들어가 휴대폰을 집어 들었다. 받자마자 한바탕 갈기겠다는 작정으로.

"왜에?"

"나우야, 나야."

번호도 확인하지 않고 무턱대고 받았는데 규식 형이 아니었다. 뉴욕 어디쯤에서 밤을 즐기고 있을 그녀였다. 느닷없는 목소리에 깜짝 놀랐다.

"어? 이 시간에 웬일이야?"

"나, 여기 공항이야."

떨리는 목소리로 보아 그녀는 몹시 불안한 상태였다.

"공항?"

"응, JFK 공항, 지금 보딩수속 중이야."

"뭐?"

그렇게 그녀는 바람처럼 날아왔다.

여명의 미혹 같았던, 금방 가서 버리고 마는 레몬 향처럼 아쉽기만 했는데….

저스틴, 빌어먹을 새끼!

행복에 겨운 것도 잠시, 갑자기 저스틴에게까지 생각이 미치자 나우는 치미는 분을 어쩌지 못하고 다시 액셀을 밟았다.

눈앞에서 약혼자와 딴 여자가 뒤엉켜 있는 것도 충격이었을 텐데 마약으로 맛이 간 두 남자의 정사 장면을 목격한 그녀는 어쨌을까. 더구나 납치까지 당했으니.

단지 건너들은 것만도 이렇게 치가 떨리는데 그녀는 두 말할 필요도 없을 것이다. 당장이라도 쫓아가 두 동강을 내버리려 하는 걸 그녀가 말려 겨우겨우 참아 냈다.

하지만 그녀의 아픈 상처가 또 한번의 기회를 가져다주었다.

지금도 바람결에 실려 오는 그녀를 느낀다.

"지원아…."

이젠 서킷을 질주하며 미친놈처럼 고래고래 고함을 질러대는 일도 없을 테지. 오늘처럼 근사한 날엔 스케줄 펑크 내고 우리 왕 콤플렉스 태우고 근교 드라이브나 하고 싶었다.

"빌어먹을, 무슨 말을 못해요."

한마디 흘리기 무섭게 피디와 스태프들이 다가오는 게 보인다.

오랜만에 짜릿한 스릴을 느끼며 달콤한 상상이나 해 볼까 하고 일부로 서둘러 나왔는데, 저 인간들은 사사건건 못 잡아먹어 안달이었다.

헬멧을 벗고 카트에서 내리자마자 AD가 다가와 알은체를 했다.

"빨리 나왔네, 규식인?"

"아직 퍼져 자."

"나경 씨도 안 왔어?"

"걔 오늘 Su 따라붙었어."

"그래? 어디서 할까?"

"그냥 여기서 하자, 파라솔 가져왔지?"

"당근이지. 야? 파라솔 펴!"

의자에 앉아 메이크업을 하고 있자니 스태프들 틈을 헤치고 피디와 리포터가 다가왔다.

"자식, 두말없이 나와 줘서 고맙다야."

"알아줘서 고맙수."

"하여튼 키워주면 안 된다니까."

한 방 칠 듯한 피디가 이내 정색하고 리포터를 소개했다.

"인사해, 강민주."

"자알 부탁드립니다."

"제가 할 코멘트 가로채지 마세요."

애교 있게 우는 소리를 한 민주가 불쑥 다이어리를 내밀고 싱긋 웃는다. 사인을 해 주니 명함을 내밀며 또 말없이 웃었다.

그런데도 그 상큼한 미소가 눈에 들어오지 않았다.

"큐!"

이윽고 피디의 큐 사인이 떨어지고 인터뷰는 시작되었다.

"이번 시즌 투어링 A 몇 위 하셨죠?"

"꼭 순위 밖으로 밀릴 때만 취재 나오는 민주 씨 증말 미워."

닭살 코멘트로 분위기 팍팍 띄우면 민주는 수줍게 웃었다. 처음인데도 손발이 척척 맞아떨어졌다.

다행이었다, 지원의 얼굴을 빨리 볼 수 있게 되어서.

"담 번엔 10위 안에 들고 말테니 그때 보자고요."

"또요? 그럼 저야 영광이죠."

"빙고! 민주 씨 또 보고 싶단 말씀."

"2집 작업하신다고 요즘 방송 뜸하시던데 드라마나 영화 준비하시는 거라도…."

"민주 씨, 친한 피디 없어요?"

"?"

민주가 황당하다는 얼굴로 쳐다본다. 대사 칠 말이 빈곤한 모양이다.

"섭외 좀 넣으라고 찔러 달라고요."

"컷! FM대로 가자."

PD가 인상을 구기며 소리쳤다.

"지금 교제 중인 분 있으세요?"

"푸웃… 지금으로선 스캔들 날조라도 하고 싶은데요."

음료수를 뿜어내는 시늉을 하며 가볍게 웃고 말았다. 순간 지원이 얘길 흘려버릴까 하는 유혹을 받았다.

"그걸 믿으라는 말씀?"

"못 믿겠으면 민주 씨가 스토커 하시던지."

"좀 식상한 질문이지만 좋아하는 스타일은?"

"뭐, 깜찍 발랄, 상큼, 쭉쭉빵빵, 합체 걸 정도면… 친구 번호 3개만 찍어 주면 안 잡아먹지."

핸드폰을 내밀며 주접떠는 것으로 인터뷰는 끝났다.

"… 저 진짜 찍어 드려요?"

테이블 위를 정리하던 민주가 대뜸 느닷없는 질문을 해 조금 놀랐다.

"뭘요?"

"친구 번호요."

"꽉 차서 더 안 들어가요, 담에 봅시다."

"어디."

서킷을 빠져나와 바로 아델로 갈까하다 혹시나 싶어 문자를 날렸다.

곧장 날아오는 메시지,

"여기 제누 나 바빠."

오지 말라는 소리보다 더 무서웠다.

하지만 한두 번 당해보는 거절도 아닌 탓에 별 느낌도 없었다. 늘 그랬듯 뻔뻔하게 낯짝 들이밀면 그만이니까.

밴에서 훌쩍 뛰어내리려는데 저만치 꽃집이 눈에 들어와 아무 생각 없이 꽃집 문을 열고 들어섰다.

그녀는 꽃을 별로 좋아하지 않았다. 알레르기가 있는 것도 아닌데 반가워하는 얼굴을 본 적이 없는 것 같았다.

늘 그냥 넘기고 말았는데 오늘도 감격하지 않으면 따져 볼 참이다.

"장미 주세요."

모자를 푹 눌러쓰고 터덜터덜 걸어가는데 어렴풋이 그녀 목소리가 들려오는 듯해 고개를 들었더니 제누 옥상을 올려다보며 현 기사와 뭐라고 쑥덕대고 있었다.

"허니."

조심스레 다가가 허리를 부둥켜안자 "어?" 지원이 깜짝 놀라며 몸부림치다가 이내 알아보고는 빽 소리를 질렀다.

"너 죽고 싶냐?"

"응."

마구 버둥대는 지원을 부둥켜안고,

"It's now or never come hold me tight Kiss me, my darling…."

딴청을 하며 노래를 부르는데 지원이 들고 있던 도면을 마구 휘두르며 몸부림을 쳐 댔다.

"짜잔."

문득 지나가는 사람들이 쳐다보는 걸 알아채고는 계단 쪽으로 끌고 와 머쓱하게 꽃을 내밀었더니 아니나 다를까.

"뭐 하러 이런 데 돈 써? 사오려면 먹을 거나 사오지 않고."

그녀가 시큰둥한 얼굴로 받아들어, 나우는 금세 김이 빠져 길게 한숨을 내쉬었다. 그리고 화난 척 툭툭 계단을 밟으며 또 한숨을 내쉬었다.

"야? 이나우? 고깟 걸로 삐지냐?"

"그래, 나 왕쫌팽이다!"

구석에 쪼그리고 앉아 핸드폰으로 레이싱 게임을 하고 있었더니 지원이 쭈뼛쭈뼛 다가왔다. 딴엔 미안했나보다.

"너 설마 스케줄 펑크 낸 거 아니지?"

그녀가 슬그머니 옆에 앉으며 말을 건넸다.

"…"

힐긋 째려 주고는 다시 핸드폰에 눈을 묻자 "너 자꾸 이럼 나 나경이한테 깨진다구. … 애, 만날 애들처럼."

혼자 구시렁대던 지원이 핸드폰 화면을 힐끔대는 게 보인다.

"한번 해 볼래?"

하고 핸드폰을 내밀었더니,

"관두시게, 요즘 누가 이딴 걸 한다니?"

"야, 리니지만 겜이냐? 이런 원시 겜도 종종 해야 이큐에 좋다고."

"이큐 열심히 계발시켜라. 이 누난 바빠서…."

그녀가 뒤통수를 다독이며 허벅지를 짚고 끄응, 하고 일어났다. 느닷없이 열이 확 치밀었다.

"좋은 말로 할 때 그 누나 소리 집어 쳐."

"얘가 뭘 잘못 먹었나, 목소리 크다고 오빠된다니? 누나하고 나하고 만든 꽃밭에…."

지원이 놀리듯 콧노래를 흥얼거리며 걸어갔다.

"너 진짜 다 살고 싶지?"

드디어 폭발이다.

뭐 다르게 쏘아줄 말 없나 하고 씩씩 콧김을 내뿜고 있는데 갑자기 휙 등을 돌린 지원이 정색을 했다.

"너 아니래두 나 심란하단 말야."

"너…."

그 참에 테이블 위에 덩그러니 놓인 꽃다발이 눈에 들어왔다.

"너, 장미 몇 송인지도 안 세 봤지?"

나우는 머리끝까지 화가 나 사람들 눈치도 아랑곳없이 빽 소리치고 말았다.

이 미련 곰탱이야! 55송이란 말야. 내게 다시 오오!

story 5
내일은 없다?

 우연이 겹치면 필연이 되는 걸까. 현빈은 방안을 가로지르며 속으로 되뇌어 보았다.
 그녀를 보고 난 후로 모든 리듬이 깨지고 있었다. 까닭 없이 피돌기가 빨라지고 도무지 한 자리에 가만 앉아 있기가 불가능했다.
 밍밍한 일상을 여지없이 흔들어 버린 알싸한 소다수 같았던 그녀. 철지난 바닷가의 위험한 함정이라도 비껴가기는 힘들었다.
 "버림받은 남자? 내가? 이 최현빈이가?"
 "예?"
 차를 몰던 기사가 난데없는 소리에 놀라 고개를 돌리고 쳐다봤다.
 "아니, 빨리 가지."

당장이라도 쫓아가 도망친 이유를 묻고 싶은데 지금은 어쩔 수 없었다. 오늘은 호랑이 같은 할아버지 생신이다.

현관문을 열고 들어가니 먼저 조카 녀석들이 달려들어 반겼다. 서로 허리를 부둥켜안으며 "삼촌!" 하며 매달렸다.

한 팔에 하나씩 안아든 채 뽀뽀하며 "삼촌 안 보고 싶었어?" 하고 장난치고 있었더니 주방 쪽에서 수빈이 고개를 내밀며 "왔구나, 시장하니?"라고 말을 붙였다.

"아니, 매형은?"

애들을 내려놓고 소파로 가는데 어디선가 매형 목소리가 들리는가 싶더니 서재 문이 열리며 할아버지와 은채가 걸어 나왔다.

"다들 앉자, 홍 팀장도 이리와 앉아."

쭈뼛쭈뼛 뒤따라오던 은채는 기다렸다는 듯이 냉큼 자리에 와 앉았다.

"바쁠 텐데 어려운 걸음했구나."

여지없이 할아버지 핀잔소리가 귀를 괴롭혔다.

"예?"

이럴 땐 사오정처럼 나가는 게 수다.

"무슨 날이나 돼야 보니 원."

"좀 바빴습니다."

"어째 저렇게 생겨 먹었을까. 그래도 홍 팀장이나 자주 들러 말동무해 주니 덜 적적하지. 피붙이라고 해 봐야 둘 뿐인데 누구 하나 거들떠도 안 봐 주니….”

할아버지의 볼멘소리에 주방에서 나오던 누나가 눈을 찡긋하며 다가와 앉았다. 아니나 다를까, 할아버지는 벽에 걸린 빛바랜 가족사진을 보며 길게 한숨을 내쉬었다.

"누나야, 일하랴 애들 보랴 정신없이….”

"수빈인 그렇다 치고 넌 무슨 사무가 그리 바쁜게야? 홍 팀장, 전석 여자 생겼냐?”

은채가 멋쩍다는 듯이 시선을 피하며 웃었다.

"요즘 빌라 공사 시작하는 거 아시면서 괜히 그러신다.”

토닥거리는 애들을 뜯어말리며 누나가 혼잣말처럼 투덜댔다.

"아무리 정신없다고 집 놔두고 호텔에서 먹고 자고 해?”

"그럼 우리 식구 들어와 살까요?”

"그딴 소리 말아. 뒷간하고 처갓집은 멀어야 하는 법이다. 이거 어떠냐?”

누나를 나무라던 할아버지가 대뜸 흐뭇하게 웃으며 와이셔츠 깃을 만지작댔다.

"어머? 넥타이도 안 매시면서 웬일로 스카픈….”

"나라고 하지 말라는 법이라도 있더냐? 다들 홍 팀장 반만 따라가도…. 잔기침 몇 번했더니 당장 사다 주잖냐.”

대꾸 한마디도 못하고 눈치만 살피고 있는 누나를 보며, 현빈은 발치에 놓아 둔 쇼핑백(오 비서가 사다준 스카프)을 소파 밑으로 밀어 넣어야 했다.

으레 그랬듯, 할아버지 잔소리와 애들 칭얼거림에 밥이 입으로 들어가는지 코로 들어가는지도 모른 채 식사는 끝이 났다. 술 한잔 하고 가라는 말이 없어 그나마 다행이다 싶었는데 은채를 데려다 주고 가라는 귀찮은 명이 떨어졌다.

차 안, 다시 조용해지니 그녀가 머릿속을 비집고 드는데 대뜸 은채가 무엇인가를 내밀며 상념을 방해했다.

"저 이거….'

"이게 뭡니까?"

"아까 회장님 선물 고르다가 함께 산 거예요."

쑥스럽다는 듯 은채가 배식 웃었다.

"선물이면 못 받았겠는데."

"사장님두… 그냥."

은채는 애교 있게 웃어넘겼다. 호텔 vip 고객들을 상대할 때와 별반 다를 바 없는 웃음이지만 뭔가 껄끄러웠다.

"그럼 뇌물? 그러면 고맙게 받고."

"선물은 풀어 보는 게 예의인데…."

케이스를 아무렇게나 던져 놓자 은채는 섭섭하다는 듯이 말끝을 흐렸다.

예의를 지키시면 성심껏 브리핑하죠, 했던 여름날의 그녀가 어김없이 끼어들었다. 왠지 입안이 바짝 말랐다.

"뇌물은 몰래 풀어 봐야 후한이 없는 법이지."

"사장니임….'

케이스를 풀어내고 멍하게 있자니 은채가 다그치듯 졸랐다.

"맘에 안 드세요?"

뚜껑을 열어 보니 넥타이핀과 커프스였다. 한눈에 보아도 명품인 듯했다.

"아, 아니. 부담가게 이런 걸 뭘…. 뭐 필요한 거 있으면 오 실장한테 일러둬요."

어색한 침묵이 흐르고 코너를 몇 번 도는 듯하더니 갑자기 차가 멈춰 섰다. 어느새 은채 집 앞인 모양이었다.

인적이 뜸한 다소 경사진 오르막길이 눈에 들어왔다. 정면 어디쯤을 바라보고 있자니 문 여는 소리가 들려오고 은채가 내리는 기척이 났다.

"집이 어딥니까?"

인사말이 마땅치 않아 차창을 내리고 아무렇게나 지껄였다.

"조금만 걸으면 돼요."

"그래요? 그럼 조심해 들어가요."

"안… 녕히."

은채가 고개를 숙이며 인사를 건네는데 얼굴이 조금 굳는 듯했다. 순간 바래다주길 기대했을까, 하는 의문이 스쳤다. 그러는 사이 차는 미끄러지듯 앞으로 나아가고 있었다.

서운해 하는 은채를 들여보내고 호텔로 들어와 벌러덩 침대에 드러누웠다. 순간 바지 주머니에 넣어 둔 핸드폰이 비죽이 고개를 내밀었다.

유혹을 참지 못하고 시후에게 전화를 걸어 그녀 번호를 알아낸 뒤 무작정 그 번호를 눌렀다.

"네."

혹시 잘못 눌렀을까. 갑자기 저편에서 남자 목소리가 흘러들어 깜짝 놀랐다.

"민지원 씨 핸드폰 아닙니까?"

"네, 지금 지원이 샤워 중인데 제게 말씀하세요, 전해 드리죠."

그렇게 지옥 같은 밤은 흘렀다.

아침, 출근하자마자 오후 스케줄부터 취소시키고 멍하게 온종일 있다가 6시 땡 치기 무섭게 튀어나왔다.

대기하고 있던 기사에게 키를 낚아채 그녀가 있다던 제누로 질주하듯 차를 몰았다.

갓길에 차를 대고 계단을 뛰어올라 문을 열어젖히니 의외로 주의가 너무 조용했다. 아마도 모두 퇴근한 모양이었다.

"젠장!"

그냥 나갈까 하다가 문득 이상한 느낌에 고개를 돌렸는데 저만치 시커먼 뭔가가 들어왔다. 가까이 가 보니, 세상에 잔뜩 웅크린 채 잠들어 있는 그녀였다.

깨우기도 뭣해 난간에 기댄 채 담배를 빼 물었다. 끊은 지 오래된 담배가 언제부터인지 습관이 되어 갔다.

발치로 어둠이 밀려오기 시작하고 얼마나 담배를 죽였을까. 문득 기척이 느껴져 고개를 드니 부스스 일어나던 그녀가 이편을 보고는 얼어붙었다.

"어떻게 여긴…."

"아무데서나 자는 게 취미인 모양이지?"

그 여름날도 그랬다.

"헤이 걸?"

"제발 눈 좀 떠 봐."

흔들어도 소용없었다. 흐느적 가슴에 얼굴을 묻은 채 새근새근 숨을 내쉴 뿐. 어쩔 수 없이 포기하고 그냥 나갈까 하다가 발이 떨어지지 않아 다시 돌아와 그녀 옷을 벗기고 옆에 누웠다.

"그래, 이왕 자는 거 편하게 자라. 계산 치를 때 보자고? 헝! 기가 막혀서…."

다 벗기면 게임 오버일 테니 기본적인 것은 남겨둔 채.

방을 따로 쓰면 한 번 더 직원들 입방아에 오를 거라 자위하며, 물불 못 가리고 날뛰는 몸뚱이를 애써 자제시키면서.

"애인님 모시러 왔죠."

자기도 모르게 말이 빈정대듯 흘렀다. 다리가 저린지 그녀가 일어서려다가 바로 주저앉았다.

"자…."

손을 내밀어도 그녀는 본체만체 땅을 짚고 일어섰다. 갑자기 기분이 팍 상했다.

"그럼 갈까?"

"어딜요?"

"가면서 얘기해."

"여기서 말해요."

그녀가 절뚝절뚝 따라붙으며 볼멘소리로 대답했다. 차갑게 무시하고 잰걸음으로 걸어가자 언제 가까이 왔는지 그녀가 팔을 붙들었다.

"저기 잠깐만…."

"계약서 다시 써야 할 거 아냐?"

모시러 왔다는 그의 말이 떨어지기 무섭게 지원은 그의 성에 감금(?)되었다.

왜 하필 이곳으로 왔을까? 막막했다. 하지만 다행스럽게도 비서실은 비어 있었다.

그는 이곳으로 오는 차안에서 입 한 번 열지 않았다.

너무 낯선 모습에 또 한번 당황했다.

막가파 식으로 몰아붙였던 키스를 제외하고는 꽤나 친절했고 배려가 넘쳤는데, 그때의 남잔 어디에도 없었다.

책상에 비스듬히 기대앉아 담배에 불을 붙인 그가 손짓으로 자리를 권했다. 그리고는 인터폰을 눌렀다.

"송 변호사 퇴근하셨나?"

"제주도에서 아직…."

"그랬지 참. 좀 있다 저녁 올려 주지."

그는 은근히 코너에 몰아붙이고 있었다.

"그렇게 서 있을 건가."

지원은 마지못해 걸어와 앉았다.

"옷 벗고 편히 앉지."

"이게 편합니다."

여태 지원은 가방을 꽉 틀어쥐고 있었다.

"또 기분 상했나? 옷 이리 주시죠."

그가 가까이 다가와 손을 내밀자 지원은 창밖으로 고개를 돌려 버렸다.

짙은 어둠이 내린 창. 명멸하는 불빛에 에워싸인 창밖은 살풍경한 모습을 거둬들이고 있었지만 그는 미팅 때와 다를 바 없이 살벌했다.

흐트러짐 없는 차림새인데도 산발한 머리칼로 마구 칼을 휘두르고 있는 망나니를 보고 있는 듯했다.

"민지원."

여전히 외면하고 있자 맞은편에 앉은 그가 빈정대듯 다시 불렀다.

"애인님!"

별 수 없이 눈을 맞췄더니 그가 회심의 미소를 날렸다.

"다시 부를 기회가 없을 줄 알았는데…."

"맞아요, 오늘이 마지막이에요."

"누구 맘대로?"

"타임 오버니까…."

"본격적인 게임은 아직 시작도 안 했는걸."

"억지 쓸 일 아니잖아요."

"억지라도 부리고 싶다면."

그가 양손으로 테이블 끄트머리를 움켜쥐며 미간을 찌푸렸다.

"시간 낭비예요."

"걱정도 팔자군, 그건 내 일이야."

여유를 되찾은 척 다시 느긋하게 기대어 앉은 그는 연기를 했다. 조바심 내는 얼굴을 가리지 못한 채.

"일에 방해받고 싶지 않아요."

"어허? 그러셨어? 미팅 때 빈정거린 것 때문이라면, 앞으로 공사 구분 유념하지."

"이해력이 대단히 부족하시네요. 쉽게 말할까요? 날 샌 지 오래라구요."

조금씩 목소리가 떨려나와, 몹시 난감했다.

"이렇게 태엽 감고 있잖아."

싸늘히 웃던 그의 얼굴이 어느새 눈앞을 가득 메워 버렸다.

시선도 몸도 꽉 붙잡혀 꼼짝달싹 할 수 없었다.
"놔 줘요."
"그냥은 안 놔 줘."
"어떻게 하면 없던 일 되는데요?"
"위약금 다 갚으면…."
사악하게 웃으며 그는 정중히 협박했다.
"얼마면 되죠?"
"내 마음만 돌려준다면."
그 한마디에 지원은 얼어붙었다. 그리고 그의 손이 목덜미로 올라올 찰나, 휴대폰 벨소리가 울렸다.
화들짝 그에게서 떨어져 나와 책장 쪽으로 걸음을 옮기며 휴대폰 액정화면을 보니 엄마였다.
아직도 현장이니? 하고 시작한 엄마는 길게 잔소리를 늘어놓았다. 창가에 버티고 있는 그를 힐끔대며 지원은 건성으로 대꾸했다. 그만 끊어, 해야 하는데도 핑계거리가 없어 쩔쩔매고 있는데 다행히도 엄마가 먼저 끊자, 했다.
"응, 알았어."
휴대폰을 주머니에 넣고 몇 발짝 떼지도 않았는데 눈앞에 그의 발이 보인다. 깜짝 놀라, 발을 멈추고 고개를 들었다.
"아주 근사해 졌는걸? 길에서 스쳤으면 몰라 봤을까?"
그는 머리칼을 매만지며 장난스레 말했다.
"장난 그만하시죠."

그가 저벅저벅 다가와 무심결에 뒷걸음질쳤는데 그만 책장에 가로막히고 말았다.

"그럼 장난 그만하고 본론으로 들어가 볼까?"

"?"

좌우를 살펴봐도 그의 팔에 가로막혀 빠져나갈 구멍이 없다.

"먼저, 물먹인 이유부터."

"기억 안 나요."

겨우 고개를 들고 지원은 차갑게 쏘아붙였다.

"기억에 없다? 그 멘트 한물 가지 않았나? 이렇게 하면 기억이 날까?"

고개를 숙이고 픽 웃던 그가 대뜸 머리채를 쥐며 입술을 밀어붙였다. 그의 숨결이 왈칵 덮쳐들었다.

화들짝 고개를 꺾으며 그의 가슴에 손을 올려 간격을 벌렸다. 그가 소리 없이 웃었다. 그의 거친 숨결이 고스란히 느껴져 어쩔 줄 몰라 하고 있는데 노크 소리가 들려와 다시 가슴을 쓸어내렸다. 하지만 그는 뭔가 몹시 못마땅한 모양이었다. 등을 돌리며 낮게 투덜댔다.

지원은 헝클어진 머리를 쓸어 넘기며 자리에 가 앉았다.

야경이 한눈에 내려다보이는 창가 테이블 위에 음식들이 세팅되기 시작했다.

웨이터의 손놀림은 한 치의 어눌한 구석도 보이지 않았다. 채 5분도 걸리지 않아 준비를 마친 웨이터는, 마지막으로 연녹색 테이블 센터 위에 와인 커터와 장미꽃 한 송이를 가지런히 내려놓고는 조용히 뒤로 물러섰다.

"필요하면 부르지, 나가 있게."

"예, 알겠습니다."

웨이터가 방을 빠져나가기 무섭게 그가 바짝 다가왔다.

지원은 얼떨결에 가방을 챙겨 일어섰다.

"앉아."

"그만 가 보겠습니다."

하지만 그의 팔이 붙들고 늘어져 한 발도 떼지 못했다.

"계약서에 사인하고 가야할 거 아냐."

"사람 잘못 보셨어요. 지금 사장님 앞에 있는 민지원, 그때 그 여자 아녜요."

"없던 일로 하자?"

"네."

"민지원, 다시 말하지. 애인님은 장난으로 날 가지고 놀았는지 몰라도 난 장난 아니었어. 기억하지? 서로 끌리면 계속 만나자는 말, 지워 버렸다면 빠른 시간 안에 재생시켜. 그게 신상에 좋을 거야."

"이미 지워진 파일 복구시키는 건 제 능력 밖이에요."

점점 힘이 빠졌다. 그만 포기해 줬으면 하는 마음이 간절했다.

눈꺼풀이 맥없이 감겨 애써 치켜올리려는데 그가 와락 끌어당겨 품에 가두어 버렸다. 번쩍 정신을 차리고 몸을 뒤채는데 그가 정수리에 입술을 묻고 픽 웃었다.

"그날 밤으로 돌아가 보면 어때?"

고개를 저으려고 할 찰나 그의 입술이 미끄러지듯 내려와 입을 틀어막았다. 도리질 칠 새도 없이 그의 혀가 깊숙이 파고들었다. 성난 그의 혀는 반응을 보이라고 다그쳤다. 자기 어깨를 떠미는 몸짓 정도는 우습지도 않다는 듯 가볍게 제압한 그는 낮게 신음을 흘리며 입안을 샅샅이 헤집고 다녔다.

"놔, 놔요!"

겨우겨우 그를 떼어 내고 도망치듯 떨어져 나와 숨을 고른 뒤 지원은 그를 똑바로 올려다보며 말했다.

"저 곧 결혼해요."

진행 중인 남자가 한 트럭이에요, 공과 사는 확실하게 따지는 편이죠, 라는 식으로 대충 얼버무리려 했는데 예기치도 못한 지독한 말이 튀어나와 버렸다.

지독한? 왜 지독하다는 느낌을 받았을까. 가슴 한편을 훑고 지나는 통증에 스륵 맥이 빠졌다.

물론 과거형이라지만 전혀 없었던 말도 아닌데 왜일까? 잠시 허우적거리다가 세차게 고개를 내저었다. 어디선가 더 이상 분석하지 말라고 조언했다.

절대 시작과 끝이 한결같을 수만은 없는 사이, 전조 없는 소낙비를 만나도 잠시 몸을 피할 조악한 처마마저 바랄 수 없는 사이, 채울 것도 나눌 것도 심지어 지울 것도 만들지 말아야만 하는 사이엔 모든 게 사치스런 감정놀음일 뿐이라고.

"뭐라구?"

"결혼한다구요."

"그럼… 그때도."

망치로 얻어맞은 사람처럼 멍하게 보고 있던 그는 창가로 투덕투덕 걸어갔다. 지원은 반대편 창가 난간에 주저앉듯 앉아 고개를 숙였다.

무슨 막말을 하려나 잔뜩 긴장을 하고 있는데 의외로 그는 헤드라이트 불빛이 끝없이 이어지는 창 너머를 쳐다볼 뿐 말이 없었다. 무거운 정적 사이에 한숨 소리만이 간간이 끼어들었다.

시간은 고통스러울 만치 더디게 흘렀다.

이미 멍울 져 버린 바게트 빵에 담긴 감자 수프. 코코넛가루를 입힌 새우튀김도 눅눅히 변한 지 오래였다.

주구장창 담배를 피워대던 그가 비로소 빈정대듯 입을 열었다.

"대체 소속이 뭐야? 나가요 걸인지 아니면 단물만 쏙 빼먹고 다니는…."

그는 여태 흥분을 가라앉히지 못한 모양이었다. 씩씩거림이 고스란히 전해졌다.

"맞아요, 제대로 봤어요."

"그래? 그럼 복잡할 것도 없네 뭐. 위약금 물고 그러고 나서 결혼해."

"듣던 대로 대단하시군요."

왈칵 화가 치밀어 가방을 낚아채듯 들고 일어났다. 아니, 실은 더 이상 거짓말할 힘이 남지 않았기 때문이었다.

"뭐라구?"

"아, 아니 말이 헛 나왔네요. 어쨌든 끝난 일이에요, 더 이상 주접떨지 말아 주세요."

무심결에 내뱉은 말에 지원은 깜짝 놀라 얼른 얼버무렸다.

"내가 구린 델 정확하게 후벼 판 모양이지?"

도망가는 등에 그의 목소리가 아프게 꽂혔다.

"해석은 자유니까 어쩌든 상관없지만 주접은 그만둬요."

"주접? 방금 주접이라고 했나? 주접이라… 민지원, 내일부턴 기대해도 좋을 거야. 만사 제쳐 놓고 주접의 진수를 보여 주지."

"그럴 순 없어요. 세상엔 안 되는 것도 있다고요."

지원은 등을 틀며 애원하듯 말했다.

"내 좌우명이 뭔지 아나? 머리통 깨지는 한이 있어도 임전 무퇴야."

"… 이번엔 질 거예요."

"미안하지만 그런 불상산 없어."

"포긴 빠를수록 좋다죠."
"왜 포기해야 하는데?"
그가 거리를 좁혀 오자 지원은 문으로 다가가며 말했다.
"우리에겐 내일이란 건 없으니까…."
"내가 훔쳐오지. … 또 도망치게 두진 않아."
문밖으로 그의 목소리가 어렴풋이 넘어왔다.

도망치듯 세르데냐를 빠져나와 멍하니 밤길을 옮기다가 얼떨결에 택시를 잡아탔다.
얼마쯤 멍하니 창밖을 보고 있자니 택시 기사가 행선지를 물었다.
"네? 테헤란로로 가 주세요."
머리로는 집 방향을 헤아리고 있는데 입에선 테헤란로가 튀어나왔다. 순간 아연해졌다. 왜 하필 이럴 때 오빠가 생각난 걸까. 더구나 오빠가 퇴근해 버렸으면 헛걸음하는 건데. 그러면서도 지원은 전화 확인도 하지 않고 그냥 빠르게 스쳐 가는 창밖만 바라보고 있었다.
얼마쯤 그렇게 있었을까. 절반쯤 왔겠다 싶었는데 어느새 택시는 속도를 줄이고 있었다.
"수고하세요."
택시에서 내려 무심결에 빌딩을 올려다보는데 갑자기 현기

증이 나 몸이 균형을 잃고 휘청거렸다. 지원은 잠시 그대로 서 있다가 빌딩 안으로 들어갔다. 로비를 가로질러 엘리베이터를 탈까 하다가 비상계단 쪽으로 방향을 틀었다. 가만히 있으면 또 머릿속이 복잡해질 테니까.

"헛! 이 시간에 웬일이냐?"

문밖으로 불빛이 새어나와 기쁜 마음에 노크도 없이 벌컥 문을 열었더니 오빠가 낮게 비명을 질렀다. 주문서를 받고 있는 중이었는지 텔렉스용지 빠지는 소리가 조그맣게 들려왔다.

"반갑지?"

"앉아."

"오빠 만날…."

의자에 앉으려는데 책상에 너부러진 일회용 도시락이 눈에 들어왔다. 습관처럼 잔소리가 나오려는데 오빠가 머쓱해진 얼굴로 얼른 책상을 치웠다.

"밖에서 전화하지 않고. 뭐 마실 거라도 줄까? 아니 밥은 먹었니?"

"밥은 됐고 나 술 한잔 사주라."

어깨를 나란히 하고 얼마 만에 걷는 걸까. 오빠는 전에 없이 힘들어 보였다. 동업을 하다 혼자 고군분투하는 게 힘에 부치는지 얼굴이 쏙 내렸다.

지원은 오빠 팔짱을 끼고 가만 어깨에 몸을 기댔다. 오빠의 체온을 느끼고, 지원은 쓰게 웃었다. 오빠에게 온 이유가 비로소 확연해졌다.

현실을 붙들고 싶었던 것이었다.

오빠는 어디로 갈까, 하고 묻지도 않고, 눈에 들어오는 실내마차 문을 열고 들어갔다. 이게 현실이라는 걸 오빤 뼈아프게 확인시켜줬다.

"뭐 먹지? 우리 주먹구이 먹을까?"

애써 밝은 목소리로 지원은 벽에 붙은 메뉴판을 둘러보며 물었다.

"고긴, 그냥 똥집이나 먹지 뭐."

"똥집은, 내가 쏠 테니 비싼 걸루 먹어."

까닭 없이 열이 치밀어 팩 쏘아붙이고 말았다. 오빤 이유도 모른 채 당하고 있고.

"여기 항정살 4인 분 주세요."

이윽고 고기가 날라져오고 안주가 상을 그득 메우는데도 서글퍼지는 건 왜일까. 문득 아까 정찬 테이블이 눈앞을 스쳐갔다.

언제 그랬냐 싶게 오빤 입맛을 다셨다. 왜 자꾸 씁쓸해지는지…. 오빨 보러 오는 게 아니었나, 후회가 들어 얼른 고기를 집어 불판에 올려놓았다.

"많이 먹어, 나야 나경이랑 같이 있지만 오빤 혼자잖아. 엄마 전화통 붙잡고 하는 18번이 뭔지 알아? 오빠 걱정."

고기가 구워지는 족족 오빠 앞 접시에 고기를 얹어주며 지원은 걱정을 늘어놓았다. 알게 모르게 엄마를 닮아가고 있는 걸까.

"엄만 쓸데없이….'

고기 먹자는 말하지 않았으면 오빤 서운할 뻔했다. 구워지기 무섭게 입으로 들어갔다.

"걱정 사서 하는 게 울 엄마 취미잖아."

"근데 술도 안 좋아하는 애가 갑자기 술은 왜에?"

안주도 입에 대지 않고 술잔만 비우고 있는 모습이 의아한 모양이었다.

"그냥, 오빠 고기 먹이고 싶어서." 하고 지원은 픽 웃어넘겼다.

"너 이독제독이란 말 알지?"

술 한 병을 더 시켜 자기 잔을 채운 오빠 입에서 난데없는 소리가 튀어나왔다.

"이독제독? 독은 독으로 해독시킨다, 뭐 그런 말 아냐?"

"맞아, 술 마시고 싶을 땐 영양가 없는 오빠 찾지 말고 남자 불러내 임마."

웬만큼 배가 찼는지 오빠는 길게 기대앉아 술잔을 홀짝이며 싱긋 웃었다.

"난 또, 암튼 싱겁긴. 오빠 내가 재미있는 얘기 하나 해 줄까?"

"?"

오빠는 뜬금없다는 듯이 입술을 비죽 내밀더니 이내 고개를 끄덕였다.

"아니, 오빠가 이독제독 하니까 번쩍 해서."

"해 봐."

"언제 TV에서 본 건데, 13일의 금요일만 되면 잔뜩 긴장하는 남자가 있었거든? 뭐랄까, 맹신적으로 믿는달까? 그날만 되면 어찌될까봐 바깥 출입도 안 하고 방구석에만 틀어박혀 있을 정도로 대단했어…."

"그 정도면 병이다."

"마저 들어 봐, 또 그날이 되자 그 남잔 당연히 꼼짝도 안 했지, 근데 목이 말라 주방에 들어가 주스를 짜다가 갑자기 끼익, 했지 뭐야? 왜 죽었게?"

"심장마비?"

오빤 재미없다는 듯이 오이를 꾹 눌러 찍으며 심드렁하게 대꾸했다.

"말벌에 쏘여 죽었어."

"하하!"

어이없다는 듯이 오빠는 크게 웃으며 술잔을 비웠다.

"그게 그 사람 운명이었나 봐."

웃음이 쉽게 그치지 않아 힘들어 하는 오빠 얼굴을 보고 있자니 지원은 공연히 맥이 빠져 한숨을 내쉬었다.
"운명을 무시할 수는 없지, 살다보니 그러더라."
한숨이 전염이라도 된 걸까. 오빠 입에서 한숨이 흘렀다.
"이놈의 세상 참 맘대로 안 되네."
"쥐꼬만 게 못하는 소리가 없네."
오빠가 장난스레 눈을 흘겼다.
"오빠, 누가 들으면 웃는다. 일찍 결혼했으면 학부모 소리도 들을 나이네."
"알긴 아는구나, 주제 파악하라고 한 소리네."
"먼저 똥차 치우고 큰소리치시지."
지원은 한마디도 지지 않고 맞받아쳤다. 울적한 기분을 떨쳐내고 싶어서.

술을 깨고 싶다는 핑계로 오빠 손을 이끌고 오락실로 들어가 애들처럼 신나게 디디알 위에서 스텝을 밟고 정신없이 총을 쏴 댔다. 쉽게 잠들지 못할 것 같아 스스로 예방주사를 놓고 있었다.
"그만 하구 가자, 낼 출근 안 해?"
졸음 묻은 오빠의 목소리를 듣고서야 오락실을 나왔다.
"들어가."
택시에서 내려 출입구까지 말없이 걷던 오빠가 짧게 말하고는 이내 등을 돌리려 하자 지원은 황망히 오빠 팔을 잡아끌었다.

"나경이두 없는데 자고 가라."

"불편해 싫어."

오빠가 단호히 고개를 내저어 은근히 부아가 치밀었다.

"불편할 것두 되게 없다. 요상한 결벽증은 나이가 먹어도 똑같아."

"잔소리 그만하고 어서 들어가."

"알았어, 조심해서 가."

"지원아."

삐친 척 홱 등을 돌리는데 어디선가 나우 목소리가 들려왔다.

"형이었구나, 난 또…."

뛰듯이 다가온 나우가 오빠를 확인하고는 안도한 듯 인사를 건넸다.

"오랜만이다, 자식."

오빠도 반가운지 나우의 어깨를 툭 치며 환하게 웃었다.

"난 형인 줄도 모르고 잔뜩 힘주고 왔잖아."

나우가 너스레를 떨며 어깨를 둘러 안았다.

"난 남자랑 다니면 안 되냐?"

"그걸 말이라고 하냐? 두 번 당하게는 안 한다고."

장난으로 말을 건넸는데 나우가 정색을 해 대번에 분위기가 어색하게 되어 버렸다. 서로 외면하고 있자니 나우가 먼저 입을 뗐다.

"형, 이러지 말고 들어가. 오랜만인데 한잔 때려야지."

"글쎄…."

"필이 팍 오더라고."

슈퍼에 다녀오는 길인지 나우가 비닐봉투를 들어 보이며 오빠의 팔을 잡아끌었다.

"아주 건수 잡았네."

지원은 짐짓 빈정대듯 말했다. 하지만 그러는 나우가 고마울 따름이었다.

"근데 넌 어쩐 일이냐? 매니저랑 나가 있다며?"

"나경이 집에서 자고 온다고 지원이 나한테 떠넘기잖아. … 너 자꾸 핸드폰 꺼 놓을래?"

으스대듯 말한 나우가 이내 눈을 흘기며 을렀다.

"오빠, 내가 이러고 살아. 난 완전 심심풀이 오징어땅콩이야. 번갈아 가며 씹어대니."

일부러 씨근덕대었더니 오빠는 안도하는 얼굴로 흐뭇하게 웃었다. 그리고 나우도 따라 웃었다. 엘리베이터 문이 열리고 갑자기 쏟아지는 불빛에 나우의 살인미소가 반짝였다.

story 6
불멸의 랩소디 1악장은 이미 흐르고 있었다

엘리베이터 문이 열려 고개를 들었더니 불쑥 은채가 들어섰다. 퇴근을 하는지 은채는 사복 차림이었다. 빌라가 아닌 본관에서 마주치다니, 순간 이상하다는 생각이 스쳐 얼굴이 굳어졌다.

"어머?"

깜짝 놀라하던 은채가 이내 빙긋 웃으며 고개를 숙여 보였다.

"퇴근합니까?"

"네에 일하다보니 시간이 이렇게…. 시설 팀장님이 좀 보자고 하셔서요."

"그래요?"

"어디 외출하세요?… 그러시구나."

조심스레 살피는 눈초리가 거슬려 말없이 고개만 끄덕였더니 은채는 조금 머쓱한지 이내 입을 다물었다. 오늘따라 은채와 서 있는 게 몹시 거북했다.

현빈은 애써 아무렇지 않게 번호판을 올려다보며 은채를 외면했다.

엘리베이터 문이 열리자 일부러 은채를 본체만체 로비를 가로질렀다. 저만치 도어맨이 우산을 들고 서 있었다. 문을 빠져나와 도어맨이 받쳐 주는 우산을 쓰고 차에 올랐는데 차창 밖으로 안절부절못하고 서 있는 은채 모습이 비쳐들었다. 아마도 우산을 두고 온 모양이었다. 그날, 할아버지 생신날도 차가 고장났다고 하더니 아직 찾지 못한 걸까. 오늘도 태우고 가야 하나, 하는 갈등을 하고 있는데 갑자기 그녀 걱정이 앞섰다. 우산 없이 걷다가 비를 만난 건 아닐까?

"무슨 일입니까?"

모른 체 할 수가 없어 현빈은 차창을 내리고 건성으로 물었다.

"우산이 안 보이네요. … 먼저 가세요, 곧 택시 들어오겠죠."

은채는 연신 가방을 뒤지며 혼잣말처럼 말했다.

"이 차 타고 가요."

"사장님은…."

"홍 팀장 모셔다 드리고 바로 퇴근하지."

은채에게 대꾸도 하지 않고 곧장 빗속으로 뛰어들었다. 부슬부슬 내리는 빗줄기에 옷이 젖어 들기 시작했다, 마음처럼.

'보보' 문을 여니 색소폰 소리와 사람들의 웅성거림이 잔물결처럼 밀려왔다. 문 앞에 선 채 잠시 홀 안을 둘러보다가 터덜터덜 바로 다가갔다. 아직 시후는 오지 않은 모양이다. 바에 앉아 하릴없이 무대를 바라보고 있자니 조금 멋쩍어 먼저 주문을 했다.

"아무거나 한 잔 주지."

무대에서 가수가 내려오고 다시 재즈 색소폰 소리가 낮게 깔릴 때 누군가가 어깨를 툭 치며 앉았다. 번쩍 정신을 차리고 올려다보니 시후였다.

"비가 와서 그런지 차가 빠질 생각을 않더라."

"일단 받아라."

시후가 의미심장한 미소를 띠며 술잔을 내밀었다. 현빈은 조금 멋쩍어 시후의 얼굴을 바로 보지 못하고 말없이 술잔을 들어 보였다. 건성으로 잔을 부딪치고 두어 잔 비웠을까. 시후가 장난처럼 말했다.

"상태 심하게 안 좋다 너?"

"꼬지 마, 장단 맞출 기분 아냐."

"그럼 바쁜 사람 뭐 하러 불러내?"

시후가 짐짓 핏대를 세웠다.

"너 밖에 더 있냐…."

"병 주고 약 주고 지랄한다."

시후가 사납게 눈을 흘겼다. 하지만 뭐가 재미있는지 입은 웃고 있었다.

"나 있잖아, 대형 사고 쳤는데 수습이 안 된다."

"너두 사고 치냐?"

"아무래도 더월 먹었던 거야, 올 여름 끔찍했잖냐."

"여름이라면… 부산?"

시후는 단번에 알아차리는 눈치였다.

"너 알지? 나 작업장에 여자랑 느네들 절대 반입 안 시키는 거."

"그래서?"

"근데, 대뜸 여자 하나 무단 반입시켰어."

"허어, 진짜 대형이네. 니 방에서 재웠다구? … 그건 그렇다 치고, 견적 얼마나 나왔는데?"

시후는 절로 신이 나는지 혼자 북 치고 장구 치고 난리였다.

"쨔샤, 염장 지를래?"

공연히 답답해 술병을 들어올렸더니 시후가 엄살을 피우며 더 놀리기 시작했다.

"어라? 폭행까지? 눈에 뵈는 게 없고만."

"견적이 안 나와."

스륵 맥이 풀려, 현빈은 잔에 술을 그득 따르며 한숨을 내쉬었다.

"어째, 민지원 이상하더라니. 내가 말 꺼내기 무섭게 얼어붙더라고."

"우리 서로 아무것도 몰랐는데?"

"그랬어? 이상하네…. 그나저나 어떻게 둘이, 서울도 아닌 부산 바닥에서 얽히냐? 세상 진짜 좁네."

"그럼 뭐하냐? 닭 쫓던 개 지붕 쳐다보는 신센데."

저, 곧 결혼해요. 그녀의 목소리가 비수처럼 가슴을 찔렀다.

"애가 갑자기 왜 그래? 그 작자랑은 서울 들어오면서 바이바이 했다니깐."

"어떻게 그렇게 잘 알아?"

"너 현, 아니 준태 알지? 우리 이모 아들. … 민, 걔랑 뉴욕에 2년 가까이 같이 있었잖아, 걔가 민 아델로 픽업했어."

"확실해?"

"나 참 속고만 살았나, 이 엉아만 믿고 불도저 시동 걸 준비나 하셔."

"삽질이면?"

"최현빈 이제 보니 왕 소심이네. 안 넘어오면 힘들게 찍지 말고 전기톱으로 확 베어 버려."

술과 담배 연기에 짓눌린 밤은 그렇게 깊어갔다.

아침, 시후에게 말할 기회를 놓쳤다. 컨벤션홀은 너무 부담된다고 할까, 아니면 몸이 안 좋다고 할까, 갖은 핑계거리를 준비해 놓고 있었는데 막상 한 마디도 꺼내지 못하고 이렇게 세르데냐 출구 화단에 앉아 있다.

물빛 풍선을 든 여자 아이가 회전문을 빠져나와 뭐가 신나는지 엄마를 올려다보며 조잘댔다. 아이 엄마는 누군가를 기다리는 걸까. 연신 로비 안을 돌아다볼 뿐 관심도 없는 듯했다. 여자 아이는 공연히 심통이 나는지 엄마 팔을 흔들며 떼를 쓰다가 그만 풍선을 놓쳐 버렸다.

지원은 화들짝 일어나 풍선을 낚아채 아이 손에 들려주고 다시 화단에 와 앉았다. 그런데 가슴 한편에서 아릿한 통증이 느껴졌다. 어릴 적 앨범을 태워 버린 엄마에게 서운함이 일었다.

휴우, 한숨을 쉬고 일어나는데 아까 그 아이를 태운 차가 옆을 스쳐 갔다. 아이는 배시시 웃으며 창문 밖으로 손을 흔들다가 그만 풍선을 놓쳐 버렸다.

지원은 풀썩 주저앉아 바람에 실려 가는 풍선을 안타깝게 쫓았다. 그러다 열구름 흘려가는 하늘이 눈 안 가득 밀려들어 고개를 젖히고 넋 놓고 바라다보고 있는데 헤 벌어진 입속으로 뭔가가 느껴졌다.

"하늘도 훔쳐 줄까?"

아래로 떨어지는 뭔가를 소스라친 눈으로 따라가고 있을 참에 낯익은 목소리가 귓전을 파고들었다.

무릎 위로 이름 모를 꽃 한 송이가 덩그렇게 놓였다.

그는 대답도 기다리지 않고 앞서 걸어갔다. 지원은 마지못해 그를 따라가 엘리베이터에 올랐다. 어색한 침묵이 괴롭겠다 싶었는데 벌써 문이 열렸다.

복도를 종종걸음으로 따라붙어 사장실로 들어왔다. 그의 자신감 넘치는 등을 보고 있자니 문득 오빠가 떠올라 또 서글퍼졌다.

"내 솜씨 어때?"

그의 낮은 웃음소리가 상념을 깨웠다.

"나폴레옹이 형님 나오셨습니까, 할 것 같지 않아?"

할 말이 없어 멍하니 바라만 보고 있자 그는 "불가능한 내일, 이렇게 대령하잖아." 하고는 자리에서 일어나 책상 쪽으로 다가갔다.

얼마잖아 노크 소리에 이어 비서가 들어왔다.

"오 실장, 정식으로 인사하지."

"앞으로 자주 뵙겠네요."

오 실장은 상큼한 얼굴로 고개를 숙였다.

"네, 잘 부탁드립니다."

"최 이사님 내부에 계시면 잠시 들어오시라고 하지."

"네."

오 실장은 의미심장한 미소를 남긴 채 나갔다. 저번 프레젠테이션 때도 야릇한 눈빛으로 쳐다보더니 오늘도 다르지 않았다.

잠시 멍해 있다가 고개를 돌리니 그가 난간에 걸터앉아 물끄러미 바라보고 있었다.

"세상에서 젤 미련한 부류가 뭔 줄 아나?"

"?"

"과거 연연하는 사람들, 버릴 건 미련 없이 버려, 그게 현명해."
"무슨 말씀인지…."
"내일을 포기하지 말고 과거를 지우라고."
"… 지우기가 힘들어요."
"얼마나 사무치는데?"
액면 그대로 받아들인 걸까. 그의 얼굴이 점점 굳어져 갔다.
겨울, 찬바람 쌩쌩 들이치는 옥탑방, 너부러진 초라한 이삿짐, 차마 볼 수가 없어 엄마와 부둥켜안고 펑펑 울었던 그날, 마당에 쭈그려 앉아 찬물로 빨래를 하다가 동상이 걸려 엄마 맘에 피멍들게 하고, 이불 빨래가 버거워 주인집 세탁기 빌리러 계단 내려가다 무릎 깨지고, 절뚝대는 다리 이끌고 들어가 비굴하게 머리를 숙인 아픈 기억을… 그는 너무 쉽게 지우라고 했다. 무릎엔 그때의 흔적이 선연한데.
"가슴이 아릴만큼."
"보기보단 미련하군."
그는 홱 등을 돌려버렸다. 기분이 상한 모양이었다. 그때 인터폰이 울렸다.
"뭡니까?"
"최 이사님 지금 외부에 계신답니다."
"그래? 그럼 홍 팀장 들어오라고 하지."
책상을 돌아 자리에 앉은 그가 담배를 빼물며 혼잣말처럼 물었다.

"긴 시간이었나?"

"…."

지원은 입을 꾹 다물고 고개를 끄덕였다. 서로 동문서답을 하고 있는데 아귀는 잘도 맞아떨어졌다.

"발악하는 여름도 가을 오면 물러나게 돼 있어."

"그러다 혹한에 얼어붙죠."

마른 웃음이 입술을 비집고 흘렀다.

"보일러 팡팡 틀어줄 테니 나랑 겨울 보내자."

정색하고 고개를 흔들었더니 그가 벌떡 일어나 조금 씨근덕거렸다.

"여기서 얼마나 더 망가지면 오케이 할 건데?"

"위약금, 일 열심히 하는 걸로 갚을게요."

지원은 얼른 사오정 가면을 썼다. 그의 망가지는 모습을 보고 싶지 않아서. 그러다 둘 다 한꺼번에 무너질지도 모를 일이었다.

"도무지 견적이 안 나오는군."

그는 신경질적으로 담배를 비벼 끄고는 마침 홍 팀장이 들어오자 바로 쫓아내 버렸다.

사장실을 나온 은채는 찬바람이 일만큼 쌀쌀맞게 앞서 걸었다. 그러거나 말거나, 지원은 신경도 쓰지 않고 홍단풍 아래를 걸었다. 얼마쯤 상념에 빠져 걸었을까. 저만치 노을빛 내려앉은 미술관 지붕이 눈에 들어왔다. 그 앞으로 한강이 내려다보이는 빌라가 있었다.

세르데냐는 여전히 가을빛이 예쁘다. 특히 빌라로 이어지는 오솔길이.

지원은 넋 놓고 걷다가 휘청 중심을 잃었는데 문득 그날의 일이 떠올랐다. 은채가 멀어져 가는 것도 잊고 그 자리에 내려앉았다.

화창한 가을, 가든파티가 열린 하룻날이 눈앞을 메웠다.

나비넥타이를 맨 나운 한껏 으스댔고 나풀대는 드레스를 입은 나경은 짐짓 얌전을 빼며 자리를 지켰다. 그러다가 셋은 지겨움을 어쩌지 못하고 약속이라도 한 듯 오솔길로 뛰어와 술래잡기를 한답시고 뒤뜰을 온통 누비고 다녔다. 그것도 시들해지자 개구진 나우는 아이스께끼, 하며 꽁무니를 쫓아다녔고 나경은 그러는 나우를 뜯어말리며 씩씩댔었다.

그렇게 손에 들린 바비 인형은 두 동강이 나 버렸다. 얼마쯤 울었을까. 퉁퉁 부어 잘 떠지지도 않은 눈을 게슴츠레 떠보니 안절부절못하고 지켜보고 있던 나우가 슬그머니 흙을 파내기 시작했다.

"그만 울어, 내가 이담에 돈 많이 벌면 똑같은 걸루, 아니 훨

이쁜 걸로 이따시 만하게 사 줄게."

 아직 그 자리에 있을까. 지원은 홀린 듯 벤치 다리께 흙을 파 헤치기 시작했다. 얼마쯤 홈이 파이자 희끗희끗 뭔가가 드러 났다. 지원은 상기된 얼굴로, 맨손이라는 것도 잊은 채 더 깊이 파내어 보았다. 이내 거짓말처럼 그 바비 인형이 손에 잡혔다.
 "어머머…."
 "저기요?"
 쭈그려 앉은 채로 넋 놓고 바비 인형을 보고 있는데 은채 목소리가 들려왔다. 한참 동안 기척이 없자 다시 되짚어 온 모양이었다. 입술이 쌜쭉 치켜 올라가 있었다.
 "미안해요."
 "근데 그게 뭐예요?"
 은채가 손에 들린 인형을 훔쳐보며 물었다.
 "그, 그게 어렸을 때 여기 놀러왔다가 장난으로 그만…."
 갑자기 당황돼 말을 씹고 말았다.
 "그래요? 어렸을 땐 공주암 환자였나 보죠?"
 은채는 이내 심드렁하게 대꾸하고는 앞서 걸어갔다. 그리고 빌라 앞에 이르자 자기 일은 다했다는 듯이 쌩하니 등을 돌렸다.

그녀를 보내고, 당장 쫓아가 볼까, 하는 마음을 겨우겨우 누르고 있는데 오 비서가 노크도 없이 들이닥쳤다.

"홍 팀장한테 선물 사 준댔어요?"

말에 가시가 느껴져 순간 뜨끔했다.

"사적인 질문 하나 해도 돼?"

벌 받는 아이처럼 고개를 끄덕였더니 조금 수그러진 얼굴로 오 비서가 말을 이었다.

"둘 사이 뭐야?"

"그걸 질문이라고 해? 아시다시피 사장과 직원, 이따금 미팅 파트너…."

"근데 느닷없이 선물은 왜 해?"

"뇌물 받았거든."

"뇌물?"

"그런 게 있어, 갖고 싶다는 거 아무거나 사 줘."

"무리한 거 요구하면?"

"설마 백지수표 달라겠냐?"

혼잣말처럼 말했더니 오 비서가 눈을 동그랗게 뜨고 "뭐?" 한다.

"알아서 처리하라고."

"그건 그렇고 요즘 부쩍 담배 피우네? 끊지 않았어?"

나가려다가 말고 수북해진 재떨이가 눈에 걸리는지 오 비서가 잔소리를 했다.

"더 이상 묻지 마, 다쳐!"

"정말 이상하네, 안 하던 농담까지 하구."

고개를 갸웃대며 나가려는 오 비서가 다시 걸음을 멈추고 돌아섰다.

"사장님, 류주희 씨 자꾸 전화하는데 어떻게 하죠?"

"류주희? 어떻게 알았지? … 이민 갔다고 해."

류주희? 바로 생각이 안 나 헤매다보니 희미하게 얼굴이 떠올랐다. 몇 번 만났나, 아침까지 같이 있었나 하는 것조차 모르겠다.

"저녁 스케줄 어떻게 할까요?"

"왜 또?"

"민지원 씨 그냥 보내실 거예요?"

"?"

놀라 쳐다보니 "아델 돈이 남아나는 모양입니다, 할 때부터 알아봤다구." 하며 쏜살같이 방을 빠져나갔다.

어스름이 내려앉은 창밖을 바라보고 있다가, 갑자기 조급증이 들어 사장실을 박차고 나와 미친놈처럼 빌라 쪽으로 내달렸다. 숨 가눌 틈도 없이 컨벤션홀 문을 열어젖혔는데 너무 조용해 깜짝 놀랐다. 발소리도 들리지 않는 것을 보니 벌써 가버린 모양이었다. 공연히 맥이 빠져 문을 붙들고 서 있는데, 이게 웬 일, 저만치 길게 뻗어 있는 그녀 모습이 들어왔다.

"정말 취미 하난 별나군."

혼자 주절대며 다가가 보니, 그녀는 귀에 이어폰을 낀 채 스케치북 위로 얼굴을 묻고 잠들어 있었다.

그녀를 빤히 쳐다보다가, 추운지 그녀가 몸을 웅크리자 겉옷을 벗어 덮어 주고, 또 쳐다보고, 느리게 흐르는 시간이 지겨워, 담배 피우고 있다보니 어느새 창 너머 풍경은 새까맣게 지워졌다.

터벅터벅 걸어가 앞쪽 스위치를 켜고 다시 돌아와 봐도 그녀는 그대로였다. 포기한 듯 그녀 발치에 머리를 대고 벌러덩 누웠다가 조금씩 등을 비비고 올라가 그녀와 눈을 맞추고 감상을 하고 있는데 그녀 가방 안의 휴대폰이 울리기 시작했다.

"젠장! … 아앗!"

어정쩡히 고개를 올린 채로 소리 나는 쪽을 보고 있는데 갑자기 뭔가와 정면으로 충돌했다. 잠결에 놀란 그녀가 화들짝 일어나다가 자기도 모르게 박치기를 하고 만 거였다.

"으잇!"

놀랄 겨를도 없이, 그녀도 충격을 받는지 머리를 싸안고 무릎걸음으로 다가왔다.

휴대폰 벨소리가 신경에 거슬려 괜찮다고 손짓을 하니 그녀가 미안한 얼굴로 되돌아가 휴대폰을 꺼내 들었다.

누구 전화일까? 그녀는 조금 당황한 얼굴로 이편을 힐끔대며 더듬더듬 말을 하더니 이내 끊고는 가까이 왔다.

"괜찮아요?"

"하하!"

아까는 정신이 멍해 보지 못한 걸까? 그녀 왼 뺨에 시커먼 도장, 아니 그로테스크한 추상화가 그려져 있었다. 스케치북에 얼굴을 묻은 채로 자고 있더니 그때 묻어났나 보았다.

말없이 손수건을 꺼내 내밀자 그녀가 영문을 모르겠다는 얼굴로 바라봤다. 애써 웃음을 참으며 손짓을 했더니 그제야 콤팩트를 꺼내 얼굴을 확인한 그녀가 발긋 달아오른 얼굴로 손수건을 받아 들었다.

"아이참…."

잘 닦아지지 않는지 그녀가 심란한 듯 투덜댔다.

현빈은 픽 웃으며 그녀 등을 돌려세우고는 손을 까닥였다. 한참만에 의미를 알아차린 그녀가 쭈뼛쭈뼛 손수건을 내밀었다.

"미안합니다."

대신 닦아 줄 작정으로 내놓으라고 했는데 그녀는 뭔가 오해한 눈치다.

"얼굴 좀 들어 봐."

침을 묻힌 손수건으로 얼굴을 닦아 주었더니 그녀는 난처해서 몸 둘 바를 몰라 했다.

"제가 할게요."

그녀는 손수건을 낚아채려고 안달이었다.

"충고 하나…."
"무슨?"
"아무데서나 잠자는 버릇 고쳐. 세상 남자들이 전부 일곱 난장이들인 줄 알아?"

그녀는 눈만 끔벅끔벅 대고 있었다.

"백설공주라고 착각하는 것 같아서."

이젠 손수건조차 잡아끌지 못하고 입술만 잘근잘근 깨물고 있었다.

"내친 김에 충고 하나 더… 앞으론 거짓말은 접수 안 할 거야."
"거짓말 한 적 없어요."

그녀가 뜨끔한 얼굴로 등을 돌리며 낮게 대꾸하자 현빈은 다시 등을 세우고 그녀의 왼손을 치켜올렸다.

"결혼 앞둔 사람 손치곤 너무 허전하잖아."
"일하는데 거치적거려 빼놓고 다녀요."
"그럼 그치도 함께 버려."
"쉽지 않다는 거 잘 알잖아요."

그녀의 차가운 거절에 울컥 화가 치밀었다. 그 참에 구석에 나뒹굴고 있는 포크 하나가 눈에 들어왔다. 현빈은 투덕투덕 걸어가 포크를 낚아채 그녀 앞에 내밀었다. 그녀가 소스라친 듯 뒷걸음질쳤다.

"쉬운 부탁 하나만 들어주고 가 그럼. … 여기 확 도려내 버려."

찌르듯 손가락으로 눈을 가리키며 씨근덕댔더니 그녀는 이젠 뒷걸음질조차 치지 못하고 굳어 버렸다.

"허락 없이 널 봐 버린 대가야, 어서!"

그녀의 눈빛이 흔들렸다, 그리고 그녀 눈망울에 미친놈 하나가 맺혀 있었다.

"벼락은… 하늘에서만 치는 줄 알았다."

스륵 손아귀에서 빠져나간 포크가 바닥으로 떨어졌다.

Story 7
흑기사

"뭐라구? 패션쇼에 나가라구?"

패션쇼 잡혔다, 하는 규식 형의 말에 나우는 소스라쳤다. 아닌 밤에 홍두깨가 따로 없었다. 아무리 소소한 일정이라도 2, 3일전에는 미리 듣곤 했었다. 그런데 오늘 일을 아침에서야 듣다니 뭔가가 이상했다.

"아니, 패션쇼에서 두 곡만 뽑으라구."

"누구 맘대루 스케줄을 잡어?"

"내가 누구냐?"

"형, 갈수록 태산이네, 이건 월권이라고. 어쨌든 다른 덴 몰라도 세르데냐 싫어."

"왜 싫은데? 왜, 세르데냐 세 자만 나와도 고개를 내저어? 약속도 거긴 안 된다. 술도 거기선 안 마신다? 대체 이유나 알자."

그랬다. 나우는 세르데냐 호텔을 병적으로 꺼려했다. 그 이윤 간단했다. 그녀 마음을 찢어지게 한 세르데냐가 좋을 리 없다. 할 수만 있다면 세르데냐를 통째로 사다가 지원이 손에 들려주고 싶었으니까.

"이젠 싫어도 어쩔 수 없어, 어서 준비해."

"싫다고 했지, 아침부터 입 더럽히기 싫어."

"나경이, 아니 지원 씨도 간다던데?"

"정말? 설마…."

믿을 수가 없었다. 나경이야 패션쇼나 일 관계로 세르데냐를 드나들곤 했지만 지원이라니.

"그래, 지금 미장원에 있다구 그쪽으로 오라더라."

반신반의하며 미장원에 갔더니 규식 형 말이 거짓이 아니었다. 두 여자가 나란히 거울 앞에 앉아 롤을 감고 있었다. 잘못 봤나 싶어 가까이 다가가 거울을 들여다보았더니 둘은 약속이라도 한 듯 거울에 대고 브이 자를 그려 보였다.

"굿모닝."

"오빠 수고했수."

아무래도 나경의 웃음이 수상쩍었다. 규식 형과 서로 눈짓을 주고받는 걸 보니 모르는 뭔가가 있는 듯했다. 하지만 그것보단 지원이 눈앞에 있다는 것이 더 당혹스럽다.

"너… 진짜 갈 거야?"

"난 가면 안 되니?"

그녀는 너무 태연스레 대꾸했다. 갑자기 말문이 막혀 나우는 옆자리에 풀썩 주저앉고 말았다.

"아, 아니 그게 아니라 너 거기 가는 거…."

뭘, 어떻게 물어봐야 할지, 이젠 그것조차 갈피가 잡히지 않아 혼란스러웠다.

"애 스토커 생겼다."

뭣부터 물어야할지 몰라 쩔쩔매고 있는데 대뜸 나경이 그윽한 목소리로 그녀 대신 대꾸를 했다. 이젠 경악할 지경이다.

"뭐?… 웬 스토커?"

너무 놀라 새된 소리가 튀어나왔다. 그때 잠시 맞은 편 손님 머리를 만지작대던 미용사가 건너와 그녀 머리를 풀기 시작했다. 또르르 말린 머리칼이 고운 목선을 덮었다.

그녀가 머리에 힘을 준 모습을 약혼식 이후로 처음 보는 것 같았다. 늘 짧은 단발머리나 머리가 길더라도 하나로 껑충 묶고 다니곤 했었는데. 오늘은 딴사람 같았다. 잘 입지도 않는 스커트에 하이힐, 위험한 향기가 끼쳐 왔다.

약혼식 때도 그랬던가.

눈앞이 아뜩해진다. 그날처럼 싸한 바람이 전신을 휘감아 도는 듯했다. 왜 자꾸 기회를 놓치고 마는지. 만날 손에서 미끄러지기만 하는지. 병신처럼 주의만 맴도는 자기 꼴이 비참하고, 시간조차 주지 않는 그녀가 종종 얄미웠다. 늘 텅 빈 가슴으로 있으라고 하면서 한 번도 바라 봐 주지 않으니, 어쩌란 건지.

얼음 알을 쥐는 듯한 동통을 얼마나 더 느껴야 하는지, 문득 소용돌이치는 감정을 억누르기가 벅차 나우는 이를 악물었다.

슈퍼울트라캡짱쪼다!

"무대뽀가 정신없이 밀어붙인 댄다."

"야! 니가 지원이 대변인이냐?… 혹시 그 저스틴 자식?"

문득 저스틴이 떠올랐다. 서울로 나오자마자 수시로 해 대는 전화질에 그녀가 전화 노이로제 증세까지 보이곤 했다. 집 전화번호를 바꾸고 나경이와 함께 지내면서부터는 전화가 뚝 끊겼다.

"아, 아니."

그녀가 손을 휘휘 저으며 이제야 입을 열었다.

"그게 새로 맡은 곳 오넌데 자꾸 찝쩍댄다지 뭐니?… 앗! 언니 살살 좀 해."

나경은 신이 나 입은 아프다고 하면서도 눈은 연신 웃고 있었다.

"찝쩍대는 게 아니라, 그냥 좀…."

"그냥 좀 뭐? 점잖게 작업 걸디? 은근히 끌리는 거 아냐?"

그녀가 얼굴도 모르는 작자를 두둔하는 듯해, 나우는 자기도 모르게 삐딱하게 맞받아쳤다.

"애 봐, 왜 화는 내고 그래?"

"우리나라도 총기사용 허용해야 돼. 그런 싸가지들 한 큐에 작살내 버리게…."

"너 디게 이상해야. … 암튼 하루 쌈박하게 봉사 좀 해라. 그 치가 오늘 패션쇼에 온다지 뭐니? 그냥 표 나지 않게 깔다구

행세나 해 주라구."

이젠 나경이가 속을 긁기 시작했다.

"너 작정하고 나 꼭두각시 시켰지?"

이젠 흑기사니 수호기사니 하는 소리는 그만 듣고 싶었다. 기억도 까마득한 조무래기 때부터 그녀의 수호기사였다. 늘 등만 바라보던지 같은 거리에서 지켜만 보던지. 언제면 마주 보고 설 수 있을까. 같은 방향을 보며 손잡고 걸을 수 있을까. 아니, 긴 시선으로 보아 주기만 한다면….

"그것두 있구, 실은 부탁도 받고 해서 하여튼 그거 너 전문이잖아."

속도 모르는 나경은 기름을 치고 불을 붙였다.

"이씨이!"

"그만 좀 해, 나 안 갈 거야."

이유 없이 화를 낸다고 생각했을까. 그녀가 자리를 박차며 일어났다.

"안 가긴, 가서 묵사발을 만들고 와야지."

나우는 그녀의 팔을, 전에 없이 꽉 붙들고 미장원 문을 나섰다.

패션쇼가 열리는 컨벤션홀은 생각보다 사람들로 붐볐다. 아시아 신진 디자이너들의 런칭쇼라 그런지 국내 디자이너들뿐만 아니라 중국 쪽 바이어들까지 대거 참석한 모양이었다. 막상 무대에 오르려니 리허설도 없이 서는 게 조금 걸렸다. 하지만 그럴 기분도 아니었거니와 경호원 노릇 하느라 나름대로는 눈코 뜰 새 없이 바빴다.

이윽고 모델들이 우르르 들어오고 MC 멘트가 들려왔다.

장황하게 이어지던 소개말이 끝나고 조명이 바뀌자 나우는 한껏 멋을 부리며 걸어 나갔다. 무대 중앙에 선 채 간단한 인사말을 하며 요령껏 주의를 둘러보았지만 무대가 워낙 밝아 주의가 잘 들어오지 않았다.

지원과 나경, 두 사람은 어렴풋이 보이는데 다른 곳은 거의 구분조차 할 수 없게 어두웠다.

"오늘 콘셉트는 드림이라고 하더군요. 그래서 오늘은 제 노래 대신 애창곡을 부를까 합니다. 짝사랑에 눈물겨워 하시는 분들은 큰소리로 따라하세요, 그럼 그분이 들을지도 모르죠."

"그대 먼 곳만 보네요. 내가 바로 여기 있는데 조금만 고개를 돌려도 날 볼 수 있을 텐데 처음엔 그대로 좋았죠. 그저 볼 수만 있다면…."

이내 포기하고 노래나 하자는 마음으로 있을 때 갑자기 조명이 관람석을 빙 둘러 비추기 시작했다. 그리고 전주가 흐리고 막 입을 열려고 하는데 빌어먹을 자식이 눈에 들어왔다.

세르데냐 왕국의 황태자, 최현빈.

34세에 이미 제왕으로 등극.

호텔업계의 대부이자 큰손인 할아버지 뒤 배경이 그닥 소용이 없을 만치 뛰어난 수완가. 석사학위도 받지 않은 경영대학 출신이지만 외국 유수대학에서 MBA 과정을 밟고 돌아와 깐죽대는 조무래기들과는 차원부터 다름. 대학시절부터 할아버지 밑에서 직접 몸으로 부딪쳐 배우고 회계 재무 조직이론은 거의 독학으로 깨치다시피 함. 명석한 두뇌와 배짱 두둑한 성격 탓에 단기간에 신화를 이뤄냈다는 기사를 본 기억이 났다.

저 자식부터 갈겨 버릴까, 하는 마음이 울컥 치밀어, 잠시 박자를 놓치고 말았다.

그때 그녀가 손을 흔들어 보였다. 아마도 스토커라는 작자를 발견한 모양이다. 나우는 환하게 부서지는 그녀 미소에 깜빡 그 자식을 잊고 손 키스를 날려 보냈다.

"한 걸음 뒤엔 항상 내가 있었는데 그댄 영원히 내 모습 볼 수 없나요. 워워-나를 바라보며 내게 손짓하며 언제나 사랑할 텐데 영원히 널 지킬 텐데…."

노래가 끝나자 그녀가 일어나 박수갈채를 보냈다. 누구도 흉내 낼 수 없는 백 만 불짜리 미소를 머금은 채.

"그대에게 날, 이 노래를 드립니다. … 비록 사랑은 아니라도 언젠가 한 번쯤은 돌아봐 주겠죠. 한없이 뒤에서 기다리면 오늘도 차마 못한 가슴속 한마디 그대 사랑합니다…."

지원아, 날 봐. 내 마음을 열어 보란 말야. 너에게만 허락하는 자유열람권이라구.

Story 8
야수의 아리아

 괜히 나경의 수작에 맞장구를 친 걸까? 패션쇼가 끝나고서부터 나우는 핸드폰에 불이 나게 문자 메시지를 보내곤 했다. 그 스토커 출현했다는 말만 흘리면 어떤 경로든지 총을 구해 와 쏴 버릴 만반의 준비를 하고 있는 듯했다.

 나우는 언제나 든든한 수호기사였다.

 붙임성 좋고 어딜 가나 분위기 메이커에 후배들 잘 챙기는 나우는 대학 때도 인기짱이었다. 방송활동을 한답시고 잦은 휴학을 해서 부모님 속을 많이 썩였고, 특히 아버지와 사이가 좋지 않지만 밖에서는 그런 티 전혀 없이 방송일도 열심히 하고 나름대로 대학 생활도 충실히 해 나갔다.

 탤런트 겸 가수, 이나우를 모르는 사람은 없지만 건양 그룹 막내아들 이나우를 아는 사람은 소수에 불과하다. 나경과는 달리 친목클럽에도 거의 나가지 않고 그 바닥 사람들과는 담을 쌓고 지내는 편이었다.

하도 이상해 하룻날 스쳐 가듯 물었더니 나우는 이랬다.

그 새끼 꼴 보기 싫어서 그러지 뭐, 하고 짧게 대꾸하더니 얼른 도넛가게로 뛰어가 슈거도넛을 사 가지고 왔다. 그리고 커피숍에 들어가 뭐 마실까, 묻지도 않고 주문을 한다.

"커피, 우유 주세요. 저기 잠깐만요, 우윤 뜨겁게 데워 주세요, 우리 지원인 우유 비린내 못 견뎌하거든요."

이렇게 나우는 늘 가까이에 있었다. 친구와 연인의 위험한 줄타기는 어렸을 적으로 거슬러 올라간다.

사춘기 때는 떨어져 있다보니 방학 때나, 아니면 연휴가 낀 주말에나 얼굴을 보았었다. 하지만 나운 방학이나 연휴가 시작하기 무섭게 달려왔었다. 엄만 아들 하나 더 생겼다고 은근히 좋아했었다. 그리고 대학에 입학하고부터는 거의 붙어 다니다시피 했다.

성인식 날 장미와 첫 키스를 선물한 것도, 카니발 파트너도, 뉴욕 칼리지로 유학을 간다고 했을 때 이유 없이 못 가게 말린 것도 나우였다. 나우가 방송을 탄 뒤로는 모든 게 조심스러웠지만 나운 할 수 있는 한 맡은 바(?) 소임을 다했다. 방송 스케줄이 조금만 비어도 비행기를 타고 날아 왔고 그 바쁜 스케줄에도 생일날은 빠뜨리지 않고 뉴욕에서 지내다 갔다.

하지만 나우는 남자 친구일뿐이었다. 그렇게 자기최면을 걸었다. 누군가 방해를 하거나 나우 집에서 뜯어말린 적은 없었지만 스스로 방어벽을 쌓고 있었다.

  건양 그룹 막내아들과 국밥 집 딸내미는 누가 보아도 조합이 맞지 않았다. 유학을 선택한 것도 저스틴과의 약혼도 국밥 집 딸내미를 받아들이지도, 받아들일 수도 없어서였다. 나우에겐 사랑이라고 거짓말을 했지만 실은 현실을 받아들이지 못하고 있었던 것이었다.

  너무 타산적이어서 벌을 받은 걸까. 머릿속이 복잡하게 엉키고 있을 때 누군가가 불러 등을 돌렸더니 나우가 가볍게 윙크하며 다가왔다.

  녹음 스튜디오에 간다더니 그 와중에 들른 모양이었다.

  나우의 한결같은 관심을 받을 자격이라도 있는 건지, 지원은 모든 게 두려워지기 시작했다.

  "짜잔."

  나우가 불쑥 꽃다발을 안겼다. 변함없이 붉은 장미, 안개꽃도 섞여 있지 않는 오롯이 붉은 장미 더미다.

  "또 웬 꽃이야?"

  "넌 말두 증말 정떨어지게 해. 그거 알아? 나니까 이러고 있는 거?"

  "핏! 감격했다구… 근데 이건 또 뭐야?"

  할 말이 없어 그냥 웃다가 시선을 미끄러뜨렸더니 나우 손엔 큼지막한 비닐봉투가 들려 있었다.

  "아저씨들 거. 니 거만 사 오면 눈치 보이잖아."

"자네 또 왔나? 문지방 만들어 봤자 소용없겠군."

저 만치 타일을 붙이고 있던 인부 하나가 이죽대듯 놀려댔다. 지원은 발그레 달아오른 얼굴로 수선스레 비닐을 받아들어 탁자 위에 펼쳐 냈다.

맥주, 막걸리, 햄, 어묵 육포… 슈퍼마켓 하나 차려도 될 만치 끊임없이 꼬리를 물고 나왔다.

"지원아 있지 우리…."

전에 없이 나우가 심각한 얼굴로 입을 떼려는 찰나 누군가가 민지원 씨 계십니까? 하고 불렀다. 깜짝 놀라 입구를 쳐다보니 검은 양복 하나가 성큼성큼 걸어 들어왔다.

"누구세요?"

나우에게 잠시 앉아 있으라고 하고 입구 쪽으로 다가가서 조심스레 물었다.

"이게 뭔가요?"

검은 양복은 말없이 뭔가를 내밀었다. 뜨악한 얼굴로 포장을 풀어냈더니 이게 뭐람? 핸드폰 박스였다.

"최현빈 사장님께서 보내셨습니다."

"?"

순간 소스라쳐 상자를 꼭 움켜쥐고 등 너머 나우를 힐끔 쳐다보고 말았다. 나우는 뚫어지게 이편을 살피고 있었다. 애써 침착하게 행동하려고 했음에도 가슴이 벌렁거려 도무지 냉정을 찾기 힘들었다.

"전 이만…."

검정 양복이 정중하게 고개를 숙이고 나가자 득달같이 나우가 달려왔다.

"뭐야 저 자식?"

"아, 아니 거래처에서 보낸 거야… 뭐해? 바쁘다며 규식 씨 기다리겠다, 독촉하기 전에 얼렁 가."

"알았어, 왜 못 쫓아내서 안달이야? 암튼 멍충이처럼 몸 혹사시키지 말고 쉬엄쉬엄 해, 엉?"

"알았다니까."

"이따 전화할게."

연신 의심스러운 눈치로 살피던 나우를 겨우겨우 쫓아내고 물이나 한 컵 마시자 싶어 탁자로 가는데 갑자기 상자가 바르르 저 혼자 난리 블루스를 쳐 댔다.

우뚝 멈춰서 몰래 상자를 펼쳐 보았다. 깜빡깜빡 불을 켜 대는 휴대폰 알람이 마치 늑대의 눈 같았다.

주저주저 귀에 휴대폰을 가져다 댔더니 이내 늑대 한 마리가 귓속으로 잠입했다.

"애인님?"

"…."

뭐라 해야 할는지….

"걱정했는데 제대로 갔군."

"…."

나경이 함께였지만 분명 패션쇼에서 나우와 함께 나오는 모습을 목격했는데… 혹시 시력이 안 좋은 걸까?

"사나흘 얼굴 못 볼 거야. 낼 제주도 간다. 그거 우리 핫라인이야. 또 도망칠 거 대비해 감시병 붙일까 하다가 너무 무식해 보여서 족쇄로 만족하기로 했어. 만나서 주려다가 얼굴 보면 비행기 타고 싶지 않을 거 같아서…."

"…."

눈을 찌르고 튀었어야 했을까? 지원은 훅 숨을 들이마시며 그 자리에 주저앉았다.

"잘 모시고 다녀, 만약 안 받는다? 그런 불미스런 일이 생기면 강도를 높일 수밖에 없겠지?"

"…."

이젠 버릇처럼 긴 한숨이 비집고 나온다.

"애인님, 잘 다녀오란 인사 정돈 해 줘야지."

전화를 끊고 얼마쯤 넋 놓고 앉아 있다가 바람이나 쐴까 싶어 창문가로 다가갔다. 그런데 이게 웬일? 전혀 예기치도 못했던 저스틴이 제누 입구에 떡하니 버티고 서 있었다. 놀란 가슴을 겨우 진정시키고 가까이에서 확인하고 싶어 계단을 내려갔더니 의심할 여지없이 저스틴이었다. 순간 튀어나온 놀란 신음을 틀어막고 조심조심 등을 돌리려는데, 저스틴한테 들켜 버리고 말았다.

"어떻게 알았어요?"

별 수 없이 맞은편 커피숍에 마주 보고 앉게 되었다. 놀라 도망치면 악순환이 반복될 뿐이었다.

"다 아는 수가 있지."

조용히 찻잔을 내려놓은 저스틴이 히죽 웃으며 그윽한 눈길을 던졌다. 갑자기 속이 메슥거렸다.

"용건 있으면 빨리 말해요. 금방 들어가 봐야 해요."

"어제 이쁘던데?"

"어제요?"

"패션쇼에서 말야. 사업차 볼 일이 있어 갔다가 우연찮게 봤지. 안 그래도 어떻게 찾나 고민이었거든."

"?"

패션쇼는 차지하고 이곳은 어떻게 알아냈을까. 너무 놀라 손에 들린 찻잔이 기우뚱 넘어가 테이블크로스를 망치고 말았다. 중국 쪽으로 사업을 확장시킨다 하더니 본격적으로 진행시키고 있는 모양이었다. 갑자기 심장에 경련이 이는 듯했다. 어쩌면 서울에 아예 눌러앉는 건 아닐까, 하는 데까지 생각이 미치자 앉아 있기조차 버거웠다.

"아직도 화 안 풀린 거야? 그만 화 풀어, 실수 한 번 한 걸 가지고 뭘 그래?"

"실수 아닌 거 다 안다고 했잖아요?"

일부러 태연하게 맞받아쳤지만 목소리 끝이 떨려 나왔다.

"정말 실수였다니까, 지원이 놀래 도망가자마자… 것두 뚝 끊었어. 진짜야, 한번만 믿어 봐."

저스틴은 펄쩍 뛰더니 이내 주의를 살피며 소곤대듯 말했다.

"잘 됐네요."

"지원, 그만 화 풀고 우리 함께 들어가 응? 마미, 지원 많이 보고 싶어 해."

"수지 잘 지내죠?"

수지. 백화점 패션 매장을 의뢰한 클라이언트로 처음 만났고 저스틴을 소개 시켜 준, 잘 됐으면 시어머니가 될 뻔했던 사람이다. 서글서글한 성격에 사업 수완이 대단해 슈퍼우먼이라는 별명을 가진 여류사업가였다.

그렇게 저스틴과의 악연은 시작되었다. 마약에 동성애로 유명한 저스틴을 어떻게든 결혼시켜 볼 작정으로 소문에 어두운 여자를 고르고 있었는데 덜컥 덫에 걸려들었던 것이다. 더구나 퍼런 눈에 빨강 머리도 아니니 이보다 더 좋을 수는 없는 조건이었다. 하지만 수지에겐 악감정은 없었다. 누구보다 살뜰히 보살펴줬으니까.

"지원, 비행기 탔다는 소리 듣고 그날로 드러누웠다니까. … 수지 봐서라도 응?"

저스틴은 호들갑스럽게 인상을 찌푸렸다.

"다 끝난 일이에요. 이젠 엄마 곁에서 살 거예요."

"누가 뭐래? 지원, 이건 톱시크리트인데 수지랑 나 아예 서울로 들어올지 몰라."

"?"

설마 했는데 사실로 확인되니 심장마비를 일으킬 지경이었다.

"수지가 서울이 그리운가 봐. 지금 뉴욕 숍 하나 둘씩 정리하고 있어."

얼떨떨한 얼굴로 쳐다보고만 있자 저스틴이 손을 잡아끌었다.

"플리즈, 지원."

"이것 놔요. 내 맘 안 변해요. 수지한테 안부 전해 주세요, 그럼…."

팔을 홱 뿌리치고 나오려니 한 가지 걱정이 발을 붙들었다.

"두 번 다시 찾아오지 말아요."

커피숍 문을 박차고 나와, 저스틴이 따라붙을지 모른다는 걱정에 정신없이 택시를 잡아타고 집으로 도망쳤다. 그리고 집 안에 문이란 문은 다 걸어 잠그고 달달 떨고 있으려니 나경이 들어왔다.

"나 왔다."

순간 나경에게 털어놓을까 하다가 바로 포기하고 말았다. 나경의 귀에 들어갔다가는 금세 나우에게 전해질 테고 그럼 나우는 일도 팽개치고 졸졸 따라다닐 테니까. 애도 아닌데 그 정도로 말했으니 알아들었겠지, 하고 애써 마음을 다독였다.

하지만 벌렁대는 가슴이 도무지 진정되지 않았다. 무심결에 화장대 서랍을 열고 진정제를 꺼내려 하는데 나경이 불쑥 문을 열었다.

"어머."

"놀랬니? 미안. 손톱깎이 좀 빌려 줘라, 어디로 숨었는지 한참 찾아도 안 보인다."

들어오자마자 샤워를 하고 나왔는지 나경은 로브 차림이었다.

"그래? 자, 잠깐만… 안 보이는데?"

떨리는 손으로 화장대 서랍을 뒤적거리는데 손끝에 손수건이 걸려 나왔다. 화들짝 놀라 쾅 소리 나게 서랍을 밀어 넣고 나니 나경이 뜨악하게 쳐다보았다. 대뜸 핑계를 대려니 목소리마저 달달 떨려 나왔다.

"됐어, 낼 깎지 뭐. 잘 자."

다행히도 나경은 별 의심 없이 문을 닫고 나갔다. 나경의 발소리가 지워질 때까지 기다렸다가 조심스레 서랍을 다시 열었다.

검정물이 묻은 손수건을 깨끗이 빨아 왜 여기에 넣어 두었을까. 문득 그날을 떠올려보다가 이내 고개를 내저었다.

벼락은 하늘에서만 치는 줄 알았다, 하던 그의 말을 헤아려 주고 싶지 않았다.

제발, 다가오지 마요. 지원은 거울 속 그의 얼굴을 애써 외면하며 질끈 눈을 감았다. 그때 화장대 위에 던져둔 휴대폰 두 개 중 문제의 휴대폰이 뱅그르르 원을 그렸다.

드디어 그가 핫라인을 작동시킨 것이다.

아니나 다를까, 휴대폰을 열어보니 그동안 호떡집에 불이 나 있었다. 내내 진동으로 돌려놓았고 저스틴 때문에 정신이 없었던 까닭에 잠시 전화를 잊고 있었다.

그런데 이번에 들어온 것은 문자 메시지였다. 누구에게 들킬세라 조심스레 메시지를 확인했다. 딱 한번만 볼 거야, 라고 다짐하며.

지금은 워밍업 중.
내가 포기할 줄 알아.
요거 치는데 10분도 더 걸려 ㅜ.ㅜ.
벨 맨한테 거금 10만 원이나 털려가며 사사 받음.

제멋대로 휴대폰을 떠안긴 시건방진 야수는, 그지없이 몰상식한 방법으로 주구장창 괴롭혔다.

지금 공치는데 저 주기도 힘들다.
우와 성공이닷 벙커에 빠졌어.
애인님 밥은 먹었어?
블랙잭 판에서 엄청 깨지고 있음.

주문을 걸어 줘 행운의 키스 한 번만^^.

그 말마따나 족쇄가 따로 없었다. 종일토록 붙어 다니니 잊을래야 잊을 수도 없었다.

받지도 않을 거 내팽개쳐 버릴까, 야무지게 입을 앙다물다가도 그 참에 벨이 울리기라도 하면 저도 모르게 다시 휴대폰을 꽉 틀어쥐었다.

달리 수가 없었다. 주머니 깊숙이 휴대폰을 찔러 넣고는 애써 딴청을 부렸다.

근데 왜 받지도 않을 전환 애지중지 품고 다니니? 마음 속 누군가가 마구 이죽거렸다. 그러면 다른 한쪽이 변호하고 나섰다.

후환이 두렵잖니, 나중에 윽박지르면 가지고는 다녔다고 증명해 보여야지.

왜 잠이 안 오지.

얌전히 눈감고 있으면 내게로 와 줄래?

이틀이 너무 길다.

근데 가방 끈이 나보다 길다니 대략 황당.

요즘은 이렇게들 한다고 코치 받음.

당근 아까운 팁 또 나갔음 날강도 자식.

내일은 없다며? 또다시 모지락스레 갈구면. 제발 그만 좀 해. 나두 열심히 머리 싸매고 있단 말야. 마음은 치열한 전쟁을 치르고 있었다.

어느 때에는 양쪽 주머니에서 스테레오로 질러대는 휴대폰 벨소리에 소스라쳐 그만 주저앉을 뻔하기도 했다.

그러기를 거듭하다 어느 순간 휴대폰이 뒤바뀌는 통에 하마터면 그에게 걸려온 전화를 받을 뻔한 위기에 봉착하기도 했다. 다행이 커버로 분간을 하긴 했지만.

갑자기 집 채 만한 돌무더기에 깔려 버린 느낌에 제대로 숨 쉬기도 어려웠다.

지원은 바닥 기울기를 잡고 있는 목수의 망치를 냅다 낚아채 젖 먹던 힘까지 동원해 쾅쾅 내리찍었다.

곁에서 뜨악한 눈으로 지켜보고 있던 사내가 이마에 진득이 밴 땀을 손등으로 닦아내며 혀를 내둘렀다.

"허엇! 가늘디가는 손목으로 잘두 내리치네. 보기보단 강단이 있구만. 민 반장, 두더지 많이 잡아 본 솜씬데?"

너무 힘을 뺀 탓일까? 은근히 놀려대는 사내의 장난말도 그냥 귓등으로 흘려버렸다. 지원은 무릎을 짚고 일어나 터벅터벅 창가로 몸을 틀었다.

그렇게 전화 노이로제에 걸려 하루 만에 얼굴이 반쪽이 됐다. 그리고 다음날 또 창밖만 멍하니 내다보다 퇴근했다.

오늘은 몇 번이나 울려야 하루해가 질까.

긴긴 하루. 내일이 빨리 왔으면.
애인님은 부처님 손바닥 위.
딱 한 번만 전화 받을래?
굳 나잇 키스 한 번만.

잠이 안 와 연신 뒤척이는데 거울에 나우가 선물한 장미송이가 비쳐들었다. 처음엔 몰랐는데 활짝 입을 벌리니 거울을 수북이 덮었다.

지원은 이불을 들추고 일어나 화장대로 다가가 장미송이를 헤아리기 시작했다.

44송이. 왜 하필 죽을 4가 두 개야? 웅씨, 빨리 죽어버려라? 44? 좌우당간 오늘 잠자긴 다 틀렸다.

얼마나 혼자 몸살을 했을까. 거의 뜬눈으로 밤을 지내고 나니 어김없이 그의 아침 인사가 와 있다.

지금 공항이야. 당근 마중은 없겠지?

Story 9
Crazy boy.

여자란 어디까지가 천사이고 어디까지가 악마인지 알 수 없는 존재다.

하이네

사무실 직원들 대부분이 즐거운(?) 휴일이라 출근을 하지 않았다.

진종일 현장에 잡혀 있다 사무실로 들어선 참이었다. 지원은 자리에 풀썩 주저앉아 팔베개 위로 얼굴을 푹 묻어 버렸다.

마지막 문자를 받은 후부터는 공연히 가슴이 벌렁거리는 통에 아무것도 눈에 들어오지 않았다.

마중은 없겠지, 하는 소리가 마중을 나와라, 하는 소리보다 훨씬 오싹했다. 아니 무서운 건 따로 있었다. 실은 자꾸만 몸집을 불려 나가는 마음 속 비밀의 숲이 더 두려웠다. 중학교 미술 선생님 흠모 사건 이후로는 털어도 먼지 한 점 없는 그지없이 청렴한 마음이었는데.

곧장 집으로 가 꽁꽁 문 걸어 잠그고 있을까, 아니면 스튜디오에 있을 나우 등 뒤에 숨어 버릴까, 온갖 잔꾀를 부리고 있을 때 불쑥 현 선배에게 전화가 걸려 왔다.

지금 다들 모여 있다며 직원 하나가 데리러 갈 테니 그 차에 묻혀 오라는 전화였다. 사무실 직원 환송회가 있다는 게 이제야 떠올랐다. 지원은 이도저도 못한 채 마냥 한숨만 내쉬었다.

그렇게 한 시간 여를 기다리자 얼마 전에 들어온 신참에게 전화가 걸려 왔다. 노상주차하고 있으니 빨리 내려오라고 했다.

한데 이건 또 무슨 해괴망측한 노릇인지. 한참을 요리조리 샛길로 경주 차 몰 듯 생쇼를 하더니 불쑥 어느 지하 주차장으로 날렵하게 들어갔다. 하도 정신이 없어, 미처 어딘지도 확인할 겨를도 없이 끌려 들어갔는데 세상에, 기가 막혀서 원! 넘치고 넘치는 나이트 다 제쳐 두고 왜 하필 세르데냐여야 한단 말인가!

문이 열리자 현란한 사이키 조명을 마구 쏘아대고 있는 홀 안쪽에서 뜨거운 열기가 훅 끼쳐 왔다. 제법 날리는 그룹이 스테이지를 달구고 있는지 그 주위로 빠순이들이 진을 치고 있었다.

한동안 귀청이 떨어질 것 같은 소음에 적응하지 못해 귀를 틀어막고는 홀 안을 휘둘러봤으나 공교롭게도 누구 하나 들어오지 않았다. 담배 한 대 피우고 바로 따라오겠다던 직원도 어디론가 새 버렸는지 머리칼 한 올 보이지 않았다.

"된장!"

지원은 휴대폰을 꺼내 들고 다시 홀 밖으로 걸음을 옮겼다. 그때 누군가가 부르는 소리가 들려와 고개를 돌렸더니 사람들 어깨 틈으로 현 선배가 보였다.

"이제 오냐?"

불빛 때문일까, 아니면 술기운 때문일까. 현 선배의 얼굴이 벌겋게 달아올라 있었다.

"응, 근데 다들 어디 있어요?"

"뭐?"

잘 들리지 않는지 현 기사는 인상을 찌푸리며 귀를 얼굴 앞으로 바짝 디밀었다.

"다들 어디 있냐구요?"

지원은 현 기사 귀에 입을 바짝 붙이고는 목청껏 한 마디씩 띄엄띄엄 내뱉었다.

그제야 알아들었는지 현 선배가 팔을 뻗어 룸 쪽을 가리켰다.

"하여튼 제일 꼬래비인 주제에 만날 늦어요, 민지원, 유세 그만 부려, 여기서 더하면 용서 안 한다."

"여자가 하나밖에 없어서 그래요, 내년 신삥들은 죄다 여자로 스카우트하죠."

"아이구, 하나만도 저런데 더 늘면 감당이나 될는지 몰라."

현 선배 뒤를 쫄래쫄래 따라 들어가자 룸에 앉아있던 직원들이 돌아가며 한 마디씩 핀잔을 늘어놓았다.

지금껏 어디서 땡땡이치다 마지못해 참석한 사람 취급이었다. 다 알면서도 모른 척 시치미를 떼는 통에 발끈 열이 치밀었다.

"흥이네요! 오늘은 돌아가면서 블루스나 땡겨 줄까 하는 마음으로 한걸음에 달려왔는데 뭐시라? 그럼 전 이만 실례."

무진장 화난 척 지원은 입술을 쌜쭉거리며 홱 등을 돌렸다. 그때 현 선배가 팔을 붙들고 늘어졌다. 어차피 짜고 치는 고스톱판인데 뭘, 하는 얼굴로 윙크를 했다. 지원은 큰 인심이라도 쓰는 척 현 선배가 이끄는 데로 딸려 갔다. 지금 있는 곳이 세르데냐라는 사실을 잠깐 망각하고.

"뭔 말을 그렇게 섭하게 하시나, 그럼 안 되고말고. 자기야, 남자들끼리 뭔 재미로 이런 데서 논다니? 우리 민지원이 빠지면 앙꼬 없는 찐빵이지, 안 그래요 여러분?"

"어어? 현 기사님 난 여자 아니구 남잔가?"

여자 아르바이트 한 명이 쌜쭉 핏대를 세웠다.

"아 아니, 그게… 근데 우리 사장님이 우짠 일루다 이런데…."

현 기사가 난처한 듯 얼른 화제를 바꾸었다.

"자자, 누가 골든 벨 울렸으니 삐뚤어지게 마셔 보자고."

시후가 시원스레 잔을 들어 올렸다.

"마시고 죽자, 황혼에서 새벽까지!"

너나 할 것 없이 목청껏 건배를 하고 서로 잔을 채워 주기 바빴다.

결국 늦게 온 죄로 돌아가며 벌주를 받아 마신 탓에 얼굴이 화끈거렸다. 더구나 빈속에 분간 없이 쏟아 부어서인지 속이 울렁거렸다.

"잠깐 화장실…."

급기야 욕지기가 치밀어 올라, 지원은 허겁지겁 사람들의 무릎을 스쳐 문으로 달려들었다.

"으잇!"

문밖으로 반쯤 몸을 내밀었나, 순간적으로 딱딱한 물체와 정면으로 부딪쳐 오뚝이처럼 활딱 튕겨 나갔다. 하지만 다행히도 쓰러지기 전에 누군가에 의해 둥실 들어 올려졌다.

"괜찮아요?"

"?"

환상적인 타이밍에 안도의 숨을 내쉬려는 찰나, 지원은 꼿꼿이 얼어붙어 버렸다.

고개를 들래야 들 수도 없었지만 굳이 확인까지 할 필요도 없었다. 귓전을 때리는 익숙한 음성과 숨결. 상큼한 비누 냄새에 섞인 연한 담배 냄새가 코끝을 간질였다.

야릇한 흥분이 등골을 타고 흘렀다. 3일 내내 느꼈던 불가해한 감정들이 혈관을 타고 질주하는 듯했다.

"어디 가는 길?"

속절없이 올려보고만 있자 그가 짓궂게 물었다.

"아뇨, 죄송합니다."

어깨를 잡힌 손을 뿌리치고 발을 내딛으려 하는데 그에게 가로막혀 버렸다.

"이렇게라도 마중 나와 주니 눈물나게 고맙군."

"손, 치워 주세요."

점점 허리를 깊게 싸안아 오는 손에 문득 신경이 곤두서 인상을 쓰며 엉거주춤 엉덩이부터 뒤로 빼냈다. 한곳으로 집중된 야릇한 시선들 때문에 식은땀이 흘렀다.

허리를 살짝살짝 비틀며 그의 팔을 가볍게 뿌리쳤다. 이 정도로 눈치를 줬으면 알아차려야 하건만 – 둔한 건지 일부러 둔한 척 하는 건지 – 그는 여전히 팔의 힘을 풀지 않은 채 벌겋게 달아오른 얼굴만 내려다보았다.

"싫다면?"

"계획적이었죠?"

지원은 짐짓 차갑게 물었다. 그러자 짧게 한숨을 토해 낸 그가 고개를 끄덕이더니 마지못해하는 얼굴로 풀어 주었다.

정신없이 화장실로 들어와 숨을 고르고 있자니 두 여자가 거울 앞에서 화장을 고치며 씨부렁댔다.

"정말 왕짜증이야."

"왜?"

"아까 찐드기들 여까지 따라붙었다니깐 너 눈치 못 깠어?"

"아니, 그래서 들어오자마자 여기루 토꼈냐?"

"둔하긴…."

"걱정도 팔자다. 나가서 부킹하면 좋이잖아."

"걔네 보고만 있을까?"

"보고만 있지 않음."

문득 휴대폰으로 손이 갔다. 그리고 손가락은 나경의 번호를 누르고 있었다. 자연스레 자리를 빠져나갈 수 있게 도와줄 흑기사가 필요했다.

분명 조금 전까지는 속이 울렁거렸는데 이젠 가슴이 두방망이질 치고, 놀랄 때면 어김없이 나오는 딸꾹질이 시작됐다.

"너 오늘 회식 있다 했다며, 근데 집이야?"

"집이긴… 여기 나이트."

"나이트?"

"으응, 그렇게 됐어. 나경아 여기… 세르데냐 호텔인데…."

점점 간격을 좁혀오는 딸꾹질에 지원은 잔뜩 인상을 쓰며 손가락으로 코를 막고는 숨을 멈춰 보았다.

"세르데냐? 너…."

흠칫 놀라는 듯한 나경의 음성 속에 사람들의 웅성거림이 섞여 들었다. 무언가 말을 건네려 하던 나경은 부득이한 상황이었는지 이내 말끝을 흐렸다.

"나경아, 나 좀 살려 주라, 응? 누구랑 함께 있니?"

"지금 미니시리즈 쫑파티 하는 곳에 있는데 거기서 멀지 않는 곳이야. 근데 무슨 일이야?"

"와 보면 알아. 되도록 빨리 와야 돼, 엉?"

"흐흐, 보채는 거 보니 굳이 통밥 굴릴 필요도 없겠네, 스토커 출현이지? 오늘 그놈 얼굴 한 번 보자."

"한 시간이나…."

좀 더 빨리 오면 좋겠다 싶었으나 지금으로서는 그것만도 감지덕지해야할 판이었다. 한 시간만 잘 버티면 된다는 생각에 지원은 다소 마음이 놓였다.

실은 나경에게 세르데냐 건을 맡았다고 얘기하지 못했다. 서로 바빴기 때문이기도 했지만 굳이 긁어 부스럼을 만들고 싶지 않았던 탓에 여태 세르데냐 건에 대해서는 함구했었다.

점점 복잡하게만 꼬이는 일련의 사태에 눈앞이 캄캄했다. 크게 숨을 몰아 쉬고 나서야 지원은 끌듯이 발을 옮겨 다시 룸으로 들어섰다.

"들어왔으면 앉지, 뭐하고 서 있어? 아니지, 민 기사 이왕 엉덩이 뗐으니 저쪽에 앉아 접대나 하지."

마땅히 앉을 자리를 찾지 못해 머뭇거리고 있는 그녀에게 시후가 대뜸 농담을 했다. 그녀는 인상을 팍 구기며 못 박힌 듯 서 있었다. 현빈은 피식, 소리 없이 웃었다.

"최 사장님, 앞으로 자주 볼 텐데 친해지셔야죠. 가까워지는데 춤보다 더 좋은 건 없다죠 아마?"

그녀를 능청스레 힐끗 넘겨본 시후가 한껏 점잔을 빼며 눈짓을 보냈다. 현빈은 눈썹을 씰룩이며 마주 웃었다.

"나가지."

손을 잡아끌었더니 그녀는 멍하게 쳐다보고만 있었다.

"애인님 나가실까요?"

"애인님?"

시후가 들으란 듯이 애인님을 되뇌자 그녀가 화들짝 따라 나섰다.

"푸하하! 작업은 계속되어야 한다!"

사람들의 시시덕거리는 소리가 금세 음악 소리에 묻혀 버렸다.

마지못해 스테이지로 올라온 그녀는 좀처럼 몸을 풀지 않았다. 엉덩이를 빼죽 내밀고 있는 그녀가 못내 서운해 현빈은 저도 모르게 씁쓸히 웃고 말았다.

"왕몸친가보지?"

그녀 생각만 하고 있으면 터무니없이 마음이 허둥거려졌다. 3일이 너무나 더디게 흘러 사람 애를 태우더니 정작 호텔로 돌아와 그녀를 기다리는 한 시간은 천년보다 길게 느껴졌다.

어쨌든 목소리라도 듣고 있으니 마음이 조금은 놓였다.

지극정성도 몰라주는 그녀가 얄미울 따름이다.

시련의 상처가 여태 아물지 않은 걸까. 대체 어떤 자식인데 아직도 못 잊어? 설령 채였다 해도 수십 번은 정리를 하고도 남을 시간 아닐까.

아니면 마땅히 거절할 핑계가 없어 무턱대고 갖다 붙인 걸까?

근데 왜 거절을 하지?

3일 내내 난생 처음 느껴 보는 자격지심에 씩씩대느라, 수수께끼를 푸느라 머리가 한 움큼씩 빠져나가는 듯했다.

쓸데없이 감상에 젖어 허우적대는 여자. 남녀노소 막론하고 영 달갑지 않은 타입인데 이 여자만은 예외니.

현빈은 무심결에 고개를 내젓다가 낮게 탄식했다.

정말 힘들다!

"…."

시선을 가슴팍에 고정시킨 그녀는 손을 어디에 둘지 몰라 한참을 안절부절못했다.

"이런데 첨은 아니지?"

현빈은 그녀의 손을 자기 가슴에 붙인 채 떨어져나가지 못하도록 아프게 움켜쥐었다.

"나무토막이 따로 없군."

"그만 치근대요."

"자기 애인 안고 춤추는 것도 치근대는 게 되나?"

그녀는 뭐가 그리도 못마땅한지 연신 허리를 비틀어대며 툴툴거렸다. 현빈은 보란 듯이 그녀의 허리를 와락 끌어당겼다. 그제야 그녀는 포기한 듯 가만 안겨 있었다.

"핸드폰은 엿 바꿔 먹었어?"

그녀가 가슴팍 위로 지그시 주먹을 말아 쥐었다.

"애인님, 그만 못생긴 얼굴 좀 보여 줘."

현빈은 허리를 살짝 뒤로 빼고는 고개를 내려뜨렸다. 그녀가 반사적으로 붙잡힌 손을 빼내려고 버둥대자 현빈은 그녀의 손을 다잡아 쥔 채 옴짝 못하게 붙들었다.

그리고 한사코 고개를 들지 않은 그녀에게 더 이상 강요는 하지 않았다. 굳이 애걸하지 않고서도 그녀의 얼굴을 볼 수 있는 방법이 있었다.

"많이 보고 싶었어."

그녀가 고개를 발딱 치켜올렸다. 잠시 홀린 듯 멍하니 올려보고 있던 그녀가 황망히 눈길을 미끄러뜨렸다.

볼에 입술을 가져가려는 찰나, 젠장, 누군가가 그녀를 불렀다.

"지원아?"

"어, 엉."

깜짝 놀란 듯이 그녀가 떨어져나가자마자 부둥켜안은 사람들을 헤치고 한 여자가 다가왔다. 낯이 많이 익다 싶었는데 가까이에서 보니 이나경이었다.

"… 이나경 씨 아니십니까 여긴 어떻게?"

충격을 받았을까. 나경은 하얗게 질린 얼굴로 이편을 뚫어지게 바라보고 있다.

"아, 안녕하세요."

여전히 눈앞의 상황이 믿어지지 않는지, 나경은 얼떨떨한 얼굴로 인사를 받았다.

때마침 음악이 거의 끝나가자 언제 그랬냐는 듯 사람들이 뿔뿔이 흩어지기 시작했다.

"서로 어떻게…."

전전긍긍하는 그녀를 보고 있으려니 그제야 상황이 정리가 되어 갔다. 패션쇼 장에서 나란히 앉아 있어 의아하게 생각하고 있었는데 친구 사이인 모양이었다.

"…."

어느새 멀찌감치 떨어져 있던 그녀는 대꾸도 하지 않고 입술만 잘근잘근 물어뜯고 있을 따름이었다.

"뭐, 그거야 들어가서 천천히 하죠. 나경 씨, 혼자 오셨습니까?"

현빈은 목소리 톤을 높여 상냥하게 물었다.

"아뇨, 저기… 나우야?"

금세 정신을 수습했는지 나경이 빠른 말투로 대꾸를 하고는 뒤쪽으로 고개를 틀었다. 스테이지 밖에서 이편을 쳐다보고 있는 남자를 손가락으로 가리켰다. 요즘 들어 저 자식이 자꾸 눈에 밟힌다. 실은 패션쇼에서 그녀와 나란히 나가는 것을 보고 여태 찜찜해 하고 있었는데 여기서 마주치다니. 갑자기 불길한 예감이 스쳤다.

"그럼 두 분만 오셨습니까?"

"네."

"나경 씨만 괜찮으시면 저희와 합석하시죠, 어때요?"

"그… 그럴까요?"

나경은 다소 망설여진다는 얼굴로 가만 고개를 끄덕였다.

"이리로…."

현빈은 앞서 걸으면서 자주 뒤를 힐끔거렸다.

나경은 혼자 걷고 그녀와 저 희멀건 자식은 꼭 들러붙은 채 걸어오는 폼이 여간 심상치 않았다.

룸에 들어와 앉아서도 마찬가지다. 나경은 따로 떨어져 앉아 있고 그녀와 나우는 꼭 붙어 앉아 있었다. 더구나 손까지 붙들고 있었다. 허물없는 친구 사일까? 아니면?

복잡한 마음을 애써 누르고 테이블을 세팅하는 웨이터에게 시후를 불러오라고 했다. 얼마잖아 시후가 들어섰다.

"뭐해? 앉지 않고."

"… 잘 지냈어요?"

시후가 게슴츠레한 눈으로 나경을 보더니 어설프게 미소를 지었다. 왠지 달갑지 않은 얼굴이었다.

"네, 오랜만에 뵙네요."

형식적으로 인사를 건넨 나경은 슬며시 미간을 찌푸렸다.

현빈은 뭔지 이상하다고 여겼지만 금방 생각을 털어 냈다.

"우연히 만났는데 내가 합석하자고 했어."

"잘 했다."

시후는 떨떠름한 얼굴로 술잔을 들더니 단숨에 비웠다. 하지만 시후의 기분을 헤아려 줄 여유가 없었다.

"근데, 두 사람 어떻게?"

현빈은 궁금증을 오래 참지 못하고 나경에게 묻고 말았다.

"네에, 우리 동거해요."

"동거?"

"함께 산다구요."

나경의 말을 흘려들으며 옆을 쳐다보니 그녀와 나우는 서로 속닥거리기 바빴다. 딱 애인사이처럼.

"아 네, 근데 여긴 어쩐 일로?"

"회식하고 있다가 얘가 지원이 보고 싶대서요. 얘네들이 워낙 유별나야 말이죠."

따라 준 잔을 홀짝거리고 있던 나경이 이미 예상한 질문이라는 얼굴로 또박또박 야무지게 대꾸했다. 지겹도록 면접을 본 사람처럼 너무 능수능란해서 그게 오히려 마이너스가 되는 듯했다.

갑자기 심장이 내려앉으려는데 시후가 끼어들었다.

"그럼 민 친구가 나경 씨였어? 허, 세상 참 좁네."

"그러게 말예요."

불쾌감을 감추려고 어설프게 웃었는데 나경이 시후 얼굴을 흘기며 짐짓 떨떠름하게 맞받아쳤다.
　"저번 패션쇼 오케이 해 준 거 아직 고맙다는 인사도 못했는데 내 잔 한 잔 받아요."
　애써 얼굴을 풀고 나우에게 술잔을 내밀었다. 그러자 그녀가 더 소스라치며 얼른 시선을 외면했다.
　"전 술 안 합니다."
　듣던 대로 자식은 싸가지가 바가지였다. 갑자기 분위기가 더 험악하게 되어 갔다.
　"근데 어떻게 되는 친굽니까?"
　겨우겨우 마음을 누르고 나경에게 싱긋 웃어 보였다.
　"우리 셋 소꿉친구, 아니 뭐 앞으로의 일은 며느리도 모르죠. 세상일을 어떻게 알겠어요?"
　나경이 퍽이나 다정한 눈초리로 그녀와 나우를 번갈아 보며 미소를 던졌다.
　"어머?"
　나경의 웃음이 지워지기도 전에 그녀가 테이블에 술을 쏟고는 짧게 신음을 질렀다.
　"우리 나갈래? 오랜만에 살풀이라도 하자구… 얘야 직업이지만 우린 오랜만이잖아."
　이번엔 나경이 뭣에 찔끔한 얼굴로 얼른 자리를 털고 일어났다. 그녀는 여전히 안절부절못하고 있었다.

"일어나, 답답하게 이게 뭐야? 나가자 숨 막혀."

싸가지 없는 자식은 너무 당당하게 그녀의 팔을 잡아끌었다. 그리고 그녀를 에스코트해 스테이지로 나갔다.

"…."

기가 막혀 입까지 벌어졌다. 현빈은 한동안 그들의 등을 멍하니 쳐다보다 거푸 술을 들이켰다. 시후가 잔을 가로채도 소용없었다. 널리고 널린 게 잔이었고 시후가 잔을 모조리 빼앗아 버리면 병째 들이키면 될 일었다.

나무토막이 몸을 푼다, 했다. 얼마나 궁금한 일인가! 이것만도 기가 찰 노릇인데 바로 코앞에서 다른 놈에게 안겨 뒤도 돌아보지 않고 휑하니 나간다?

더구나 시야를 가득 메운 두 여자와 한 남자는 환상적인 트리오 그 자체였다. 서태지와 아이들이 왔다 울다 갈 지경이었다. 널찍한 스테이지가 온통 제 땅인 양 휩쓸고 다녔다.

저 여자가 방금 전 나무토막 맞아? 고개가 절로 갸웃거려졌다.

그 짧은 시간에 현빈은 분에 겨워 술 반병을 아작 내고 있었다.

"젠장 웬수는 외나무다리에서 만난다더니?"

"무슨 소리야?"

"이나경 말야."

"둘이 어떻게 아는 사이야?"

"얼마 전에 공식적으로 선봤잖냐."

"정말?"

"5분도 안 돼 이러더라구. 저 아직 아줌마 되기 싫거든요? 그쪽에서 먼저 거절해 줘요…."

시후가 뭐라고 계속 얘기하는데도 한 마디도 들려오지 않았다. 문득 밖이 조용해져 고개를 돌렸더니 그녀와 나우가 꽉 부둥켜안고 음악에 몸을 맡기고 있었다. 속에서 천불이 치밀어 더 이상 보고만 있을 수 없어 벌떡 일어났다.

"야!"

화들짝 놀란 시후가 팔을 잡아끌며 제지했다.

"놔, 놔 봐. 사고 안 치고 조용히 해결 볼게."

절레절레 고개를 내젓는 시후를 뒤로하고 현빈은 룸을 빠져나왔다.

드디어 눈에 아무것도 들어오지 않았다. 점프하듯 무대로 뛰어 올라갔다. 눈에서 무섭게 튀는 스파크 때문이었을까. 나우의 목을 꼭 끌어안고 있던 그녀가 홱 고개를 틀었다.

"아악!"

거칠게 팔목을 낚아채자, 소스라친 그녀의 입에서 새된 비명이 터져 나왔다.

"뭐야? 놔!"

순간 소스라친 나우가 그제야 팔을 떼어 내리고 안간힘을 썼다. 하지만 물불 가릴 계제가 아니었다.

"안 놔 새꺄!"

그녀를 질질 끌고 무대를 가로지르는데 바짝 따라오던 나우가 어깨를 잡아채며 버럭 소리를 질렀다.

"비켜!"

팔꿈치로 나우의 가슴을 내지르고 그녀를 확 잡아끄는데 사람들 비명소리가 들려오고 뭔가가 바닥으로 나가떨어지는 소리가 들려왔다. 아무래도 그 자식인 모양이었다. 하지만 사람들 눈을 신경 쓸 겨를이 없었다. 뒤도 돌아보지 않고 무대에서 내려서는데 사방에서 모여드는 직원들이 들어왔다.

"저 새끼 막앗!"

"주제넘어요…."

정신없이 끌려가다 눈앞이 정리가 될 즈음엔 이미 엘리베이터 속에 갇힌 뒤였다. 지원은 우악스런 손을 거칠게 뿌리쳐 내고는 벌건 손자국이 찍힌 손목을 어루만지며 눈을 부릅떴다.

나경을 끌어들인 게 이렇게까지 될 줄은 미처 생각지도 못했다. 미니시리즈 쫑파티를 하는 곳에 있다고 해서 친한 연예인이랑 함께 오겠지 싶었는데 나우가 오다니. 순간 숨을 쉴 수도 없을 만치 경악했다. 더구나 끝엔 그와 몸싸움을 벌이고 사람들 앞에서 추태를 보이고 말았다. 하지만 그건 시작에 불과했다. 직원들과 몸싸움을 벌이고 있던 나우가 어느 순간 뒤를 돌아보니 저만치에서 쫓아오고 있었다. 마치 영화 속 한 장면 같았다. 그리고 엘리베이터를 지키고 있던 덩치들에게 나우가 맥없이 가로막힌 것으로 한 신은 끝났다.

어쨌든 나우는 말할 것도 없고 막강한 군주께서 여자 하나 때문에 이성을 패대기쳐 버린 사건이 벌어지고 만 것이다. 이보다 흥미진진한 핫이슈가 또 있을까.

 "주제? 착각하지 마, 주제 파악 못하고 건방 떨고 있는 건 바로 너, 애인님이지."

 엘리베이터 버튼을 누른 그가 시니컬한 웃음을 던지며 으르렁댔다.

 "애인님 소리 노이로제 걸리겠어."

 얼마쯤 서로 무섭게 쏘아보고 있었을까.

 땡, 두렵기 짝이 없는 소리가 들려오고 얼마잖아 사장실로 끌려가나 싶었는데 저승사자 같은 얼굴을 한 그가 바로 옆 방문을 벌컥 열어젖히며 우악스레 잡아끌었다.

 지금 보니 사장실과 연결된 룸이었다. 일반 객실과 하등 다를 게 없는 걸로 보아 그가 묵는 방인가 보았다.

 "으앗!"

 단추가 떨어져 나간 팔소매를 추스르고 있는데 거칠게 팔목을 낚아챈 그가 침대에 패대기치고는 창가로 저벅저벅 발을 옮겼다.

 지원은 발딱 일어나 침대 앞에 어정쩡히 섰다.

 화끈 달아오른 열을 식히려는 듯 그는 커튼자락을 꽉 움켜쥔 채 창문 밖으로 고개를 쭉 내밀고는 마구 머리를 흔들어댔다. 분풀이 대상으로 전락한 커튼이 금방이라도 뿌지직 찢겨

나갈 듯 위태로워 보였다.

지원은 불안에 떨었다. 조마조마해서 한 자리에 가만 서 있기도 힘들었다.

얼마나 더 피를 말리려고 하는 걸까. 예상외로 살벌한 정적이 오래 이어졌다. 간헐적으로 내뿜는 서로의 숨소리조차 지워지면 진공상태가 아닐까 하는 착각이 들 정도였다.

"오래 있고 싶지 않아요."

"그 자식 뭐야?"

문득 숨 막힌 정적 사이로 나지막한 음성이 끼어들었다. 눈앞으로 천천히 다가오고 있는 그는 어느새 첫 미팅 때처럼 건조한 얼굴로 돌아와 있었다.

"잘 알잖아요, 이나우."

지원은 가만 숨을 죽였다. 우뚝 코앞에 선 그에게서 한 겨울 냉기보다 한층 혹독한 냉기가 끼쳐 왔다.

"내 인내심 테스트 하나?"

"애인."

"언젠 결혼한다며? 거짓말이 생활화됐군."

"늘 그렇게 작업 시작했나?"

침대 앞 암체어에 다리를 쩍 벌리고 앉은 그가 살벌하게 말했다.

"대충은."

지원은 거짓말을 들킬까봐 획 등을 돌렸다.

"왜 난 안 되지? 그 자식은 되면서 왜 난 싫대 왜!"

그럼 그렇지!

벌떡 일어난 그가 바짝 다가와 어깨를 홱 돌려세웠다. 흥분으로 얼룩진 그의 얼굴. 지원은 턱을 치켜올리며 애써 차갑게 입을 열었다.

"매력 없으니까, 끌리지가 않으니까, 필이 안 꽂힌단 말예요. 그냥 싫다구요!"

"그냥 싫어? 한 칼에 벨만한 시간도 없었어."

어느새 붉으락푸르락해진 얼굴로 노려보고 있던 그가 대뜸 실소를 터뜨렸다. 하도 어처구니가 없어 웃지 않을 수 없다는 듯이. 어떻게 최현빈이가 함량미달이라는 거지? 하는 얼굴이었다.

"사람 싫은 건 이유 없어요, 잘 아시겠지만…."

자존심에 상처를 입었을까. 폭발할 것 같은 울분을 애써 참고 있는지 그의 입가에 경련이 일었다. 그리고 어이없다는 듯이 웃으며 떨어져 나갔다.

"그럼 여름에 먼저 꼬리 친 저의는 뭐였지?"

"꼬린, 사장님이 먼저죠. 전 맞장구를 쳤을 뿐이구요."

마땅한 변명거리가 없어, 지원은 조금 주저하다 차갑게 맞받아쳤다.

"그러셨어? 그건 그렇다고 치자. 그럼 그때는 끌렸을 것 아니냐고, 그랬으니 장단 맞혔겠지. 안 그래? 근데 왜 갑자기 이러는 거야? 약혼자랑도 끝났고 그 자식도 아직 친구라며? 어떤 친군지 모르겠지만."

그가 조금씩 거리를 좁혀 오자 지원은 반사적으로 주춤주춤 뒤로 물러섰다.

"…."

미처 뒤를 살필 겨를 없이 뒷걸음질치다가 문득 발걸음이 엉켜 버려 나자빠지듯 침대에 주저앉고 말았다. 그가 다가서자 지원은 얼결에 질끈 눈을 감아버렸다.

"말해 봐. 대신 거짓말은 사절이야."

거실 중앙에 놓인 암체어에 털썩 주저앉은 그는 점잖게 으르더니 셔츠 단추를 풀어내며 고개를 등받이에 깊게 묻었다.

"애인님!"

묵비권을 행사하자 눈을 지그시 감고 있던 그가 짓씹듯이 불렀다. 나직한 음성으로 거푸 다그쳐댔다.

"실은 술 잘 못해요. 아마 그땐 술 때문에…."

핑계를 대는 게 점점 힘에 부쳤다.

지원은 전전긍긍, 그의 얼굴을 힐끔거리며 변명을 늘어놓았다. 아무쪼록 그가 속아 넘어가기를 간절히 빌었다.

"이틀간 애인 할게요. 미안하지만 그때 애인님 취하지 않았어. 정신 말짱했단 말야. 거짓말 하지 마, 일차 경고야."

대뜸 눈을 부릅뜬 그가 잠시 무섭게 노려보더니 도로 고개를 묻고는 억양까지 흉내 내 앵무새처럼 되뇌었다.

"… 완전히 맛이 가진 않았더라도 아무튼 취한 상태였어요."

지원은 침대 끄트머리를 슬며시 쥐고 있던 손을 떼어 내 허벅다리 위로 손깍지를 꼈다. 초조해지기 시작했다.

"그럼 내가 아니라 다른 놈이었더라도 그랬을 거다, 이 말이야?"

닳아빠진 형사가 따로 없었다. 길게 늘어뜨리고 앉은 자세뿐만 아니라 음산하게 잦아든 목소리로 취조를 하는 모양새가 딱 베테랑 형사처럼 보였다.

"…"

그의 데일 듯한 눈초리를 견뎌내기 겨워 고개를 숙였는데 하얗게 질린 손마디가 눈에 들어왔다.

"후우, 그래 좋아. 매력이 있든 없든 이제 와 새삼 무슨 소용이야, 근데 항상 그딴 식으로 놀아났어? 아무 놈이나 손가락 까닥하면 쪼르르 달려가 질펀하게 하룻밤 즐기고 다음날 쿨하게 바이 바이, 맞아?"

화를 억누르지 못하겠는지 목쉰 소리가 흘러나왔다. 불안하게 흔들리는 눈동자.

"…"

지원은 입을 앙다문 채 주저 없이 고개를 끄덕였다. 너무 억울해서 눈물이 날 지경이었지만 어쩔 수 없었다. 그 말마따나 헤픈 여자로 전락하는 수모를 당하고서라도 놓여 나야 했다.

"풋! 아주 솔직해서 맘에 들어, 그럼 나 어때? 비린 그 새끼보단 내가 낫잖아? 그놈 겉만 뻔지르르했지 별 볼일 없을 걸? 백지수표 백 장이라도 써 줄 테니 내 이불 속으로 기어 들어와."

"더러운 자식! 말이면 다 말인 줄 알아?"

기어 들어와, 하는 소리에 그만 이성을 잃어버렸다. 지원은 와락 그에게 달려들어 뺨을 후려치려고 했으나 애석하게도 불발로 그쳤다. 그가 팔목을 거머쥔 채 사악한 미소를 흘렸다.

"겁이 없군. 대체 어떤 놈들이 이렇게 건방지게 모셔 놨을까?"

"!"

와들와들 떨리는 손을 주체할 길 없어 주먹을 틀어쥔 채 지원은 사납게 치뜬 눈으로 그를 노려보았다. 맘 같아서는 장작 패듯 두들겨 패주고 싶었지만 애써 마음을 추스르며 얼굴로 흘러내린 머리칼을 쓸어 넘겼다.

불가해하게도, 대수롭잖게 내뱉는 그의 말 한마디, 웃음소리만으로도 신경은 곧잘 곤두섰다. 정말이지 모를 일이어서 입술을 깨물고 버둥대고 있는데 그의 억센 손이 손목을 낚아챘다.

손 쓸 새도 없이 몸은 침대 위로 무너지고 있었다.

"놔, 놔 줘. 안 놔 주면 소리칠 거야."

사지를 비틀어대며 저항했지만 그는 점점 무자비하게 돌진해 왔다.

두 손목은 옴짝달싹도 못하게 붙잡혀진 상태였고 다리 또한 발버둥치지 못하게 그의 다리가 옥죄고 있던 터라, 지원은 몸

한 번 뒤틀지도 못한 채 도리질만 쳐 댔다.

더구나 납작 짓눌러 버린 그가 급기야 목덜미까지 싸쥐는 바람에 도리질조차 칠 수 없었다.

"맘대루. 헌데 어쩌나, 아쉽게도 여긴 방음 하난 최고거든. 그렇게 땀 빼고도 아직 힘이 남아도는 모양인데 슬슬 겜 시작할까?"

"잠깐… 자 잠, 우욱….”

지원은 사그라졌던 욕지기가 치밀어 오르자 정신없이 욕실로 뛰어 들어갔다.

Story 10
우리 지원이

 엘리베이터 문이 닫히는데도 나우는 덩치들에게 가로막혀 꼼짝달싹도 하지 못했다. 속수무책으로 올라가는 층수만 바라보고 있을 뿐이었다. 지원이 올라간 층수를 알아냈다 하더라도 별 수가 없다는 걸 뼈저리게 느끼면서도 포기할 수가 없었다. 덩치들이 엘리베이터에서 벗어나 저만치 물러서자 나우는 또 부질없이 엘리베이터가 내려와 서길 기다렸다. 그때 나경이 헉헉, 받은 숨을 내뱉으며 어깨를 쳐 댔다.
 "그만 가."
 "먼저 가."
 신경질적으로 이마에 달라붙은 머리칼을 푸푸, 날리며 팩 쏘아붙였다. 지금으로선 화풀이 할 대상이 나경 밖에 없다.
 "사람들 보잖아, 가서 얘기해."
 "너 눈 없어? 지원이 납치됐는데 그냥 가자는 말이 나와?"

나경의 팔을 홱 뿌리치고 벽에 등을 박고 섰다.
"니 눈엔 납치로 보이데? 걔가 어린애야? 남자 하나 못 떨어뜨려 나 부르게?"
"그럼 뭐냐구?"
순간 울컥 화가 치밀어 공연히 벽에 화풀이를 하고 말았다. 손에 고통이 느껴지는지조차 모르겠다.
"일 났네."
나경은 한숨을 내쉬며 고개를 젓더니 휴대폰을 꺼내 규식 형을 불렀다.
"이 쓰레기, 하치장으로 떨궈."

짐짝 실리듯 차를 타고 오는 내내 휴대폰을 해 보았지만 지원의 휴대폰에서는 신호음만이 들려왔다. 받을 수 없는 상황인지 일부러 받지 않는지, 정말이지 입안이 바짝바짝 타 들어갔다. 설령 납치를 당했다 해도 이렇게 살 떨리지는 않을 듯했다. 그때는 돈으로 해결 볼 수 있을 테니까.
지문이 닳도록 휴대폰 버튼을 눌러대다가 어느 순간 손끝이 떨려와 더 이상 누르기를 포기하고 밖만 쳐다보고 있자니 차가 멈춰 섰다. 규식 형 친구가 하는 포장마차 앞이었다.
"이모! 여기 술!"
"됐어요, 얘가 미쳤나."

"야, 너 뒈질려고 환장했냐."

서로 질세라 술을 따라 주던 두 사람이 어느 순간부터 뜯어말리기 바빴다.

"술 내 놔!"

나우는 주위 사람들 시선도 아랑곳없이 소리를 질렀다. 소리라도 지르지 않으면 심장이 터져 버릴 듯했다.

"낼 새벽같이 나가야 하잖아, 그만 마셔, 술 푼다고 달라지니?"

언제 소리를 질렀나싶게 나경은 달래듯 말했다.

"자, 퍼마시고 죽어라, 지지리 못난 새끼, 나두 니 꼴 그만 보고 싶다."

언제 술을 가지고 왔는지 규식 형이 탁자 위에 술병을 꽝 소리 나게 내려놓았다.

"핸드폰…."

술을 가득 따라 붓다가 문득 정신을 놓기 전에 다시 한번 전화를 해 봐야겠다는 생각이 들었다.

"뭐 하려구 또…. 너 예뻬 소가죽 껌 씹어 먹었냐? 왜 이리 질겨?"

더 이상 참지 못하겠다는 듯이 나경이 팩 소리를 친다.

"예뻬?"

"오빠 몰라? 우리집 똥개 새끼."

"아하…."

규식 형이 픽 웃더니 짠하다는 눈길을 던졌다. 나우는 그 눈빛이 더 맘에 들지 않아 나경의 손에서 휴대폰을 낚아챘다.

"관둬라, 골백번도 더 해 봤다."

"안 받아?"

"근데 너 왜 이러는데?"

"몰라서 물어?"

당연히 나경은 모를 것이다. 그런데도 울컥대는 마음을 어쩌지 못하고 핸드폰을 던져 버리고 말았다.

"오빠 쟤 왜 저러는데?"

나경은 도무지 이해가 되지 않는다는 얼굴로 규식 형과 주절대기 시작했다.

"너 알고 있었어?"

식탁에 빈 술병들이 치워지고 다시 새 술병과 안주가 놓여졌다.

나우는 혼잣말처럼 물었다. 지원이 패션쇼에 간다고 했을 때 꼬치꼬치 캐묻지 못한 게 이렇게 한이 될 수 없었다.

"뭘? 최 사장이랑 지원이? 금시초문이다."

나경은 어이없다는 듯이 웃으며 술잔을 단숨에 비웠다.

"어떻게 만났대? 왜 하필 그 자식이냔 말이야."

"왜 뒷북치고 난리야? 패션쇼 간달 때 못 들었어? 오너가 찜쩍댄다고 하면서… 그럼 오너는 최 사장, 오늘 보니 그 진도가 아니더만 뭐."

답답하다는 듯이 설명을 늘어놓던 나경은 금세 기도 차지 않는다는 듯이 웃고 말았다.

"근데 왜 지원일 끌고 나가냐구, 바람 난 여편네 끌고 나가는 서방 같잖아."

"그걸 알면 진작 돗자리 깔았지, 남 옷 입혀 주고 있겠냐?"

이젠 나경이 빈 잔에 술을 그득 따라 붓고 원샷을 해 댔다.

버릇처럼 이마에 붙은 머리를 푸푸, 날리는데 문득 하룻날이 떠올라 나우는 픽 웃고 말았다.

제도실에 앉아 도면을 그리고 있는 지원을 창 밖에서 물끄러미 쳐다보고 있는데 뭐가 생각대로 잘 풀리지 않은지 머리를 푸푸 날리며 인상을 찌푸렸다.

그 후론 어느새 버릇이 되어 버렸다.

"야?"

"으응?"

"울다 웃으면 똥구녕에 털나는 거 몰라?"

"장난할 기분 아냐."

얼마쯤 주거니 받거니 했을까. 고개 들고 있기가 힘겨워 탁자에 얼굴을 묻고 있으려니 나경과 규식 형은 잠이 든 줄 알았는지 크게 주절댔다.

"운명의 장난이 있긴 하네."

"대체 어떻게 된 거야?"

"엉? 몰러, 한바탕 모래 바람이 불 거 같아."

"쟤 지원이 끔찍해 해."

"쟤들 요만했을 때부터 그랬어."

"그게 아니라 여자로 본다구."

"오빠가 그걸 어떻게 알아?"

"저 자식 입에 술만 갖다대면 우리 지원이, 우리 지원이, 지원 씰 달고 산다."

"그랬어?"

눈이 가물가물 감기는 찰나 갑자기 규식 형이 노래를 흥얼거리기 시작했다.

"한번쯤 겪어야할 사랑의 고통이라면 그대로 따르겠어요…."

갑자기 눈이 번쩍 떠졌다. 나우는 발딱 고개를 들고 짓씹듯 말했다.

"그만해, 그만큼 겪었으면 됐어, 이젠 싫다구 더는 두고만 안 봐."

"얘가, 지금 정신이 있는 거야, 없는 거야? 너 병원가야겠다."

주의 눈치를 힐끔거리던 나경이 도무지 답이 안 나온다는 얼굴로 나무랐다.

"병원 갈 땐 가더라도 둔탱이한테 이건 말하고 갈 거야. 장미 55송이는 내게 다시 오오라는 뜻이고, 44송이는 사랑하고 또 사랑한다는 거라고 가르쳐 주고 입원할 거라구."

그렇게 화려하게 스포트라이트를 받고 나우는 이내 정신을 잃었다.

Story 11
잠 못 이루는 밤

 간 밤 식중독을 일으켜 사람 혼을 다 빼 버린 그녀는 세상모르고 자고 있다.
 욕실로 들어간 지 오랜 시간이 지나도 나오지 않기에 문을 열고 들어가 봤더니 그녀는 변기에 기댄 채 식은땀을 줄줄 흘리고 있었다. 어찌 된 일이냐고 물었더니 낮에 먹은 돼지머리가 잘 못 된 거 같다고 했다. 왜 하필 이럴 때 상한 돼지머리를 먹은 걸까?
 다시없는 기회였는데….
 의사가 왔다가고 소파에 누워 밤을 보냈다. 그 짧은 밤에 평생 해 보지 않았던 일을 두 가지나 경험했다. 한 여자를 두고 쟁탈전을 벌였고 작업장에서 내놓고 추태를 부렸다. 아니 한 가지가 또 있었지. 병간호를 하느라 잠시 앉아 있지도 못했다. 여자 때문에 안절부절못하기도 처음이지 싶었다.

간밤 사건이 파다하게 퍼진 걸까. 비서실을 가로지르자니 뒤통수가 따가울 지경이다. 아니나 다를까 자리에 앉자마자 누나에게 전화가 걸려 왔다.

"아침부터 웬 일이야?"

"그걸 말씀이라고 하십니까, 지금?"

건너오는 목소리에 가시가 돋쳤다.

"너무 뾰족한데? 부부 전선에 이상이라도 생기셨나?"

"무고한 애들 아빤 왜 끌어들이고 난리야?"

"어째 문제안 너 아니냐, 하는 소리 같은데?"

"알아 다행이십니다 그려."

"이따 얘기하자구… 오 실장 들어오네, 끊어."

공연히 오 비서 핑계를 대고 전화를 끊자마자 말이 씨가 되었을까, 노크 소리가 들렸다. 또 오 비서한테 당해야 하는가 싶었는데 의외로 오 비서는 눈치만 살피며 있었다.

"저, 있지? 민지원 봤지?"

"무슨 말씀인지…."

"민지원 옷가지 좀 챙겨다 주지."

호텔에서 바로 출근하자면 옷이 필요할 듯싶어 어렵사리 입을 떼자,

"요즘 선물 자주하네?"

너무 조용하다 싶었던 오 비서는 크게 한 방 날리고 방을 빠져나갔다.

"청바지에 흰티… 망설이고 있는 나에게…."

회의도 미루고 오 비서가 들려 준 쇼핑백을 들고 문을 나서는데 애꿎게 콧노래가 흘러나왔다. 언젠가 차안에서 들었던 노래가사를 두서없이 흥얼거리며 방 문고리를 돌렸다. 혹시라도 그녀가 깰까봐 한껏 소리를 죽이며.

하지만 행복은 늘 신기루 같은 걸까. 조용히 들어가 욕실 문 앞에 쇼핑백을 내려놓고 고개를 치켜올림과 동시에 경악했다. 꼼짝없이 누워 있어야 할 그녀가 보이지 않았다.

잠시 거울 속으로 침대 주위를 두리번거리다가 발딱 등을 돌리고 침대 앞으로 다가섰다. 거울이 요사를 부리고 있다고 애써 마음을 달래며. 하지만 얼마잖아 전혀 손을 타지 않은 듯한 얌전히 정리된 침대가 눈에 박혀 들었다. 현빈은 저도 모르게 주먹을 움켜쥐었다.

언젠가와 너무나 흡사한 배신감에 몸이 부르르 떨려왔다. 침대 위로 풀썩 내려앉아 푸우, 푸우, 거칠게 숨을 몰아 쉬었다.

그리고는 양손으로 머리를 싸쥐고 바닥으로 고개를 박았다.

질끈 눈을 감고 한참동안 분을 삭이다가 혹시나 싶어 벌떡 일어나 저벅저벅 욕실로 향했다. 어쩌면 그녀가 욕실에서 화장을 하고 있다가 문 여는 소리에 깜짝 놀라 나오지도 못하고 전전긍긍하고 있을지도 모르겠다는 실낱같은 희망을 품고서.

그러나 희망은 무참히 깨지고 말았다. 침대와 다를 바 없이 머리카락 한 올 없는 깨끗이 정리된 휑한 욕실만이 눈에 들어왔다.

팔꿈치로 거칠게 욕실 문을 밀치고 나오면서 또 혹시나 싶은 마음에 붙박이장까지 열어보았다. 그것도 성에 차지 않아 급기야 골프백 안까지 수색했다. 대체 얼마나 헤매고 돌았을까. 등줄기를 타고 땀이 흘렀다.

현빈은 도로 침대로 와 주저앉으면서 신경질적으로 베개를 패대기쳐 버렸다. 그때 뭔가가 사이드 테이블 너머로 떨어지는 소리가 어렴풋이 들렸다.

후다닥 일어나 테이블께로 가 고개를 내려보니 제주도에 내려가기 전 선물(?)했던 휴대폰이었다. 그리고 바닥에 나뒹굴고 있는 메모지가 눈에 들어왔다.

"허!"

입에서 탄식 같은 신음이 터져 나왔다. 멍하니 얼마쯤 서 있다가 꼬꾸라지듯 침대로 무너져 내렸다. 굳이 메모지는 확인할 필요가 없었다. 보나마나 없었던 일로 하자는 소리겠지. 현빈은 휴대폰을 움켜쥐고 창가로 다가가 미련 없이 날려 보냈다.

"세상에 너 밖에 여자가 없대도 이젠 아니야!"

본의 아니게 폐를 끼쳐 죄송합니다, 사장님.

고심 끝에 골라낸 문구였다. 마음에 빗장이라고 지르듯 한

자 한 자 꾹꾹 눌러썼다.

한달 가까이 빌어먹지도 못한 얼굴을 해, 간 밤 어질러진 방을 대충이라도 치우고 욕실청소를 하고 나니 온 몸에서 식은 땀이 흘러, 그러잖아도 꼬질꼬질한 셔츠가 보기에도 민망할 정도로 볼썽사나웠다. 게다가 땀으로 착 달라붙은 머리꼬락서니 하며 폭삭 내려앉은 눈두덩까지. 방을 나가다 누가 볼까 겁나는 몰골이었다.

하지만 언제 들이닥칠지도 모를 그를 생각하면 마냥 거울만 들여다보고 있을 수도 없었다. 종잇장을 휴대폰 밑에 끼워 두고는 쫓기듯이 방을 빠져나왔다.

그런데 참 이상했다. 분명 깔끔하게 마무리 지었다고 내심 만족하기까지 했는데 막상 문을 열고 나오니 자꾸만 고개가 예기치도 못한 방향으로 틀어지고 있었다.

분별도 없고 막무가내일 뿐만 아니라 험한 말도 너무 쉽게 지껄이는 정나미 떨어지는 남자가 있는 방으로 눈이 돌아가고 귀가 쫑긋 세워졌다.

약 기운에 곯아떨어지기 전 잠깐 보았던 의사가 훨씬 신사적인데도 그 의사 얼굴은 그저 동글동글한 수박 같았다는 생각뿐, 다른 것은 하나 떠오르지 않았다.

대신 짧은 순간이나마 안겼던 그 남잔 너무나 생생했다. 고스란히 느껴지는 심장박동, 희미하게 끼쳐 오는 그의 체취까지.

걸음이 빨라졌다. 바람이 모든 걸 쓸어 갔으면 하는 마음에 뛰듯이 걷다가 지하철 역 안으로 들어갔다. 플랫폼 안으로 차가 들어오고 문 앞에 자리를 잡고 서 있는데 바로 옆 여대생으로 보이는 여자가 잡지를 펴들고 있어, 아무생각 없이 들여다보았다.

요즘 유행하는 별자리 이야기였다. 여대생은 아주 열심히 탐독하고 있었다. 할 일 되게 없다며 픽 웃고 말았는데 어느새 눈은 물병자리를 더듬고 있다.

"우정이면 만족해, 사랑은 너무 무거워."

그 짧은 한마디가 마음을 홀가분하게 만들어줬다.

차가 멈춰서고 지원은 후다닥 역을 빠져나와 휴대폰을 꺼내 메시지를 확인했다. 그제야.

또 나우에게 상처를 입힌 것 같아 심란한 마음으로 휴대폰을 귀에 가져다대고 아델 방향으로 종종걸음 쳤다.

화가 난 걸까, 아니면 여태 자고 있는 걸까. 나우는 전화를 받지 않았다. 갑자기 맥이 풀려 터벅터벅 빌딩 안으로 들어가는데 사람들 어깨에 부딪쳐 중심을 잃고 흔들렸다. 그때 누군가의 손이 어깨를 잡아 주었다. 고맙다는 말을 하려고 등을 돌렸는데 생각지도 못했던 나우가 희미하게 웃고 서 있었다. 귀에 이어폰을 끼고 있어 휴대폰 벨 소리를 듣지 못한 모양이다.

얼마나 기다린 걸까?

"많이 기다렸니?"

"아니."

나우는 아무 일도 없었다는 듯한 얼굴로 대꾸했다.

"사람들 많은데 이러고 있으면 어떡해?"

"완전 무장했잖아."

나우는 으레 야구모자에 커다란 선글라스를 끼고 있다. 그런데 뾰족뾰족 수염 돋은 턱이 눈에 들어와, 마음이 무거워졌다.

"사람들 없는 데로 가자."

자기가 연예인인지도 잊었는지 나우는 도로 한가운데로 끌고 나와 손을 잡고 걸었다. 그리고 이어폰 하나를 귀에 끼워 줬다.

"이거 2집 타이틀인데 한 번 들어볼래?"

한참을 그렇게 말없이 걸었다. 나우는 생각이 많을 때나 아니면 무지 화가 나면 트랙을 돌거나 음악실에 처박히곤 했다. 지금은 화가 많이 나 있을 것이다.

"왜 아무것도 안 물어?"

지레 뜨끔해 생각 없이 묻고 말았다.

"이렇게 내 손 잡고 있잖아."

나우의 공허한 목소리가 마음을 울렸다.

"걱정 많이 했지?"

"좀… 어린애도 아닌데 뭘."

분명 입은 나우에게 묻고 있는데 머릿속은 혼자 딴 생각을 하고 있었다. 어쩔 줄 몰라 하며 방을 가로지르던 그의 모습이 또 머리를 메웠다.

무심결에 나우의 손을 꽉 붙들며 고개를 내저었다.

"나우야 손 꽉 잡아 줘. 좀 어지럽네?"

나우가 이상하다는 듯이 쳐다봐 얼른 핑계를 갖다 붙이고 말았다.

"얼굴 안 돼 보인다, 아침 먹구 들어가."

"안 그래도 지각인데?"

"쫓겨나면 나한테 와, 둘은 몰라도 너 하나쯤이야 뭐."

"풋 고마워."

"고맙단 소리 듣기 싫어."

처음으로 나우 입에서 툴툴대는 소리가 흘러나왔다. 갑자기 어색해져 버렸다. 분위기 바꿀 말 없나 하고 머리를 굴리고 있는데 저만치 장사 채비를 하고 있는 노상 꽃가게가 들어왔다.

"이리루 와 봐."

"왜에?"

나우는 영문을 몰라 하는 얼굴로 질질 끌려왔다.

"꽃 사달라구? 아줌마 장미…."

"아니 오늘은 내가 사 줄려구…."

"정말? 꽃 사다는 데 돈 쓰는 건 사치라며?"

"쳇, 사람은 바뀌게 돼 있어. 싫어? 싫음 말구."

"후후, 갑자기 바뀌면 안 되는데?"

나우가 처음으로 소리 내서 웃었다. 따라 웃을 수 없는 게 조금 서글프고 나우에게 몹시 미안했다.

"언니, 장미 스무 송이 주세요, 아무것도 섞지 말구요."

"깎아달란 소리 안 해?"

"야, 벼룩도 낯짝이 있지 개시도 안 했는데… 그쵸 언니, 대신 탐진 걸루만 주세요."

"그냥 열아홉 송이만 주세요."

싱겁게 웃던 나우가 갑자기 정색을 하고 주문을 다시 했다.

"왜?"

"아무한테나 덥석 장미 스무 송이 선물하는 거 아냐."

"왜 그러는 건데?"

"스무 송인 열렬히 사랑하는 사람한테 선물하는 거래, 이래두 줄래?"

"…"

공연히 멋쩍어져 시선을 피하자 나우도 덩달아 딴청을 하더니 혼잣말처럼 입을 뗐다.

"남은 한 송인 언제 줄래?"

"?"

이렇게 나운 성큼 가까이 다가왔다, 무례할 만치.

밤새껏 포커판에 앉아 있다가 새벽녘 호텔로 돌아와 깜빡 잠이 들었는데 오 비서에게 전화가 걸려 왔다. 회장님 나오셨는데 아직 뭐하고 있냐고 오 비서는 어쩔 줄 몰라 했다. 후다닥 일어나 대충 챙기고 나가니 할아버지는 바짝 갈기를 세운 사자마냥 꼿꼿이 앉아 있었다.

"전화도 없이 어쩐 일로…."

뒤통수를 긁적이며 자리에 앉았더니 할아버지는 낮게 혀를 차며 매섭게 쏘아보았다.

"제 방에 노크하고 들어오는 놈도 있더냐."

"차 좀…."

마침 오 비서가 들어와 위기를 모면케 해줬다.

"됐네, 그만두고 일 보게나."

오 비서는 찍소리도 못하고 방을 빠져나갔다. 아무래도 오늘은 쉽게 빠져나가지 못할 듯하다.

"어디 아픈게냐?"

"예?"

"얼굴이 누런 메주덩이 같아 하는 말이다."

"어제 술이 좀 과했나봅니다."

현빈은 얼굴을 쓰다듬으며 겸연쩍게 웃었다.

"일보단 몸이 먼저야."

"예."

"그건 그렇고 카지노는 어떻게 돼 가고 있는 게냐."

"차질 없이 돼 가고 있습니다."

"몇 개나 건질 것 같냐."

"서로들 눈 시뻘겋게 뜨고 있는데 욕심대론 어렵지 싶습니다."

신중한 얼굴로 뭔가를 생각하던 할아버지는 말없이 고개를 끄덕였다.

"지금으로선 손에 잡히는 이익보다는 부가효과 정도로 만족해야 할 것 같습니다."

"성양 건은? 언제쯤 헌팅 갈 참이냐?"

"카지노 유치 끝나면 본격적으로 추진할까 합니다. 사업계획서 나오면 그때 다시 보고 올리겠습니다."

"아무 일 없지?"

"예."

"그럼 난 한바퀴 휘이 돌고 가련다. 아차 며칠 전에 홍 팀장 집으로 들어왔다. 함께 밥이나 먹게 들리렴, 아니 아예 들어와."

"저… 연말이나 지나야 될 것 같습니다."

홍 팀장 들어왔다는 말에 순간 멍해지고 말았다. 생신날 흘리듯 홍 팀장 들어와 살지 하는 소리를 듣긴 했는데 정말 들어온 모양이었다.

입에 혀처럼 구는 홍 팀장이 할아버지는 맘에 드시는 눈치인데 어째 가시처럼 느껴지는 걸까? 현빈은 될 수 있는 한 피하고 싶어 대충 얼버무리고 말았다. 여자에게, 섹스에 몰입할 수 없어진 지 오래다. 아니, 그녀를 봐 버린 뒤부터는 여자와 섹스가 하나로 묶여진 듯했다.

담배나 죽이자는 작정으로 창가로 다가가는데 오 비서가 들어왔다.

"당분간 저녁 스케줄 잡지 말지."

갑자기 바람이 거세게 몰아쳤다. 이러면 안 되는데…. 갑자기 창밖이 궁금했다.

"피파 본부장님께서 꼭 뵙고 싶다고 하시면서…."

책상 위의 서류철을 거둬들이고 있던 오 비서가 말끝을 흐리며 슬금슬금 눈치를 보는 듯했다. 요 근래 들어선 숫제 심장이 없는 사람처럼 굴고 있었으니 어쩌면 당연할지도.

"담에 다시 날 잡아 줘. 요즘 속이 엉망이야."

"걱정… 생겼어?"

다른 사람 눈을 피할 수 있어도 오 비서는 무사통과가 되지 않았다. 그 후론 리노베이션 미팅엔 참석한 적이 없었으니까.

"걱정은 무슨. 벌려 놓은 게 너무 많아 머릿골 아파 그러지."

"그렇담 다행이구. 얼굴 안 돼 보이는데 며칠 제주도나 다녀오지 그래?"

"글쎄… 거기 내려가면 아예 짱박히고 싶을 거 같은데?"

"나 있잖아. 내가 열심히 왔다 갔다 할게."

"후후, 그러다 소박맞으면 어쩌려구?"

"여하튼 술은 그만하셔. 다른 건 몰라도 술 도가니에 빠져 사는 건 알아."

"재미없는 세상 술까지 끊으라고?"

현빈은 담배를 빼내 물며 싱겁게 웃었다.

"그럼 결혼이라도 하던지."

파일 철을 품에 안으며 비스듬히 몸을 틀던 오 비서가 결혼을 강조하며 손끝으로 가슴팍을 가볍게 쳤다.

"결혼… 낼 당장 여자 하나 마련해 놔. 듣고 보니 그것도 참신한 아이템이네."

"정말 구제불능이야. 친구 해 줘?"

코트를 걸치면서 담배를 챙겨 넣고 있는 모습을 물끄러미 바라보고 있던 오 비서가 조심스레 입을 뗐다.

"아니, 됐어. 담에 하자."

"비 올 것 같은데 술 마시지 말구 그냥 쉬어."

"비? 비 올 것 같아?"

소스라치듯 창가로 가 문 밖으로 쑥 고개를 내밀었다. 무심결에 안도의 숨이 흘러나왔다. 아직 그대로다.

"응, 갑자기 비올 바람 불던데?"

"저기, 당장 사람 시켜 저 나무 위에 걸린 핸드폰 좀 찾아오라고 해."

"무슨 핸드폰?"

오 비서가 영문을 몰라 하는 얼굴로 창가로 다가왔다.

"그, 그게 아까 실수로 떨어뜨렸는데… 깜빡 잊었지 뭐야."

매혹이 다시없는 향기로 머문다면… 그건 사랑이겠죠?

마침 펼쳐 놓은 신문 한 귀퉁이 책 광고가 눈을 찔러 현빈은 우악스레 우그러뜨려 버렸다.

"개코같은 소리하고 자빠졌네."

 그냥 방으로 들어가려다가 습관처럼 동아리 선배네 바로 방향을 틀었다.

 사방에 낮게 깔린 블루 톤 네온 빛. 차가운 도발처럼 왈칵 빛무리가 덤벼들었다. 문득 누군가가 떠올라 재빨리 바로 걸음을 옮겼다.

 며칠 눈도장을 찍었더니 이제는 굳이 시키지 않아도 바텐더가 알아서 술을 내줬다. 그러면서도 꼭 한마디 덧붙인다.

 속 버리시는데 안주라도 내올까요? 했다.

 현빈은 픽 웃고 말았다. 일부러 취하려고 마시는데 안주발 세우면 그만큼 취기가 늦게 돌아 되려 불만이었다. 일을 하는 시간을 제하고는 무뇌아처럼 지내고 싶은 게 요즘 심정이다.

 얼마나 부어댔을까. 그만 하시죠, 많이 취하셨습니다, 라는 바텐더의 만류의 소리를 듣고서야 비로소 꽤나 취한 상태라는 것을 알아챘다.

 그때 누군가가 어깨를 툭 쳐 뒤를 돌아보니 시후였다. 게슴츠레한 눈을 몇 번 깜박이는 사이 어느새 자리를 잡은 시후는 자기 잔에 술을 따르고 있었다.

 "누가 고자질한 거야?"

현빈은 남은 술을 털어 넣으며 못마땅하다는 듯이 주절거렸다.

"고자질 좋아하네, 동네방네 소문은 다 내놓곤."

시후가 다시 술잔을 채우며 한껏 이죽거렸다.

"내가 언제?"

"그럼 내 바닥에서 이러고 있는 저의는 뭔데?"

"니가 이 동네 몽땅 접수했냐?"

"그렇다 왜?"

얼마간 영양가 없는 농담 따먹기가 이어졌고, 새로 딴 병이 얼추 비어갈 즈음 대뜸 정색을 한 시후가 난데없는 질문을 던졌다.

"너 민지원랑 진짜 쫑쳤냐?"

"…"

염장을 지르는 시후를 무섭게 째려보다가 갑자기 픳 웃고 말았다. 모든 게 부질없었다. 습관처럼 담배를 빼물며 고개를 끄덕였다.

"정말이지?"

시후가 말꼬리를 한껏 늘어 빼며 뚫어지게 쳐다보자 현빈은 신경질적으로 담배를 비벼 끄고는 잔뜩 인상을 구겼다.

"그 여자 얘기 꺼내지 마, 듣기 싫어."

"민지원 지금 드러누웠어. 벌써 3일 째 결근이야. 지독한 몸살이라는데 직접 보지 않아서…."

시후가 단숨에 말을 쏟아냈다. 혹 말을 자를까 걱정이 앞선다는 듯이. 현빈은 잔을 내려놓고는 새 담배에 불을 붙였다.

분명 파르르해야 마땅할 텐데 별 동요를 내비치지 않자 시후가 한숨까지 섞어가며 말을 이었다.

"나경 씨가 엄청 걱정하는 눈치더라. 병원을 가자해도 고개만 내젓지, 도통 뭘 먹으려 들지도 않지. 그러다 초상칠까 겁난다고…."

"얌마, 대체 얼마나 부려 먹었길래 그 모양이 된 거야?"

바위에 놓인 잔들이 출렁할 정도로 현빈은 난폭하게 잔을 내려놓으며 팩 소리를 내질렀다.

"어라? 야, 누가 할 소릴 대신하는 거야? 공연히 생사람 잡지 말고 좀 솔직해져라. 그래도 태클 걸 사람 하나 없어."

"뭐가, 쨔샤. 아프든 말든 내가 상관할 바 아니지. 공사만 차질 없이 진행되면 돼지 뭐. 민, 아니 그 여자 말고도 일 할 사람 있지?"

그랬다. 컨벤션홀에서 손 뗀지 오래였다. 수빈에게 일임하고 보고만 받았을 뿐이다. 지뢰밭인양 그녀 반경엔 얼씬도 하지 않았다.

"그게 민지원 없어서 손놓고 하늘만 쳐다보고 있는 중이야. 그건 그렇고 지금 민 기사 입원해야 할 지경이라던데?"

"그렇게 많이 아프대? 민지원이라면 끔벅 하는 친구들은 뭣하고 있대냐?"

문득 그 자식이 스쳐 말이 삐딱하게 나와 버렸다.

"그거야 나두 모르지 뭐. 나경 씨도 속이 터진다고 하면서 어쩔 수 없이 집으로 내려 보내야겠다고 하더라구. 야? 너 이래놓고 토끼면 어떡해?"

비틀비틀 사람들을 헤치며 입구로 다가가고 있는 참에 등 뒤에서 시후의 새된 음성이 들려왔다.

이게 무슨 망발이지, 분간할 겨를도 없이 현빈은 택시를 잡아탔다.

공연히 조바심이 쳐졌다.

분명 마음에서 지웠다 세뇌를 시킨 지 오래인데도 양은 냄비 끓듯하는 마음을 도무지 모를 일이었다. 그저 여자에게 딱지맞긴 처음이라 억울함에 술로 분풀이를 했다고 여겼다. 빌라로 이어지는 오솔길 가 벤치에 하릴없이 앉아 있었던 건 단지 시원한 공기를 들이마시며 사업구상에 여념이 없었을 뿐이었다고.

뭐, 갑작스레 생긴 버릇이긴 하지만 나쁘지는 않아 아지트로 삼아야겠다는 가벼운 마음으로 앉아 있었을 뿐이라고 자위하며.

"다 왔는데 안 내려요?"

"… 예? 얼마죠?"

넋 놓고 딴 생각에 빠져 있다가 기사의 신경질적인 목소리에 흠칫 놀라 허둥지둥 내려섰다.

갑자기 길을 잃고 어쩔 줄 몰라 하는 미아가 된 느낌. 현빈은 정처 없이 걸었다. 얼마나 싸한 바람에 떠밀려 걸었을까. 가로등 불빛 아래 조용히 잠든 놀이터가 보였다.

현빈은 입구께에 있는 벤치로 가 앉자마자 담배를 빼 물었다. 후우, 허공에 대고 연기 도넛을 만들며 시간을 죽이다, 쓰인 듯 주머니를 뒤적였다. 휴대폰을 꺼내들고 천천히 걸어 나오는데 어디선가 클랙슨 소리가 들려와 멈칫 발을 멈추고 옆으로 고개를 돌렸다. 차 한 대가 쏜살같이 스쳐 갔다. 그리고 얼마잖아 그 자리에 얼어붙고 말았다. 드러누워 있다고 했던 그녀가 나우의 손을 붙잡고 차에서 내리고 있었다. 가로등 불빛에 그녀의 덧니가 반짝 빛났다.

"선배, 나 세르데냐까지 태워 주라. 오늘은 왠지 혼자 걷기가 영 싫네."

제누에서 바로 세르데냐로 갈까 하다가 도면을 빠뜨리고 와 사무실에 들렀더니 현 선배가 들어와 있었다. 오늘은 일진이 좋은 모양이었다.

"언젠 방해하지 말라더니."

요즘 들어 새로운 버릇이 생겼다. 혼자 하는 산책.

"히잉, 그지 말구 같이 가. 잊었어? 나 아직 반 병신이라구."

몸살감기로 드러눕다니, 민지원 일은 아니었다. 하지만 사실이다.

어쩌면 저스틴 때문인지도 몰랐다. 허구한날 사무실로 전화를 걸어오지 않나 꽃을 보내오지 않나, 별별 수를 다 동원해 괴롭혔다. 나우에게 말할까 유혹을 느낀 적이 한두 번이 아니었다.

"어차피 3층도 둘러보긴 해야 하잖아."

"그럼 오랜만에 데이트나 해 볼까?"

"나처럼 쌈박녀 턱 끼고 다녀 봐. 나야 좋을 게 뭐 있겠수? 선배만 업 되지."

"하이구야, 말이나 못함서."

"아차 사장님두 그쪽에 계셔요?"

"그럴걸? 근데 왜?"

"으응, 굿 뉴스가 있거든. 김 사장이 한 건 더 하자해서 대번에 오케이 때리고 왔거든."

어느새 제누 오픈식이 코앞으로 다가왔다. 그를 보지 못한 시간은 더디고 힘들게 흘렀다.

"그래? 잘 됐네. 이러다 민지원 뼈만 남는 거 아냐?"

"그러게."

호텔로 들어선 현 기사는 내처 별관까지 차를 몰 모양인지 미술관이 가까워지는데도 속도를 줄이지 않았다. 차창 너머로 스윽 지나치는 오솔길에 미련을 버리지 못하겠다. 지원은 느닷없는 이끌림에 현 기사의 팔을 툭툭 내리치며 무언의 항의를 했다.

"왜 그래? 좋게 말로 하지 왜 때리고 난리야?"

인상을 찌푸린 현 기사가 볼멘소리를 했다.

"나 내려 주고 혼자 가요. 여기서부턴 걸어갈게."

"상전이 따로 없네. 알아서 하슈."

지원은 지프에서 풀썩 뛰어 내려 도로를 가로질렀다. 왠지 기력도 없고 현장에서 종일 서 있었더니 다리가 아파 걷기조차 힘들었는데 막상 눈앞에 오솔길이 펼쳐지니 언제 그랬냐는 듯이 힘이 솟았다.

지원은 홀린 듯 자갈을 밟아나가며 속으로 헤아렸다.

두 발짝 더 가면 첫 번째 벤치가 나온다.

벤치 두 번째 나무판이 삐거덕거려. 언제 손을 봐야겠어.

거기서 열 발짝 더 가면 잡목사이로 한강 둔치가 어른거리는 벤치야. 오늘은 거기 앉아 볼까.

아니야. 열다섯 발짝 더 가서 잡목사이에 낀 벤치에 앉을래. 거기가 사색에 잠기긴 그만이야.

조금 서글프게 미소 지으며 걸어 들어갔다. 어느새 습관이 돼 버린 하얀 자갈 사이로 듬성듬성 끼여 있는 검정 자갈을 헤아리며.

15, 16… 22. 지원은 우뚝 멈춰 섰다. 22일째지 아마? 아니 정확히 따져 22일과 8시간이 흘렀어.

지원은 쓰게 웃었다. 그리고 속으로 마구 비난했다.

웃기고 있네. 웃기지도 않는다. 니가 언제부터 센치랑 친했다고 유난을 떠니?

　의미 없는 숫자를 날려 버리듯 앞머리를 넘기려고 입술을 오므리던 찰나, 눈이 동그랗게 떠졌다. 숨도 쉬지 못할 만치 소스라쳤다. 그렇게 한곳에 눈을 박은 채 굳어 갔다.

　바로 눈앞에 금방 날려 버린 연연했던 시간이 턱하니 버티고 있었다.

　그런데 공교롭게도 그 옆에 은채가 앉아 있었다. 은채는 얼굴 가득 미소를 머금고 연신 뭐라고 조잘댔다.

　지원은 한참동안 못 박힌 듯 서 있다가 주춤주춤 발을 뗐다. 뭐라고 인사를 해야 한다지? 그지없이 막막하다는 얼굴로.

　한데 쩔쩔매는 마음이 그에게까지 전해진 걸까?

　그가 벤치에서 일어나 성큼성큼 다가오더니 고개를 까닥, 하고는 그냥 어깨를 스치고 지나갔다. 얼결에 마주 고개를 숙여 보이고 고개를 들었을 땐 그와 은채의 등만이 눈에 들어왔다. 그가 은채의 어깨에 팔을 둘렀다. 은채는 보란 듯이 그에게 바짝 들러붙은 채 뒤를 쳐다보며 오묘한 미소를 던지고는 홱 고개를 돌렸다.

　얼마나 멍하니 있었을까. 두 사람의 모습이 완전히 지워지고 나서야 다시 걸음을 옮기는데 바람이 불어와 머리칼을 헝클어 놓았다.

　"오늘 일진 졸라 개떡이네."

　문득 부옇게 흐려지는 시야가 마땅치 않아, 지원은 핸드백에서 손수건을 꺼내 머리를 껑충 묶고는 바람과 경주라도 하듯 내달렸다.

Story 12
판도라의 상자는 열리고

나경이네 올 때마다 자격지심이 드는 건 어쩔 수 없었다. 서울살이를 청산하고 나경의 부모님은 가평 별장을 리모델링 해 전원생활을 만끽하며 지냈다. 주말엔 오빠네를 불러들여 바비큐 파티도 하고 이따금씩 지인들과 칵테일 파티도 하면서 소위 특별계층의 지위를 돈독히 굳히고 있었다. 오늘도 아저씨는 사업 핑계를 대고 골프 여행을 떠났다고 했다.

그런데 무슨 일일까. 이미 그 바닥에서 퇴출당한 엄마를 초대한 아줌마의 저의가 못내 궁금할 뿐이다.

"이게 얼마 만이에요, 서울은 이따금 올라오시면서 어째 한 번도 연락을 안 하세요?"

"그게, 맘은 있어도 쉽게 돼야 말이죠. 가게 문 닫고 올라 올 수도 없고 일 거드는 사람 눈치도 뵈고 해서…. 아무튼 사모님 은혜를 어찌 갚을지, 야 거둬 주셔서 정말이지 몸 둘 바를…."

엄마는 비굴하다싶을 만치 넙죽넙죽 고개를 숙였다. 나경 엄마, 라는 호칭을 엄마는 잊은 지 오래일 것이다. 아니면 습관처럼 사모님, 소리가 나왔던지. 갑자기 쓴 물이 솟구쳐 지원은 웃는 척하며 침을 꿀꺽 삼켰다.

"무슨 말씀을요 우리 나경이가 덕보고 사는 모양인데요. 저 사장님은 편안하시죠."

"예?"

사장님이란 소리에 엄마는 잠시 혼란스러워했다. 지성 해장국집 사장님은 처음부터 엄마였으니까.

"지원이 아버님요. 거동은 많이 나아지셨어요?"

아줌마도 민망한지 살짝 낯을 붉히고 조심스레 아빠 안부를 물었다. 이 어색한 분위기가 싫어 지원은 자꾸 문 쪽을 힐끔거렸다.

그때 초인종이 울리고 나경, 나우, 오빠 세 사람이 한꺼번에 들어왔다. 나경이야 그렇다 치고라도 무슨 꿍꿍인지 나우와 오빠는 요즘 들어 한 몸 같이 붙어 다녔다. 전에 없이 나경도 지퍼를 꾹 채우고 있고 나우와 오빠도 전혀 말이 없었다. 궁금하기 이를 데 없는데 누구 하나 입을 열지 않으니 기다릴 수밖에 없을 듯했다.

"아줌마?"

"오셨어요?"

나경이 엄마를 보고는 반가운 얼굴로 바짝 다가와 앉고 나우와 오빠는 맞은편에 나란히 앉았다.

"느네 시장하지? 지원 엄마 이리로 오세요, 식사 먼저 하시고 얘기하시죠."

오늘처럼 밥알이 돌멩이처럼 느껴진 적도 없었다. 식사하는 내내 마음이 무거워 음식이 입으로 들어가는지 코로 들어가는지도 모른 채 그냥 기계적으로 수저질만 했을 뿐이었다.

"식혠데 드셔보세요, 어제가 할머니 제사라…."

출장도우미를 불렀을까. 못 보던 가정부가 서빙카를 밀고 나와 다과상을 차리기 시작했다. 엄마는 대접받는 처지가 못내 어색한지 가만 앉아 있지 못하고 손수 접시를 날랐다.

"뭘 이런 것까지. 큰며느리 자리 힘드시죠?"

"지원이네도 큰집이잖아요."

"저희야 뭐 대충 지내죠."

"대충 지내도 손 가는 건 똑같죠 뭐. 뭐하니? 느네도 들어라."

"아줌마, 언제 내려가실 거예요?"

식혜를 단숨에 둘러 마신 나우가 엄마를 불렀다.

"왜에?"

"아줌마 모셔다 드릴 겸 형이랑 낚시나 할까 해서요. 아저씨 뵌 지도 오래고."

"그래 잘 생각했다. 지원 엄마 그렇게 하세요."

갑자기 아줌마는 반색한 얼굴로 나우를 거들고 나섰다. 왠지 분위기가 이상했다.

"저야 하루라도 애들 얼굴 더 보고 싶은데, 아이구, 이 입 좀 봐. 낼 바로 내려가려고요. 나중에 들 와."

불쑥 사투리가 튀어나오자 엄마는 낯을 붉히며 얼른 고쳐 말하고는 나우에게 미소를 던졌다.

"그러 거라. 저기 지원 엄마?"

엄마 앞 접시에 과일을 얹어 준 아줌마가 갑자기 은근한 목소리로 엄마를 불렀다. 엄마는 화들짝 포크를 내려놓고 또 어색하게 웃었다.

"무슨 말씀이라도…."

"실은 고맙다는 인사드리려고 지원 엄마 모시고 오라 했어요."

"?"

엄마는 물론 모두들 의아한 얼굴로 아줌마 입만 쳐다보았다.

"우리 나우 성원이 덕에 사람 돼 가고 있잖아요."

"엄마? 내가 언젠 원숭이였어?"

나우가 볼멘소리를 하며 이편을 보고 픽 웃는다. 지원은 문득 긴장이 돼 얼굴이 굳어졌다.

"얘가 나설 때 안 설 때 구분도 못하고… 저 이 녀석 성원이 도와 일 배우고 있거든요. 애 아빠 이제야 조금씩 웃기 시작하네요."

"네?"

너무 놀라 무심결에 놀란 소리가 튀어나오자 나경이 입술을 삐죽이며 끼어들었다.

"왜? 우리 나운 사업하면 안 되냐?"

실은 그 사건이 있고 난 다음부터 나경과 사이가 조금 껄끄러웠다. 대놓고 뭐라 말은 하지 않지만 예전처럼 매끄럽지도 못했다. 어쩌면 나경이 그 일에 대해 일언반구도 안 하는 건 나우가 미리 보호막을 쳤을지도 모를 일이었다.

"아, 아니…."

"우리 나우 이젠 철도 드는 듯하고 일도 배우겠다니 애들 아빠가 뜬금없이 결혼을 들먹이네요. 남잔 결혼을 해야 책임감이 는다면서 은근히 재촉을 하니 원…."

나우가 몹시 대견한지 아줌마 입가에 미소가 떠나지 않았다.

"그래두 나경이 먼저 보내고 나우 보내야 않겠어요?"

서로 약속이라도 한 것처럼 엄마의 시선도 나우에게 가 있었다.

"애들 아빠도 쟤는 이미 포기장을 놨는지 알아서 하겠지 뭐 하네요."

돌연 아줌마와 시선이 부딪치자 지원은 과일을 집는 척 얼른 고개를 숙이고 말았다.

"나우 선보일 작정이세요?"

"헤효, 요즘 세상이 어떤 세상인데, 지 좋다는 여자랑 짝지어줘도 말이 많은데, 선은 무슨."

"그래요? … 나우 맘에 두고 있는 여자라도 있냐?"

엄마는 시선을 나우에게 돌려 물었다. 왠지 엄마 목소리가 맥이 하나도 없다. 막상 나우가 결혼한다니 서운한 눈치였다.

"… 쟤 맘 차지한 여자 지원이, 아니 우리 지원이 밖에 더 있어요?"

정작 나우는 뒤통수를 긁적이며 웃기만 하는데 대뜸 나경이 이편을 흘기며 비꼬듯 말했다.

"지원인 어떠니?"

은근히 떠보는 듯한 아줌마 말에 지원은 숨이 멎는 듯해 입 벙긋도 못하고 얼어붙고 말았다.

엄마가 허벅지를 쿡 찔러 그제야 정신을 차리고 주의를 둘러보니 다들 한 곳만 뚫어지게 쳐다보고 있었다.

"얘가 좀 놀랐나보네요, 사모님이 물이시잖냐?"

희미하게 떨리는 엄마 목소리가 들리는데도 여전히 입은 떨어지지 않아 곤혹스러웠다.

"저, 전 아직…."

겨우겨우 말을 잇고 구조요청을 하려고 나우를 쳐다보았더니 나우는 오빠와 얘기하느라 관심도 없어 보였다. 아니면 처음부터 작정을 한 걸까. 왠지 짜고 치는 고스톱 판에서 독박을 쓴 그런 느낌이었다.

이래저래 자리가 불편해 몰래 정원으로 나와 그네에 앉으려는데 가까이에서 기척이 들려왔다. 고개를 돌려보니 나우가 정원을 가로질러 다가오고 있었다. 무심결에 나우의 시선을 외면하고 말았다.

"추운데 그냥 나오면 어떡하니? 또 감기 들면 어쩌려고."

나우는 앉자마자 어깨 위로 숄을 걸쳐 주며 은근히 나무랐다.

"잠시 앉았다가 갈 건데 뭐."

"지원아…."

"나우야…."

약속이라도 한 듯 동시에 이름을 부르고 누가 먼저랄 것 없이 서로 시선을 피해 버렸다.

"말 해."

"저 아까 아줌마가 하신 말씀 말이야… 그리구 오빠한테 일을 배운다니, 대체 어떻게 된 거니?"

지원은 뭣부터 물을지 몰라 두서없이 지껄였다.

"어 그거? 그냥 인생의 목표가 생겼다고나 할까, 뭐 그런 거지. 이렇게 술렁술렁 살다가는 안 되겠더라고."

"그럼 방송일은 그만둘 거야?"

"아니. 당분간은 병행할 거야. 갑자기 변하면 나조차 적응이 안 될 것 같아서."

나우는 전에 없이 진지했다. 얼굴에 비장감마저 돌았다.

"너 갑자기 변한 거 모르는구나?"

지원은 혼잣말처럼 말했다. 자기는 모를지 몰라도 나우는 갑자기 변했다. 예전처럼 잘 웃지도, 농담도 하지 않고 늘 복잡한 얼굴로 쳐다보기만 했다.

"난 마음결 따라 흘러가는데 너만 고집스럽게 그대로 서 있는 거야."

"철학자도 아니고 너 같이 않아 되게 이상해. 그냥 하던 대로 해."

결혼 얘기는 까맣게 잊어버리고 나우의 심각한 얘기가 우스꽝스러워 지원은 장난처럼 말했다.

"나 같은 게 뭔데? 만날 속없이 실실거리고 무슨 소리를 해도 바보처럼 들어주기만 하고 지 여자 하나 못 지키고 다른 놈한테 빼앗기고 하늘만 쳐다보고 있다가 숨이 턱턱 막히면 죽지 못해 비행기 타고 찾아가 얼굴만 보고 오는 띨방이가 나지, 엉?"

나우가 갑자기 붉으락푸르락해진 얼굴로 어깨를 돌려세우고 씨근덕거렸다. 돌연한 나우의 행동에 지원은 아무 말도 못하고 멍하니 바라볼 뿐이었다.

"나두 너처럼 현실적이었으면 좋겠다고 생각한 적 여러 번이야. 넌 욕심껏 유학에, 짝퉁 인생 싫다고 떵떵거리는 놈이랑 약혼도 했어. 근데 난 뭐야? 바보처럼 한곳뿐이 볼 줄 모르는 난 뭐냐구?"

"나 신데렐라병 아냐. 물론 저스틴과의 약혼, 전혀 그런 생각 없이 한 건 아니지만 걔양 며느리 자리 탐낸 적은 없어. 현실적이었으면 후자를 선택했을 거야."

"니 인생 사랑이 전분 아닌데 왜 내 손은 한사코 싫다 하는데?"

"싫단 적 없었어, 생각해 본 적이 없었지."

"그럼 평생 날 책임지라고 하면 허락할거야?"

분명 프러포즈를 받고 있는데 문득 한숨이 비집고 흘렀다.

"왜 암말두 못해?"

"모르겠어, 모든 게 혼란스러워."

"그럼 나만 따라와."

나우의 입술이 겹쳐 들었다. 눈을 감았더라면 스치는 바람일 거라 착각할 만큼 가벼운 입맞춤이었다.

"내 비워 둔 마음 하나씩 채워 줘, 서두르지 않을게. 이끌림은 찰나의 광기에 불과한 거야."

나우에게 얼마만큼이나 들켜 버린 걸까. 지원은 나우의 얼굴을 비켜 가볍게 한숨을 내쉬었다.

나두 그럴 거라고 믿었어. 해일처럼 한순간 휙 몰아쳤다가 금세 잠잠해질 줄 알았거든? 근데 휑한 마음에 바람이 남아. 하나 남은 냄새가 연연히 떠돌아.

속마음은 털어놓지 못한 채, 또 나우의 어깨를 무례하게 범하고 있다.

할아버지 호출이 떨어졌다. 집에 들르라는 소리를 그냥 흘려버렸더니 오늘은 차까지 보내셨다. 은채가 차 안에 있는 걸 보니 아예 감시병까지 붙인 모양이었다. 빼도 박도 못하고 잡히고 말았다.

은채를 무시하고 얼마쯤 눈을 감고 있었을까. 휴대폰이 울려 꺼내보니 할아버지였다. 빨리 안 오고 뭐하고 있냐고 독촉할 줄 알았던 할아버지는 난데없이 집에 들를 필요 없다며 은채와 데이트를 하라는 명령을 내렸다.

거절도, 수긍도 할 수 없어 더듬대고 있는데 대뜸 은채가 차를 세우라 해서 깜짝 놀라 얼결에 전화를 끊고 말았다.

"이 기사님, 여기서부턴 제가 사장님 모실 테니 그만 퇴근해요."

"예."

영문을 몰라 기사와 은채를 번갈아보고 있는데 기다렸다는 듯이 기사가 내리고 은채가 운전석에 올라탔다. 그리고 기사는 꾸벅 고개를 숙여 보이더니 귀신처럼 홀연히 모습을 감췄다.

"죄송해요, 건방지게 제 맘대로 해서…."

은채가 룸미러를 쳐다보며 오묘한 미소를 던졌다.

"할어버지 명령이 아니구?"

현빈은 픽 웃으며 창 너머로 고개를 돌렸다. 하룻날 밤, 할아버지 명령이라는 얄팍한 핑계로 무단침입한 적도 있었다. 딱 잘라 거절을 했는데도 갈수록 태산이었다.

"뭐, 회장님 말씀도 거역할 수는 없죠."

미리 준비를 해 둔 것이었을까. 은채가 시디를 밀어 넣자마자 끈적거리는 블루스 선율이 차 안에 퍼졌다. 갑자기 속이 울렁거리기 시작했다.

"우리 어디로 갈까요? 현빈 씨?"

헛! 현빈 씨? 김칫국부터 마시는 은채의 행동에 절로 웃음이 나와 현빈은 시니컬하게 웃고 말았다.

"어디 가고 싶은데?"

"글쎄요, 우선 식사하구 그리고 술도 마시고 그리곤 현빈 씨 좋을 대로…."

은채는 뭘 그딴 걸 묻느냐는 듯이 조잘대더니 이내 코맹맹이 소리로 말끝을 흐렸다.

"밥은 됐고 몸부터 풀러가지."

"네? 나이트 가자구요?"

"헝, 웬 나이트? 어디 가까운 모텔 있으면 거기로 가지."

"저, 별장으로 가면 안 돼요? 회장님께서 미리 일러두셨다고 하던데요."

"별장은 너무 멀잖아, 나 급해."

"현빈 씨…."

은채 목소리가 가늘게 떨렸다.

은채는 볼륨을 높이며 한껏 속도를 내기 시작했다. 차는 강변도로를 타고 으슥한 길을 돌아 한참을 더 달렸다. 얼마나 자주 들락거린 걸까. 은채는 한 번도 헤매지 않고 외진 곳에 처박힌 모텔 앞에 차를 세웠다.

"들어가요."

은채는 너무 자연스럽게 팔짱을 끼고 안겨 왔다. 현빈은 픽 웃으며 엉덩이를 아프게 움켜잡았다.

"아이, 급하긴…."

가볍게 눈을 흘긴 은채가 팔짱을 끼었던 손을 풀어 허리를 둘러 안았다.

"자, 잠깐만… 샤워부터 하구."

"급하다고 했잖아, 입 다물고 가만히 있어."

방에 들어오자마자 끌어안고 치맛자락을 들췄더니 은채가 쑥스럽다는 듯이 몸을 피했다. 현빈은 넥타이를 느슨히 풀고 은채 코트를 거칠게 벗겨냈다.

"하악!"

샤워부터 하자던 은채는 목덜미에 입술을 갖다대자마자 자지러지듯 허리를 꺾었다.

"어머? 옷 찢으면 어떡…."

블라우스를 거칠게 벗겨내는 척하며 일부러 찢었더니 은채가 살짝 얼굴을 찌푸리며 항의했다.

"참을 수가 없어…."

"으음… 괜찮아…."

현빈은 속으로 픽 웃으며 은채의 젖가슴에 입술을 묻고 부드럽게 애무했다. 은채는 언제 그랬냐는 듯이 목을 끌어안고 바짝 엉겨 붙었다. 그리고 한 다리를 한껏 치켜 올려 허벅지를 감아왔다.

"제발 벗겨 줘."

더 이상 기다릴 수 없다는 듯이 브래지어 후크를 스스로 풀어내기 시작했다.

"어디부터? 여기? 여기?"

브래지어를 벗겨내자 하얀 속살이 출렁, 눈앞을 덮었다. 보기보단 글래머였다. 그런데도 육질 좋은 고깃덩이로 밖에 안 보였다.

현빈은 짐짓 느리게 입술을 내리며 한껏 애를 태웠다. 가슴을 가볍게 물어뜯다가 가슴골을 부드럽게 애무해 나갔다. 그러자 은채가 윗옷을 벗겨내려는지 손을 들어올렸다.

"아니, 난 이대로가 좋아, 그래야 흥분이 되거든?"

그윽한 목소리에 은채의 손이 이내 떨어졌다.

"으음… 여기두… 어멋? 자기 한터프하는데?"

애타게 젖무덤을 애무했더니 은채가 깨금발을 해 코앞으로 가슴을 들이밀었다. 현빈은 애써 웃으며 돌기를 빨아들이다가 대뜸 스커트를 찢어 발겼다. 은채는 팬티와 스타킹 차림으로 벽에 기대선 채 애타게 손길을 기다리고 있었다.

"이것두 마저 벗을까?"

참다못한 은채가 팬티라인을 손끝으로 더듬으며 느리게 원을 그렸다. 더 있다간 계획에도 없는 스트립쇼까지 보게 생겼다.

"아니, 그건 그냥 둬."

"…."

자기 손으로 가슴을 애무하던 은채가 손짓에 윙크까지 별별 방법을 다 동원해 유혹하기 시작했다.

현빈은 얼른 가소로운 웃음을 삼키고 담배를 피워 문 채 은채 앞에 바짝 다가섰다. 그리고 은채 입에 담배를 물려줬다. 은채는 길게 한 모금 빨아들이더니 얼굴에 대고 담배 연기를 후욱 내뿜으며 유혹적인 미소를 던졌다.

"직접 확인하시지."

현빈은 바지 위에 은채 손을 갖다 붙이고 억양 없이 말했다.

"어머?"

"홍은채 씨, 아니 홍 팀장. 미안한데 난 필이 안 오는데?"

"자기 피곤해서 그래. 옷부터 벗어 봐, 내가 알아서 다 할게."

무릎을 꿇고 내려앉은 은채가 허스키한 목소리로 자극했다.

"난 남이 흠집 낸 물건 취미 없는데. 그리고 얼굴에 대고 연기 내뿜는 여잔 끔찍하거든."

현빈은 얼른 은채의 머리를 붙들고 차갑게 말했다. 그러자 은채가 화들짝 고개를 들어올렸다.

"더 이상 귀찮게 하지 않았으면 좋겠어. 앞으론 일로만 얼굴 봅시다, 홍 팀장."

"저, 전 이렇게 하면 사장님이 좋아하실 줄 알고… 이런 거엔 많이 서툴러서."

은채는 발딱 일어나 목을 부둥켜안고는 울듯이 변명을 늘어놓기 시작했다.

"무릎을 꿇지 말던지, 알아서 다 한단 소릴 하질 말던지. 훗! 더하면 서로 추해지겠지?"

목에 감긴 팔을 거칠게 풀어내고 방문을 여는데 등 뒤에서 날카로운 목소리가 들려왔다.

"사장님?"

"옷 찢은 거 미안! 데스크에 말해 두지."

"그게 아니라… 그냥 가면 어쩌냐고요."

은채는 입고 나갈 옷이 없다는 것보다 거절당한 게 더 분한 모양이었다.

"마무리 주자 부탁해 놓고 가지, 천천히 재미 많이 보라구."

"사장님!"

새삼스러울 것도 없는 나날인 줄 알았는데 창밖은 이미 초겨울이었다. 자칭 패셔리더들은 때도 아닌 목도리를 친친 감고 거리를 활보하고 다녔고 쇼윈도에 털 코트들이 내걸리고 있었다. 무더웠던 여름만큼이나 올 겨울은 추울 거라는 예보들이 신문, TV 가리지 않고 지겨울 만큼 들려왔다. 생체난로 하나 소개시켜 달라는 현 기사의 신세한탄까지 가세한 이유일까. 창 너머 을씨년스런 풍경처럼 마음도 쓸쓸해지곤 했다. 그렇게 휘청댈 때마다 오기로 일에 매달렸다. 죽으면 썩을 몸뚱이 아끼면 뭐 하냐, 하던 엄마의 한탄소리를 교훈 삼아.

"민, 이번에 나랑 한 건 안 해 볼래?"

"뭘?"

"갤러리 하나 잡았는데 혼자 하기 벅차서."

"나두 세 개까지는 좀 곤란한데."

"말이 갤러리지 와인 바나 다름없어, 그냥 아르바이트한다고 생각하고 해 보자구."

"그럴까?"

"왜 공돈 생각하니 쉽게 거절 못하겠어?"

"알면서…."

"민 반장 누가 찾아 왔는데?"

서로 스케줄을 맞추며 군것질을 하고 있을 때 인부 한 명이 불러 돌아보니 누군가가 성큼성큼 다가왔다.

"하이 지원."

순간 화들짝 놀랐다. 하이, 라는 소리를 듣는 순간 갑자기 얼굴에 경련이 일기 시작했다. 저스틴 비서 겸 애인인 지미였다.

"무, 무슨 일이에요?"

한동안 전화도 꽃도 보내지 않아 그만 포기하고 뉴욕으로 돌아간 줄만 알았는데 그게 아닌 모양이었다.

"바쁘지 않으면 잠깐 나가서…."

"그냥 여기서 말해요."

"누구?"

"으응, 그냥 좀… 잠깐 나갔다올게."

어색한 분위기를 느꼈는지 현 기사가 다가와 조그맣게 속삭였다. 그런데 누구라고 소개하기도 뭣해 그냥 밖으로 나와 버렸다.

"어 어디 가는 거예요?"

지미는 현 기사 눈에서 벗어나자마자 무턱대고 팔을 잡아끌어 빌라 꼭대기 층으로 바로 연결되는 엘리베이터를 태웠다. 혹시 이곳에 머물고 있었던 걸까? 언제부터? 지원은 심장이 졸아들고 입이 굳어 말을 제대로 하지 못하고 더듬댔다.

"가 보면 알아."

"어디 가냐구요?"

팔을 거칠게 뿌리쳐 봐도 소용없었다. 지미는 엘리베이터 문이 열리자마자 룸으로 끌고 갔다. 운이 없는 걸까. 도와달라고 소리라도 쳐 볼 양으로 주의를 둘러봐도 사람은커녕 직원 한 명 보이지 않았다.

"저스틴이 얼마나 보고 싶어 하는 줄 알아? 제발 저스틴 속 좀 그만 태우라구."

방문을 두드리던 지미가 사납게 눈을 흘리며 으르듯 말했다.

"지원?"

이내 문이 열렸다. 고개를 내민 저스틴이 씩 눈웃음을 던졌다.

"지미, 잠시 자리 좀 비켜 줘, 허니 착하지."

"저스틴 말 잘 들어."

짐짝 던지듯 방안으로 밀어 넣은 지미는 쾅 소리가 나게 문을 닫고 사라졌다. 어떻게 여기까지 속수무책으로 끌려왔는지 그것조차 모르겠다. 문득 그때의 악몽이 되살아났다. 다시 감금되면 어쩌지? 지원은 목에 걸고 있던 휴대폰 화면을 재빨리 확인했다. 다행이 배터리 용량은 충분했다.

"앉지 않고 뭐해?"

"할 말 있다면서요, 빨리 해요. 지금 근무시간이에요."

저스틴은 자고 났는지 가운 차림이었다. 침착하게 대하려고 안간힘을 쓰는데도 말끝이 떨려나왔다.

"지원, 그러면 나 무서워…."

순간 모골이 송연해졌다. 그때도 아이처럼 칭얼대며 매달렸다. 그럼 약에 취한 상태일까. 그제야 눈이 탁자를 더듬었다. 술병과 담뱃갑, 잡다한 소지품만이 굴러다닐 뿐 다른 건 눈에 들어오지 않았다.

하지만 게슴츠레 풀어진 눈빛만으로도 충분히 의심이 갔다.

지원은 무심결에 휴대폰을 꽉 틀어쥐었다. 아이처럼 칭얼대다가 언제 돌변할지 모를 일이었다. 도망칠 기회를 잡기 전까지는 태연하게 버텨내야 했다.

"아, 알았어요. 이리루 와 앉아 봐요."

지원은 애써 떨리는 가슴을 내리누르고 창가 테이블로 가 앉았다. 그러자 찰싹 붙어 앉은 저스틴이 어깨를 껴안으며 입술을 갖다댔다.

지독한 냄새가 훅 끼쳐 왔다. 술과 시가 냄새와 또 뭔가가 뒤

섞인 고약한 냄새였다. 지원은 질끈 눈을 감고 은근슬쩍 입술을 피했다.

"지원 나빠. 그렇게 내 마음을 보냈는데 어떻게 전화 한 통도 하지 않아?"

"아 그거요? 좀 바빠서 미루고 있었는데 선물이 안 오기에 들어간 줄 알았죠."

"그걸 나한테 믿으라는 거야 지금?"

저스틴이 벌컥 소리를 질렀다. 뻔한 거짓말이 먹혀 들어가지 않는 걸 보니 완전히 약에 취하지는 않은 모양이었다.

"아, 아니… 조금 삐친 척한 거죠. 여자가 바로 넘어가면 매력 없잖아요?"

식은땀이 등줄기를 타고 흘렀다.

"정말? 믿어도 돼? 그럼 나랑 같이 들어가는 거지?"

"?"

"수지한테 보고해야 할 일도 있고 해서…."

"그, 그럼 아주 들어가는 거예요?"

"뭐, 대충 서울 일은 마무리 됐으니까… 지원만 데려가면…."

무슨 말을 해야 할지 몰라 갈팡질팡하고 있는데 문득 저스틴 손이 허벅지 사이에서 느껴졌다.

"손 치우고 얘기해요."

화들짝 놀라 차갑게 저스틴 팔을 뿌리치고 일어서 버렸다.

그리고 이내 후회했다.

"왜 또 이러나… 좋으면서 괜히."

저스틴이 뒤에서 끌어안으며 목덜미에 입술을 비벼 댔다. 얼결에 몸을 비틀어대자 와락 침대 위로 내팽개치더니 순식간에 몸 위로 올라탔다.

"놔! 놔 줘!"

막무가내로 사지를 비틀어댔지만 저스틴의 완력을 피할 길이 없었다. 순간 맥이 탁 풀렸다. 하지만 어떻게든 벗어나야겠다 싶어 이를 악물고 발버둥을 쳤다.

"이젠 늦었어. 그러게 순순히 말 들었으면 좋았잖아."

"으읍…."

저스틴에게 입술이 막힐 찰나 벨 소리가 들려왔다. 지원은 이때다 싶어 힘껏 몸을 비틀어댔다. 그러자 저스틴이 따귀를 올려붙이며 입을 틀어막았다.

"아앗!"

"뭐야!"

저스틴이 신경질적으로 소리쳤다.

"룸서비습니다."

아마도 지미가 주문을 한 모양이었다.

"그냥 놓고 가! 시키지도 않는 짓은, 머저리 같은 자식…."

저스틴은 힘껏 사지를 찍어 누르며 소리쳤다. 마지막 구세주를 놓칠 수 없어 지원은 저스틴 손을 끌어내리며 소리치려고 안간힘을 썼다. 하지만 소용없었다. 이렇게 되고 마는 걸까, 점점 힘이 빠져나가 맥없이 저항을 하고 있을 때였다. 주머니 밖으로 뭔가가 잡혀 들었다. 포켓나이프, 늘 습관처럼 찔러 넣고 다니던 칼이었다. 한 가닥 희망에, 지원은 떨리는 가슴을 애써 진정시키고 가만히 칼을 내뽑고 틈을 엿봤다. 그리고 잠시 저스틴이 방심한 틈을 타 저스틴 어깨에 칼을 박아 넣었다.

"으악!"

저스틴이 어깨를 부여잡고 옆으로 떨어지자마자 지원은 뒤도 돌아보지 않고 문을 걷어차고 나와 비상계단 쪽으로 달렸다.

그 와중에도 엘리베이터는 위험하다는 생각이 머리를 스쳤다. 저스틴은 당연히 엘리베이터부터 뒤질 터였다. 얼마나 달린 걸까. 숨 한번 제대로 쉴 겨를 없이 오솔길까지 뛰어나온 것이었다. 숨이 턱까지 차올랐다. 그제야 뒤를 넘겨다보니 따라오는 사람은 아무도 없었다. 헉헉 숨을 몰아 쉬고는 다시 허청허청 걸으며 현 선배 번호를 눌렀다. 하지만 현 기사는 전화를 받지 않았다. 문득 손끝이 떨려와 두 손으로 휴대폰을 붙들고 버튼을 누르고 있는데 누군가가 어깨를 꽉 붙들었다. 순간 소스라쳐 팩 소리를 치고 말았다.

"아악! 살려줘…."

"무슨 일이야… 민지원! 애인님!"

애인님이란 소리에 질끈 감았던 눈이 스르륵 떠졌다.

그라는 것을 확인한 순간 갑자기 다리에 힘이 풀려 서 있기조차 힘들었다. 지원은 쓰러지듯 그에게 기댄 채 숨을 골랐다.

"무슨 일인지 말을 해야 알 거 아냐. 대체 이 꼴이 뭐야?"

그는 애써 흥분된 마음을 억누르는 모양이었다. 꽉 끌어안고 있는 손에 힘을 풀지 못했다. 그에게 안겨 있자니 벌렁대는 가슴이 조금씩 진정되어 갔다.

"그냥 이렇게 있어 줘요."

몹시 해 보고 싶었던 말이었음을, 지원은 비로소 확인했다. 그에게 그냥 가라는 소리도 할 배짱도 없고, 돌아서는 그의 등을 보고 싶지도 않았다.

"물 받아줄까?"

꿈과 현실 사이를 오락가락 헤매고 있을 때 그의 목소리가 잠을 깨웠다.

그가 침대에 내려앉으며 머리를 쓸어 넘겨주었다. 침대의 가벼운 출렁임이 기분을 편하게 했다. 지원은 꿈인지 현실인지 아직도 가늠이 되지 않아 그의 팔을 가볍게 뿌리쳐보았다.

현실이다. 창에 그의 모습이 어른거린 건 어제까지의 현실이었고 그의 숨결이 얼굴 위로 느껴지는 건 지금의 현실이었다. 그 끝이 어디까지인지를 지금은 헤아려보고 싶지 않아 지원은 고개를 내저었다.

"내가 해요."

"이젠 괜찮아?"

"그럭저럭. 근데 저스틴은 어때요?"

흐릿해진 정신이 돌아오자 저스틴이 먼저 떠올랐다.

"잘 해결됐어. 상처도 생각보다 깊지 않고."

"다행이네요."

그 당시에는 도망치기 바빠 뒤돌아볼 겨를도 없었는데 이제와 생각하니 너무 심했었나 하는 후회도 없지 않았다.

"빵에 처넣으려다 그냥 비행기 태워 보냈어. 이젠 눈앞에 얼씬도 못할 거야."

"잘했어요. 그 사람 그렇게 하질은 아니에요."

"진즉 말했으면 이런 일 없었잖아."

테이블 위에 놓인 담뱃갑을 집어 들고 창가로 다가가던 그가 무슨 생각인지 담뱃갑을 다시 던져 넣고 침대로 와 앉았다.

"여기에 묵고 있을지는 생각도 못했으니까."

"당분간 여기에서 지내."

"맘 안 놓이게 하잖아, 생긴 건 알토란같은데 하는 짓은 미련 푼수 저리 가라야 아주."

난데없는 소리에 눈을 동그랗게 치뜨자 그는 툴툴대듯 말을 이었다.

"내 별명이 미련 곰탱이에요."

어디에선가 미련 곰탱이를 기다리고 있을 나우가 생각나자 갑자기 마음 한편이 무겁게 내려앉았다. 내 빈 마음 채워주라고 하던 나우의 말이 가슴을 할퀸다. 또 이렇게 나우에게 상처 입히고 마는 걸까. 아니면 자리를 박차고 나가야 하는 걸까. 지원은 복잡해지는 얼굴을 들키고 싶지 않아 그를 등지고 앉았다.

"화나도 어쩔 수 없어. 난 늘 그랬으니까."

그가 침대를 돌아와 맞은편 암체어에 앉으며 혼잣말처럼 말했다.

"딱지 맞은 거 처음이어서?"

금세 나우 생각을 지우고 픽 웃었다. 머리를 이해시키기는 어려워도 마음 따라 건 너무 쉬웠다.

"아니, 헤매는 못난 짓을 멈출 수가 없더라."

"헤매다가도 만날 같은 곳에서 버둥대지는 않았구?"

"그랬다 왜? 아주 도사네."

그가 핏 웃더니 손을 내밀었다. 지원은 멍하게 쳐다보기만 할 뿐 그의 손을 바로 잡지 못하고 주저했다. 그의 마음까지 아프게 할 권리가 있는 걸까.

"나 많이 미웠겠네."

"머리는 미워 죽겠다고 하는데도 손바닥은 자꾸 뒤집히더라."

그가 팔을 잡아끌어 자기 무릎 위에 앉히며 후후 웃었다.

"내가 시작하고 싶지 않다면 보내 줄래요?"

"아니, 이젠 늦었어. 더는 바보짓하고 싶지 않아. 너 부르고 싶을 때마다 공연히 소리도 안 나는 색소폰이랑 몸살 했다. 날이면 날마다 오솔길에 출근도장 찍는 일 그만 하고 싶어."

등덜미를 쓸고 있던 그의 손에 힘이 실렸다.

"선녀 나무꾼을 사랑했을까?"

지원은 그의 어깨에 얼굴을 묻고 낮게 지껄여 보았다. 꼭 떠나야만 했을까, 떠날 거라면 시작을 하지 말았어야지. 그를 만나기 전까지 나무꾼의 사랑을 저버린 선녀를 혐오하지 않았나?

"무슨 말이 그래?"

"당신 지겨워지면 선녀처럼 날개옷 입고 도망치겠다구."

이렇게 위험한 도박은 해 보지 않았다. 그렇다고 그만두고픈 마음은 더욱 없었다. 생일 촛불 함께 불 때까지만… 터무니없는 마음은 얄팍한 꾀를 부리고 있었다.

"하하, 첨부터 되게 세게 나오는데?"

그는 장난이라고 여기는지 싱겁게 웃고 말았다.

"그럼 약속해요. 바보처럼 또 헤매지 않겠다고…."

"그런 일 없을 거야. 실순 한 번이면 족해."

"나 너무 미워하지 마요."

"미워할 틈이 있으려나 모르겠다…."

그의 따스한 숨결이 귓바퀴를 간질이는데도 마음엔 싸한 바람이 스쳐 갔다.

"있죠, 나 좀 씻어야겠는데…."

볼을 훑는 그의 입술이 불에 덴 듯 뜨거워지고 있었다. 어느새 그의 손이 맨 등을 쓸고 있었다.

"아깐 싫다더니."

그가 입술을 빨아들이며 투덜댔다.

"언제… 그냥 좀 있다 한다했지."

"내무반 들어가면 뭣부터 하는 줄 알아?"

"?"

느닷없는 질문에 아무 소리도 하지 못하고 있으려니 갑자기 가슴께가 허전해지는 느낌이 들었다. 브래지어 후크를 풀어낸 손이 가슴을 더듬고 있었다. 생각보다 너무 빠른 진도였다. 그는 늘 예상치도 못한 아킬레스건을 공략했다. 그것도 감당하기 버거운 무서운 속도로.

"신고식."

"그런데 그건 왜…."

정신없이 팔딱대는 가슴을 들키고 싶지 않아 지원은 조금씩 간격을 벌리며 딴청을 피웠다. 하지만 그의 손이 엉덩이를 움켜쥐는가 싶더니 달랑 들어올려 침대 위에다 눕혀 놓았다.

지원은 미처 말을 끝내지 못했다. 그의 몸 아래에 납작 깔린 채 입술을 도둑맞아 버렸다. 지원은 몹시 억울하다는 듯이 도리질을 치며 어깨를 아프게 쳐 댔다. 그러자 두 손을 머리맡으로 그러쥔 채 여전히 이를 악물고 버티고 있는 아랫입술을 살짝 물어뜯었다.

"아앗!"

아픈 신음과 함께 입술이 열리자 그는 깊숙이 혀를 밀어 넣었다. 한껏 웅크리고 있던 혀를 거칠게 휘감아 빨아들이며 손을 가로막는 브래지어를 바닥으로 내동댕이쳤다. 그리고 티셔츠를 둘둘 말아 올렸다.

지원은 얼결에 그의 손을 가로막았다.

"아프대니."

우선 그를 떼어내고 보자는 다급한 마음에 볼멘소리를 내뱉자 그가 간격을 띄우며 길게 숨을 내쉬었다. 그 틈을 타 날쌔게 벗어나려고 했는데 낌새를 알아챈 그가 픽 웃으며 팔 다리를 바짝 조여 왔다. 뚱한 얼굴로 입술을 빼죽 내밀자 눈을 찡긋한 그가 혀끝으로 입술을 핥으며 목덜미를 매만졌.

부드러운 애무에 점점 힘이 빠졌다. 밀쳐내려던 그의 어깨를 맥없이 그러쥔 채 몽롱해진 시선으로 그를 올려다보았다. 욕정으로 들끓는 눈망울이 무언의 요구를 보냈다. 허락하는 거지?

"배고파."

팬티 안으로 다급히 파고드는 그의 손길에 놀라 그만 분위기 팍 깨는 말을 내뱉고 말았다.

뇌쇄적인 미소를 흘리며 벗겨 줘요, 해도 될까 말까 하는 판국에 배고파, 라니. 지원은 질끈 눈을 감았다. 도무지 그와 눈을 맞출 수가 없었다.

"후우, 곰팅이 몇 살?"

그는 웃어야 할지 화를 내야 할지 아주 난감하다는 얼굴로 쓰게 웃었다.
"곰팅이라고 부르지 마요."
"왜 화났어? 난 부르면 안 돼?"
그의 입에서 문득 날 선 소리가 흘러나왔다. 그는 듣기 싫어한다고 오해한 눈치였다.
"그게 아니라…."
"누가 특허라도 냈어?"
나우는 또 미련 곰탱이라고 하며 펄쩍 뛸 것이 분명했다.

Story 13
그녀를 꼬셔 볼까?

눈앞의 여자는 비밀이 많다.

물론 누구나 그렇듯이 비밀에 둘러싸인 여자는 왠지 신비롭지 않을까 하는 망상을 한 적도 있었다. 하지만 그게 얼마나 답답한 일인지 처음으로 알았다.

그녀, 아니 애인님은 성은 민이요, 이름은 지원이란 것 외에는 아무것도 묻지 말라고 한 그 여름으로 돌아가 있었다. 호구조사는커녕 어렸을 적 얘기조차 하는 걸 내켜하지 않았다. 손을 잡고 작별 키스를 하는 기본적인 연애도덕 외에는 아무것도 허락하지 않고 있었다. 낭랑 18세도 아닌 28세 신체 건강한, 더구나 느끼한 외제 버터를 수도 없이 먹었음에도 그녀는 14세면 으레 기본적으로 뗀다고 하는 기초과목만을 반복하고 있었다.

혹시 약혼자와의 불미스런 기억 때문에 갑자기 남성기피증에 걸린 게 아닐까 하는 의심도 들었다. 하지만 대놓고 물어볼 수도 없었다. 그렇다고 마냥 기다릴 수도 없는 일, 어쩌면 그녀도 은근히 기회가 오기를 기다리고 있을지도 모를 일이었다. 어쨌든 빠른 시일 안에 무슨 방법을 써서라도 새로운 고지에 깃대를 꽂아야 했다.

"저기 말이야? 우리 주말에 여행이나 다녀올까?"

이젠 애들처럼 커피숍 신세는 그만 지고 싶어 잔머리를 굴렸는데 막상 말을 하고 나니 뻔한 속이 드러나 보여 조금 멋쩍었다. 현빈은 얼른 시선을 피하며 담배를 빼 들었다.

"주말에 파주 다녀와야 하는데?"

"거긴 왜에?"

"파주 공장에 볼일이 있어서요."

그녀는 오늘도 뜨거운 우유를 후후, 불어 마시고 있다. 입술에 묻은 거품을 혀로 날름날름 빨아들이며. 어쩌면 선수일지도 모르겠다는 생각이 불현듯 뇌리를 스쳤다.

"따라가 줄까?"

"아니, 현 선배랑 가야하는 일인데…."

"우리 자리 옮길까?"

"어디루? 그냥 여기 좀만 더 있다가 들어가면 딱이겠는데…."

그녀는 조금 전부터 벽에 걸린 시계를 힐끔거리고 있었다. 이제 막 10시가 넘었을 뿐인데도 통금시간에 걸린 여자 애처럼 초조해했다.

"뭐, 술이나 한잔하던지, 아니면 바람이나 쐴 겸 월미도 갈까?"

"여름도 아닌데 바다는 좀 그렇구 그냥 맥주나 마시러 갈까? 아님 돼지갈비에 소주 마시러 가던지."

"웬 돼지갈비?"

"그냥, 어렸을 때 종종 돼지갈비 파티하곤 했거든. 갑자기 그 생각나서… 싫어요?"

어렸을 때를 떠올리는지 아련한 얼굴로 희미하게 웃던 그녀가 얼른 정색을 하고는 의향을 물었다.

"싫긴. 내가 잘 하는 집 알고 있는데 거기루 가자."

"너무 멀면 곤란한데? 낼 새벽같이 출근해야 돼요."

"별 걱정 다하네. 늦으면 자고 가면 돼지. 거기 잘 방 널렸어."

"식당이 호텔도 아니구 잘 방이 어디 있대?"

"따라와 보면 알아."

모로 가도 서울만 가면 된다고 했다. 작전은 성공리에 진행되어 갔다. 우선 전화로 돼지갈비를 주문시키고 하릴없이 야밤 드라이브를 하다가 그것도 모자라 먼 길로 돌아돌아 세르데냐 갈비집(?)으로 차를 몰았다.

"이젠 배고픈 지도 모르겠어… 어라? 여긴?"

혼자 투덜대던 그녀는 너무 익숙한 건물이 눈에 들어오자 깜짝 놀라 말을 잇지도 못하고 황당해했다.

"왜 그렇게 놀래?"

"여기루 오면 어떡해요?"

그녀는 잔뜩 인상을 찌푸리고 투덜댔다.

"뭐얼, 여기 돼지갈비 하난 기차."

"누가 갈비집 가자고 했지 호텔 오자 했어요?"

"어쨌든 갈비만 먹으면 되잖아, 괜히 까탈 부리지 말고 가자."

"여긴 싫대두."

차에서 내려 도어맨에게 키를 넘겨주는데도 그녀는 고집스럽게 차 안에서 고개를 내저었다.

"얼굴 안 따가워? 직원들 보잖아, 어서."

그녀는 도살장으로 끌려가는 소처럼 마지못해 따라왔다. 빌라 앞뜰엔 이미 바비큐 준비가 완벽하게 끝나 있었다. 테이블 주위를 덮은 화사한 안개꽃이 꽃비 내리듯 밤바람에 흩날리고, 밤의 정령이라도 부르는 걸까. 테이블 양옆으로 얼기설기 쌓아올린 장작더미가 타닥타닥 불꽃을 사르고 있었다.

"자 앉아."

"…"

주의를 빙 둘러선 직원들의 눈초리가 몹시 불편한 듯 그녀는 앉지도 서지도 못한 채 테이블 주의를 서성이고 있었다.

"우리가 알아서 할 테니 그만 가 일보지."

"우와, 최후의 만찬 같네."

직원들이 저 멀리 멀어지는 것을 확인하고서야 그녀는 자리에 와 앉았다. 그리고 언제 그랬냐는 듯 입맛까지 다시며 배식 입 꼬리를 말아 올렸다.

"수프부터 줄까?"

"아니 호박죽."

"그럼 와인으로 입부터 가셔."

"술은 좀… 술 마시면 더 춥잖아."

어라? 이건 아니지, 작전은 계속되어야 했다. 현빈은 술을 따르다말고 얼른 코트를 벗었다. 그리고 그녀 어깨에 걸쳐 주고 일어났다. 오늘은 직접 고기를 구워야 할 판이다. 그녀는 한 번도 해 보지 않은 일을 잘도 시켰다. 물론 고의는 아닐 테지만.

"자 이것부터 먹어 봐. 송이는 입맛을 돋궈준대. … 그나저나 고기가 질긴 거야 가위가 톱인 거야."

"내가 할까?"

서툰 가위질을 들킨 걸까. 그녀가 냅킨을 테이블에 올리고 일어서려 했다.

"아니, 애인님은 배터지게 먹어 주는 게 도와주는 거야. 체할지도 모르니까 술도 많이 마시구."

"저 현빈 씨…."

"또 또…."

그녀는 오빠, 라고 부르기로 해 놓고 늘 이름을 불렀다. 속상하지만 사장님에서 현빈 씨도 어딘가. 그렇다고 현빈 씨, 라고 부르게 놔두고 싶지도 않았다. 오빠, 라고 불러 주는 여자는 그녀가 처음이었다.

"오빠, 왜 콜라가 없지?"

"콜라? 술 널렸는데 콜라는 뭐하게? 애들처럼 콜라는, 그냥 술 마셔. 자 건배."

콜라 찾는 그녀 말에 흠칫 손이 떨렸다. 실은 음료수는 일절 갖다 놓지 말라고 시켰었다. 술만 마셔도 될까 말까한 판에 음료수로 배를 채우겠다니 마른하늘에 날벼락 치는 것보다 더 무서운 일일 것이다.

"그래두… 콜라 한 병만 가져다주라면 안 되나?"

"거 참, 애도 아니구. 이 밤에 콜라 마시면 살쪄. 난 아랫배 뚱실한 여자 끔찍해 해."

"딴 남자들은 술 마시는 거 질색하든데…."

그녀는 울며 겨자 먹기로 와인을 홀짝이며 바짝 곁으로 붙어 앉았다. 밤바람도 찬데 술까지 마시니 오싹오싹 한기가 끼쳐 오는 모양이었다. 이보다 좋을 수는 없었.

"술처럼 좋은 소화제가 어딨다구? 한 잔 더 마셔."

"저어, 나 궁금한 거 하나 있거덩?"

턱까지 차서 더는 못 먹겠다고 술을 사양하던 그녀가 갑자기 싱긋 웃으며 기꺼이 술잔을 들어올렸다.

"뭔데?"

그러자 갑자기 긴장이 됐다.

"있지, 그때 우리… 했어요?"

"무슨 말이 그래? 머리꼬리만 듣고 어쩌라고?"

"부산에서 그, 그거 했냐구요."

"그, 그거? 뭐얼, 그렇게 물으면 귀신도 모르지."

그제야 말의 의미를 알 듯했다. 정말 둔한 걸까? 아무리 필름이 끊겼다고 해도 그렇지 그것조차 기억 못하다니.

"쳇, 벌써 눈치 챘으면서…."

그녀가 휑하니 등을 돌리고 앉아 낮게 씨근덕댔다. 딴엔 몹시 멋쩍은 모양이었다.

"진짜 기억 안나?"

"하하!"

몹시 심각한 얼굴로 고개를 끄덕이는 그녀 얼굴을 보고 있자니 갑자기 웃음보가 터졌다.

"정말 못됐어. 심각하게 묻는데 그렇게 웃으면 오빤 좋아?"

이젠 그녀가 팩 소리를 치며 자리에서 일어났다.

"아, 아니. 난 그냥… 정말 알고 싶어? 리얼하게?"

그녀가 다시 내려앉으며 새침하게 고개를 끄덕였다.

"여기서 설명하긴 좀 그렇구 들어갈까?"

"그, 그냥 여기서 해 봐요."

"싫으면 말구…."

"아니, 그게…."

어쩔 줄 몰라 하는 그녀의 얼굴을 조금 즐기다가 방으로 보쌈을 하려고 작정을 하고 있는데 어디쯤 던져놓았던 휴대폰이 울려댔다.

 제길 눈치도 이만저만해야지, 하며 받아들였는데 입도 벙긋 못하고 휴대폰을 내려놓아야 했다.

 송가, 저 세상으로 갔단다, 하는 할아버지 호출전화였다.

 뿌옇게 서리 낀 창을 손으로 걷어내니 눈 안 가득 진눈깨비가 파고들었다.

 늘 꿈에서만 그리던 뒤란이 바로 눈앞에 있다니. 지원은 믿어지지 않아 창에 바짝 얼굴을 대보았다. 볼에 오싹 냉기가 끼쳐 왔다. 그가 빌라로 들어오란 말을 다시 꺼내지 않았더라면 은근히 섭섭했을지도 모르겠다, 싶었다.

 하룻날 늦게까지 데이트를 하고 엘리베이터 앞까지 바래다 주던 그가 불쑥 엘리베이터 문을 가로막더니 이상한 말을 지껄였다.

 "우울증에 걸렸나 봐."

 영문은 모르겠지만 겨울이 오면 우울증을 앓곤 해 고통스럽다며 그는 믿어지지 않는 고백을 해 왔다.

 거짓말, 우울증도 사람 가려가며 들러붙지, 분위기 파악 못하고 최현빈처럼 화장실 갈 시간도 없는 사람에게 철썩 붙기야 할까.

 몹시 의심스럽다는 눈빛으로 지켜보았지만 그는 당황해하

는 기색이 아니었다. 오히려 몹시 괴롭다는 듯이 담배를 빼 물며 깊은 한숨을 내뱉을 뿐이었다.

처음엔 그냥 픽 웃고 말았다. 아무래도 헤어지기 싫어 상습적으로 시간을 끄는 수작 같아서 대꾸도 하지 않았더니 그는 공연히 화를 냈다.

그렇게 예기치도 못한 신경전은 시작됐다.

"바래다주기 귀찮아, 들어와!"

그는 호텔로 들어오지 않겠다고 우기자 처음엔 객실이 남아돈다는 구차한 핑계로 설득에 들어갔다. 하지만 뜻대로 먹혀들지 않자 언제 들어본 듯한 싱거운 소리를 지껄였다.

"딴 건 바라지도 않아, 밥만 같이 먹어 달라니깐."

처음엔 그의 구걸에도 아랑곳없이 비싼 숙박료 낼 능력 없다며 한 치 양보 없이 팽팽히 맞섰더랬다. 딴에는 신경을 쓴다고 했는데 소문이 난 것일까. 주의의, 특히 그의 누나 최 이사와 은채의 눈초리가 심상치 않았기 때문이었다. 어느 날부터인가 최 이사는 그가 하는 질문과 그다지 다르지 않은 것들을 물어오기 시작했다. 이를테면 고향이 어디냐, 가족관계가 어떻게 되냐는 등, 시시콜콜한 신변잡기에 대해 묻곤 했다. 하지만 그에게도, 그의 누나에게도 시원스레 대꾸 한마디 못한 채 우물거리기만 했다. 그 소소한 질문 하나 하나가 은근히 숨통을 옥죄어 왔다.

그 때문이었을까. 저도 모르게 마음이 바빠졌다. 약속된 시간이 얼마 남지 않았음을 새삼 느끼고는 못 이기는 척 고개를 끄덕이고 말았다.

그런 까닭에 많은 거짓말과 뼈아픈 소리를 해야 했고 소중한 친구까지 잃을지도 몰랐다. 집에는 밀라노 인테리어 박람회를 보고 여기저기 스케치 여행을 하고 온다는 핑계를 달았고 나우에겐 미안하다는 아픈 말을 서슴지 않고 해 버렸다.

하지만 나우는 미리 이런 날을 예감이라도 한 듯 아무런 동요도 내비치지 않았다. 어쩌면 겉으로만 태연한 척 했을지도, 아니 그랬을 것이다. 나우는 뜯어말리는 대신 로케와 일을 핑계 삼아 오빠와 호주로 여행을 떠났다. 나우가 입막음을 시킨 탓일까. 나경에게도 전화 한 통 걸려오지 않고 있었다.

그리고 그까지 출장을 가고 없다.

3일 전, 시후에게 붙잡혀 간 그에게서 전화가 걸려왔다. 포커 판에 붙들려 날을 새야겠단 전화였다. 순간 아까운 시간을 빼앗긴 것 같은 생각에 공연히 시후를 씹다가 밤새 뒤숭숭한 마음으로 뒤채였다. 그러다 새벽녘에야 혼곤한 잠에 빠져들었다.

서너 시간 눈을 붙였을까. 부스스 일어나 그의 방문을 열었더니 옷가지들이 침대에 아무렇게나 너부러져 있었다. 때 이른 출근이 조금 아연해 고개를 갸웃거리며 옷가지들을 하나씩 집어 들었다. 그 참에 코너 콘솔 위에 올려진 메모를 발견했다.

"깜빡하고 말 못했는데 부산 간다. 길지 않을 거야. 비행기 타기 전에 전화할게 잊지 말고 꼭 켜 놔. 백수였음 진짜 좋겠다."

어김없이 연말이 가까워지면 의례적으로 들른다는 말을 뒤늦게 오 비서에게 전해 들었다. 한갓 짧은 출장이라고는 하지만 그의 빈자리가 유난히 휑하게 느껴졌다. 그가 없는 3일은 유난히 더디게 흘렀다.

"으잇! 네 들어오세요."

서리 낀 창 너머로 달무리가 걸려져 있는 아득한 밤, 난데없는 벨소리에 지원은 얼어붙었다. 만약 그였다면 벨은 누르지 않을 터였다.

이제나저제나 그를 기다리다 지쳐, TV나 보려고 눕던 참이었다.

"이게 뭐죠?"

지원은 머뭇머뭇 문을 열었다. 그러자 샤넬라인의 감색 치마에 흰 블라우스 위로 자잘한 기하학적인 조끼를 받쳐 입은 여직원이 기다리고 있었다. 여 직원은 소리 없이 웃으며 자그마한 쇼핑백 하나를 내밀었다.

"저도 잘 모르겠습니다. 아마 그 속에 메모가 있을 겁니다. 그럼."

여직원은 의미심장한 말만을 남긴 채 총총 복도를 빠져나갔다.

후닥닥 뛰듯이 방을 가로질러 침대 위에 걸터앉았다. 그리고 쇼핑백을 뒤엎어 시트 위로 내용물을 쏟아 부었다.

그런데 웬일? 야심한 밤에는 하등 소용없어 보이는 비키니

와 메모지가 들어있었다.

선물 맘에 들어? 누구게^^

당연히 알죠, 더군다나 비키니를 보낸 속셈은 더 잘 알죠.
지원은 질끈 눈을 감고는 연거푸 한숨을 내쉬었다. 가야하나 말아야 하나, 방안을 오락가락 하길 30분 만에 결정을 내렸다.
그래두 보고 싶어!
종종걸음을 쳐 실내 풀로 들어서자 그는 열심히 물을 가르고 있었다. 물소리에 기척을 느끼지 못했는지 때론 돌고래처럼 생쇼를 부리기까지 했다.
부러웠다. 고작 물가에 가는 거라곤 여름철 바닷가에서 발을 적시는 정도, 여태껏 실내 풀에 들어와 본 적 없는 원시인 에겐 너무 벅찬 감동이었다.
어릴 적 가족끼리 해수욕장으로 여행을 갔을 때의 일이었다. 한창 개구진 오빠는 무턱대고 팔을 잡고 물 속으로 들어가서는 수영을 가르쳐주겠다며 물에 빠트려 버렸다. 그 뒤로는 수영장의 '수'자만 나와도 지레 겁을 먹고 몸을 떨어야만 했다.
"왔으면 옷부터 갈아입지 때 아니게 뒷짐 지고 사색은?"
등 뒤에서 그의 음성이 들려왔다. 지원은 그를 훔치듯 넘겨보다가 얼른 시선을 비켰다. 눈 둘 데가 마땅찮아 저편 벽 그림을 물끄러미 쳐다보며 딴청을 했다.

매끄럽게 뻗은 등줄기 밑으로 설핏 내비치는 탄력적인 엉덩이와 쫙 빠진 다리만도 벅찬데, 매혹적인 파문을 일으키며 꿈틀대는 근육이라니.

지원은 자지러질 지경이었다. 그에게 안겼던 그날의 감각을 되짚어보니 왠지 볼이 따끈따끈 달아오르고 심장이 제멋대로 날뛰었다.

후끈거리는 공기에도 팔뚝에 오소소 소름이 돋아 올랐다.

그때 발치께에 그의 손이 느껴졌다.

"흠흠."

지원은 괜스레 헛기침을 하며 몇 발짝 옆으로 비켜섰다. 쇼핑백의 흰 끈이 누르스름하게 변해가고 있었다.

"어서 수영복 갈아입고 와. 아님 그대로 들어올래? 그럼 나 갈 땐 수영복 입고 나가야 되는데, 그래도 괜찮아?"

어벙하게 고개를 내젓고 움직일 생각을 하지 않자 참다못한 그가 이편으로 촤악, 물을 튀겼다.

"으앗! 이런 게 어딨어…."

지원은 차가운 물방울이 옷자락에 닿자 움찔, 뒤로 몇 발짝 물러서며 인상을 찡그렸다.

"하하, 그 소품 누가 가져다 줬어?"

이윽고 거의 벗는 거나 다름없는 수영복이 못내 어색해 쭈뼛쭈뼛 다가갔더니, 아니나 다를까, 그가 큰 소리로 웃어젖혔다. 아무래도 계획적이었던 모양이었다.

"…."

지원은 한껏 몸을 움츠린 채 부루퉁 입술을 내밀었다.

"자… 어서 들어오래도."

거들어 줄 요량으로 내민 그의 팔을 지원은 본체만체 한껏 미간을 찌푸렸다. 그러자 참다못한 그가 팔을 사정없이 잡아 끌어 물 속으로 첨벙 빠트려 버렸다.

"꺄악!"

사지를 허우적대며 고함을 내지르자 그가 후다닥 감싸 안아 품으로 끌어당겼다.

"왜이래? 혹시 맥주병이야?"

전혀 예기치 못한 상황이었는지 그도 몹시 당황해 하는 얼굴이었다.

"못한단 말예요."

지원은 밭은 숨을 몰아 쉬며 그의 목을 끌어안았다. 놀란 탓에 그렁그렁 눈물이 맺혔다.

"이런! 수영도 못하는 바보였단 말이야? 진짜 곰팅이잖아"

놀란 것도 잠시, 그는 터져 나오려는 웃음을 가까스로 삼키며 짐짓 미안한 척 입을 뗐다.

"미워 죽겠어!"

수영을 못한 죄로 그가 마구 맨몸을 지분대도 야멸치게 반항 한 번 못했다. 오히려 그가 손을 놓아버리면 어쩌나 하는 두려움에 그의 목을 꽉 끌어안은 채 매달려 있어야만 했다.

"나 보고 싶었어?"

아뇨, 절대! Never! Never! 막무가내로 입술을 비집고 흘러나오려는 말을 애써 씹어 삼킨 채, 지원은 빙긋이 미소 지으며 고개를 끄덕였다. 분했지만 도리가 없었다.

"그럼 확인사살."

수면 위로 가볍게 떠안아 시선을 맞춰놓은 그가 슬쩍 눈을 감으며 입술을 빼죽 내밀었다.

"어어, 손에 힘이 풀리는데…."

감고 있던 눈을 슬며시 치켜 뜬 그가 허리에 두른 손가락을 하나씩 떼어 내며 위협하기 시작했다.

지원은 마지못해 입을 맞췄다. 그런데 아무런 반응이 없었다. 지원은 힐끗힐끗 눈치를 살폈다. 다소 멋쩍어져 다시 시도해보려고 입술을 가져가는데 문득 뭔가가 허전했다.

혹시! 안 돼!

화들짝 놀라 내려다보니 브래지어가 저만치로 떠내려가고 있었다. 더군다나 정신을 수습할 겨를도 없이 아슬아슬하게 걸쳐져 있는 팬티 끈마저 골반에서 떨어져 나가고 있었다. 엄마야!

더 황당한 건 발 한번 옴짝거릴 새도 없이 골라인 벽으로 옮겨졌다는 것이다. 마치 물에 빠져 허우적대다 구조되는 사람처럼 맥없이 몸을 내맡길 따름이었다. 족히 3m 수심은 되지 않을까 싶은 풀에서 당당히 헤엄쳐 나갈 수 없는 치명적 약점

이 있는 이상, 싫은 내색은커녕 욕망으로 단단해진 그의 몸이 노골적으로 부대껴 와도 떨어져 나갈 생각도 하지 못했다. 어느새 벽과 울부짖는 야수 사이에 꼼짝없이 가둬져 있었다.

"안 돼!"

욕망으로 깊어진 그의 눈동자가 얼굴 위를 잠시 배회하는가 싶더니 그의 몸이 스륵 수면 밑으로 빨려 들어갔다. 엥? 머릿속이 하얗게 비워져 갔다. 이러길 잠시, 생경한 감촉에 소스라쳐 마구 몸을 비틀었다.

물 속으로 숨어든 그의 입술과 손이 가볍게 지분대기 시작했다. 화들짝 그에게 벗어나려 했지만 이젠 민감한 부분을 꽉 물고 놓아주지 않았다.

"제발!"

지원은 그의 어깨를 힘없이 잡아끌며 애원했다. 무력해도 너무 무력했다. 반항해 봤자 소용없을 것 같아, 그에게 고스란히 몸을 던졌다.

"푸우, 간만에 잠수를 하니 되게 힘드네. 좀 더 쉬운 방법 뭐 없나?"

크게 숨을 내쉰 그가 눈을 찡긋거리더니, 손을 깍지 껴 수면 위로 둥실 떠안았다. 순간 발레리나가 점프를 하듯 수면 위로 튕겨 올랐다. 지원은 그의 어깻죽지로 손을 내뻗으며 발장구를 쳐 댔다.

"제발 내려줘요, 무섭단 말예요. 어서요… 싫단 말이야."

세 살 먹은 아이가 떼를 부려도 이 정도는 아닐 거다. 갈라진 음성으로 놓아 달라 애원을 하다가 끝내 울먹이고 말았다.

"내가 민지원 물에 빠뜨릴 것 같아 이렇게 난리야? 그냥 힘 빼고 내게 맡겨 봐."

낮게 잠긴 그의 음성이 가슴골에 스몄다. 지원은 질끈 눈을 감았다. 지분거리는 그의 입술에 자꾸만 허리가 뒤로 꺾이며 호흡이 거칠어졌다.

"그럼 약속 하나 해 줘요."

"무슨 약속? 뭐 가지고 싶은 거라도 있어?"

"그게 아니라… 절대 빠뜨리면 안 돼요."

"후훗!"

그의 입술이 또다시 둔덕을 희롱하며 물고 늘어졌다. 물 속에서는 맘껏 맛보지 못한 게 억울했던 사람처럼 입술과 손으로 가슴을 애무하며 실컷 즐겼다. 어쩌면 즐기고 있는 건 그만이 아닐지도. 입에서 나른한 신음이 터졌다.

"으음."

"좋아?"

잠시 입술을 떼어낸 그가 엉덩이를 쓸며 싱긋 웃었다.

맥없이 고개를 끄덕이자 그가 다시 가슴골을 더듬었다.

"으음… 수염."

얼마나 집중포격을 당했을까. 가슴으로 얼얼한 통증이 몰려왔다. 짜릿한 흥분이 이제는 아릿한 고통으로 다가왔다.

그는 알지 못하겠지만 까칠한 수염이 피부 속으로 파고들 때마다 흠칫흠칫 몸이 떨려왔다.

"미안."

그가 발갛게 붉힌 젖무덤을 발견하고는 낮게 웅얼거렸다.

"제발…."

그가 흔쾌히 눈을 깜박이자 지원은 이젠 됐다 싶어 마음을 놓고 있었다. 하지만 혼자만의 착각이었다.

가슴을 만지지 못하게 하자 입술이 점점 아래로 미끄러졌다.

부드럽고 한결 자극적으로… 느리고 집요하게. oops!

"괜찮아."

"이러지 마요."

항의에도 아랑곳없이, 자제심이 동이 난 사람처럼 그는 붙들고 놓아주지 않았다.

"지원아!"

양껏 포식을 한 걸까? 그가 다시 올라와 목덜미에 입술을 묻으며 엉덩이를 어루만졌다.

"현빈 씨."

그래요, 제발 정신 좀 차려요.

짐짓 안도하고 있는 새, 등줄기를 나른히 쓸어내리던 손이 갑작스레 무릎 밑으로 파고 들어와 다리를 들어올렸다.

"으잇!"

애무하는 척 5센티씩, 물살인지 손길인지 알지 못할 만큼 느리게. 손조차 쓸 수 없도록 키스로 입을 봉한 채 손으로는 열렬히 애무하며 정신을 흩트려 놓았다.

몸의 세포가 하나씩 해리 되어 물에 녹아드는 기분.

으음, 졸려. 왜 이리 마구 졸음이 쏟아지는 걸까? 다리도 제 멋대로 들어올려지고…. 이젠 몸도 말을 듣지 않네. 안겨서 잠들었으면 좋겠어. 그와 함께 하는 끝은? 해거름 녘 물안개처럼 몽환적일까? 잘게 부서지는 뜨거운 햇살처럼 짜릿할까? 그에게 빨려들고 싶어.

"졸려? 여기서 잠들면 감기 들 텐데 눈 떠 봐."

"졸려."

"잠들면 여기에다 떨어뜨려 버리고 나만 빠져나갈 거다. 자, 어서."

"으앗!"

눈을 뜨지 않자 그가 왈칵 더운 숨결을 불어넣었다. 지원은 에어포켓을 만난 비행기처럼 몸서리를 치며 놀란 신음을 토해 냈다.

그가 피식 웃으며 눈을 찡긋거렸다.

가뿐히 들어올린 한 쪽 다리를 자기 허리에 감은 채 남은 다리마저도 슬그머니 허리에 둘러놓았다.

"허억! 진짜 못됐어."

그제야 상황파악을 하다니. 지원은 그의 어깨에 손톱을 박으며 고개를 마구 내저었다. 하지만 이미 게임 오버.

으아악! 이건 아니야, 절대 안 돼. 이 자센 내겐 무리라구요.

"이건 너무 불공평해."

그가 엉덩이 깊숙이 손을 밀어 넣자 지원은 도리질을 치며 우는 소리를 했다.

"불공평하다? 왜 혼자 벗고 있어서? 그럼 우리 공평하게 게임 할까?"

"도무지 말이 안 통해. 내 말은… 아!"

다시 시작된 미로 게임. 젖은 머리를 쓰다듬던 손이 목을 타고 등줄기로, 허벅지를 쓸던 손이 엉덩이를 움켜쥐고. 깊숙이 잠입한 손가락이 마지막 방어선 주위를 감질나게 애무하며 정신을 빼놓았다.

그만 해요! 어깨를 비틀어 쥐며 무언의 항의를 보내면, 얼렁뚱땅 지그시 입술을 깨물며 지원아, 어르고.

"추워요."

도무지 정신을 차릴 수 없어, 지원은 마지막 히든카드를 꺼냈다.

"후우, 그럼 본게임으로 들어가 볼까?"

그가 씩 얄밉게 웃더니 입을 키스로 막아 버렸다.

"으앗!"

엉덩이와 허벅지로 넘나들던 그의 손이 예기치 못한 곳으로 파고들었다. 순간 화들짝 놀라 외마디 비명이 튀어나왔다. 그러자 움찔, 상체를 밀쳐낸 그가 뚫어지게 쳐다보았다.

"내게 해 줄 말 있지?"

"…."

지원은 눈만 끔벅댔다.

"이런 상황에서 침묵은 무언의 허락이야."

허스키하게 잠긴 음성으로 그가 귓바퀴를 훑으며 다그쳤다. 솔직히 털어놓으라는 소리보다 한결 섬뜩한 기운이 혈관 마디마디로 파고들었다. 지원은 힘겹게 입을 열었다.

"무슨 말을 하라구요?"

"그럼 끝장 보는 거다."

무언가 굳은 결심이 선 사람처럼 단호하게 말을 내뱉은 그가 등을 쓸던 손을 엉덩이께로 미끄러뜨리며 와락 덤벼들었다. 흠칫 놀라, 지원은 그의 어깨를 움켜잡으며 뒤로 몸을 밀쳐냈다.

"방으로 가."

잔뜩 기어 들어가는 음성으로 말했다. 물 속보다는 침대 위가 더 나을 듯했다.

"처음이야 아니야, 이걸 물었잖아?"

"나두 처음인지 아닌지 헷갈린단 말야."

쩌렁쩌렁한 그의 목소리로 건물 전체가 들썩거릴 지경이었다. 하지만 불같이 화를 내는 그를 지원은 이해하지 못했다. 분명 거절이 아니었다. 그저 방으로 가자고 했을 뿐인데 왜 화를 낼까?

그래 이참에 따질 건 확실히 따져야겠어. 지원은 부릅뜬 눈으로 그를 빤히 쳐다보며 맞받아쳤다.

"뭐야?"

대뜸 그의 눈썹이 하늘 높은 줄 모르고 치켜 올라갔다.

"여름에 우리 같이 잤잖아. 요전에 저녁 먹으면서 물어봤을 때두 현빈 씬 혼자 잘 생각해 보라구 놀리기만 했구. 그리고 내내 바빴고…."

"그럼, 나 말고는, 나 빼고는?"

"그럼 지난여름엔 아무 일도 없었다?"

"이 미련 곰탱아! 환장하겠군."

그는 고개를 거칠게 내저으며 젖은 머리를 쓸어 넘겼다.

"저 왜 미치겠는지 말을 해 봐요. 쉽게 예스냐 노냐 하면 될 걸 갖구 괜히 신경질은…."

공연히 큰소리를 치는 그가 이해가 되지 않아, 지원은 혼잣말처럼 툴툴댔다.

"젠장 빌어먹을!"

"욕하지 마요. 난 잘못한 거 하나두 없는데 왜 윽박지르구 혼내키는데? 내가 풀에 오자 했나? 현빈 씨가 불렀으면서. 그리구… 거절하지도 않았잖아, 그저 여기선 좀, 암튼 뭐가 뭔지 모르겠어. 꺄악!"

지원은 머리끝까지 열이 뻗쳐 앞뒤 분간 없이 등을 홱 틀고 말았다. 순간 나락으로 떨어지는 기분, 정신없이 손을 허우적거리며 물살을 내리치고 있을 때 그의 손이 가볍게 떠 안아주었다.

"미안하다, 내가 잠시 이성을 잃었어. 우리 방으로 돌아가 미뤄 온 대화라는 걸 해 보자."

그는 알몸엔 관심도 없다는 듯이 눈길 한번 주지 않고 총총 멀어져 갔다. 왠지 버림받은 느낌에 지원은 그가 건네준 가운을 걸친 채 입술을 삐죽이며 그의 뒷모습을 쫓았다.

Story 14
열병

S# 지원 집/ 주차장(밤)

(나우의 벤이 멈춰서면 지원과 나경, 차에서 내리고 조수석 나우를 따라 내린다.)

나경: (나우 보며) 넌 왜 내려?

나우: 내 집에 내가 가겠다는데 웬 태클?

나경: (따지듯이) 여기가 왜 니 집이냐?

(지원, 중간에 끼어 말없이 지켜보며 웃는다.)

나우: (볼멘소리) 내 명의로 된 집이잖아.

나경: 더러워서 (지원 팔짱 끼고 앞서 걷는다.)

(나우, 툴툴거리며 따라간다.)

나경: 지금처럼 니가 고마운 적도 없었던 거 같다야. 너 아니었음 주구장창 쟤 꼴을 어케 참고 봤을까. 생각만 해도 살떨려 아주. (등 너머 나우 힐끔 쏘아보고)

지원: (어설프게 웃으며) 그럼 나우 내치고 눌러앉은 내 꼴은 봐 줄 만 하고?

나경: (홱 토라지며) 천만에, 둘 다 눈꼴 시려. (투덕투덕 걸어 나가며) 아주 둘이 손발이 척척 맞아요, 환상의 듀엣이다 된장할. (혼잣말)

나우: (뛰듯이 지원 옆으로 달라붙어 어깨 두르며) 슈퍼 울트라 트리플 마녀가 쟤 별명이다? (혀 날름 내밀다가 나경 홱 고개 돌리면 얼른 딴청한다.)

(지원 보며) 허니 오늘 바빴어?

S# 포장마차 앞(밤)

(술술 잘 빠지는 도로. 저 멀리 어깨동무하고 휘청휘청 다가오는 남자 둘. 카메라 팬하면, 차안으로 나우 끙끙 밀어 올리는 나경 들어온다.)

나우: 나 안 간다구! (볼멘소리하며 버틴다.)

나경: 야! 발 안 올려 (힘에 부쳐 씩씩댄다.)

나우: (나경 손 뿌리치고) 아직 멀었단 말야!

나경: (매니저에게) 오빠 나 좀 도와줘. (나경 힘 빠져 물러난다.)

(지나치는 사람들 힐끔힐끔 쳐다보고 가고)

나우: (비틀비틀 걸으며) 봐 아직 멀쩡하잖아. (생떼 쓴다.)

매니저: (나우 붙들며) 사람들 보잖아, 임마! 똥고집 그만 부려.

나우: (버둥대며) 지원이 데리러 가… 우리 지원이 거기 가면 안 된다구…. (맛이 갔다.)

S# 콩나물 국밥집(아침)

(창에 비쳐든, 마주앉아 다정스레 얘기하고 있는 나우, 지원. 상 위로 국밥 올려지자 나우, 지원 국밥 위로 다대기 올려준다. 지원, 너나 먹어 하는 듯 나우 손 가로막고. 나우 후적후적 국밥 뜨는데 지원 먹는 둥 마는 둥 국밥 멍하니 바라보고 있다. 표정 어둡다. 나우 쳐다보면 지원 얼른 수저 들고 열심히 먹는 척한다.)

S# 인천공항

이륙하는 비행기.

S# 멜버른 거리(낮)

(정체된 도로. 앞뒤 할 것 없이 꽉 막혀 꼼짝도 하지 않는다. 택시 안 나우 초조한 듯 연신 밖을 살피다 그냥 뛰쳐나와 도로를 가로지른다.)

컷 바뀌면

(덩치들에게 끌려가는 여자, 힘껏 반항하며 뒤를 쳐다본다. 저 멀리 나우 헉헉 뛰어온다.)

감독(E): 컷! 나우 빨리 따라붙어서 채야지.

"이런 십땡! 어떻게 더 빨리 뛰란 말이야, 발에 모터라도 달까?"

오래 모니터를 보고 있었던 까닭일까. 목에서 쇳소리가 터졌다. 온종일 입에 댄 거라곤 물과 커피밖에 없으니 당연할지도 모르겠다. 여배우를 단숨에 낚아채고 포옹하는 것으로 마무리를 지어야 하는데, 촬영장에선 발이 말을 듣지 않더니 이젠 손이 나가지 않는다. 절반도 쓰지 못했는데, 앞으로가 걱정이었다. 공연히 화가 치밀어 책상에서 떨어져 나와 의자에 등을 기댄 채 천장을 올려다보고 있자니 버릇처럼 한숨이 흘렀다.

눈도 침침하고 당장이라도 신경이 끊길 듯 곤두서 있다. 더 방치하면 또 헛구역질을 할 것이다. 알면서도, 나우는 의자에 못 박혀 거의 온종일 이렇게 미련을 떨고 있다. 담배를 두 갑이나 아작 냈는데도 손은 이미 새 담뱃갑을 더듬고 있었다.

"야, 너 죽으려고 환장했냐?"

갑자기 문이 열리고 나경이 한껏 핏대를 세우고 달려들었다.

"나가 줘. 나가라구."

더 이상 나경의 잔소리를 받아 줄 여유가 없어 무턱대고 큰

소리부터 치고 말았다. 성원 형과 같이 가는 것도 못 미더웠는지 나경은 만사 제쳐 두고 이틀 뒤 멜버른으로 날아왔다.

그리고 끊임없이 먹어라, 자라, 모니터 그만 들여다보라고 잔소리를 해 댔다.

"이게 사람 사는 방이냐? 곰팡내 난다구."

"으이씨…."

나경이 갑자기 커튼을 확 걷어내는 바람에 햇무리가 눈 안으로 쏟아져 들어왔다. 어제 아침 짧은 촬영을 마친 뒤로 방구석에 틀어박혔으니 꼬박 하루 만에 햇빛을 보는 것이다.

"바람이나 쐬러 나가자."

"싫어, 혼자 다녀와."

"너 자꾸 이럼 성원 오빠한테 확 불어버릴 거야."

"유치하긴. 기다려, 좀 씻구… 으읏!"

도끼눈으로 째려보고 있는 나경을 마주 노려보고 발딱 일어나려는데 갑자기 팽그르르 어지럼증이 일었다. 나우는 책상을 짚고 다시 주저앉고 말았다.

"너 그럴 줄 알았어, 명줄 단축하고 싶어 작정을 했지. 어머, 열도 있잖아. 우선 누워."

혼자 구시렁대며 다가온 나경이 이마를 만져 보더니 수선스레 침대 시트를 걷고 다시 다가와 팔을 잡아끌었다.

"샤워나 하구 누워야지."

나경 손에 맥없이 끌려가면서 혼잣말처럼 말했더니 "아직

기운은 남았나 보네." 하고 나경이 비꼬듯 말했다.

"아스피린밖에 없을 텐데…."

"이 누나가 챙겨 왔네 이 사람아…."

피린계 약을 복용하기만 하면 눈이 퉁퉁 붓곤 했다. 그래서 어디 여행이라도 가면 늘 감기약부터 챙기곤 했는데, 이번엔 그럴 여유가 없었다. 나경이 아니었으면 촬영에 차질이 있었을 텐데, 어쨌든 요즈음은 나경처럼 좋은 친구도 없는 듯하다.

"자 이것 먹고 푹 자. 이제 시위 그만둬. 이런다고 뭐가 바뀌니? 이 바보야."

방으로 가 약을 가져온 나경이 물 컵을 손에 들려주며 어르듯 말했다.

"시위 아냐. 커튼 좀 쳐라."

얼굴로 내리쬐는 햇빛이 거슬려 나오는 팔을 들어올려 눈을 가렸다. 현실을 부정이라도 하듯.

그랬다. 지금껏 현실을 기피하고 있었다. 시나리오라도 써서 현실을 바꿔 보려는 부질없는 짓을.

"…아니면?"

커튼을 치고 다시 곁에 와 앉은 나경이 물수건을 바꿔 주며 한숨처럼 말했다.

"시간을 흘려 버리고 싶어서."

"그게 시위지 뭐야. 아빠랑 대판 하고 나선 두어 달 모텔에 짱 박혀 글쟁이 흉내 내곤 했고, 지원이 유학 간다 할 때도 영양가 없는 연극부 시나리오 써 줬잖아. 이제야 알겠어, 그때도 이랬지 너?"

"암 말 하지 마. 이거라도 하니까 버티는 거야."

"내가 몰라 하는 말이니? 그만 축내, 몸도 마음도 다 망가지잖아. 차라리 지원이 끌고 와. 그게 모두를 위해 현명해."

"그러면 안 돼."

"왜 안 돼? 그 기집애 똥인지 된장인지 구분도 못하고 미쳐 있는데."

나경은 흥분이 되는지 자리에서 일어나 창가로 갔다.

"그러니까 안 된다고. 가만 두고만 봐 제발."

"참내 알다가도 모르겠어. 니가 못하겠다면 내가 최 사장 만나 담판 짓고 그 못난 가시나 끌고 오겠다구."

"으으… 나경아 제발."

갑자기 자리에서 일어나려는데 몸이 쇳덩어리라도 매단 듯 축 늘어져 버려 허리 한 번 세우지 못하고 다시 베개에 머리를 박고 말았다.

"병원 갈까?"

나경이 화들짝 곁으로 다가와 이마에 손을 얹어 보고는 주의를 둘러봤다. 규식형을 부르려는 모양이었다.

"아니 됐어, 이러다 말겠지. 나경아, 절대 말하지 마 아무한테도. 나 둘 사이 더 간절해지는 거 못 봐."

나우는 나경 손을 붙들고 애원하듯 말했다.

"지원이 정말 일 치면 어떡하려구?"

포기한 듯 나경은 자리에 풀썩 주저앉아 버렸다.

"아니, 우리 지원이 아줌마 봐서라도 일 못 쳐. 금방 다시 올 거야."

"정신 못 차리면 그땐 어떡할 건데?"

"그러면 그땐 내가 코뚜레라도 매서 끌고 올 거야."

"너 그 정도로 절실하니?"

"말해 뭐해."

나경이 손을 가만 포개듯 잡아줬다. 나경은 엄마처럼 손을 다독거려 주다가 수건을 새로 바꿔 주며 자리를 지켜 주었다. 지원이었으면 좋겠다는 터무니없는 생각에, 문득 마음이 쓰라렸다.

Story 15
사랑한다 말할까

 그는 대체 밤마다 어디를 다니는 걸까. 저녁식사를 하고서는 말도 없이 나가 늦은 밤 돌아오곤 했다. 이따금 그가 들어오는 것도 보지 못한 채 잠이 들어 버리는 날도 종종 있었다. 그리고 눈뜨면 출근하기 바빠 물어보지도 못하고 사나흘이 흘러버렸다.
 더구나 그는 키스는커녕 손도 잡지 않을 뿐더러 가까이 오는 것조차 꺼려하는 눈치였다. 물론 연말도 다가오고 이것저것 바쁘다고는 하지만 이건 말이 되지 않는다.
 지금만 해도 그렇다. 그는 한방에 있으면서도 눈길 한번 주지 않고 모니터만 쳐다보고 있었다. 일부러 꽉 끼는 트레이닝 팬츠에 야시시한 탑을 입은 채 러닝머신 위에서 쿵쾅대고 있는데도 그는 전혀 관심도 없는 모양이었다. 분명 며칠 전까지만 해도 늑대의 유혹은 유치하다싶을 정도로 집요했었다.

"후우, 숨차!"

숨이 턱까지 차올라 지원은 뒤로 벌러덩 드러눕고 말았다. 하지만 그는 모니터에서 눈도 떼지 않고 있었다. 지원은 보란 듯이 한껏 가슴을 내민 채 방이 울리도록 숨을 내쉬었다. 그리고 다리를 교대로 올리며 전신 스트레칭을 해 보였다.

"왜 갑자기 달밤에 체조는 하고 난리야?"

그는 숨소리가 거슬린다는 듯이 인상을 찌푸리며 혼잣말처럼 말했다.

"심심하니까 그치…."

울컥 화가 치밀다 못해 이러는 신세가 서글퍼지려 한다. 한 번 더 시도해 보고 포기할까 했는데, 무심결에 입에서 볼멘소리가 흘러나왔다.

"심심하면 티브이 보던지."

그런데 그는 여전히 관심도 없다는 듯이 타닥타닥 자판 두드리는 데 여념이 없었다.

"혼자 무슨 재미로."

"난 드라마 안 보잖아."

"드라마말구 뉴스 아니 영화 볼까? 오빠, 박찬호 나온다."

목석 같은 남자를 보고 있으려니 이젠 오기가 생겼다. 지원은 발딱 일어나 생수 병을 꺼내 와 병째 들이키며 마구잡이로 리모콘을 눌렀다. 화면이 몇 차례 바뀌고 스포츠 채널이 쏙 지나갔다. 지원은 얼른 다시 채널을 돌렸다. 메이저리그 박찬호

게임이 있는 날이었다.

 빙고! 그는 야구광이라고 하니 이 유혹의 마수에서는 빠져나가지 못할 것이다.

 "지금 일하잖아. 혼자 봐."

 어라? 불행히도 약발이 전혀 먹히지 않았다.

 "그럼 포켓볼이나 치러 갈까?"

 마지막이다 싶은 마음으로, 책상 앞으로 다가가 정말이지 너무 구차하게 매달려 보았다.

 "그냥 드라마나 보셔 아줌마."

 "아줌마?"

 아줌마, 라는 말에 마침내 이성을 잃고 팩 소리를 치고 말았다. 그는 드라마를 보고 있으면 쯧쯧 혀를 차곤 했다. 실은 드라마를 보기 시작한 것도 다 그의 책임이었다. 그도 그럴 것이 밤마다 혼자 있으려니 달리 할 일도 없고 해서 두어 번 본 게 다인데, 오히려 그는 드라마에 정신을 쏙 빼고 있다며 한심하다는 듯이 툴툴댔다.

 "아이구 무셔. 눈빛으로 고기도 굽겠네."

 "꼴 보기 싫어 죽겠어. 우이씨 상종을 말아야지."

 "화났어?"

 갑자기 분통이 터져 어깨를 쿵쿵 내리치고 도망치듯 홱 등을 돌리려는데 그가 팔을 잡아당겼다.

 "그럼 화 안 나?"

"같이 TV 볼까?"

그가 땀에 젖은 머리칼을 귀 뒤로 넘겨주며 귓불에 키스했다. 문득 잔소름이 끼쳐 어깨가 흠칫 떨렸다.

"바쁘다며."

"삐쳤구나."

"아, 아니…."

목덜미를 애무하던 그의 입술이 어느새 어깨에 와 닿았다. 그의 입술이 닿을 때마다 찌릿찌릿한 전율이 등줄기를 타고 흘러내렸다.

"난 다른 건 다 보겠는데 멜로드라마는 진짜 못 보겠더라."

"나두 잘 안 봐."

"…애인님?"

엉덩이 아래로 뜨거운 무언가가 느껴지자 지원은 조금 엉덩이를 빼내며 잘근잘근 입술을 깨물었다. 하지만 다행이다 싶었다. 아니, 그가 반응을 보이는 게 고마워 눈물이 날 지경이다.

소리 없이 킥킥 웃고 있는데, 그가 턱을 끌어올리며 시선을 붙들었다. 불안하게 흔들리는 그의 눈동자를 보고 있으려니 입 안이 바짝바짝 타 들어가기 시작했다. 더구나 엉덩이와 맞닿은 그의 남성이 요동을 치는 듯했다. 엉덩이를 떼어 내야 할지 말아야 할지 고민거리가 또 하나 늘어났다.

"지금 내가 뭐처럼 보여?"

"글쎄…."

그가 대답할 새도 주지 않고 입을 막아버렸다. 지원은 주저 없이 그의 키스에 응했다. 아니 더 적극적으로 그의 혀를 빨아 당겼다.

"지금 나 언제 터질지 모르는 시한폭탄이야."

그는 입술을 떼지 않고 입 안에서 우물거렸다. 그리고 탑 안으로 손을 집어넣고 가슴을 꽉 틀어쥐더니 다시 거칠게 혀를 빼앗아 갔다.

"앗!"

"죽겠다구…."

갑자기 탑을 걷어 올린 그가 가슴에 입술을 묻으며 신음처럼 숨을 몰아쉬었다.

"일 땜에 스, 스트레스 많이 받나 봐."

그의 뜨거운 숨결이 고스란히 느껴지자 갑자기 긴장이 되기 시작했다. 각고의 노력이 빛을 발하기 시작하니 좋긴 한데 너무 급작스러운 그의 반응에 조금 당혹스럽기도 했다.

"너 땜에, 곰팅이 애인님 땜에."

"내가 어쨌길래 스트레스를 받는데?"

"바보야, 그걸 꼭 말로 해야 돼?"

그가 가슴에 걸린 탑을 다시 끌어 내려주며 머리를 가슴으로 끌어안고는 짓씹듯 말했다.

"알면 안 묻지, 근데 정말 모르겠어. 실은 나두 곧 팡 터지겠거든."

"왜?"

그가 머릿속에서 픽 웃었다.

"오빠한테 버림받는 거 같단 말야. 방 안에 굴러다니는 먼지만도 못하잖아."

"민지원, 내 여자해라."

"엉?"

느닷없는 소리에 고개를 치켜세우려고 하자 그가 고개를 다시 누르며 꽉 끌어안았다.

"내 여자하라구."

"싱겁긴…."

"나 초콜릿 땡겨 죽겠다 아주."

그는 일이 많다고 하더니 스트레스를 무지 받는 모양이었다. 우울하고 짜증날 땐 초콜릿처럼 좋은 게 없다고, 담배 생각날 때마다 먹으라고 했더니 요즘 들어선 발 가는 데는 죄다 깔아두고 꺼내 먹곤 했다.

"가만, 초콜릿 갖다 놓은 거 없는데. 가져오라고 그럴까?"

"아니, 민지원표 초콜릿."

그는 고개를 절레절레 젓더니 한숨처럼 말을 내뱉으며 껴안고 있던 자세 그대로 일어나 방으로 향했다.

"?"

그 자세가 너무 민망해 지원은 얼른 목을 끌어안고 바짝 매달려 숨을 죽였다. 그러다가 가만 그의 말을 되뇌어 보았다.

그는 분명 민지원표 초콜릿을 먹고 싶다고 했다. 그럼?

"아니다, 나중에 먹자. 아직 준비가, 젠장할!"

당장이라도 일을 칠 듯 침대 위로 떨어뜨려 버린 그가 갑자기 몸을 세우고 일어났다.

"오빠?"

너무 황당해 목소리가 갈라져 나왔다.

"아직 양심에 털이 덜 났어. 잘 자."

그는 굿나잇 키스도 없이 등을 돌렸다. 혹시 한번 쳐다 봐 줄까 하는 희망을 무참히 짓밟고 휑하니 문을 열고 나가 버렸다.

차라리 이럴 거면 헷갈리게라도 하지 말 일이지, 이젠 뭐가 뭔지 도무지 종잡을 수조차 없었다. 그는 너무 잔인했다, 갈수록 잔인해졌다.

그에게 거절을 당한 쇼크는 금세 지워지지 않았다. 그런데다 그의 밤 외출은 멈추지 않았고 술이 취해 들어오는 날이 더 잦아졌다. 혹시 그에게 다른 여자가 생긴 걸까, 하는 의심이 들기도 했다. 그도 그럴 것이 요즘 들어 그와 함께 있는 은채 모습이 자주 눈에 띄곤 했다. 은채가 그의 미팅 파트너라는 사실을 모르는 바 아니지만 눈에 거슬리는 것은 어쩌지 못했다. 어쩌면 오 비서가 장난처럼 흘린 말이 내내 마음을 짓누르고 있었는지도 모르겠다.

"사장님 잘 감시하세요, 눈에 불 켜고 있는 여우 하나 있거든요."

여우, 라는 소리를 듣자마자 불현듯 은채가 떠올랐다. 빌라로 들어오면서 부쩍 냉랭해진 은채의 태도 때문일까. 어쨌든 은채는 늘 그의 주의를 서성이는 듯했다. 그의 강압에 못 이겨 따라간 휘트니스 클럽에서도 두어 차례 마주쳤다. 그리고 어느 날부터인가 그는 아침 운동을 나가지 않았고 그곳에 갈 일도 없어졌다. 바쁜 아침 시간 대신 여유 있는 밤 시간을 택한 걸까?

머릿속이 3차대전이라도 벌이는 듯해 화장실로 가 세수를 하려는데 갑자기 휴대폰이 울려댔다.

"아직도 사무실이야?"

그는 아주 고약한 남자다. 자기는 밖에서 무슨 짓을 하고 다니는지 누구와 함께 있는지 일절 얘기도 하지 않으면서 2시간 간격으로 전화를 해댔다. 마치 의처증에 걸린 남자처럼.

"전화 받기 곤란해?"

공연히 심통이 나 대꾸를 하지 않았더니 그가 다시 물었다.

"말해요."

"어디 아파?"

"아니."

"근데 왜 목소리가 그래?"

"남이사."

"누구랑 싸웠어? 시후 그 자식이 뭐라고 그래?"

"나 일 보는 중인데 그만 끊어요."

"후후, 심하게 깨진 모양이네? 내가 호, 해 줄게 빨리 들어와. 20분 뒤에 차 보낼게."

둔하기 짝이 없는 남자는 자기가 원인 제공자인지도 모르고 바보처럼 웃기만 했다. 더구나 잘하지도 않는 어설픈 애교까지… 갈수록 의심스러운 짓만 골라 했다.

"차 보내지 마요, 그냥 버스 탈래."

이젠 데리러 오기 싫은 모양이었다. 문득 목소리가 갈라져 나와 지원은 얼른 찬물을 세게 틀어 버렸다.

"뾰족해진 거 보니 단단히 화났나 보네? 지금 술 마시고 있어서 그래, 한 번만 봐 줘라, 응?"

"누구랑?"

"누군, 혼자지."

"정말?"

하릴없이 차창 밖을 바라보다가 지원은 조금 전 전화통화를 되짚어 보고는 쓰게 웃었다. 평생 초콜릿도 주지 못할 거면서 주제넘게 웬 질투. 갑자기 책임지지도 못할 일을 벌이고 만 스스로가 지독히 혐오스러워 지원은 차창을 한껏 열었다. 싸한 바람이 와락 덮쳐 들었다.

아무 생각 없이 바람을 들이키고 얼마쯤 있었을까. 힐끔힐끔 뒤를 넘겨다보는 기사의 기척이 느껴져, 지원은 슬그머니 창을 올리고 등받이에 고개를 묻어 버렸다.

"저 다 왔는데요."

또 깜박하고 말았나 보다. 조심스런 기사 목소리에 화들짝 눈을 뜨고 창밖을 내다보니 빌라 바로 앞이다.

"고맙습니다."

기사가 돌아오기 전에 얼른 문을 열고 나왔다. 아직도 문을 열어주는 기사가 껄끄러웠다.

"저 잠깐만…."

등에 대고 고개를 숙이고 있을 기사를 쳐다보지도 않고 빌라 현관 쪽으로 걸음을 옮기려는데 누군가가 불러 세웠다. 혹시 차 안에 뭘 두고 내렸나 싶어 고개를 돌렸는데 바래다준 기사가 아닌 초로의 남자가 운전석에 오르다 말고 다가왔다.

혹시 클라이언트 중 한 명일까 싶어 유심히 뜯어봤지만 모르는 얼굴이었다. 그런데도 낯설지만은 않았다.

"무슨 일이시죠?"

"아, 아가씨…."

"…"

소스라치게 놀라 하마터면 손에 들고 있던 카메라를 바닥으로 떨어트릴 뻔했다. 지원은 손에서 떨어져 나가려는 카메라를 꽉 부여잡고는 정신을 추스르려고 눈을 감았다 떴다.

세상에!

이 별스런 느낌은 아저씨였기 때문이었던 거야. 왜 단박에 알아차리지 못했을까? 변한 데라곤 이마에 몇 가닥 잡힌 주름과 희끗희끗한 귀밑머리뿐인데. 지원은 이내 고개를 내저으며 목청을 가다듬었다.

"누구신지. 절 아세요?"

"그럼요, 틀림없이 맞아요. 저 모르시겠어요?"

"전 처음 뵙는데요, 다른 분과 착각하신 모양이에요."

"맞는데…."

아저씨는 혼잣말을 하며 고개를 갸웃댔다.

"제가 워낙 평범한 얼굴이라 그런 소리 자주 듣거든요."

"?"

아직도 의심을 지우지 못하겠는지 아저씨는 바짝 다가와 얼굴을 살펴보았다. 지원은 애써 마음을 진정시키고 가볍게 고개를 숙여 보였다. 그때 어디선가 날카로운 여자 목소리가 들려왔다.

"뭐해요? 안 갈 거예요?"

얼결에 소리 나는 곳을 쳐다보니 누군가가 차 문을 벌컥 열어젖히고 한쪽 발을 내딛었다. 화들짝 놀란 아저씨 어깨 너머로 은채의 상반신이 보이더니 이내 다가왔다. 지원은 소스라치고 말았다.

"어머? 지금 퇴근하나 보죠?"

"…네? 네에."

"근데 무슨 일이죠?"

은채는 취조라도 하는 듯한 투로 물었다.

"아, 아니에요. 기사님이 절 다른 분인 줄 알고 그만…."

"그래요? 빨리 가죠. 회장님 기다리시겠어요."

아저씨 얼굴을 힐끔 쳐다본 은채는 오묘한 미소를 던지며 휑하니 몸을 돌렸다. 은채가 탄 차가 눈앞에 지워지고 나서야 발을 떼려는데 갑자기 회장님 운운하던 은채의 말이 가슴을 내려앉게 했다.

제발 조금만 더 시간이 허락되기를…. 지원은 엘리베이터에서 내려 방문을 열 때까지 소리 죽여 빌었다.

"자요?"

"…어? 왜 안자고?"

난데없는 그녀의 출현에, 현빈은 깜짝 놀랐다. 도통 잠을 이룰 수 없어 하릴없이 색소폰 키를 짚어보고 있는데 그녀가 방 안으로 들어선 것이다. 언제부턴가 색소폰이 송곳 역할을 대신했다.

현빈은 얼른 색소폰을 소파 아래로 감춰 두고 술잔을 집어 들었다.

내내 장식장 안에 처박아 두었던 아버지 유품을 그녀를 만

나고 처음으로 꺼내 들었다. 처음엔 그녀를 보내고 화가 나 픽픽 화풀이를 하는 목적으로 불곤 했다. 그리고 그녀가 호텔로 들어온 뒤 다시 꺼내 들었다. 그 언젠가 나우 노래를 넣 놓고 듣고 있던 그녀 얼굴이 떠오르자 문득 오기가 생겼더랬다. 아울러 그녀가 소중한 선물을 주면 그에 합당한 선물을 하고 싶어 밤이면 궁색한 핑계를 대고 선배 클럽에 나가 두어 시간 개인교습을 받고 오곤 했다.

"잠이 안 와서, 그거 술이면 나두 한잔 줘요."

향수까지 뿌렸나. 그녀가 가까이 다가오자 달콤한 파우더 향이 코끝을 간질였다. 허리를 살짝 숙이면 엉덩이 골이 보일 듯 말 듯한 슬립 위로 실루엣이 훤히 드러나는 로브 자락을 팔랑대며 걸어오다니.

그녀는 늑대의 상태를 가늠하지 못한 모양이었다.

"아까도 마셔놓고 웬 술? … 칵테일로 줄까?"

현빈은 짐짓 흔연스레 말을 건넸다. 하지만 말끝이 갈라져 나와 잠시 허둥댔다. 벌겋게 상기된 낯빛을 들킬세라 얼른 몸을 틀어 버렸다. 일순간 머리가 하얗게 비워져 버려 정상적으로 회로를 돌리는 데 한참 걸렸다.

현빈은 미처 얼음도 빼내지 않은 글라스에 칵테일을 들이부으려다 화들짝 얼음을 건져냈다.

"여기."

어렵사리 글라스 가장자리에 체리를 꽂은 뒤, 침대 끄트머리에 앉아 손바닥만 쳐다보고 있는 그녀에게 잔을 건넸다.

"어머, 넘 예쁘다. 이름이 뭐야?"

깜짝 놀란 듯 그녀의 어설픈 미소를 입가에 머금고 딴청을 했다.

"키스 오브 파이어!"

현빈은 그녀 어깨를 감싸 안으며 그윽한 음성으로 말했다. 그래 불타는 밤이다!

현빈은 그녀가 유혹을 해 오면 굳이 거절하지 않겠다고 작정했다. 어차피 한계에 다다르고 있었으니까.

"키스 오브 파이어, 맛있겠다."

그녀가 혀로 입맛을 다시며 얼른 잔을 입에 가져다 댔다.

차라리 죽여라!

현빈은 빈주먹을 움켜쥐고 길게 숨을 내쉬었다. 그런데 그녀는 한술 더 떠 아예 나가떨어지게 만들었다. 체리를 오물거리며 야릇한 미소까지 던졌다.

"아주 보내 버리려고 작정을 했군!"

"… 왜 그러는데?"

와락 잔을 뺏어 들자 소스라친 듯 꿀꺽 체리를 넘긴 그녀가 조심스레 입을 뗐다.

"말이나 못하면."

"허억!"

그녀를 침대 위로 쓰러뜨리기 무섭게 셔츠 단추를 풀어내고 허겁지겁 팬티까지 벗겨 던졌다. 순간 당황했을까. 그녀가 비명처럼 짧은 신음을 내뱉더니 화들짝 시선을 외면했다.
"난 처음 아니야."
애써 정신을 수습하고 그녀의 목덜미에 입술을 묻고 한숨처럼 웅얼댔다. 고백이라 하기엔 우습지도 않는 말이었다.
"…"
"처음은 아니지만 맹세컨대 마지막이다."
단호하다 못해 비장한 목소리에 비로소 그녀가 눈을 떴다.
"난 아무렇지도 않는데 너무 오버하는 거 같아."
그런 거짓말 웃기지도 않다는 듯이 그녀가 피식 웃었다.
"지금 쇼하는 것처럼 보여? 난 진지해."
싱겁게 웃는 그녀가 못마땅해 발끈 목청을 돋우었다. 뭣 낀 놈이 지레 큰소리지 싶었다.
"…"
정색을 하자 그녀는 못내 곤혹스럽다는 듯이 시선을 비꼈다.
"오늘은 진짜 봐 주는 거 없을 거야. 내 여자 되는 거라구. 후회 안하지?"
엉덩이를 어루만지며 속삭이자 그녀가 목에 팔을 두르며 말없이 고개를 끄덕였다.
"배고프다 해도 믿지 않을 거야."
"쳇! 만날 놀리기만 해."
"아프다고 해도 멈출 수 없을 건데?"

"그 정돈 참을 수 있을 거야. 고통 없는 여자들도 있대."
"아이구, 이론은 빠삭한가 부지?"
"그러엄, 나이가 몇 갠데."
"후웃!"
그녀의 가슴을 한입 가득 베어 문 채 현빈은 낮게 으르렁대며 머리 위로 슬립을 벗겨 냈다. 돌기를 부드럽게 깨물었더니 그녀가 파르르 몸을 떨었다. 말처럼 몸은 쉽지 않는 모양이었다.

애써 흥분을 억누르며 나른한 손길로 그녀의 몸을 어루만졌다.

그녀의 목이 스륵 꺾이자 현빈은 잠시 홀린 듯이 그녀의 나신을 내려다보고 있다가 배 위로 입술을 묻고는 혼잣말처럼 웅얼댔다.

"평생 지겹지 않은 게 있다면 민지원일거야."

허벅지 깊숙이 입술을 갖다 대었더니 그녀가 파르르 몸을 떨었다. 민감한 반응에도 아랑곳없이 조금 노골적으로 혀를 놀리자 그녀가 어깨를 움켜쥐며 다리를 오므렸다.

"자, 잠깐."
"괜찮아, 그냥 즐겨 봐… 지원아, 오빠 소원이다."

한껏 뻗대고 있는 그녀의 다리를 벌려 놓고는 조금 아프게 움켜쥐었다.

"아픈데?"

벌겋게 달아오른 얼굴로 그녀가 아이처럼 툴툴댔다. 너무 노골적인 애무에 어쩔 줄 몰라 구차한 핑계를 대고라도 빠져

나오고 싶은 모양이었다.

"아파도 소용없다 한 지 1분도 안 지났어."

봐 줄라고 해야 봐 줄 수도 없었다. 혀끝으로 지분대기 무섭게 반응을 보이는 몸을 보고 있자니 터지기 일보직전이었다. 하지만 그녀가 내켜하지 않아 일단 양보하기로 했다. 아직 날이 새려면 멀었으니 조금 봐 줘도 손해는 아닐 터였다.

그녀의 다리를 풀어 주고 조금 밑으로 내려가 무릎을 애무하다가 다시 입술을 올려 가슴을 부드럽게 빨아 당기며 손을 슬쩍 내렸다. 싫다고 막무가내로 앙탈을 부렸음에도 어느새 촉촉이 젖어들어 있었다.

"오빠…."

그녀가 마른 입술을 혀로 핥으며 고개를 내저었다. 아직도 허락을 못하겠다는 얼굴이었다. 현빈은 부드럽게 키스로 입을 막으며 은근슬쩍 접근금지구역을 끈질기게 괴롭혔다. 다행히도 이번엔 손을 가로막지는 않았다.

끈질긴 구애가 먹혀 들어갔을까. 그녀의 허리가 활처럼 휘어지며 이내 밭은 신음을 토해 냈다. 흥분을 참을 수가 없어 그녀의 다리를 활짝 벌리며 몸을 내렸다. 그녀가 버둥거리기 전에 어깨를 붙들어 잡고는 깊숙이 몸을 묻었다. 순간 그녀가 아픈 신음을 토해 내며 허리를 비틀었다.

"아앗!"

"으윽… 가만, 가만있어야 덜 아파."

현빈은 조금 몸을 빼내며 바짝 긴장한 그녀의 어깨를 내리눌렀다.

"… 잠깐만 있다 하면 안 될까?"

"힘들어?"

현빈은 이마를 반쯤 가린 그녀의 머리칼을 쓸어 넘겨주며 쥐어짜듯 물었다. 제발 아니라고 해 줘.

"솔직히 말해도 돼? … 다신 하고 싶지 않을 만큼 끔찍해."

그녀가 잠시 머뭇거리더니 조금 헐떡이며 입을 열었다.

"이제 봤더니 분위기 깨는데도 선수네. 나두 아파 죽겠어."

픽, 저도 모르게 코웃음이 쳐졌다. 현빈은 그녀 몰래 허리 아래로 팔을 끼워 넣고는 이내 고통스런 얼굴을 하며 가슴팍을 쓸었다. 가슴팍을 문지르는 것은 생쇼였지만 고통스런 얼굴은 일말의 거짓도 없었다. 그녀를 헤아릴 여유조차 없을 만치 몸이 요동을 쳐댔다. 타는 듯이 조여 오는 그녀 속살을 몰랐더라면 잠시나마 참을 수 있을는지도 모를 일이었다. 끄응, 현빈은 이를 악물었다.

"상처받았어?"

이내 후회한 걸까. 그녀가 애써 몸의 긴장을 풀며 목을 끌어안았다.

"그럼, 마음이 아프다 못해 아리다. 어쩜 고개 숙인 남자가 될지도 모르겠는걸? 치명적인 상처야."

볼썽사나운 얼굴로 그녀의 신경을 흐트려뜨리고 그 틈을 타 그녀 허벅지를 움켜쥐며 몸을 내렸다.

"으악! 오빠! … 오빠 나빠."

현빈은 그녀의 얼굴을 보고 싶지 않아 입술을 막았다.

다소 거칠게 몰아붙이자 그녀가 어깨를 내리치며 투정을 부렸다.

"맞아, 나 나쁜 놈이야. 정말 미안하다. 아니, 사랑…."

그녀가 힘들어하는 줄 뻔히 알면서도 현빈은 멈추지 않고 그녀 속으로 점점 깊게 파고들었다. 마음 같아선 그녀를 놓아 주고 싶었는데도 도무지 멈출 수 있는 상황이 안 되는 게 더 난감할 따름이었다.

그렇게 하나가 되었다.

몸을 떼어 내고 내려다보니 그녀는 질끈 눈을 감은 채 땀범벅이었다.

한참 망설이다 마땅한 말을 찾지 못하고 그냥 미안하다는 멋대가리 없는 말을 하고 말았다. 사랑한다는 말이 나와야 될 순간 아닌가? 뒤늦게 후회하고 이내 말을 바꾸려는데, 그녀가 입을 틀어막으며 고개를 내저었다.

"… 그냥 안아 줘."

Story 16
사진 찍는 여자

"당신은 아니라고 우기지만 나두 당신 여자 리스트 들춰내 앙탈 부리고 허구한 날 약점 걸고 넘어져 비싼 선물도 갈취해 내고, 당연히 마지막 아님 죽음이야, 핏대도 세우고 싶어. 그런데 그럴 자격이 없어 너무 슬퍼."

지원은 거울에 대고 혼잣말로 중얼대다가 서글프게 웃었다. 사랑한다는 그의 고백을 들어 버리면 정말이지 하늘나라로 가지 못할 것 같아 그의 입을 틀어막아 버렸다.

시간이 얼마나 남은 걸까, 문득 마음이 초조해져 시계를 들여다보는데 그가 문을 열고 들어왔다.

"어멋!"

"놀라긴. …할 말 있어, 이리 와 앉아 봐."

스치듯 이마에 키스를 한 그가 팔을 잡아끌었다.

"식사해야죠."

지원은 고개를 갸웃하며 말했다.

여느 때와 뭔가가 많이 달랐다. 으레 방에 들어서기 무섭게 옷을 벗겨내곤 하던 그가 대뜸 심각한 얼굴을 하며 좀처럼 피우지 않은 담배에 불을 붙였기 때문이다.

지원은 그의 입을 뚫어지게 응시한 채 설령 충격적인 말이 나온다 해도 태연스레 넘기자며 애써 마음을 가다듬었다.

아니나 다를까. 마치 검사처럼 날카로워진 그가 집안 사를 조목조목 캐물었다. 얼마간 밤의 향연에 잊고 있었나 보았다.

또다시 심문이 이어졌다.

아버지 직업 그리고 엄마 가게 위치며 오빠 일까지. 회사명을 대라는 둥, 언제 시작한 거냐, 누구와 함께 하는 것 따위의 질문을 속사포처럼 쏘아댔다. 하지만 지원은 맥없이 바닥재의 나뭇결만 쳐다볼 뿐 일절 입을 열지 않았다.

"좋아, 말하기 싫다 이건데, 내가 직접 알아본다!"

드디어 폭발한 걸까. 그가 씨근덕대며 담배를 빼물었다. 지원은 휘둥그레진 눈으로 고개만 내저었다. 그러자 의외의 반응이 더욱 미심쩍은 듯 그는 연거푸 한숨을 내쉬었다.

"왜 갑자기 꿀 먹은 벙어리가 된 거야?"

고집스레 시선을 거부하자 그가 의자째 답삭 들어 무릎을 맞붙여 놓았다. 팔걸이를 움켜잡고 있는 그의 손등에 불끈 힘이 실렸다.

"음… 꼭 오늘 밤에 전부 알아야겠어요? 천천히 말할게요."

지원은 하릴없이 발끝으로 바닥을 긁어대며 딴청을 부렸다. 시시껄렁한 질문에는 대꾸도 하기 싫다는 듯이 입술을 오물거리며 손가락으로 콧잔등을 비벼댔다.

"후우, 그래 그건 차차 듣기로 하고, 본론은 따로 있어."

길게 연기를 내뿜은 그가 한 손으로 볼을 감싸 쥐고는 짐짓 경고라도 하듯 눈썹을 치켜올렸다.

"…."

"할아버지가 한번 보자 하셔. 누나가 참지 못하고 불었나 봐. 이번 주 괜찮지?"

"?"

순간 망치로 머리를 얻어맞은 듯해 정신을 차릴 수 없었다. 언제 한 번 식사나 하죠, 하는 그의 누나 제의를 얼렁뚱땅 넘기곤 했었다. 더구나 그의 할아버지 귀에까지 들어갔다니, 마치 소용돌이 속으로 빨려 들어가는 기분이다. 혹시 아저씨가 무슨 말을 흘렸나 싶어 심장이 벌렁거렸다.

"무슨 일로…."

"무슨 일은, 집안일이지. 세르데냐 접수한 여자가 누군지 되게 궁금하신가 봐."

지원은 처음으로 빌라에 들어온 것을 후회했다. 손 틈 사이로 흐르는 모래알 같은 시간을 아끼고 싶다는 단순한 욕심이 이렇게 빨리 발등을 찍을 줄은 꿈에도 몰랐다. 망망대해에 난파선 조각을 붙들고 있는 듯 막막했다.

"난, 그게, 사귄 지 얼마나 됐다구 벌써…."

지원은 안절부절 마른침만 삼켰다.

"어차피 할아버지도 아셨는데 뜸들일 필요 뭐 있어?"

"뭐가요?"

"아이그 답답해. 나 외롭다구."

그는 울화통이 터진다는 얼굴로 자기 가슴팍을 힘껏 내리쳤다. 지원은 영문 모를 얼굴로 어깨를 으쓱했다.

"민지원, 외로울 땐 뭘 먹어야 된다고 했지?"

"초콜릿."

"평생 민지원표 초콜릿 먹어야겠어."

"저 잠깐, 오빠…."

지원은 대번에 그의 말꼬리를 잘랐다. 먹게 해 줘도 아니고 먹어야겠어, 라고 했다.

"왜 실망했어? 분위기 팍 잡고 내 신부가 되어 줘, 하지 않아서?"

"그, 그게 아니라…. 오빠, 우리 아직 서로에 대해 너무 모르는 게 많아, 그치 엉?"

지원은 애써 쿵쾅거리는 심장을 가라앉히며 타이르듯 말했다. 그러자 그가 한쪽 눈썹을 씰룩대며 고개를 끄덕였다.

"벌써 인사드리는 건 좀… 음, 좀더 시간을 가지고…."

"누가 당장 결혼하재? 서로 집에 오가고 그러면 좋잖아. 혹시 사랑한다는 말 안 해 줘서 삐졌어?"

순간 볼을 감싸 쥐고 있던 그의 손이 스륵 미끄러졌다.

"말 안 해도 알지."

"근데 뭐가 문제야? 내 맘이 의심스러워?"

그가 등을 돌리기 무섭게 지원은 시선을 비꼈다. 딱히 대꾸할 말이 없어 그저 얕게 한숨만 내쉬었다.

하지만 목에 간들간들 매달려 있는 하고픈 말은 꼬리에 꼬리를 물고 쭉 늘어서 있었다.

난 내가, 민지원이 아니었으면 하는 상상을 수없이 반복했어. 어쩌면 당신이 최현빈이 아니길 바랐는지도.

사랑? 난 그런 미학적인 말까지 신경 쓰고 살 만큼 사치를 누릴 여유가 없었어. 하지만 운명이란 참 무서운 건가 봐.

돌이켜보니 처음 만남부터 난, 내게 아주 솔직했다는 걸 깨달았어. 미치지 않고선 처음 본 남잘 따라가지 않았을 테니까.

그 다음부턴 당신에게 침몰될 것 같은 두려움에 휩싸인 채 숨죽이며 여기까지 왔어. 최현빈, 당신을 만난 내 운명을 안타까워하며 줄곧 울음을 삭혀야 했다면 나 용서해 줄 수 있을까?

행복에 겨운 사람들은 한껏 거드름 피우며 지껄여. 사랑, 아주 복잡 미묘한 거라며….

하지만 난 복잡하게 머리 굴릴 시간도 없이 당신에게 덤벼들었어. 마치 바닥에 떨어진 비스킷을 발견한 개미처럼. 누가 먼저 덥석 채갈까 무서워, 체할지도 모른다는 뒷감당은 미처 계산에도 넣지 못한 채 꾸역꾸역 밀어 넣었어. 그러면서 내내 살아있는 날 발견했고 동시에 바보 같은 날 저주했어.

　보나마나 하염없이 당신을 그리워할 테고 추억에 잠겨 숨막혀 할 테니까. 이젠 사랑을 알 것 같아. 눈 먼 그리움에 허덕대는 건 분명 사랑이야. 지독한 사랑.

　속절없이 흐르는 시간이 무서워. 당신조차 물불 가리지 못하는 열정이 두려워. 하지만 약속할게. 우리 사랑 다음 생이 허락한다면 내가 먼저 당신 찾아갈게.

　"나두 오빠 많이 좋아해."

　"좋아해? 하긴 나도 아직 사랑이 뭔지 잘 모르겠다. 좌우당간 너만 보고 있으면 왠지 초조해. 넌 너무 바라는 게 없어. 내 덫에 걸려들지 않는단 말야."

　그는 너무 정확하게 짚어내고 있었다. 그것이 목을 조인다는 사실은 알지 못한 채. 그가 틈도 주지 않고 몰아붙이자 지원은 연신 한숨만 내쉬며 발을 동동거렸다.

　"아침에 눈도 뜨기 전에 하는 게 뭔지 알아? 너 누운 자리부터 더듬어 봐. 너 만져지면 그때서야 마음 놓고 기지개 펴."

　그가 품안으로 끌어안으며 짓씹듯 말했다.

　"널 가둘 수 있는 최선의 굴레가 결혼이라면 당장이라도 하고 싶어."

　"저기… 이번 준 집에 내려가 봐야 할 것 같은데, 미안해. 엄마 몸이 조금 안 좋으시나 봐. 오빠가 얼굴 잊어버리겠다고 꼭 내려왔다 가라구 그래서…."

사진 찍는 여자 · 275

아침, 오빠에게 전화가 걸려왔다. 여행 다녀왔으면 전화라도 할 일이지 하며 핀잔을 주다가 뜬금없이 축하해 줘, 하였다. 전화기 저편의 오빠 목소리는 다소 상기된 채였다. 여차여차 국제산업박람회에 출품한 인테리어 경광봉이 수출계약을 하게 됐다고 흥분을 감추지 못했다. 그러면서 나우 도움 많이 받았다는 말도 잊지 않았다.

나우…. 여태껏 나우에겐 전화 한 통도 없었다. 어서 빨리 제로게임이 끝나기만을 바라고 있을지도 모르겠다. 그리고 나경은 먼지 쌓인 방을 그대로 방치해 두고 있을 것이다.

"오빠도 내려온다구? 마침 잘 됐네, 함께 내려가자."

"이번엔 혼자 내려갔다 올게. 다음 달 내 생일 지나고 그때…."

갑자기 목이 메어 말을 잇기가 힘들었다. 어느새 약속한 날이 성큼 다가와 있었다.

"그 약속 꼭 지켜, 안 그럼 쥐도 새도 모르게 아줌마 되는 수가 있어. …그만 침대로 갈까?"

지키지도 못할 약속을 말로 하기가 뭣해 고개를 끄덕였더니 그가 덥석 안아들었다. 지원은 성가시다는 얼굴로 고개를 내저었다.

"지금은 싫어."

"싫어? …왜에?"

"그냥, 많이 피곤해."

"그럼 이러고만 있을게."

그는 무릎을 베개 삼아 카펫 위로 벌러덩 드러누웠다. 지원은 잠이라도 자려는 양 눈까지 감은 그의 얼굴을 뚫어지게 내려다보며 한동안 숨죽인 채 꼼짝없이 있었다.

얼마지나지 않아 잠투정처럼 비스듬히 돌아누운 그가 허리를 느슨히 둘러 안으며 품속으로 파고들었다. 마치 졸릴 때 엄마 품을 찾는 아이처럼.

차라리 애라면 귀엽기도 하련만.

"졸리면 방에 가 자. 이렇게 바닥에서 웅크리고 자다간 감기 걸리기 십상이란 말야."

지원은 자꾸만 깊이 파고드는 그의 머리를 가만 떼어내며 달래듯 말했다.

"알았어, 잠깐 이러다 가서 잘 거야. 누우니까 참 편하고 좋다. 그대도 내 옆에 한번 누워보지 그래?"

그는 나른히 풀린 얼굴로 입맛을 쩝쩝 다시며 잠결처럼 웅얼댔다. 아니 유혹했다.

"그냥 이러고 있을래."

어쩌면 무릎베개를 해 주는 게 마지막이 될까, 문득 눈앞이 뿌예졌다.

"마냥 그러고 있으면 허리 아플 텐데…."

아랫배에 얼굴을 깊숙이 묻은 그가 피식 웃으며 슬며시 로브자락을 들춰냈다.

"바닥에 앉는 것쯤은 워낙 습관이 돼나서… 오빠?"

지원은 찰싹 그의 손등을 때리며 손을 가로막았다. 그러자 씩, 낮게 투덜댄 그가 손을 치워내며 질끈 눈을 감았다.

"…"

벌써 잠이 든 걸까?

그에게서 아무런 반응이 없자 지원은 고개를 갸웃대며 그의 뒤통수를 물끄러미 내려다봤다. 정말로 잠이 들었는지 허리춤을 지분대던 손이 얌전히 바닥에 떨어져 있다. 구부정히 허리를 굽혀 그의 머리맡으로 귀를 대 보니 숨소리가 규칙적으로 들려왔다.

얼마쯤 꼼짝없이 벌을 서고 있었더니 점점 다리가 저려 왔다. 행여 움직이다 보면 풀릴까 싶어서 발가락을 꼼지락거려 보았다. 하지만 거의 마비상태였다. 코에 침을 발라 보아도 소용없고 다리를 뻗어 봐도 나아지지 않았다.

마지못해 무거운 머리를 한 손으로 받친 채로 침대 위를 더듬어 베개를 끌어내렸다.

그때였다. 와락 허리를 옥죄어 오는 손길에 화들짝 놀라 하마터면 그의 머리를 놓칠 뻔했다.

달리 방법이 없었다. 다리에 대못을 박아도 전혀 아픔을 느끼지 못할 정도로까지 뻣뻣이 굳은 다리를 고통스럽게 참아낼 수밖에.

멍한 눈길로 아득한 창 너머를 지켜본 지 얼마나 지났을까.

문득 카메라가 머리를 스쳐갔다. 뭐라도 부여잡고 싶은 마음이 사진에까지 미쳤는지도 모르겠다.

그의 머리를 가만히 내려놓고 방에서 카메라를 가져와 조심스레 셔터를 눌러댔다.

"지금 뭐하는 거야?"

잠결에 기척을 느꼈는지 눈살을 찌푸린 그가 손사래를 치며 투덜댔다.

"그냥 자요. 한두 컷만 더 찍으면 돼."

"또 사진 찍는 거야? 핸드폰도 모자라 카메라까지 들고 설쳐? 그거 병적으로 싫어하는 거 알잖아 그만두고 이리 와."

"오빠, 몇 컷만 더 찍자."

"사람 되게 성가시게 하네."

알아서 하라는 듯 그가 도로 눈을 감아 버리자 지원은 지그시 입술을 깨물며 카메라를 집어 들었다.

그참에 한 무더기 벚꽃처럼 새하얀 눈이 렌즈 안으로 마구 파고들었다.

지원은 사진기를 던지듯 내려놓고 창가로 다가갔다.

창가에 바짝 들러붙어 얼마쯤 홀리듯 바라보았다. 송이 져 내린 눈발이 뒤란을 차곡차곡 메워갔다.

지원은 사진을 찍고 있었다는 사실도 잊은 채 하염없이 창밖만 지켜보았다. 그와 함께 만끽하지 못한 게 못내 아쉬워 문득 눈가가 젖어 들었다. 행여나 우는 모습을 그에게 들킬세라 애써 숨죽인 채로 다시 자리로 돌아와 그의 머리를 감싸 안았다.
 어느새 사위가 온통 희디흰 물감을 뒤집어쓴 듯 하얗게 반짝였다. 성긴 가지들이 포근한 솜옷을 두르고 곤한 잠에 빠져 있었다. 품안의 그처럼….
 지원은 젖은 눈가를 훔치며 그의 머리칼을 조심스레 매만졌다.
 새하얀 켄트지 위에 우리 운명을 다시 그려 넣을 수만 있으면 얼마나 좋을까?
 지원은 천진한 아이처럼 잠에 빠진 그의 이마에 가만히 입술을 묻으며 메아리 없는 질문을 뇌까렸다.

Story 17
외딴섬

늘 바다는 말이 없다. 외딴섬에 들어와 낚싯대를 드리우고 앉아 있자니 바다를 닮아 가는 걸까. 말을 잃어버린 지 오래다. 나우는 그저 꽁꽁 언 산자락을 바라보고 있을 뿐이다.

배 저어 가면 저기에 가 닿을 수 있을까?

배를 저어 저 먼 산자락을 밟고 오리라는 생각은 수도 없이 했으면서도 실상 배를 빌려 본 적은 없었다. 아니 빌릴 배가 없었다.

그냥 망연히 바라보고만 있다가 날이 바뀌면 섬을 빠져 나가곤 했었다.

더는 어찌할 도리가 없었으니까.

"땅 꺼지겠다."

성원 형 목소리에 번쩍 정신을 차렸다. 돌아보니 성원 형은 비스듬히 등을 돌려 밑 밥통에서 찌를 골라내고 있었다.

나우는 대꾸할 말이 빈곤해 산자락에 시선을 둔 채 싱겁게 웃고만 있고. 그때 대뜸 성원 형이 소리를 질렀다.

"야? 왔어 와! … 얼른 당겨!"

"어?"

성원 형 핏대 세우는 얼굴을 쳐다보고 잠시 멀뚱대다가 낚싯대를 낚아챘을 땐 이미 늦은 뒤였다.

"아깝다! 너 걱정 있냐?"

놓친 사람보다 성원 형이 더 안타깝다는 얼굴이다. 성원 형은 풀썩 자리에 앉으며 담배를 빼물었다.

"걱정은 무슨…. 나도 한 대 줘."

"근데 왜 그래."

"날씨가 하도 스산해서."

나우는 공연히 멋쩍어 담배 연기를 길게 날리고는 팔을 엇갈려 쓱쓱 어깨를 문질렀다.

"언젠 겨울 낚시가 제 맛이라더니."

성원 형이 보온병에서 커피를 따라 건네주며 씩 웃었다.

"내가 손맛까지 아는 내공인가 뭐. 그냥 쉬고 싶어 도망온 거지."

"그러기도 하겠다. 너 스케줄만도 빡빡할 텐데 내 일까지 신경 쓰느라 죽을 맛이었겠다."

"내가 했나 뭐, 김 부장이 알아서 다했잖아."

"언제 회장님께 인사 여쭈러 가야겠는데, 한 번 알아봐 줘."

"그러지 뭐."

"근데 쟤네들 싸웠대냐? 통 말 거는 걸 못 봤네."

등 뒤로 토닥토닥 도마질 소리와 딸그락대는 식기 소리만 어렴풋이 들려왔다. 텐트를 치고 나서부터 지원과 나경은 서로 비스듬히 돌려 앉아 거의 말을 하지 않는 눈치였다. 전혀 영문 모를 성원 형 눈에는 된통 말다툼을 한 것처럼 비쳤을지도 모르겠다.

"나두 모르지 뭐."

그녀를 등 뒤에 두고도 한번 똑바로 보지 못한 채 내내 멋으로 낚싯대를 들고 있었다. 실은 그녀를 내려오게 만든 장본인은 성원 형이 아니었다.

완전 탈진된 상태로 돌아올 때까지 기다리기로 무섭게 작심하고도 약속을 어기고 말았다. 결과야 뻔한 게임인데도 가만히 관전하기가 몹시 힘들었다. 아니, 하루하루가 피 말리는 사투의 연속이었다.

호주에서 돌아와 눈코 뜰 새 없이 스케줄에 쫓기면서도 하루도 빠짐없이 시나리오를 붙잡고 있었다. 제발 또라이짓 그만 하라는 나경의 눈물겨운 충고도 귓등으로 흘리고 무작정 매달렸다. 더디게 흐르는 시간이 지옥 같았다. 휴대폰에 저장된 지원의 목소리만으로는 위로가 되지 않았다.

"걸들 아직 멀었냐?"

매콤한 국물 냄새가 풍겨 오자 성원 형은 입맛을 다시며 버

외딴섬 283

너 앞으로 다가가 쭈그리고 앉았다. 그러자 지원이 어색하게 웃으며 성원 형 입으로 국물을 떠 먹여 주었다. 그러다 눈이 마주치자 지원은 화들짝 시선을 비켜 버렸다. 어제부터 약속이나 한 듯 서로를 피해 다니기 바빴다.

"얘, 너두 이리루 와."

여태 뚱한 얼굴로 일만 하던 나경이 찬바람이 쌩 도는 목소리로 불렀다.

"오빠, 우리 해 떨어지기 전에 한 바퀴 돌다 올까?"

먹는 둥 마는 둥 그냥 수저를 들고 있는데, 어느새 밥공기를 비운 나경이 성원 형에게 물 잔을 건네주며 슬쩍 눈치를 보았다. 자리 비켜 줄 테니 잘 좀 해 보라는 얼굴로.

"애들 아직 반도 못 먹었는데?"

"아니, 우리 둘만 은밀히 좀 보자구."

"왜 내가 널 은밀히 보냐?"

성원 형은 알 만하다는 얼굴로 은근히 딴청을 부렸다.

"일단 보면 안다니까요."

나경이 발딱 일어나며 성원 형 팔을 잡아끌고는 무턱대고 걸어가자 성원 형이 "얌마, 천천히 가." 하며 볼멘소리를 했다.

"그러니 일만 하지 말고 운동 좀 해."

하고 나경이 눈을 흘기더니

"진 사람이 설거지 당번이닷."

하고 잽싸게 뛰어나갔다.

순간 지원과 눈이 마주쳤다. 어색해진 분위기를 모면하려고 국물을 떠 먹다가 눈을 들었을 땐, 둘은 어디론가 사라지고 없었다.

"고마워."

느닷없는 그녀의 말에 손에서 수저가 떨어져 나갔다.

"뭘?"

뭘 두고 하는 소리인지도 모르면서도 자기도 모르게 차갑게 맞받아치고 말았다. 이유 없이 화가 났다. 처음으로 마주 앉아 하는 말이 고마워, 라니. 그 말밖엔 할 말이 없는 걸까. 차라리 넌 뭣하러 내려와 사람 맘을 불편하게 하니, 하는 소리가 더 나을 뻔했다.

"오빠한테 들었어, 도움 많이 돼 줬다면서?"

"내가 하고 싶어 한 거야, 너랑은 상관없이."

"그래두…."

"왜 인사치레 안 하면 마음이 불편할까 봐?"

"아니란 거 더 잘 알면서 왜 그래?"

"내가 뭘 아는데? 니가 뭘 알고? 우리가 무슨 사이라도 돼?"

공연히 생트집은 잡고 난리야, 라는 그녀의 말에 나우는 버럭 소리를 치고 말았다. 여태 꾹꾹 누르고 있던 불덩이가 확 솟구쳐 올랐다.

"미안해."

그녀는 아무런 감정도 실리지 않은 목소리로 작게 대꾸했다. 그러니 화가 머리끝까지 치밀었다.

"뭐가 또 미안해. 넌 고작 할 말이 미안해, 고마워, 이것밖엔 없냐?"

"니가 나라면 뭐라고 할 건데?"

지원이 갑자기 목소리를 곤두세워 오히려 마음이 뜨끔 내려앉았다.

"할 말 없겠지."

그 한마디에 나우는 맥이 탁 풀려 황망히 담뱃갑을 찾았다. 아무리 찾아봐도 안 보여 포기하고 있으려니 지원이 불쑥 담뱃갑을 내밀었다.

"골병 들지 않게만 해. 있는 미련 없는 미련 죄다 끌어 붙이지 말구."

"봐, 너두 말 못하잖아."

남 미어지는 속은 아랑곳없이, 지원은 싱겁게 웃으며 땅에 떨어진 나뭇가지로 손장난을 치기 시작했다. 어쩌면 그녀도 미어지는 마음을 감추려고 일부러 시선을 비꼈는지도 모를 일이다. 벌써 미어지도록 깊어진걸까. 설마, 하는 마음에 무게를 실어 주면서도 한편으로는 두렵기 짝이 없다. 그녀가 피멍든 가슴을 견뎌내는 꼴을 또 어떻게 볼까 싶어서.

"그놈 어디가 그렇게 좋냐?"

갈수록 주제 꼴이 험악해진다. 애들도 이따위 유치한 질문은 하지 않겠지, 하는 생각에 더 비참해졌다.

"듣고 싶어 한 말 아니지?"

"아니, 듣고 싶어."

머리와 입이 따로 놀기 시작했다. 어차피 망가졌는데 뭐는 못할까, 하는 마음이 점점 커져 간다.

"너두 해 보면 알 거야."

흙장난을 하는 손을 멈춘 그녀가 대뜸 정색한 얼굴로 입을 뗐다. 철부지 동생 타이르는 듯이.

"훗! 좀 심해도 참아라. 까는 소리 작작해."

치미는 분노를 겨우겨우 누르고 나지막이 말했다. 얼굴 근육에 마비가 와 단박에 얼굴이 일그러졌다.

"넌 사랑이 간장인 줄 착각하고 있어."

"간장?"

"그래, 간장. 사랑이 오래 숙성될수록 좋은 장인 줄 알아."

"아니, 착각은 니가 하고 있어."

"바람에 실려 오는 꽃향기가 영원할 거 같아?"

"엷어져도 지워지지는 않아."

"다른 꽃향기에 떠밀려 갈 걸?"

"그럴까? 그럼 넌 뭐야? 왜 집착을 못 버려? 너 스스로 세뇌시키고 있잖아 지금."

"세뇌시킨 적 없어, 난 사랑이야."

"그럼 내 사랑도 인정해야지. 후우, 이런 말 하는 게 아닌데 미안하다."

그녀는 울먹이듯 대꾸하고는 고개를 푹 숙여 버렸다. 혼자 발버둥치는지 몹시 지쳐 보였다.

"넌 감상에 빠져 있어. 말리면 더 덤벼드는 아이처럼 걸림돌 없었어도 그렇게 빠져 들었을 거 같아? 천만에."

손이, 반사적으로 그녀의 어깨를 움켜쥐었다. 그녀가 움찔 몸을 떨지 않았더라면 아마도 으스러져라 쥐어 틀어 버렸을 것이다.

"그이 지난여름, 너두 알지 나 혼자 여행 간 거? 그때 만났어. 그땐 나두 불장난인 줄 알았어. 근데 그 뒤로도 줄곧 내 더듬인 그이를 찾아 헤맸어."

"하지만 만나지 않았더라면 그냥 잊혀졌겠지."

"그랬겠지."

"그러니 더 미련 떨지 말고 여기서 끝내라구. 이 미련 곰팅아."

더 이상 그녀가 고개를 젓는 걸 볼 수가 없어, 나우는 그녀의 어깨를 확 끌어당겨 아프게 품에 가두었다. 그러자 그녀가 고개를 비스듬히 틀며 한숨처럼 말을 흘렸다.

"나도 날 이해시키기 힘들어."

그녀 등 너머 산자락이 뿌옇게 흐려졌다. 이젠 배로 건너지 못할 만큼 멀리 가 버린 느낌이다. 그런데도 손은 그녀 어깨에서 떨어져 나오지 못한다.

Story 18
My lady.

 그녀가 없는 방은 처음 와 본 곳처럼 생소하기 짝이 없었다. 여느 때처럼 잘 정돈 된 방, 등에 느껴지는 푹신한 매트의 촉감, 모락모락 피어오르는 가습기 수증기, 시끄럽게 쾅쾅 울려대는 TV. 그런데도 방 안은 액자 속에 갇힌 정물화 같았다. 뭔가 빠져 구도가 잘 맞지 않은 그림처럼.

 그녀에게 전화라도 해 볼까 싶어 몸을 일으키는데 휴대폰이 울렸다. 이심전심인가 보다, 라고 낮게 킥킥대며 휴대폰을 집어 들었는데 웬 걸. 화면에 수빈, 하고 떴다.

 받을까 말까 한참을 고민하다가 휴대폰을 귀에 갖다댔다.

"바쁘니?"

"아니, 욕실에 있었어."

"어디야?"

"그냥 있어."

"둘이 같이 있니?"

"아니, 왜?"

"할아버지가 왔다 가라 하신다."

"지원이도 없는데?"

"혼자라도 와. 할아버지 되게 궁금해 하시는 눈치야."

"오늘 좀 그렇구 담에 같이 가 뵌다고 전해 줘. 좀 피곤하네."

"잠시만… 역정 내기 전에 빨랑 와. 민지원 찾아 함께 오라시는데 기다렸다 들어오면 같이 오던지."

잠시 뭐라고 얘기하는 소리가 들려오는가 싶더니 대뜸 할아버지 목소리가 모든 소리를 잠재웠다. 보나마나 비싸게 굴지 말고 당장 오라고 해, 라고 하셨을 것이다.

"지원인 오늘은 힘들겠구, 알았어 나라도 갈게."

어떻게든지 핑계를 대 보려고 했는데, 문득 은채가 머리를 스쳐갔다. 언제 한번 기회 봐서 은채 문제를 상의하려고 했는데 어쩌다 보니 자꾸 미뤄지고 있었더랬다. 전에 모텔 사건 뒤로는 은채와 나란히 미팅에 나가는 것조차 껄끄러워 굳이 은채가 필요 없는 자리엔 혼자 나가곤 했다. 그런데도 은채는 아직 집에서 나갈 생각을 하지 않고 있었다. 눈치가 없는 여자도 아니니 무슨 꿍꿍이가 있는 게 분명한데 그 속을 알 길이 없었다.

"그 아인 어쩌구 혼자야?"

서재 문을 열자마자 할아버지는 인사도 받지 않고 다짜고짜 그녀를 찾으신다.

"집에 내려갔어요."

"왜 한번 보자는데 자꾸 미뤄? 혹시 그 아이 절름발이더냐?"

"후후…."

뭐라고 대꾸 할 말이 없어 그냥 싱겁게 웃었는데, 할아버지는 그게 더 못마땅한지 혀를 쯧쯧 차댔다.

"눈들 많은데 언제까지 호텔에서 둘이 소꿉놀이 할 거야?"

할아버지는 어떤 사이냐고, 한번도 그렇게 묻지 않았다. 빌라에서 지낸다는 소리를 듣고는 얼굴은 보여 줘야지, 했다. 할아버지 귀에까지 들어간 여자는 그녀가 처음이었기 때문이었다.

"그러잖아도 생각 중입니다."

"뭐하는 집 딸내미냐?"

"어머님이 국밥집을 하신다더군요."

"국밥집? 흠흠, 형제는?"

할아버지는 조금 실망한 기색이었다. 여자는 다른 거 아무 것도 볼 거 없어, 그냥 예쁘고 살랑살랑 남자 비위만 잘 맞추면 돼, 세상에 반은 여잔데 어째 아직도 그 모양이야, 라고 했던 분치고는 조금 민감한 반응이었다.

"오빠 하나 있는데 벤처 회사 운영하는 모양입니다."

"모양? 잘 모른다는 소리냐?"

"예, 아직…."

"허허, 이때까지 얼굴만 보고 있었던 게냐?"

어이없다는 듯이 헛웃음을 토해낸 할아버지는 손에 쥐고 있던 나무그립을 꾹꾹 눌러댔다.

"담에 직접 들으세요."

"수빈이 말로는 좀 비리비리하다던데 아무 문젠 없겠지?"

"예?"

"우리 집에 들어오면 최소한 셋은 뽑아야 할 텐데 되겠냐고."

"아 네, 그 문제 걱정 안 하셔도 될 것 같은데요."

"암, 그것만 해 준다면 다른 거야 뭐. 돈 나고 사람 난 거 아니니."

대대로 손이 귀한 집안이라 할아버지 걱정은 한 가지밖에 없었다. 자식만 줄줄이 낳아주는 손자며느리에게는 간이라도 내어 줄 준비가 되어 있었다. 할아버지는 그녀의 조건을 놓고 더 이상 왈가왈부하지 않을 눈치여서 내심 안도했다.

"참, 할아버지두… 저기 상의드릴 말씀이 있는데요."

"날 받으려구?"

말은 하지 않아도 할아버지는 은근히 마음이 타는 모양이었다.

"아니, 그게 아니라 홍 팀장 문제로…."

"홍 팀장은 왜?"

"저두 그렇고 모두들 껄끄럽지 않겠어요?"

"흐음, 하긴… 그런데 한 입으로 두 말하기가 좀 그렇구나."

"누나더러 말해 보라면 좋을 거 같은데, 어떠세요?"

"그럴까? 홍 팀장처럼 싹싹한 아가씨도 별루 없는데…."

할아버지는 흔쾌히 승낙을 하더니 홍 팀장을 내보내는 게 서운한지 입맛을 쩝쩝 다셨다. 일부일처제가 못마땅하다는 듯이 들렸다.

"길이 안 막혀 다행이야."

현빈은 뻥 뚫린 도로를 바라보며 혼자 지껄였다. 지옥도 이젠 끝났다고 생각하니 절로 입이 벌어졌다.

그녀가 올라온다니 할아버지는 자고 가라는 소리 없이 빨리 가보라고 하였다. 더구나 막 방문을 열고 나오는데, 은채가 현관문을 열고 들어섰다. 할아버지가 붙잡았더라도 더 있지도 못할 형편이었다. 누나에게 일임을 했으니 두 사람이 콩을 볶아 먹든 팥을 삶아 먹든 알아서 할 일이었다.

"언제 차 영업하는 친구 있다 했지?"

"예."

"언제 한번 데려오지."

곁을 스치는 공항버스를 보고 있으려니 지금쯤 택시나 버스를 타고 있을 그녀가 떠올랐다. 차를 보낸다 하니 오빠와 함께 가면 된다며 그녀는 완강하게 거절했다. 이번엔 그녀가 싫다 해도 억지로라도 떠안겨 줄 것이다. 다른 여자들은 선물을 받지 못해 안달인데 그녀는 주는 선물도 내치기 바빴다.

그녀는 벗겨도 벗겨도 끝이 없는 양파 같은 여자였다.

"수고했어, 바로 퇴근하지. …헛!"

문을 열어주는 기사에게 건성으로 말을 건네는데 대뜸 눈

안으로 헤드라이트 불빛이 파고들어 고개를 돌려보니 시커먼 밴 한 대가 들어왔다. 대수롭잖게 생각하고 서둘러 서너 발짝을 떼었을까. 지원아, 잠깐만, 하는 소리에 그만 발이 얼어붙고 말았다. 모자를 깊게 눌러쓴 남자가 그녀의 어깨를 돌려세우고 있었다. 자세히 보니 그 남자는 나우였다.

분명 그녀는 오빠와 함께 올라온다고 했다. 그럼 나우는?

누군가 인사를 건네는 소리에 겨우 정신을 추스르고 로비 안으로 들어가 한쪽 구석에 몸을 숨겼다. 그리고 숨소리까지 죽이며 두 사람을 지켜보았다. 마치 흥신소 직원처럼.

사람들 시선을 의식한 탓인지 밴에 바짝 들러붙어 소곤대듯 말을 주고받았다.

얼마쯤 사람들의 눈치를 살피며 몰래 지켜보고 있었을까. 그녀가 로비 안으로 들어서고 있었다. 현빈은 얼른 등을 돌리고 그녀가 지나가기를 기다렸다가 어느 정도 간격을 두고 따라 걸었다.

"민지원?"

우연인 척, 막 엘리베이터 안으로 들어서려는 그녀를 불러 세웠다. 그러자 그녀가 소스라치듯 발을 멈추더니 잠시 그대로 있다가 고개를 돌렸다.

"어머? 어디 갔다 오는 거예요?"

애써 흔연스레 말을 건네고는 있지만 얼굴은 잔뜩 굳은 채다.

"어, 할아버지 뵙고 오는 길이야."

"밥은 먹었구?"

"응, 근데 오빠는 바로 갔어?"

"어? 으응, 그냥 혼자 왔어. 오빠한테 아직 말 못했거든. 오빠 알면 벼락 떨어질걸? 내 입장 알잖아. 현빈 씨가 울 오빠다 생각해 봐, 나 같은 애 그만 보고만 있겠어?"

그녀는 안절부절못하고 말을 씹었다. 쓸데없는 말까지 잔뜩 늘어놓고 있는 그녀 얼굴이 몹시 불안해 보여 의심만 늘어났다.

"그럼 첨부터 혼자 온다고 했으면 마중 나갔을 거 아냐."

"그냥, 간만에 쉬는 사람 방해하고 싶지 않아서…. 화났어?"

왜 그녀는 나우를 꽁꽁 숨기는 걸까? 남자와 여자가 친구가 될 수 있을까? 나우는 친구일 뿐이야, 라고 했던 그녀의 말조차 의심스러웠다. 그냥 어쩌다 보니 나우도 함께 내려갔어, 라는 기다렸던 소리는 끝내 듣지 못할 것 같아 심란하기 이를 데 없었다.

"아니…."

"오빠, 그만 화 풀고 우리 칵테일 마시러 가자. 내가 쏜다구 으응?"

싸늘한 분위기가 버거웠는지 그녀가 팔을 흔들어대며 온갖 애교를 부렸다. 하지만 그녀의 말이 제대로 들어오지도 않아 멍하게 엘리베이터 너머를 바라보고 있는데, 눈앞을 뭔가가 스쳐갔다. 새까만 어둠을 가로지른 하얀 눈발이 바람결에 솜사탕처럼 휘휘 감겨들었다.

"와아, 눈이다. 오빠 술은 담에 마시고 눈 구경하러 가."

홀린 듯 창밖을 쳐다보고 있던 그녀가 탄성을 내지르며 팔을 잡아끌었다.

"어디로? 밖에 나가자구?"

무턱대고 엘리베이터 버튼을 바꿔 누른 그녀를 어처구니없다는 듯이 지켜보고 있다가 혼잣말처럼 물었다.

하염없이 밖을 내다보고 있던 그녀는 눈조차 돌리지 않고 고개를 끄덕였다. 푸우, 현빈은 길게 한숨을 내쉬며 그녀를 달랬다.

"꼭 나가야 맛이야? 그냥 안에 들어가 감상해. 잘못하다간 감기 들어."

"잠깐만 나갔다 오자. …소원이야."

팔을 수선스레 잡아끌던 그녀가 갑자기 손을 멈춘 채 간절한 눈빛을 던졌다. 눈 오는 밤을 허투른 흘려보낼 수는 없다는 듯이. 앞으로 눈 오는 날이 허다하게 많을 텐데 왜일까. 현빈은 설레, 고개를 내저었다.

"애가 따로 없네."

그녀에게 끌려오다시피 해 다다른 곳은 별관 뒤뜰이었다.

동그랗게 몸을 말고 앉아 눈으로 장난을 쳐대는 그녀를 내려다보고 있다가 현빈은 고개를 갸웃했다. 다른 곳보다 유달리 별관 뒤뜰을 좋아하는 그녀가 늘 아연했다.

봄엔 뜰 가득 피어나는 목련이라도 있다지만 지금은 찬바람이 쌩쌩 몰아치는 메마른 겨울이었다.

그녀는 뭐에 사로잡힌 걸까.

내친김에 한번 물어보자 싶어 그녀 뒤로 바짝 다가가 구부정히 허리를 굽히고 입을 뗐다. 그 순간.

"으앗!"

그녀는 기다렸다는 듯이 기척이 느껴지자마자 여지없이 눈덩이를 얼굴에 박아 버리고 얼른 떨어져 나갔다.

"앗싸, 스트라이크!"

무방비 상태로 당하고 말았다. 벌러덩 나자빠지자 저 혼자 신이 난 그녀는 주먹 쥔 손을 힘껏 아래로 내려뜨리며 까르르 웃어 젖혔다.

"…어라? 좋았어… 받아랏!"

한껏 구겨진 얼굴로 엉덩이를 떨고 일어나서는, 주섬주섬 눈을 다져 잠깐 한눈을 팔고 있는 그녀를 향해 냅다 눈덩이를 날렸다.

"어어? 힘없는 여잘 폭행한대요."

가까스로 눈덩이를 피한 그녀가 엄지손가락을 볼에 가져다 댄 채 촐싹맞게 흔들어대며 저 멀리 달아났다.

"약 오르지롱!"

목소리까지 돋워 놀려대는 그녀가 숨이 차는지 잠시 헉헉댔다. 현빈은 표범처럼 달려들어 와락 그녀를 끌어안았다.

"한번 당해 보시라 야아앗!"

그녀를 한 팔로 가둔 채 씩, 사악한 웃음을 흘리며 미리 준비한 눈덩이를 그녀의 뒷덜미께에 쑤셔 넣고는 도망쳤다.

"앗 차거. 비겁해!"

소스라친 그녀는 연신 폴짝폴짝 뛰며 눈을 털어내느라 정신을 차리지 못했다. 그러면서도 이편을 무섭게 쬐려보며 혼자 씨부렁댔다.

"반칙한 사람이 되려 큰소린?"

보복이 두려워, 현빈은 조심조심 다가가 그녀를 도와 눈을 털어냈다.

"저리가, 반칙왕이랑은 말도 하기 싫어."

손등을 아프게 내리친 그녀가 홱 몸을 틀며 투덜댔다. 현빈은 눈을 뭉칠 태세를 취하며 너스레를 떨었다.

"정말? 자 봐봐. 널려 있는 게 다 눈인데도?"

"쳇!"

"삐쳤어?"

"우이씨! 말 시키지 마 뚜껑 열리기 일보직전이야."

"별 것도 아닌 것 같구 삐치긴."

"흥!"

"애인님, 그러지 말구 화 풀어라. …내가 눈사람 만들어 줄까?"

"정말? 말 바꾸기 없기야."

사탕발림에 여지없이 넘어간 그녀는 언제 그랬냐는 듯이 팔짱까지 끼며 배시시 웃었다.

"남아일언중천금이라 했거늘, 허엄!"

현빈은 팔까지 걷어붙이고 시린 손을 후후 불어가며 눈덩이를 불려 나갔다. 곁에 쭈그려 앉아 지켜보던 그녀가 도우려고 팔을 내뻗었다. 현빈은 그녀를 멀리 떨어뜨려 놓고 다시 앉아 부지런히 눈을 굴렸다.

손이 꽁꽁 얼어붙을 즈음, 눈사람이 모양을 갖춰가기 시작했다.

"애인님 뭐해? 눈 만지지 말랬지 등 돌리고 딴 짓 하랬어?"

문득 고개를 들자 그녀가 등을 돌린 채 버려진 막대기로 땅에 무언가를 그리고 있었다. 현빈은 얼른 새끼손가락에서 반지를 빼내 눈덩이 속에 쑤셔 넣고 그녀를 불렀다. 아까, 서재문을 막 나서려는데 할아버지가 뭔가를 건네줬다. 내려보니, 언제 한 번 본 적이 있는 반지였다. 부모님 유품이라면 누나가 전부 가지고 있는 줄 알았는데 커플링은 할아버지가 지니고 있었나 보았다.

"뭐라구 했어요?"

"짠, 저 녀석이 하고 싶은 말이 있대."

"어라? 욘석 오묘한데? 혹부리 눈사람?"

그녀가 한쪽만 불뚝 솟아오른 얼굴을 매만지며 우스꽝스럽다는 듯이 입술을 삐죽였다. 딴엔 하트꼴의 눈덩이를 찔러 넣으려고 무던히도 애를 썼는데, 그녀 눈에는 추상적인 오브제처럼 보이는 모양이었다.

현빈은 조금 의기소침한 얼굴로 그녀의 등에 대고 말했다.

"… 사랑한다."

이렇게 멋대가리 없이 프러포즈할 생각은 없었다. 작은 이벤트라고 준비해, 지금껏 갈고 닦은 색소폰 연주로 프러포즈를 할 작정이었는데, 느닷없는 자식이 나타나 계획을 망가뜨려 놓고 말았다. 그녀는 나우를 그냥 친구라고 둘러대지만 그게 다는 아니란 걸 누구보다 더 잘 안다. 만약 나우와 그저 그런 친구였더라면 그녀는 혼자 왔다는 거짓말은 하지 않았을 것이다. 사랑을 시작하면 오감이 예민해진다더니 틀린 말은 아닌 모양이었다.

"?"

그녀가 두 눈을 동그랗게 뜨고 소리 없이 물었다.

"머리에 달라붙은 눈 파내 봐."

"… 나 무지 행복해."

그녀가 한참 만에 돌아와 으스러져라 허리를 끌어안았다. 그녀는 잠시 죽은 듯 안겨 있다가 슬며시 반지를 끼워 보더니 도로 빼내 주머니 속에 집어넣고는 말없이 눈을 맞췄다.

"왜? 맘에 안 들어. 돌아가신 어머니 유품이야. 좀 구식이긴 해도 다시 세팅하면 흉하진 않을 거야. 낼 함께 가서 맞추자."

"…."

그녀가 희미하게 웃으며 목을 꼬옥 끌어안았다. 행복에 겨운 걸까.

현빈은 그녀를 답삭 들어올려 크게 한 바퀴 원을 그리며 소리쳤다.

"사랑한다!"

Story 19
악마의 속삭임

 나경에게 덜 부대낀 이유를 지금에서야 알았다. 마주 서 있는 남자 때문이었다. 그날, 그녀의 흑기사로 나이트 클럽에 갔다가 우연히 만난 아델 대표 백시후였다.
 알고 보니 언제 엄마 강요에 못 이겨 선을 본 남자란다. 재수 없게 굴어 튕겼다는데 그렇게 보이지는 않는다. 서글서글한 얼굴에 유쾌하게 잘 웃는다. 그렇다고 경박해 보일 정도는 아니다. 어쨌든 나경이 핑크빛 스캔들을 만드는 거야 두 손 두 발 들어 환영할 일이지만 하필 상대가 지원과 복잡하게 얽힌 인물이라니, 마음이 가볍지만은 않았다. 그래서였을까. 나경도 조금 골치가 아프다는 눈치다.
 "최 사장이랑 민도 왔으면 좋았을걸."
 지나치는 듯한 시후의 말에 나경이 뜨끔한 얼굴로 술 잔을 내려놓고는 이편을 쳐다본다. 더 이상 숨기기 난처해 죽겠다는 무언의 항의였다.

"다, 담에 한번 자리 만들죠 뭐."

나경이 전에 없이 말을 씹더니 와인 잔을 들어 올리고는 어색하게 웃었다.

"하긴 둘이 깨 볶기 바빠 시간도 없겠다."

시후가 픽 웃으며 잔을 들어올리는데, 눈빛이 조금 묘했다. 혼자만의 착각일까. 빙글빙글 웃는 눈빛에서 뭔가를 떠보는 듯한 느낌이 전해져 왔다.

"우리 건배하죠, 민주 씨 만난 기념으로다."

강민주가 차차 클럽 멤버라는 사실은 금시초문이었다. 클럽 모임에 얼굴을 내민 적도 거의 없었을 뿐더러 민주도 그다지 자주 나오는 편이 아니라 하니 어쩌면 당연한 일일지도 모르겠다. 어쨌든 가시방석이 따로 없다.

"위하여!"

언제 그랬냐는 듯 나경이 활짝 웃으며 잔을 높게 치켜들자 시후와 민주도 서로 쨍, 잔을 부딪쳤다.

"나우 씨 2집 대박 나길!"

민주가 상큼한 미소를 던지며 잔을 부딪쳐 왔다. 나우는 할 말이 빈곤해 그저 어색하게 잔을 들어 올렸다.

"민주 씨 우리 나우 마케팅 알바 할 생각 없어? 특일급 대우 보장할 수 있는데."

나경이 이때를 놓칠세라 불쑥 끼어들었다.

"아니, 민주 씨 덕 좀 보자 이거지. 좋은 자리에 있을 때 팍팍 좀 밀어줘."

"이제 막 수습딱지 떼고 걸음마 하는 제가 도움이나 되겠어요?"

"꼭 프로 따내 줘야 도움 되나 뭐? 그냥 미팅 때 피디들 앞에서…."

"그만 해. 왜 부담 팍팍 주고 난리야? 민주 씨 미안해요."

"아니에요, 그 정도야 당연한 거죠."

"당연?"

"후후, 제가 나우 씨 왕팬이잖요. 팬 카페에도 가입했는걸요?"

"그래? 아디가 뭔데?"

"이나경, 그만하랬다."

"얘 봐, 왜 눈은 부라리고 난리야? 무섭게시리."

"왕마담, 이럴 땐 토끼는 게 수야, 저기서 아까부터 불러."

가만 지켜보고만 있던 시후가 나경의 팔을 잡아끌며 발을 옮겼다.

"놔 봐요. 민주 씨 카페 운영자로 등업시켜야 한다구, 먼저 가요."

"거 참, 머리는 장식으로 달고 다니나, 둘이 있고 싶대잖아."

"그래? 그런 거야?"

나경은 질질 끌려가면서도 어느 개그맨 흉내를 내며 의미심장한 윙크를 날렸다.

"어휴, 무슨 오지랖도 이리도 넓을까."

"능력껏 잘 구워 보셔."

"너 정말…."

이상하게 되어 버린 분위기가 못마땅해 주먹을 들어 보였다. 순간 아차 싶어 고개를 돌리니, 민주가 발그레 달아오른 얼굴로 웃고 있다.

"너 꼭 민주 씨 아이디 알아 놔."

두 사람이 다른 팀으로 섞이고 얼마쯤 어색한 분위기로 샴페인만 홀짝이고 있었을까. 반쯤 비운 샴페인 잔을 테이블로 내려둔 민주가 가볍게 헛기침을 하고는 말했다.

"우리 산책이나 할까요? 공기도 후텁지근하고 좀 답답하네요."

"그러죠."

"콘서트는 안 하세요?"

발코니 벤치에 앉은 나뭇잎을 치워내던 민주가 먼저 입을 열었다. 그러고 보니 건물 한 바퀴 가까이를 돌면서 서로 한마디도 없었던 것 같다. 예의가 아닌 것 같아 조금 미안한 마음이 들었다.

"지금 준비 중이에요."

"아, 네."

그리고 다시 침묵이 이어졌다.

"안 추워요?"

도리어 침묵이 어색해 뭐 할 말 없나, 대화거리를 찾고 있는데 잔뜩 움츠린 민주 어깨가 보여 건성으로 물었다. 민주는 얇은 원피스 차림 그대로 밖으로 나온 모양이다.

"좀…."

나우는 재킷을 벗어 민주 어깨에 둘러주고는 자리에서 일어났다.

"아니 됐어요."

담뱃갑을 빼내려는데, 민주가 따라 일어나며 어깨에서 재킷을 걷어내려 했다.

"그냥 입고 있어요, 추워 보여요."

난간에 팔을 얹고 담배 연기를 품어내는데, 등 뒤에서 기척이 느껴져 고개를 돌려보니 민주가 바로 등 뒤에서 하늘을 올려다보고 있었다.

"서울 하늘은 진짜 별 볼일 없어, 그쵸?"

"그러네요."

아무렇잖게 하는 민주의 농담이 단박에 분위기를 바꿔 놓았다. 민주의 까만 비즈 이어링이 바람결에 찰랑거렸다. 길게 늘어뜨린 머리와 잘 어울린다.

"하늘 보는 거 좋아해요?"

"홋! 그게 내 전공이었죠."

"네? 전공이 천문학?"

"전공은 아닌데 전공이 돼 버렸어요."

뉴욕에 있는 그녀가 생각날 때마다 하늘을 올려다보았고 지금은 닭 쫓던 개 지붕 쳐다보는 격이 되고 말았으니 하늘 보는 시간이 늘어날 수밖에 없다.

지금 그녀는 뭘 하고 있을까. 시후 말대로 그 자식과 알콩달콩 사랑을 속삭이고 있겠지.

"무슨 말인지 하나두 모르겠네."

민주는 새촘한 얼굴로 지껄이더니 이내 별은 없어도 달빛 하난 대빵 좋다, 하며 활짝 웃는다.

"우리 나갈까요?"

갑자기 울화통이 터져 뭐라고 해야지, 가만히 손 놓고 있었다간 지레 돌아 버릴 거 같았을까. 계획에도 없었던 말이 툭 튀어나오고 말았다.

"네? 둘만요?"

"싫어요?"

"싫긴요."

차 두 대로 움직이려니 번잡스러워 밴은 주차장에 두고 민주 차를 타고 나왔다. 키를 주라고 했더니 민주는 술 마셨지 않느냐며 자기가 운전석에 앉았다. 이제 보니 괜찮은 구석도 많은 여자다. 세상의 반은 여잔데 왜 여태 한 여자밖에 품지 못했는지 스스로가 원망스러울 따름이다. 멍하게 창밖을 바라보며 속으로 쓸쓸하게 웃고 있는데, 눈앞으로 꽃집이 스쳐 갔다. 문득 꽃은 뭐하려고, 차라리 먹을 거나 사오지, 탐탁찮아 하던 그녀가 떠올라 나우는 혼잣말처럼 물었다.

"민주 씨 꽃 좋아해요?"

여자들은 꽃 선물을 달가워하지 않는 걸까 문득 그것이 궁금했다.

"꽃 싫어하는 여자두 있어요?"

"남자한테 꽃 선물 받으면 어때요?"

"뭐, 기다린 상대라면 은근히 기분 째지죠."

깔끔하게 교통정리를 하는 민주의 말에 맥이 풀렸다. 민주 정의대로라면 그녀는 단 한 번도 기다린 적이 없다는 말이 된다.

"꽃 사줄까요? 무슨 꽃 좋아해요?"

"정말요?"

민주가 반색을 하며 속도를 늦춘다. 은근히 기다리고 있었다는 표현을 민주는 달뜬 목소리로 대신했다. 이젠 삽질을 그만둬야 할까? 그녀가 다시 돌아와도 꽃 선물을 달가워하지 않을 듯해 가슴이 싸하니 아려왔다.

"얼마예요?"

"네 만 오천 원인데요. 박스 포장해 드릴까요?"

"아니, 그냥…."

손질도 덜 된 꽃을 덥석 안아드는 민주를 보고 쓸쓸히 웃고 있는데 휴대폰이 울렸다. 말도 없이 사라져 궁금해 하는 나경 전화일 거라 생각하며 플립을 열었는데, 예기치도 않았던 이름이 확 시야를 메웠다.

미련 곰탱이.

민주가 코에 꽃을 들이미는데도 코감기에 걸린 사람처럼 꽃향기가 전혀 느껴지지 않았다. 문득 불길한 예감이 스쳤다. 그녀는 세르데냐에 들어간 뒤로는 안부전화를 하지 않았다. 더구나 지금은 8시가 넘어가고 있었다.

"나우야, 나 무서워."

"왜? 무슨 일이야? 어디야?"

느닷없는 소리에 입에서 두서없는 말이 와르르 쏟아져 나왔다.

"여기 현장인데 문이 잠겼어."

그녀는 애써 덤덤하게 말을 하고 있었으나 가늘게 떨리는 목소리는 완벽하게 숨기지 못했다. 서울로 들어오기 직전 저스틴에게 나흘 동안 붙잡혀 있었던 탓일까. 그녀는 그 뒤로 밀실공포증에 시달렸다. 잠을 잘 때도 방문을 빼꼼이 열어두어야 안심을 하곤 했다.

혹시 오늘도 저스틴 짓일까, 싶어 심장이 벌렁댔다. 그러면서 애인이라는 작자가 못내 원망스러웠다. 한번 불미스러운 일이 있었으면 보디가드를 붙이던가 그게 마땅찮으면 스스로 잘 지킬 일이지 왜 남 데이트를 망치고 난리야? 갑자기 그 자식 면상을 확 갈겨주고 싶었다.

"문이 잠겨?"

"으응, 이어폰을 끼고 있어 소리를 듣지 못했나 봐."

"그 자식은?"

"저녁 약속 있다 했는데 핸드폰이 꺼져 있어서….."

"알았어, 기다려."

"불까지 꺼졌어."

"미안한데 차 좀 빌려요."

"네?"

꽃다발을 빙글빙글 돌리고 있던 민주는 갑작스런 소리가 이해가 되지 않는다는 듯이 눈이 동그랗게 치떴다.

"급한 일이 있어서."

설명할 시간조차 아까워 민주를 길가에 버려두고 차를 향해 뛰어가며 소리쳤다. 캄캄한 바닥에 쭈그리고 앉아 있을 그녀가 떠올라 마음이 조급했다.

"무슨 일인데요? …나우 씨? 이봐요?"

한 번도 기다려 본 적이 없는 여자 때문에 늘 곁에 있을지도 모를 여자를 떨어뜨려 버리다니. 경주라도 벌이듯 차를 몰아가는 내내 혼자 미친놈처럼 웃어 젖혔다.

그 영문 모를 웃음은 그녀가 일러준 현장 앞까지 오는 동안 그치지 않고 터져, 종내는 목까지 따끔거릴 지경이었다.

그러자 전화기 저편의 그녀가 웃음이 나오니, 하고 어이없다는 듯이 말했다.

"어떻게 확인도 안 하고 문을 잠급니까?"

현장 앞에 차를 세우고 헐레벌떡 뛰어가 보니 현관문까지 잠긴 상태였다. 데스크에 전화를 걸고, 그녀를 안심시키고 숨을 고르고 있자 경비 차림의 사내 둘이 달려왔다.

"죄송합니다. 늘 확인을 하는데 오늘은…."

땅딸막한 경비가 문을 여는 동안 책임자인 듯한 경비가 뒤통수를 긁적이며 말끝을 흐렸다.

"오늘은 뭐요?"

화가 치밀어, 나우는 팩 쏘아붙였다.

"아무도 없다는 홍 팀장 말에…."

"홍 팀장?"

"아, 빌라 담당 팀장인데 볼 일이 있어 들렀다면서 자기 나가면 잠가도 된다고 하더라구요. 그리고 늘 7시면 다들 퇴근하는 거 같아서 그만, 죄송합니다."

"됐어요."

"오늘 마가 끼었나, 되는 일이 없네…."

홀로 통하는 계단을 오르는 내내 그 경비는 겸연쩍은 얼굴로 혼자 주절댔다.

"괜찮아?"

경비에게 불부터 켜라고 시키고 문을 열고 들어가자 그녀가 잔뜩 몸을 웅크리고 있다가 고개를 들었다. 그리고 이제야 안도했다는 얼굴이 길게 숨을 내쉬었다.

"데이트 방해해서 미안해."

그녀가 애써 미소를 머금고 말했다.

"그건 어떻게?"

"어렴풋이 여자 목소리 들리더라."

"아냐, 넘겨짚지 마. 나경이야."

으응, 차에서 만난 여자, 하려다가 부러 말을 잘랐다. 부아를 가누기 힘들었다. 난 너만 보고 있는데, 넌 딴 놈한테 눈멀어 있지?

이렇게 항변을 하고 싶었는지도.

"나경이한테 또 깨졌겠네? 미안하다."

"알면 곰팅이 짓 좀 작작해라. 뭘 하고 있었는데 문 잠그는 소리도 못 들어?"

"니 노래 듣고 있어서. 느낌 좋더라, 반응 괜찮지?"

멀어져 가던 마음이 그녀의 한마디에 자석에 이끌리듯 슬금슬금 뒷걸음질치고 있다. 이렇게 그녀가 미웠던 적도 없었던 것 같다.

"그딴 거 관심 없어."

"잘해, 대박 났으면 좋겠다."

"대박나면 뭐하게, 쓸 데도 없는 걸. …아니 대박은 필수일 테니 적금통장부터 만들어야겠다."

너 돌아오면 슈거도넛도 사주고, 싫다는 꽃도 매일 떠안겨야 하니까. 나우는 입 안에 맴도는 말을 아프게 삼켰다. 그녀의 얼굴이 조금씩 풀려 가는 것을 보며. 그때 등 뒤로 새된 목소리가 꽂혔다. 돌아보니, 갈겨주고 싶었던 그 자식이 하얗게 질린 얼굴로 헐레벌떡 뛰어 들어왔다.

"어떻게 된 일이야?"

허겁지겁 몇 발짝 떼던 자식이 잠시 주춤대더니 이내 아무렇잖게 다가와 내려앉았다.

"이젠 괜찮아요."

"근데…."

그녀를 살펴보던 자식이 이번엔 둘을 번갈아 보며 자초지종을 설명하라는 눈빛을 던졌다. 왠지 탐탁찮아 하는 기색이 역력했다. 하긴 나이트에서 몸싸움까지 벌였는데 아무렇지도 않다면 그게 더 이상할 일이다. 더구나 나경이 은근히 비위를 건드리기까지 했으니까. 그녀가 뒤에 어떻게 설명을 했는지 몰라도 신경이 쓰이지 않는다면 그건 거짓말일 것이다.

"핸드폰 꺼져 있어서 내가 와 달라고 했어."

"그래? 어쨌든 다행이다. 그때 미안하다는 말도 못했는데 술이나 하죠."

"아뇨, 전 바빠서 이만. 지원이 잘 지켜요. 눈뜨고 도둑맞지 말고."

"나우야?"

그녀를 도자기라도 다루듯하는 자식을 눈뜨고 볼 수 없어 벌떡 일어나 등을 돌렸다. 그런데 생각지도 못한 말이 튀어나왔다. 마음 속 악마는 눈뜨고 도둑맞을 날이 하루라도 빨리 오길 고대하고 있었던 거였다.

Story 20
Gloomy Sunday.

 그날 이후로 지원은 눈을 뜨자마자 창 커튼을 젖히고 눈사람부터 확인한다. 그러면서 해 없는 우중충한 날이 이어지길 바라고 또 바랐다. 눈사람이 녹아 버리면 모든 게 끝장날 것 같은 불안감이 온몸을 옥죄여 오는 듯했기 때문이다.

 그날, 점점 모습을 갖춰 가는 눈사람을 보고 있자니 문득 눈물이 나오려 해 얼른 일어나 등을 돌리고 먼 산을 올려다보았다.

 당신 맘에 녹지 않는 눈사람으로 남고 싶다면 나쁜 계집애라고 하겠지? 그런데도 자꾸 몹쓸 욕심이 생겨나.

 나두 사랑해요. 이말 해 주고 싶은데, 입술이 부르틀 때까지 해 주고 싶은데 자격이 없어.

 훔친 거라도 되는 양, 몰래 반지를 끼워 보다가 눈물이 앞을 가려 그를 껴안고 말았다.

 어쩌자고 추억의 더께는 무섭게 불어나는 것일까.

"오빠… 잠깐만 아휴, 술 냄새… 아앗!"

진한 한숨을 내쉬고 있는데 부수기라도 하듯 시끄럽게 방문이 열리고 그가 들어섰다. 그리고 와락 끌어안더니 막무가내로 침실로 몰아넣었다. 지원은 깜짝 놀라 그에게 벗어나려 버둥거리다가 그만 중심을 잃고 침대로 나자빠졌다.

"왜 이러는데… 아프단 말야."

정신없이 옷을 벗겨내는 그의 난폭한 손끝에 지원은 인상을 찌푸리며 아픈 신음을 흘렸다. 하지만 항의도 묵살하고 냅다 치마를 들춰 올려 팬티를 벗겨 내렸다.

"으읍!"

두 발로 바지를 미끄러뜨린 그가 몸을 짓누르며 입술을 막았다. 순간 술 냄새가 후욱 끼쳐 왔다. 지원은 마구 도리질을 쳐대며 그의 어깨를 밀쳐냈다.

하지만 그는 양 팔꿈치로 머리를 옴짝달싹 못하게 가두고는 혀를 깊숙이 밀어 넣었다.

아프게 휘감아오는 혀를 배겨내지 못하고, 지원은 별 수 없이 그의 어깨를 내리찍으며 발을 버둥거렸다. 그악스런 몸부림에 그가 고개를 조금 들어 올리며 몸을 떨어뜨렸다.

지원은 그제야 가쁜 숨을 내몰아 쉬고는 얼떨떨한 얼굴로 그를 올려다보았다. 혼을 빼앗긴 듯한 탁한 눈동자와 불콰한 얼굴. 시후와 술 한잔하고 온다더니 말다툼이라도 난 걸까. 생경한 그의 모습에 왈칵 두려움이 몰려들었다.

그것도 잠시, 허벅다리 깊숙한 곳에서 칼날 같은 그의 손끝이 느껴졌다. 지원은 허리를 뒤채며 짧게 신음을 내뱉었다. 애무하는 게 아니라 마치 갈가리 찢어발기는 듯했다. 아릿한 통증에 지원은 정신마저 혼미해져 갔다.

우뚝 불거져 나온 그의 목울대가 또렷이 들어오자 지원은 얼결에 그를 불렀다. 술기운과 흥분으로 그의 몸은 데일 듯 뜨거웠다.

"오빠, 오빠 … 그냥은 안 돼."

그는 마치 먹잇감을 앞에 둔 맹수처럼 달려들었다. 지원은 애걸하듯 연거푸 불렀다. 하지만 소용없었다.

밭은 항의에도 아랑곳없이 무섭게 달아오른 남성이 예리한 송곳처럼 파고들자 지원은 필사적으로 몸을 뒤채며 새된 소리를 내질렀다. 둘 다 무방비상태였다.

"안 된다구!"

지원은 가능한 한 한껏 엉덩이를 내빼며 그를 떨어뜨려 내려 안간힘을 써댔다.

하지만 몸부림을 유혹의 신호로 받아들이는 듯 그의 허리가 거칠게 리듬을 타기 시작한다.

안 돼, 힘없이 되뇌어 보지만 어느 순간 비웃기라도 하듯 고개가 꺾어지며 엉덩이가 들썩거렸다. 유감스럽게도 몸은 이미 달뜬 반응을 내보였다. 속수무책으로 젖어들고 있다.

어느새 양다리가 그의 엉덩이를 받쳐 안고 호흡을 맞춰 나갔다.

 마른 신음을 토해낸 그가 허리를 끌어안아 일으켜 앉혔다. 민감한 반응을 즐기고 싶다는 은밀한 신호였다.

 지원은 그의 목에 팔을 두르고 바짝 매달렸다. 입안을 샅샅이 헤매어 돌던 혀끝이 가슴 골로 미끄러져 내렸다. 지원은 폐부 깊이 숨을 들이마시며 한껏 가슴을 내밀었다. 그의 입술이 닿자마자 돌기가 화륵 피어났다.

 가슴을 가볍게 물어뜯는 알알한 통증과 묵직한 차오름. 터져 버릴 듯 달궈진 그가 느껴지자 입에서 비명 같은 신음이 흘러나왔다.

 그가 잠시 몸을 멈춘 사이에도 지원은 거의 본능적으로 엉덩이를 들썩여댔다. 엉덩이를 움켜쥔 그의 손에 땀이 배기 시작했다.

 들쩍지근한 땀 냄새와 그만의 냄새. 지독히도 자극적이다. 미끈거리는 그의 어깨를 틀어쥐며 밭은 숨을 내쉬는데 등줄기로 한 방울 땀이 또르르 흘러내렸다.

 매번 신경을 곤두서게 하는 탄탄한 어깨. 지원은 버릇처럼 그의 어깨에 이를 박으며 신음을 흘렸다.

 점점 격렬해지는 그의 몸놀림을 느끼며 지원은 아득한 끝으로 치달아가고 있었다. 발끝으로 줄달음치는 짜릿한 전율에 파르르 몸이 떨려왔다. 울부짖듯 신음을 토해 낸 그가 어깨에 얼굴을 묻고 천천히 잦아들었다.

따스한 충만감. 한번도 느껴보지 못한 야릇한 나른함이 찾아들자 머리까지 텅 비어 버렸다. 격렬하고 자극적인 섹스. 하지만 그의 취향은 아니다. 술 때문일까.

"애인님한텐 나쁘이지? 말해."

맥없이 무너진 몸 위로 올라탄 그가 숨을 고르며 짓씹듯 말했다.

아니 울분을 토하는 사람처럼 보인다. 찌를 듯 내려다보고 있는 그의 시선에 지원은 얼어붙었다.

그게 무슨 말이야, 하고 물으려고 벙긋 입을 열었지만 소리가 되어 나오지도 못한 채 도로 목구멍으로 넘어가고 말았다.

"언제면 나 민지원 공식적인 애인 되는 건데?"

"…증말 이상해. 정신 나간 사람 같아."

그를 밀쳐내려 한 손이 예기치도 못한 한마디 말에 스륵 떨어뜨렸다. 주정이라고 치부하기엔 너무 또렷하고 단호한 음성이었다. 초조한 기색이 역력하다.

아랫도리는 아직 그의 온기로 따뜻한데 피는 차갑게 식어가는 느낌이다.

"그래, 넌 날 미치게 해. 너 때문에 미쳐 버릴지도 모르겠어."

"샤워하고 올게."

"같이 해. 이젠 한순간도 떨어뜨려 놓지 않을 거야."

반쯤 일어나 앉자 그가 허리를 감싸 안아 자기 품으로 바짝 끌어당겼다.

"동물원 원숭이처럼 가두게? 유치찬란해."

지원은 슬며시 미간을 모은 채 어이가 없다는 듯이 투덜댔다.

"가둬야 한다면…."

정수리에 입술을 묻은 그가 한숨 섞인 소리를 토해 냈다. 비장한 목소리가 왠지 저주처럼 들려 지원은 가늘게 몸을 떨었다. 어깻죽지로 오소소 소름이 돋았다. 얼마나 버틸 수 있을까.

물이 반쯤 채워진 욕조에 허브 잎을 떨어뜨리고 막 발을 담그려는데 그가 따라 들어왔다. 하얗게 피어오르는 수증기 사이로 그의 맨 등이 보였다. 그가 부스 안으로 들어가고 쏴아, 물소리가 터지는가 싶더니 금세 다시 나왔다. 언제부터인가 그는 자주 나신으로 돌아다녔다.

그런데도 그 모습이 우스꽝스럽다거나 혐오스럽게 느껴지지 않았다.

청소기가 먼지를 빨아들이듯 그와의 모든 것은 순식간에, 그리고 자연스레 일어났다가 몸 어느 구석에 차곡차곡 쌓여가고 있었다.

어쩌면 당연한 일이었는지도 모르겠다. 그와는 퍼즐을 맞췄다 부쉈다 할 시간조차 아까웠으니까.

"졸리다."

그의 어깨에 뒷머리를 기대고 있는 시간이 하루 중 가장 행복하다. 너무 행복해 자주 두려워지곤 했다. 언제부턴가 물이 공포로 다가오지 않았다. 잠이 오지 않는 밤이면 그와 함께 수영도 곧잘 한다. 어느 것 하나 버리지 못하면서 부질없는 욕심은 꾸역꾸역 생겨난다.

"졸리면 자."

"자면 아침일 거 아냐."

"낼 쉬는데 늦게까지 자도 되잖아?"

"그것 좀 치워 줘."

그가 물 밖으로 팔을 빼더니 욕조 끄트머리에 올려둔 모래시계를 다시 뒤집어놓았다. 주르르 흘러내리는 모래를 보고 있자니 시간이 더 빨리 가는 것 같아 지원은 공연히 신경질을 부리고 말았다.

"피곤해? 왜 안하던 신경질을 부려? 노처녀 히스테린가?"

그가 흘러내린 머리를 쓸어 넘겨주며 우스갯소리처럼 말했다.

"아니, 종일 바빴는데 오빠까지 못되게 굴었잖아."

"내가 못되게 굴어? 못되게 구는 사람이 누군데?"

손끝으로 머릿속을 눌러주던 그가 손을 멈추며 볼멘소리를 했다.

"됐어, 그만 둬."

지원은 길게 드러누워 그의 가슴에 머리를 묻고 눈을 감았다.

"어어, 뭣 낀 놈이 어쩐다더니 딱 그짝이네?"

"미안해, 괜히 짜증스러워서…."

"누가 스트레스 줘?"

"오빠, 십 년이면 강산도 변한다는데 마음도 그럴까?"

약속을 지키기에는 이젠 너무 멀리와 버린 듯했다. 그의 온기도, 그의 목소리도, 하물며 늘 왼 뺨부터 면도칼을 가져다대는 그의 소소한 습관 하나도 잊을 수가 없을 것 같았다. 아니, 선택적 기억상실증에 걸리지 않고는 불가능할지도 모른다. 차라리 엄마와 오빠를 이해시키는 편이 더 쉽겠다는 허무맹랑한 마음이 왈칵 솟구쳤다.

허무맹랑한 마음, 누가 보아도 그렇게 보일 것이다.

다른 건 다 필요 없으니 방 한 칸 얻을 것만이라도 남겨 달라고 그의 할아버지 바지자락을 잡고 애걸했던 엄마, 그 옆에서 무릎 꿇고 앉아 아빠 대신 피눈물을 흘렸던 오빠를 이해시킬 수 있을까. 문득 입에서 앓는 듯한 소리가 터져 나왔다.

"정말 이상하네. 왜 그래?"

"도망치고 싶어 나."

"나한테서?"

"아니 오빠 데리구."

"헛! 이젠 잠꼬대까지 하셔. 자, 일어나."

그는 코웃음을 치고는 샤워기를 틀어 거품을 헹궈내 주었다. 그리고 자기 몸도 대충 헹궈 내고는 타월을 가져와 몸을 닦아 주었다. 지원은 그의 손에 몸을 맡긴 채 정말 잠이라도 든 것처럼 안겨 있었다.

"그렇게 졸려?"

등 뒤에서 바짝 허리를 껴안은 그가 은근한 목소리로 물어왔다. 어느새 잔뜩 발기한 그의 상징이 엉덩이를 찔렀다.

"으응."

지원은 졸려 죽겠다는 듯이 그에게서 떨어져 나왔다. 그러자 그가 냉큼 들러붙더니 완강한 손길로 자기 품안으로 끌어들였다.

아침, 마디마디 느껴지는 욱신거림에 눈살을 찌푸리며 지원은 게으르게 눈을 떴다.

손을 뻗어보니 옆자리가 휑뎅그렁하다. 조깅이라도 하러 간 걸까.

지원은 얼마쯤 뭉기적거리다 일어날 생각으로 다시 이불을 끌어올리고 동그랗게 몸을 말았다. 순간 아랫도리에 간밤 잔흔이 느껴져 앓는 소리가 비어져 나왔다.

지원은 길게 숨을 토해 내고는 다시 눈을 감았다. 아무 생각 없이 멍한 머리로 얼마쯤 있었을까. 굼뜨게 몸을 일으키려는데 어젯밤 일이 떠올랐다. 혹시? 무방비로 덮쳤던 그에게 생각이 미치자 걱정이 된다.

하지만 이내 고개를 내저었다.

한번인데 뭘….

지원은 걱정을 지우고 싶어 시트를 끌어올려 얼굴을 가렸다.

그때 휴대폰이 그악스레 울려댔다. 지원은 시트 밖으로 손을 내뻗어 더듬더듬 집어 들었다.

"아직 자니?"

"엉? …아니 일어났어."

시트를 들추고 앉아서야 저편의 목소리가 오빠라는 것을 알아차렸다. 그도 그럴 것이 집에서 올라온 뒤로는 서로 바빠 전화조차 없었다. 실은 일부로 전화를 하지 않았다는 게 옳다. 현실을 부정하고 싶었으니까.

"오늘 시간 있지?"

"응, 왜?"

"엄마 아버지 올라오신대."

"엉? 오늘?"

화들짝 놀라 휴대폰이 손에서 떨어져 나가려는 것을 겨우 다시 고쳐 잡았다.

"어, 어제 전화한다고 해 놓고는 깜빡했지 뭐냐, 놀라는 거 보니 엄마한테 아무 소리 못 들었나 보구나. 하긴 엄마도 이것저것 싸시느라고 정신도 없었겠다."

오빠는 이편의 반응은 관심도 없다는 듯이 혼자 주절대기 바빴다.

아버지 정기검진 받을 겸 한번 올라오시라고 했더니 단박에 그럴까 하시더라, 하는 오빠의 말을 들으면서 지원은 시트를 들추고 내려섰다.

"그래? 잘했네. 몇 시 차로 올라오신대?"

그리고 애써 아무렇지도 않게 입을 놀리며 창가로 다가가 커튼을 젖혀냈다. 납작 엎드린 시커먼 구름이 곧장 땅으로 쏟아져 내릴 듯하다. 마침 알람으로 맞춰 두었던 오디오가 켜졌다. 왜 하필 이 시디를 걸어놓았을까. 〈Gloomy Sunday〉의 멜로디가 물풀처럼 입 안을 떠돈다.

Sunday is gloomy

우울한 일요일

The hours are slumberless

내 시간은 헛되이 떠도네.

Dearest the shadows

I live with are numberless

벗 삼아 지낸 소중한 그림자들은 이제는 셀 수도 없이 많고.

"비행기로 오실 거야."

전에 없이 들뜬 목소리로 오빠는 말했다. 이제야 아들 노릇을 한다는 기색이 역력하다.

"집에 있을 거지?"

"어엉…?"

"아니, 번거롭게 둘 다 움직일 거 뭐 있어. 내가 두 분 모시고 집으로 갈 테니 준비하고 있어."

집, 이라는 소리에 화들짝 놀라 바로 대꾸를 하지 못하고 허둥대고 있는데 다행히도 오빠는 아무런 의심 없이 말을 이었다.
"오빠, 이따 잠깐 사무실에 나가 봐야 하거든? 거기서 봐."
얼른 거짓말을 만들어 붙이자 오빠는,
"요즘 바쁜가 보네? 휴일에도 나가는 거 보니? 알았어, 그쪽으로 갈게."
하고는 쫓기듯이 전화를 끊었다.

현 기사가 바쁜 일로 보자고 한다고 거짓말을 하고 호텔을 빠져나와 사무실에서 잠시 빈둥대고 있자니 오빠에게서 전화가 걸려왔다.
"어머? 웬 차야?"
후다닥 사무실에서 나와 아무 생각 없이 도로를 쳐다보고 있는데 발 앞으로 승용차 한 대가 멈춰 섰다. 오빠 차일 거라고는 생각도 못한 채 조금 비켜 서 다시 도로를 쳐다보고 있는데, 가까이에서 오빠 목소리가 들려와 눈을 돌리니 반쯤 내려진 조수석 문 안으로 오빠 얼굴이 들어왔다.
"으응, 좀 됐다. 여기저기 다녀야 하는데 번거로워서."
뒷좌석은 보지도 않고 다짜고짜 물었더니 오빠는 대수롭잖게 말을 받고는 벨트 차, 하고는 차를 출발시켰다.
병원에 도착해 접수창구로 가는 오빠 발걸음이 전에 없이 활기차 보였다. 그리고 계산을 하고 약 타고 있어, 하고는 차를 가지러 주차장으로 가는 오빠는 들어가기 전보다 열 배는 더 득의양양한 얼굴이다.

오래 앉아 있지도 못하고 고생스러워하던 아빠의 허리디스크가 많이 좋아졌다는 의사의 말도 그 이유였지만 실은 택시를 기다리며 힘들어하던 아빠를 보지 않아도 되는 게 더 기분이 좋은 모양이다. 여태 입을 다물고 못하고 있는 엄마야 말할 것도 없고.

"엄마, 먹고 싶은 거 없어? 아빠는?"

"글쎄다. 아침부터 설쳤더니 정신이 하나두 없어서 원. 밥은 나중이고 커피나 한잔 마셨으면 좋겠는데…."

"내가 빼올게, 아빠두 드실 거예요?"

"됐다, 난 화장실에나 다녀올란다."

"나두 같이 갑시다."

마침 출입구 한편에 자리한 자판기에는 줄 선 사람들이 보이지 않았다. 지원은 다른 사람이 차지할세라 종종걸음으로 가 동전을 집어넣었다.

잔을 빼내 왼손으로 옮기고, 다시 동전을 넣으려는데 등 뒤에서 기척이 느껴졌다. 줄을 서는 사람이겠지 싶어 서둘러 동전을 넣고 컵이 빠져나오길 기다리는데 예기치도 못했던 목소리가 들려왔다. 오빠? 순간 손에 컵을 들고 있다는 사실도 잊고 활딱 등으로 돌려보니 아닌 게 아니라 그였다.

"설마 했는데 설마가 사람 잡았네, 어떻게 된 일이야?"

그는 뛰어왔는지 조금 헐떡였다.

"어… 그게, 작은 사고가… 현 기사가 조금 다쳐서."

지원은 애써 떨리는 손을 추스르며 어렵사리 핑계를 만들어 냈다.

"그래? 많이 다쳤어? 어딜?"

"저기… 심하진 않구. 근데 오빤 어떻게?"

이제야 정신을 차리고 생각해 보니 그와 병원 로비에서 만날 일은 없었다. 막 코트를 입고 나서려는데 전화통화를 하고 있던 그가 소리 없이 할아버지 호출, 하며 같이 나가자고 손짓했다.

그런데 때 아니게 병원에서 만나다니, 아무리 생각해 보아도 아귀가 맞아떨어지지 않았다.

"아차차, 나 지금 가 봐야 돼. 우영이가 좀 다쳤어."

우영이라면 그의 조카? 언제 한번 들었던 거 같기도 해 그냥 고개를 끄덕이고 있자니 그가 말을 이었다.

"놀이터에서 사고가 있었나 봐. 매형도 없다며 누나 울고불고 난리야 아주. 들어보니 별 것도 아닌 거 같더만."

"그래두 애가 다쳤는데 당연하죠. 어서 가 봐요."

"현 기사는 어디 있어?"

"네? 으응, 정형외과…."

"그럼 같이 올라가면 되겠네? 안 됐어?"

손목을 끌어당기는 그를 말리려고 하는 찰나 로비로 들어서는 오빠와 눈이 마주치고 말았다. 진흙이라도 뒤집어쓴 듯 눈앞이 캄캄했다.

 손등을 타고 커피가 흘러내리는 것을 느끼면서도 아무 동작도 취하지 못했다. 어쩌자고 오빠를 잊고 있었을까. 잔뜩 얼어붙은 오빠는 믿어지지 않는다는 얼굴로 이편만 뚫어지게 바라보고 있다.

"괜찮냐구? 왜 이래?"

 그는 뒤주머니에서 손수건을 꺼내 손등을 닦아주며 거의 바닥난 잔을 낚아채 휴지통으로 던져 넣었다. 그제야 조금씩 시야가 열리고 있었다.

"괜찮아, 그만해요. 손부터 씻어야겠어."

 얼룩진 바지를 닦아내려는 듯 엉거주춤 허리를 굽히는 그의 손을 지원은 얼른 가로막았다. 여태 오빠는 한 발짝도 떼지 못하고 못 박혀 있었다.

"기다릴게 빨리 다녀 와."

"아니, 옷도 그렇구… 오늘은 좀 그러네. 일행들도 있구요. … 이따 봐요."

 그의 어깨 너머로 오빠를 넘겨다보며 겨우겨우 입을 뗐다.

"그럴까 그럼?"

 그는 손수건을 건네며 스치듯 이마에 입을 맞추고는 엘리베이터 쪽으로 뛰어갔다. 키스만 하지 않고 그가 가주었더라도 무슨 빈곤한 핑계라고 대었을 텐데 그것마저도 틀려 버렸다. 그가 엘리베이터를 타고 난 뒤에야 오빠는 무겁게 걸음을 떼어내기 시작했다.

"너…."

얼마쯤 말없이 쳐다보고 있던 오빠가 비로소 입을 열었다. 오빠도 어처구니가 없는지 뭣부터 물을지 힘들어하다가 고작 말이 되어 나오는 소리가 너였다.

맥없이 고개를 끄덕이자 오빠가 어이가 없다는 듯이 픽 웃었다. 허망한 오빠의 웃음소리는, 혹시 오빠가 그의 얼굴을 알아보지 못했을지도 모른다는 실낱 같은 기대조차 품을 수 없게 했다.

"어떻게 이럴 수 있어? 왜 하필 그놈인데?"

무릎이 꺾여 커피자판기 옆 의자에 털썩 주저앉자 오빠가 따라 앉으며 짓씹듯 말했다.

"대답할 수 있는 걸 물어."

넋없이 마주 선 벽을 바라보고 있다가 지원은 혼잣말처럼 말했다. 눈앞을 스쳐 가는 사람들 모습이 비현실적으로 느껴져 자꾸 눈을 끔벅거려 보았다. 그때 아이의 울음소리가 선명히 들려왔다. 악몽은 아닌 모양이다.

"모르고 시작했니?"

"아니, 알고 시작했어."

그 아이는 뭔가가 자기 마음대로 되지 않는지 엄마의 팔을 잡아끌며 우는 소리로 떼를 부리고 천천히 멀어져 갔다.

"미쳤구나. 미치지 않고는 이럴 수 없지."

오빠는 들썩 엉덩이를 떼어 내다가 분을 가누지 못하고 콧김을 내뿜으며 다시 주저앉았다.

"언제부터야?"

하고, 오빠는 주머니에서 담뱃갑을 꺼냈다.

"아니, 그딴 거 물어 봐서 뭐해."

오빠는 라이터를 찾지 못하고 멀쩡한 담배를 발끝으로 짓이겨 버렸다.

"당장 그만 둬."

다그치는 오빠의 얼굴이 취조당하는 사람 얼굴보다 더 초조해 보였다.

"꼭 그만둬야 해?"

언제부터인가 머릿속이 안개가 낀 듯 뿌예지고 있었다. 절도 있게 구분 지어 놓았던 머릿속이 점차 제멋대로 흐트러지기 시작하더니 이제는 처음 구분 선이 무엇인가조차 모호하게 되어 버렸다.

"그걸 말이라고 하니 너?"

"세상엔 말 안 되는 게 더 많더라 뭐."

지원은 저도 모르게 떼쓰고 지나가는 아이를 흉내 내고 있었다. 설득시킬 수 없으니 떼라도 써보자 싶었는지도 모르겠다.

"무슨 말이 하고 싶은 거야? 그 자식이랑 살림이라도 차리겠다는 거냐 지금?"

"그래 살림 차린 지 꽤 됐어."

"뭐라구?"

세르데냐에서 지내고 있다는 말에 오빠가 버럭 소리를 지르며 일어나자 주위에 있던 사람들 시선이 와르르 모여들기 시작했다. 오빠는 주의 사람들 시선도 의식하지 못했는지 또다시 팩 소리를 질렀다.

"뭘 차려? 진짜 미쳤군, 아니 너 돌았다. 다른 사람도 아니고 어떻게 니가 그럴 수 있어. 너 엄마 생각 안 나대? 아버지 옥바라지, 병 수발에 우리 가르치려고 아등바등하던 엄마 몰라서 그런 거야? 다들 엄마 나 몰라라 해도 넌, 아니 우린 그러면 안 되잖아."

돌아온 어음을 막지 못하고 호텔과 집은 채권자 중 우선 순위였던 그의 할아버지 손으로 넘어갔고 나머지는 옥살이를 하는 것으로 대신할 수밖에 없었다. 때문에 식구들은 아빠가 이감 된 곳으로 이사를 하게 됐다. 엄마는 함바집과 식당을 떠돌며 아빠 대신 생계를 꾸려 나갔다. 시쳇말로 손에 물 한번 묻혀보지 않았던 엄마의 고생은 말로는 다 표현하지 못할 정도로 눈물겨웠다. 게다가 출옥을 한 아빠는 현실을 받아들이지 못하고 술로 허송생활을 보내다가 병까지 얻어, 엄마 마음고생까지 시켰더랬다. 차라리 아무 것도 모르는 철부지였다면 모른 척 우겨도 보겠지만 그럴 수 없어 오히려 화가 난다. 아니, 엄마와 오빠가 손이 발이 되도록 빌었을 때 전셋집 얻을 돈은 커녕 인정머리 없이 내친 그의 할아버지가 원망스럽다. 적선

하듯 푼돈 몇 푼이라도 쥐어 보냈더라면….

"지긋지긋해."

"뭐? 너 말이라고 다 말인 줄 알아? 엄마가 지긋지긋해? 잠결에 끙끙 앓는 소리 내지 않으려고 이 악물고 자는 엄마가?"

금방이라도 집어삼키듯 오빠는 어깨를 붙들고 흔들어댔다.

"아니, 엄마가 아니라 그게 대못처럼 박혀 잊지 못하는 내가 지겹다구."

지원은 오빠의 팔을 붙들 생각도 하지 않고 마주 소리쳤다. 이젠 오빠 등 너머 사람들이 노골적으로 쳐다보며 지나갔다.

"정말 이해가 안 된다. 어떻게…."

오빠는 고개를 내저으며 팔에 힘을 풀고는 맥없이 내려앉았다.

"엄마 알기 전에 끝내. 엄마 쓰러지는 거 나 못 본다."

"나 오빠한테 고맙다고 해야 되나? 이렇게 시원스레 판정 내줘서?"

눈에 그렁그렁 눈물이 차올라 오빠의 얼굴이 일그러져 보였다.

"그럼 언제까지 갈 줄 알았어? 이 등신아."

눈가를 훔쳐 주는 오빠 손끝이 희미하게 떨렸다.

"알았어, 알고도 모른 척 외면했어."

"다는 모르겠지만 대충은 알겠다. 어쨌든 빨리 알아서 다행이다."

긴 시간이 흐르지 않아 오빠는 그나마 안도하는 눈치다. 하지만 마음과 시간의 비례등식이 성립되는 걸까? 터무니없는 계산법이라고 오빠에게 따지고 싶은 마음도 없지 않았지만 어차피 소용없게 되어 버렸다.

문득 주르르 흘러내리는 모래시계가 떠올라 마음이 무너져 내렸다.

"애들아?"

그참에 멍멍해진 귓전에 엄마의 목소리가 아련히 들려왔다. 현실을 아프게 확인시켜 주는 엄마가 난생 처음으로 미웠다.

Story 21
추억에 갇히고

 눈을 떠 보니 아침 햇살이 바닥에 길게 내리쬐고 있었다. 창밖 겨울이 의심스러울 만큼 따스한 햇살을 보고 있자니 문득 눈사람이 걱정되기 시작했다. 눈사람은, 손톱 끝으로 밀려나는 봉숭아물처럼 조금씩 녹아내리고 있었다. 그새 다 녹아내린 건 아닐까. 조급증이 나 시트를 들추고 일어나려는데 그가 잠꼬대처럼 안겨왔다.
 "몇 시야?"
 "엉? 일어날 시간 됐어."
 "잠 깨게 부비부비 좀 해 줘."
 아침의 그는 전혀 다른 사람 같다. 막 돌 지난 아이처럼 곧잘 투정을 부린다. 그가 없는 아침을 견뎌낼 수 있을까. 벌써부터 눈시울이 뜨거워져, 지원은 그의 머리를 꽉 끌어안았다.
 "우리 여행갈까?"

"여행?"

그가 머리가 치켜들고는 조금 황당하다는 듯이 물어왔다.

"토요일이 지원이 생일이다?"

"그래서 휴가 냈구나. 어째 이상하다 했지. 좌우당간 말 안 했음 석고대죄할 뻔했잖아? 후, 다행이다. 울 애인님은 너무 착하단 말야."

"진즉 얘기했으면 멀리로 튀었을 거 아냐."

"휴간, 좀 쉬고 싶어 냈구, 여행은 주말에 가면 되잖아."

드라마에서나 나올 법한 이별여행. 주책 맞은 마음은 한없이 미루고만 싶어 한다.

"어디 가고 싶은데?"

가슴에 코를 박은 그가 킁킁, 숨을 들이마시면서 말했다. 대놓고 얘기한 적은 없었지만 엷게 스며나는 들풀향을 그는 좋아했다.

지원은 스륵 눈을 감으며 그의 장딴지 사이로 발을 끼워 넣었다. 따뜻하게 감겨 오는 그의 팔다리. 이 은밀한 접촉과 서로의 몸 사이를 떠다니는 그의 숨결을 잊을 수는 없을 듯하다, 아주 오랫동안.

"글쎄… 우리 부산 갈까?"

"겨울인데 이왕이면 따뜻한 데로 가자."

"그냥 부산 가요. 나 바다 보고 싶어."

"성격도 참 이상치, 가까운 괌, 발리 놔두고 웬 썰렁한 겨울

바다 타령이야?"

"소원인데두?"

지원은 애걸의 눈빛으로 그를 바라보며 삐죽 입술을 내밀었다.

"꼭 안 먹혀 들어갈 것 같으면 소원 갖다 붙이지."

가볍게 콧등을 쥐어뜯은 그가 바짝 끌어안으며 못마땅하다는 듯이 툴툴댔다.

"이번만, 응? 담… 다 담엔 오빠 가고 싶은 데로 가자."

다음번에 하려다 돌연 목이 메여 지원은 잠시 숨을 고르고 나서 말을 이었다. 그런데 자꾸 울먹이는 소리가 흘러나오려 해 조심을 하자니 소리가 끊겨 나왔다. 시트자락을 쥐고 있는 손바닥에 촘촘히 식은땀이 배어났다.

혼자 남은 캄캄한 바닷가, 겨우 얼굴만 내뺀 채로 사지가 흙더미에 깔려 버려 옴짝달싹할 수 없게 되면 지금처럼 막막하려나. 해가 떠오를 때까지 버틸 수 있을까 소름끼치는 무서움에 떨다가 종내는 스스로 혀를 깨물어 버리지 않을까.

지원은 고개를 내저으며 훅, 숨을 들이쉬었다.

"그러자 그럼. 넘쳐나는 게 시간인데 뭐."

새벽녘 잠시 멎었던 빗줄기가 창에 주륵 빗금을 긋기 시작했다. 겨울에 장마철처럼 쏟아지는 빗줄기라니, 뜬금없어라. 슬립 끈을 미끄러뜨리는 그의 손이 데일 듯 뜨겁다.

"같이 나갈래?"

욕실에서 나온 그가 서랍장에서 속옷을 꺼내 입으며 건성으

로 묻자,

"그럴까?"

지원은 주저 없이 고개를 끄덕이고 애써 아무렇지 않게 출근 준비를 도왔다.

"자, 이리 내 봐."

그가 바지 벨트를 끼우고 있을 때 지원은 서랍장에서 양말을 꺼내와, 바닥에 풀썩 주저앉아 무릎 위로 그의 다리를 끌어 올렸다.

"관둬, 내가 하는 게 빨라. 소꿉놀인 이따 하자구."

손에서 양말을 가로챈 그가 엉거주춤 다리 한쪽을 들어올린 채 양말을 꿰며 싱긋 웃었다.

양말을 신겨 주겠다는 느닷없는 행동에 그는 다소 황당해하면서도 싫진 않은 기색이다.

"… 차암, 내가 신겨 줄게. 딱 한 번만."

지원은 한순간 그가 방심한 틈을 타 한 짝 남은 양말을 날쌔게 가로채 등 뒤로 숨겼다. 그리고 오른 눈을 찡긋하며 고개를 기우듬히 꺾었다.

"거 참, 하루 놀더니 되게 심심한 모양이네. … 자 얼른 하고 1분 안에 옷 입어."

픽, 코웃음을 친 그가 마지못해 주저앉으며 앞으로 발을 내뻗었다.

그러자 지원은 배식 입꼬리를 늘어뜨리고 그의 발에 양말을 끼워 넣었다. 발등 무늬까지 반듯반듯하게 고쳐 잡으며.

"나 원 참."

느려터진 손놀림에 그가 후후, 거칠게 숨을 내쉬었다. 시계를 흘깃하는 모양새가 조금 촉박한 모양이다. 그런데도 지원은 지금 순간을 놓치고 싶지 않아 부러 모른 척 더디게 양말을 끌어올렸다. 절박함을 모르는 그로서는 당연한 반응이었다.

"애인님아, 제발 서둘러. 오 비서 들이닥치기 전에."

그의 말이 예언처럼 맞아떨어졌다. 부랴부랴 외투를 걸치고 빗질을 하고 있을 때 오비서에게 전화가 걸려왔다. 그 바람에 화장도 하지 못하고 부스스한 얼굴로 따라나서야 했다.

처음엔 그의 제의를 대수롭잖게 받아들였는데, 막상 오 비서와 마주치고 보니 괜한 짓을 했다 싶어 바로 후회했다.

쭈뼛쭈뼛 몇 걸음 옮기다 말고 마음이 무거워 도로 나갈까 하는 찰나에, 아니나 다를까 사장실 문을 열어주던 오 비서가 철딱서니 없는 아이 놀리듯 표나게 창피를 주었다.

아빠에게 붙들려 마지못해 남탕에 들어오는 계집애 같다며.

그가 바로 눈치를 주지 않았으면 오 비서는 계속 놀려댔을지도 모를 일이었다.

"우리 아침 준비나 해 줘."

스케줄 브리핑을 하고 나가려는 오 비서를 그가 멈춰 세웠다.

"지각까지 해 놓구 아직 식사도 못 하셨어요?"

오 비서가 의미심장한 미소를 띠며 이죽거렸다. 밥도 안 먹고 아침부터 뭐했냐는 얼굴이다.

"아주 골탕 먹이려고 작정했네, 그만 하고 가벼운 걸로 부탁해."

설령 꼬치꼬치 물었어도 입도 벙긋할 수 없었다. 양말 신기는 데 30분 넥타이 매주는 데 1시간 걸렸단 소리를 어떻게 할 거며, 믿어주지도 않을 거였다.

지원은 공연히 헛기침을 하며 빨긋 물든 볼을 손등으로 꾹꾹 찍어 눌렀다.

"네 사장님."

그에게 깍듯이 고개를 숙인 오 비서는 핥듯이 번갈아 보며 교활한 미소를 지었다.

함께 아침식사를 하고는 종일 그 옆에 붙어 앉아 노닥거렸다. 지원은 잠시 그가 자리를 비우자 하릴없이 방을 서성였다. 신문도 종류대로 섭렵했고 알아먹지도 못하는 잡지마저 훑었는데도 그는 돌아오지 않았다.

이렇게 아까운 시간을 허비해나 하며 한숨을 내쉬는 참에 바로 옆 장식장 아랫단에 놓여진 색소폰이 눈길을 잡아끌었다.

언젠가 취미가 뭐냐, 라고 물었을 때 서툴지만 색소폰 만지작대는 거, 하더니 바로 그 색소폰인 모양이었다. 아버지 유품이라 했던가. 언제 재즈 바에 가면 들려준다고 했던 것도 같은데. 오늘이라도 가자 할까. 지원은 멍하니 색소폰에 눈길을 주다가 슬며시 눈시울을 붉혔다.

문득 함께 누려보지 못한 게 너무 많다 싶어 끝 간 데 없이 서글퍼졌다.

누구에게 들킬세라, 지원은 수선스레 눈가를 찍어내며 티슈가 놓인 탁자로 발을 옮겼다. 그때 휴대폰 벨 소리가 걸음을 붙들었다.

지원은 습관처럼 한숨을 내쉬며 액정화면을 들여다보았다. 휴가 중이라 했으니 현장은 아닐 테니 오빠일 확률이 컸다.

그러나 예상 밖에도 나우였다.

지원은 받을까 말까 한참을 고민하다 마지못해 플립을 열었다. 바짝 긴장을 하고 응, 했다.

"지방 공연하기 전에 보고 가고 싶어서."

나우는 전과 다름없이 스스럼없이 말했다. 마치 이삼 일 못 본 친구처럼.

"오늘은 좀 그런데?"

"꼭 할 말이 있어서 그래."

한동안 가벼운 실랑이가 오가고 이윽고 나오기 불편하면 호텔로 오겠다는 나우의 말에 지원은 손사래를 치며 말을 번복했다. 금방 나갈게, 하고. 저도 모르게 나온 과잉반응에 지원은 씁쓸하게 웃었다. 어차피 이래도 그만, 저래도 그만인데 싶어서.

시간과 장소는 좋을 대로 정하라고 해서 둘이서 즐겨 찾던 커피숍 이름을 댔다. 나우는 정확히 기억하고 있었다.

나우와는 사심 없이 그 언젯적 데이트 장소를 되짚기도 하는구나 싶어, 다시 마음이 저렸다. 아니 저미는 슬픔이 찾아들었다.

문 손잡이를 당기자, 딸랑, 경쾌한 종소리가 먼저 맞았다.

해묵은 통나무 출입문 한쪽 귀퉁이에 매달린 철물 종, 입구에 옹기종기 내놓은 화분들, 그 뒤쪽으로 빨강 장식용 우체통하며 반대편에 세워놓은 아이비로 휘감긴 흑판.

모닝 스페셜.

홍차와 쉬폰 케이크 한 조각….

하얀 새알을 빚어놓은 듯한 글씨체가 예쁘다. 바람결에 석양 빛 물든 아이비 잎새들이 물결치듯 나부꼈다.

문을 닫았으면 어쩌나 하던 우려와는 달리, 케이크를 곁들어 파는 거 외에는 거의 변함이 없었다. 시간과 드나드는 사람들만 바뀌었을 뿐. 눈에 익은 풍경은 정겨운 반면 추억은 아픔이 될 수도 있다는 것을 비로소 알았다.

문을 열고 들어서자 구석진 소파에 앉아 있던 나우가 손을 번쩍 들어 보였다.

"뭐 마실래? 우유 마실 거지?"

"아니, 나 커피 마실래."

당연히 우유를 마실 줄 알았을까. 일순 나우의 미간이 슬며시 찌푸려지는 듯했다. 혼자만의 착각인지는 모르겠지만.

"그래 그럼. 커피하고 홍차 줘요."

주문을 하고는 한참 어색한 침묵이 가로놓였다. 서로간에 딱히 주고받을 말이 빈곤했기 때문이다.

"끝내기로 했다며?"

커피 잔을 반쯤 비우고 있을 때, 나우가 조심스레 잔을 내려놓으며 말문을 열었다. 주문한 얼 그레이처럼 건더기 하나 느껴지지 않는 밍밍한 목소리로. 그 소리를 들으면 아파할 줄 뻔히 알면서도 확인을 하는 나우의 저의를 모르겠다.

"… 오빠한테 들었나 보구나. 근데 할 말이 뭐야?"

지원은 조금 불편한 얼굴로 화제를 돌려 버렸다. 시시콜콜 답할 의무가 없었다. 주저리주저리 나열하면서까지 마음을 찢을 필요가 있을까. 게다가 반가운 기색이 설핏 내비치는 나우의 얼굴에 까닭 없이 기분이 상했다.

"나경이 집으로 들어갔다, 전화 안 하대?"

"접 때 한 번 본 뒤론 전화 없었어. 그 말 하려고 불러냈어?"

뭔가 캐내려는 듯한 나우 눈초리가 마땅치 않아, 지원은 커피를 한 모금 마신 뒤 애써 대수롭잖게 대꾸했다.

"아니, 너랑 형 들어와서 살라고 일부러 비워냈어."

"너 엄청 잔인해, 그거 아니?"

빤히 쳐다보며 픽 웃는 나우의 얼굴을 보고 있자니 울컥 화가 치밀어, 주의 시선도 아랑곳없이 꽥 소리를 지르고 말았다.

"너 잔인한 건 모르나 보지?"

나우는 여전히 침착하게 맞섰다. 냉큼 대꾸할 말을 찾지 못

하고 눈만 부릅뜨고 있었더니,

"민지원 귀환 환영, 아파트 입구에 플래카드라도 내걸고 싶은 심정이야, 나." 하고 나우는 시니컬하게 웃었다.

"그렇게 좋으니?"

"말이라고… 어쨌든 미쳐 있다가 제정신으로 돌아왔는데 좋기만 하겠니? 누가 당장에 라이브라도 하라면 기꺼이 하겠다."

"너까지 안 도와도 나 많이 힘들어."

"알아, 니 맘 아니까 이만 하는 거라구 미련 곰팅아."

이젠 나우가 흥분이 되는지 눈가가 벌겋게 달아올랐다.

깨진 도자기를 다시 붙이면 말짱해질 거라고 나우는 스스로를 속이고 있는 듯하다. 결과는 제로게임일 뿐이라는 걸 모르지 않을 텐데. 더구나 당분간은 누굴 또 마음에 채우는 바보 같은 일은 하지 못할지 뻔히 알면서도 왜 자꾸 서로를 힘들게 하는 걸까.

"나 아파트로 안 들어갈 거야, 오빠도 싫어라 할거구. 너 들어와 살 거 아님 그냥 세로 돌려 그게 좋겠다."

"부담 가 싫으면 세를 주고 살어, 나도 자선사업할 생각은 없으니까."

"그냥 세 내. 두 번 말하지 말자."

"그럼 어디루 갈 건데?"

"아직 결정 낸 거 없어. 그냥 당분간 집에 가 있을까 해. 서울엔 못 있겠어."

"일은?"

나우가 길게 한숨을 내쉬더니 착 가라앉은 목소리로 물었다.

"지금 일은 대충 끝나가고 다른 건 현 선배한테 미루고 좀 쉬려구."

"그게 좋겠다. 어떻게든 될 거야."

하릴없이 포크로 케이크를 조각내고 있던 나우가 혼잣말처럼 대꾸하고는 그냥 포크를 내려놓기 머쓱했는지 한입 베어 무는 척했다.

"그래 어떻게든 되겠지."

말끔히 비워진 잔을 멀거니 들여다보며 지원은 앵무새처럼 되뇌었다.

흐르는 시간에 마음의 상처도 점점 무뎌져 한순간 온데간데없이 묻혀지겠지. 언젠가 퉁퉁 부은 얼굴로 얼굴이나 보자고 불러 낸 나경도 시간이 약이라 했다. 처음엔 물조차 삼키기 어려울 정도로 고통스럽겠지만 점점 무뎌진다며. 비라도 올라 치면 먼저 쑤셔대는 신경통처럼 때로 찾아드는 욱신거림 정도 아니겠어? 그러다 말짱 갠 날이면 언제 그랬나 싶게 뒷동산으로 산책을 나가곤 하겠지. 누구 할것 없이 그렇다고들 하니 잠시 버티기만 하면 될 거라고.

"이런 말 지금 하긴 뭣하지만… 아니다, 나중에 하자."

홍차 포트 꼭지를 만지작거리던 나우가 무슨 말을 하려다 말고 고개를 내젓더니 포트를 들어 올려 잔을 채웠다.

"나중에 언제, 지금 다해."

"공연 마치고 들를게 그때 하자."

"그럴 필요 없어, 오지 마."

"오지 말라니? 나한텐 왜 그리 못 되게 굴어? 니 사랑 깽판 친 게 나냐?"

달깍, 소리 나게 포트를 내려놓은 나우가 눈썹을 치켜올리며 조금 신경질적으로 맞받아쳤다. 불쾌하다는 기색이다.

"미안해, 당분간 아무도 만나고 싶지 않아서 그랬어."

"난 너 옆에 두고 봐야겠어. 그냥 서울에 있으면 안 되겠니? 아까 하려던 말이다."

"싫어."

나우를 똑바로 바라보며 지원은 단호하게 고개를 내저었다.

"지원아…."

복잡하게 뒤틀린 얼굴로 탁자 위로 손을 내뻗은 나우가 애걸하듯 불렀다. 지원은 무춤히 허리를 곧추세우며 시선을 미끄러뜨렸다. 그참에 시야 안으로 반들반들한 까만 구두가 박혀들었다.

"저 그만 일어나셔야겠습니다."

난데없이 흘러든 목소리에 화들짝 놀라 고개를 치켜들자마자 정중하게 고개를 숙인 한 남자가 명령조로 말했다. 스포츠머리에 까만 양복. 까닭없이 기분이 상했다. 혹시 나우에게 하는 소리인가 싶어 눈길을 돌렸지만 나우 역시나 영문 모를 얼굴로 멀뚱히 지켜보고만 있었다.

"…."

지원은 휘둥그레진 눈으로 남자를 올려다보며 눈짓으로 무슨 일이냐고 물었다.

"사장님께서 모셔 오라십니다."

"사장님요?"

얼빠진 얼굴로 지원은 혼잣말처럼 물었다.

"최 사장님께서 보내셨습니다."

혓바닥을 날름대고 기어오는 뱀처럼 널따란 창 너머로 꾸물꾸물 어둠이 몰려들고 있었다.

나우에게 인사를 건넬 겨를조차 없이 사색이 되어 튀어나왔지만 그는 어디에도 없었다. 지원은 얼떨떨한 얼굴로 까만양복에게 자초지종을 물었다. 그랬더니 호텔에서 기다리신다는 어이없는 대꾸를 하고는 몇 발짝 뒤로 물러났다. 앞서라는 무언의 신호였다. 얼마쯤 기계적으로 발을 떼었을까. 불쑥 앞질러 나간 까만 양복이 갓길에 세워둔 차 문을 열고 기다리고 있었다.

그제야 정신을 차리고 눈여겨보니 그의 애마 와인빛 마세라티 스파이더였다. 애인님한테 선물해 주고 싶어 샀는데 받지 않는다고 몹시 섭섭해 하던 그 차. 깜박이는 비상등의 불빛이 사뭇 매섭다. 안테나를 곤두세운 맹수의 번득이는 눈처럼. 문득 섬뜩함이 끼쳐왔다.

"약속 있단 소리 없었잖아, 내가 방해했어?"

차에 오르자마자 기다렸다는 듯이 전화벨이 울렸다. 소름이 쫙 끼쳤다. 얼결에 주위를 둘러본다. 마치 바로 뒤에서 그가 지켜보고 있는 듯한 느낌이다. 흠칫 숨을 죽이며 연신 눈동자를 굴려댔다. 그는 어디에도 없었다.

실은 따분해서 아이쇼핑이나 하고 오겠다고 적당히 둘러대고 나왔더랬다. 차 타고 나가라는 것도 마다하고 빠져나왔는데.

그는 처음부터 거짓말을 알아차렸던 걸까. 태연스럽기 그지없는 그의 목소리가 오히려 숨통을 조여오는 듯해 지원은 질끈 눈을 감았다.

"어떻게 여길…."

"그때 사고 터지고 맘이 안 놓여 사람 붙여놨었어. 펄쩍 뛸까 봐 말은 안 했지만."

"그랬어요? 지금 가고 있어요. 가서 얘기해요."

"아니 올 거 없어."

"올 거 없다뇨?"

지원은 소스라쳤다. 다신 안 보겠다는 소리처럼 들려서. 아직 유예기간이 5일이나 남았는데 그가 먼저 작별인사를 할 줄은. 웬 날벼락?

필사적으로 휴대폰을 다잡는 손끝이 뻘개졌다.

"먼저 내려가 있어."

"어딜? 부산예요? 나 혼자?"

"그래, 혼자. 금요일쯤 내려갈 테니 여행 온 셈치고 쉬고 있어."

"그러지 말구 같이 내려가요. 문 밖에도 안 나가고 방에만 처박혀 있을게, 도장 찍을 수도 있는데…."

지원은 울먹이듯 말했다. 아직 5일이 기껏 5일밖에로 뒤바뀌어졌다.

"지금 나가 봐야 돼, 이따 전화할게."

"오빠… 현빈 씨…."

그렇게 꼼짝없이 갇혔다. 짙은 어둠에 잠긴 적막한 스위트 룸. 그에겐 전화 한 통 없다.

가둬야 한다면…. 폭풍처럼 휘몰아친 섹스 끝에 뇌까렸던 소리가 이명처럼 들러붙어 떨어지지 않는다. 그럼 그때도 나우가 마음에 걸려 그랬던 걸까. 지원은 거칠게 고개를 내두르며 욕실로 들어갔다. 어쩌면 잘 된 일인지도 모르겠다고 자위하며.

한순간 마음이 바뀌어 그에게 털어놓을지도 모를 일이었다.

그의 목을 필사적으로 끌어안으며. 현빈 씨, 그깟 걸로 헤어질 순 없는 거지, 그치? 하고 절규했을지도.

모두가 소용돌이 속으로 빠져드는 것쯤 평생 사그라지지 않을 듯한 속앓이에 비할까, 폭풍은 상흔을 남기지만 언젠가는 지나가기 마련이지. 희뜩 눈이 뒤집어 버릴 수도 있지 않았을까.

부옇게 피어오르는 수증기가 흐릿한 시야를 가렸다. 아뜩한 공포.

욕조 속에 발을 담그려다 말고 지원은 흠칫 발을 멈췄다. 문득 손바닥에 느껴지는 딱딱한 질량감. 여태 휴대폰을 쥐고 있었다니. 욕조 가까이 세면대 모서리에 휴대폰을 올려놓고 물 속 깊이 몸을 담갔다.

몸을 동그랗게 말고 죽은 듯 있길 얼마쯤, 속절없이 눈물이 비어져 흘렀다. 주체할 수가 없었다. 꺼억 꺼억, 울음 우는 족족 콧속으로 물이 들이찼다.

갈수록 마음의 북받침이 감당이 되지 않았다. 그리움이 그리움을 짓눌렀다, 벌써부터.

마음놓고 울었다. 그의 부재가 좋은 건 이 한 가지뿐이다.

뿌연 안개 속에 갇힌 기분. 눈물은 그칠 기미가 보이지 않았다. 뼈마디가 흐물흐물 녹아버릴 듯할 때까지, 물 속에서 빠져나올 생각도 하지 못한 채로 하염없이 질질 짜기만 했다. 땀방울인지 눈물방울인지 종내는 구분조차 모호해져 갔다.

그때 기적처럼 휴대폰이 울리기 시작했다. 그 소리에 거짓말처럼 눈물이 딱 멈췄다. 정신없이 손을 내뻗어 휴대폰을 집어 들려다가 잦은 헛손질로 휴대폰을 놓칠 뻔했다. 손이 젖어 있다는 사실조차 망각하고 있었다. 입에서 억눌린 신음이 터졌다. 제발…. 가까스로 휴대폰이 손에 들어왔다. 지원은 플립을 열며 후다닥 물에서 빠져나왔다.

"네."

상기된 목소리로 입을 열며 옷걸이에 걸려진 가운을 잡아채 번갈아 팔을 끼워 넣었다.

"뭐 해?"

"샤워하고 있었어."

"난 또…."

그가 떨떠름하게 말끝을 흐리자 지원은 다소 긴장한 얼굴로 지그시 입술을 깨물었다. 그 자식하고 전화질하는 줄 알았지, 그는 그런 의심을 했던 걸까? 마음까지 싸늘히 젖는 기분이다.

욕실 밖으로 빠져나와, 지원은 무심결에 출입문을 힐끗 쳐다보며 코너를 돌아 거실로 들어왔다.

"왜 이제 전화해, 얼마나 기다렸는데?"

공연히 서운해져, 지원은 조금 차갑게 쏘아붙였다.

"바쁘다 했잖아, 파르르 떠는 이유가 뭐야? 화를 내야 하는 사람은 따로 있다구, 나 원."

지지 않겠다는 듯 그가 덩달아 목소리를 높였다.

"보고 싶어, 오빠."

언제 그랬냐 싶게 지원은 꽉 잠긴 목소리로 맥없이 뇌까렸다.

"보면 되잖아."

"어떻게 보는데…."

지원은 그대로 스툴에 주저앉아 울먹거렸다.

"애인님, 그만 쨍알거리고 문 열어 봐."

나른히 풀린 그의 목소리에 깜짝 놀라 번쩍 고개를 치켜올렸다. 지원은 잠시 넋없이 앉아 있다 휴대폰을 내팽개치고 홀린 듯 중문을 열어젖혔다. 한데 조용하기만 하다. 어라? 문 열었는데, 혼잣말을 하고는 이게 아니다 싶어, 다시 출입문을 향해 종종걸음 쳤다.

마구잡이로 체인을 풀고 벌컥 문을 잡아당기자 아니나 다를까 구부정히 문틀을 의지하고 선 그의 등이 들어왔다. 꿈인지 생시인지 믿기지 않는 눈으로 위아래를 훑고 있을 때 천천히 등을 돌린 그가 와락 팔목을 끌어당겼다. 쓰러지듯 그의 품에 안겨 들고 나서야 안도했다.

그의 코트 깃을 부여잡은 채로 지원은 앙탈 부리듯 이마를 가슴에 비벼댔다.

오빠 대신 현실을 붙잡으라고 해 줘.

"어머? 어떡해."

거친 고갯짓에 머리칼 끄트머리로 몰린 물방울이 사방으로 흩날렸다. 지원은 화들짝 떨어져 나오려고 팔을 내뻗었다. 그러자 그가 더 꽉 붙들어 안고 말없이 고개를 저었다.

"옷 젖어 들어가요. …혹시 술 마시고 운전한 거야?"

그제야 코끝에 감도는 알싸한 냄새에 지원은 질겁한 얼굴로 그를 올려다보았다. 술 냄새 같은데. 깊게 들이마셔 보니 이런, 의심의 여지가 없었다. 낯빛이 창백했다. 꽤나 마셨나 보앉다. 그는 어느 정도 수준을 넘으면 오히려 얼굴이 하얘진다고 했었다.

"날 미치게 하지 마."

정신 나갔어, 윽박지르려 입술을 떼던 참이었다. 물이 뚝뚝 떨어지는 머리채를 그러쥔 그가 짓씹듯 으르렁거렸다. 날카롭게 번득이는 그의 눈빛에 지원은 얼어붙고 말았다.

아침, 지원은 가만 시트를 들춰내며 상체를 일으켰다. 동시에 부스럭대는 그의 기척이 느껴졌다.

손을 멈추고 그를 내려다보았다. 여전히 눈을 감은 채 슬며시 미간을 모은 그가 더듬더듬 허리를 끌어다 눕혔다. 가볍게 한숨을 내쉬며 지원은 얌전히 그에게 안겨 들었다. 그러자 엄지발가락으로 장딴지를 쓸던 그가 잠이 묻은 목소리로 우물거렸다.

"좀만 더 이러고 있자."

"벌써 12시야."

지원은 고개를 조금 들어올려 그의 등 너머의 시계를 힐끗 쳐다보며 낮게 한숨을 내쉬었다. 또 하루가 가 버렸어.

"시간이야 상관없잖아. 마땅히 할 일도 없는데 이렇게 종일 뭉기적거리지 뭐."

"안 나가 봐도 돼요?"

"으응, 나두 오늘부터 휴가야."

부신 햇살이 못마땅하다는 듯 왼 팔뚝으로 눈을 가린 그가 대수롭잖게 대꾸했다. 뒤숭숭한 마음을 들킬까 겁이 난다는 듯이 애써 꾸며대는 목소리로.

"정말?"

지원은 애써 목소리를 돋우며 반색했다. 그러자 팔을 치켜든 그가 눈을 찡긋 하며 픽 웃었다.

"속고만 살았어?"

"…그럼 우리 진짜 여행갈까?"

시트 어디쯤에 멍한 시선을 묻고 있다가 지원은 홀린 듯 입을 뗐다.

여행이라 에둘러 말했지만 실은 여느 부부처럼 하루만이라도 그와 함께 하는 일상을 누려보고 싶어서였다. 눈곱 잔뜩 낀 눈 비비고 일어나 창문 열고 아침 공기 들이마시며 밥 안치는 것으로 시작되는 하루.

지겹도록 단촐한 일상을 절실히 원하다니.

지나가는 개도 웃을 일이지만 지원은 필사적으로 매달려 보기로 한다. 어쩌면 이로 인해 더 사무칠지도 모르지만 지금으로서는 거기까지 걱정할 여유가 없다.

"진짜 여행? 그럼 이건 뭐고."

성가시다는 듯이 눈을 치켜 뜬 그가 가볍게 툴툴댔다.

"아니, 왜에… 호텔 말구 팬션 같은 데서 밥도 해 먹고 그러면 좋을 거 같아서. 지원이…"

"지원이 소원이라고 하려 했지? 참 취미도 별나지. 사서 고생을 하시겠다?"

"고생은 무슨, 잼나기만 하겠네."

반나절 가까이 옥신각신 끝에 이윽고 호텔 가까이에 있는 펜션을 빌렸다.

널린 게 방인데 돈 내고 방을 빌려? 연신 씨부렁대면서도 그는 마냥 흐뭇해 하는 얼굴을 보고는 속으로는 실없이 웃었다.

방에 들어서자마자 지원은 기념촬영을 하자며 카메라를 들이밀었다.

"오빠 여기 좀 봐 보라니깐."

"정말 성가시게 구네. 사진 찍는 거 질색한다고 몇 번이나 더 말해야 알아듣겠어?"

"아이참, 지원이 소…."

"그놈의 소원타령, 귀에 못 박히겠네." 하고 그가 얼굴을 일그러뜨렸다.

"딱 3초만 그러고 있어. 그럼 오늘은 이만 찍을게."

"사진전 열거야?"

마지못해 창틀에 걸터앉아 포즈를 취하던 그가 한껏 이죽거리자 지원은 저도 모르게 가슴이 뭉클 내려앉아 얼른 카메라를 얼굴에 바짝 갖다 붙였다. 자칫 눈물이 흐를지도 모를 일이다.

"이왕 해 줄 거 제대로 해 봐요. 자아, 치이즈."

금쪽 같은 하루는 소소한 실랑이로 저물어 갔다.

"오빠 그만 일어나, 장 보러 가자."

"왜 또 그래."

저물녘, 외출 준비를 마친 후 지원은 잠에 웬수진 사람처럼 쿨쿨 자고 있는 그를 흔들어 깨웠다. 장 가방을 들고 있는 그의 모습은 앨범 끝부분을 장식 할 것이다.

하지만 애달픈 마음을 알 리 없는 그는 성가셔 죽겠다는 얼굴로 투덜댄다.

"굶을 거야? 빨랑 일어나. 부식거리라도 사 와야지."

지원은 매운 손으로 그의 어깻죽지를 사정없이 내리쳤다.

"으앗! 민지원, 진짜 너무 한다. 끼니만은 호텔에서 해결하자. 엠티 온 것도 아니고 이게 뭐냔 말이야."

그가 버럭 소리를 지르며 일어나더니 베개를 저만치로 내팽개치듯 던지며 바닥으로 내려섰다.

"내가 저녁상 화끈하게 차려줄게."

"아이구, 어련하실까. 차라리 내가 해 먹고 만다."

신경질적으로 머리를 털어내며 연신 구시렁대던 그는 마지못해 하며 욕실로 들어갔다. 여태 정신이 없는지 눈이 반쯤 감겨 있었다.

지원은 물끄러미 그의 등을 바라봤다. 오래오래.

Story 22
날개옷을 주세요

부옇게 서리 낀 창을 가만 손바닥으로 닦아냈다. 제발 아침이 펼쳐져 있지 말았으면 하고.

다행이 창 밖은 어둑신한 새벽이다. 지원은 몰래 안도의 한숨을 흘렸다. 머리로 시간을 헤아리는 어리석은 짓은 관두었지만 마음까지 속일 수는 없었다. 처음엔 말릴 수도 없이 요동치는 마음이 이젠 화마가 휩쓸고 간 빈터처럼 황량했다.

오늘이 무슨 요일이더라. 눈을 망연히 수평선 언저리에 묻고, 지원은 시간관념을 잃은 사람처럼 속으로 요일을 꼽아봤다. 그러다가 곧 쓸쓸히 헛바람을 토해 냈다. 마치 시간을 지워버린 사람처럼 스스로를 속이려들다니. 미련스러웠다.

저녁 무렵엔 산등성이 너머 아파트 단지로 쇼핑을 나가야된다는 계획을 애써 외면하고 싶었다.

평소보다 조금 묵직한 쇼핑백을 들고 나오는 남자는 예의

부루퉁한 얼굴이겠지. 한두 발짝 뒤로, 자그마한 폭죽이 찰랑대는 케이크 상자를 들고, 한 손엔 앙증맞은 리본을 둘러맨 와인 한 병을 깨질세라 품에 꼬옥 끌어안은 여자는 앞서 가는 남자를 불러 세우면서 돼먹지 않은 소리를 지껄일지도 모른다.
"케이크나 더 살까? 좀 있으면 오빠 생일인데 그냥 몰아서 하는 게 어때?"

"추운데 왜 그러고 섰어?"
창에 비스듬히 이마를 묻고 혼잣생각에 잠겨 있을 때 등뒤로 그의 목소리가 들려오자 지원은 낮게 헛기침을 하며 천천히 고개를 돌렸다.
"으응, 그냥 일찍 깼어."
"지금 몇 시야?"
"… 벌써 6시 다 돼 가네."
지원은 침대 옆 디지털시계를 힐끗 내려다보고는 조금 놀랍다는 듯이 말했다.
"벌써라니? 아직 날 새려면 멀었구만 노인네처럼 새벽부터 뭐하는 거야? 추워, 이리 들어와."
6시라는 말에, 그는 등을 돌리며 아예 시트까지 푹 뒤집어썼다. 허리 아플 때까지 실컷 자려는 태세였다.
"오빠?"
"왜에."

맥없이 부르자 시트를 뒤집어 쓴 채로 그는 건성으로 대꾸했다.

"우리 해돋이 보러 나가."

"… 일출?"

시트를 홱 걷어낸 그가 상체를 조금 들어올리며 웬 엉뚱한 소리, 하는 얼굴로 물었다.

갈수록 요상해진다는 기색이 역력했다.

"으응, 오빠가 해운대 일출 좋댔잖아."

"지금? 지금 당장?"

그가 눈을 비벼 뜨며 제발, 하는 얼굴로 애원하듯 물었다.

"왜 싫어?"

"천만에. 소원 끌어다 붙이기 전에 들어 줘야지. 그래야 생색이나 낼 거 아냐."

침대에서 내려선 그는 조금 과장스레 고개를 내저으며 언제 그랬냐 싶게 총알같이 욕실로 들어갔다.

바다가 훤히 내려다보이는 고갯길로 접어들 즈음, 아침이 열리고 있었다. 어스름한 하늘을 비집고 솟아오르는 눈부신 햇살에 홀린 듯 서둘러 차를 세운 그가 혼잣말처럼 말했다.

"그림이 따로 없네."

그를 따라 차 문을 열고 밖으로 나오자 구름 한 점 없는 청명한 하늘이 빼꼼히 열렸다. 잔물결 위에 춤추듯 일렁이는 주홍빛 햇살자락이 바닷길을 만들어 놓았다. 초대라도 받은 듯, 저만치 솟은 돌섬 주위로 어디선가 우르르 떼 지어 출현한 새떼들의 날갯짓이 요란했다.

"나오길 잘 했지?"

비죽이 솟아오른 해가 둥실 떠오를 때까지 가드레일에 걸터앉아 잠자코 지켜보았다. 지원은 등뒤에서 껴안고 있는 그의 얼굴을 돌아다보며 애써 해사하게 웃었다. 함께 맞는 마지막 아침은 너무 평온하게 지나고 있었다.

"왜 요즘 자꾸 마르지? 먹는 것도 영 시원찮고 말이야. 어디 안 좋아?"

싸한 바람이 들이치자 옷깃을 여며 준 그가 곁으로 내려앉으며 걱정스럽다는 듯이 입을 뗐다.

"… 안 좋긴. 그냥 입맛이 좀 없어서 그래."

어깨 위로 볼을 매만지고 있던 그의 손을 가볍게 뿌리치며 조금 떨어져 나와 일부러 잔기침을 했다. 목이 잠겨 이내 말이 나오지 않았다. 겨우 목청을 가다듬고는 입가에 엷은 미소를 물었다. 어설퍼 보이면 어쩌나 싶어 조마조마해하며.

"그래? 그럼 오늘 입맛 도는 거 먹으러가자. 뽈락찜 잘 하는 집 아는데 거기 갈까? 그러니 그냥 호텔에 있었으면 좀 좋아?"

"그건 나중에 먹으로 가. 오늘은 특별한 날이잖아. 방해받고 싶지 않아."

특별한 날? 지원은 입엣말로 되뇌며 그의 어깨에 깊이 얼굴을 묻었다. 타임머신을 타고 시간을 거슬러 올라 어딘가에 불

시착이라도 할 수 있으면 좋으련만.

겨우 참아내던 한줄기 눈물이 주륵 볼을 타고 흘렀다. 그에게 들킬세라 냉큼 손등으로 훔쳐냈다. 그리고 북받쳐 오르는 뜨거운 감정을 억누르지 못해 가슴에 손을 얹고는 잔뜩 얼굴을 찡그렸다.

"얼굴이 왜 그래?"

"… 아, 아냐. 머리가 지끈거려서, 잠이 부족했나 봐."

울먹이는 음성을 애써 감추려 지원은 길게 숨을 내쉬고는 짧게 대꾸했다.

"말 안 듣고 조를 때부터 알아봤어. 안 되겠다, 그만 들어가자."

턱을 치켜올려 얼굴을 유심히 살펴본 그가 낮게 구시렁대며 이마를 짚어보았다. 감기라고 지레 짐작했나 보았다.

"좀만 더 앉았다 가, 마지막인데…."

그가 팔짱을 껴 일으켜 세우려하자 지원은 황망히 그의 팔을 잡아끌며 애원조로 말했다. 저도 모르게 튀어나온 말에 지원은 뜨끔했다.

"마지막? 무슨 뚱딴지같은 소리야?"

느닷없는 말이 도무지 이해가 안 된다는 듯 엉거주춤 동작을 멈춘 그가 날 선 목소리로 되물었다.

"낼 올라가야잖아. 그러니 마지막 날이지."

입은 얼렁뚱땅 잘도 핑계를 댔다. 지원은 굳어진 얼굴을 들킬세라 먼저 팔짱을 끼며 엉겨 붙었다.

"난 또… 내친 김에 하는 소린데, 그만 올라가자."

"그러지 뭐."

"쉽게 오케이를 다하고 웬일이야?"

"특별한 날이니까."

흔쾌히 고개를 끄떡이는 그녀가 못내 미심쩍은 모양이다. 그가 빈정대듯 말하자 지원은 대수롭지 않게 맞받아치고는 얼른 땅으로 눈길을 떨구었다.

"생일 선물 뭐해 줄까? 원하는 게 뭔지 잘 모르겠어서."

호텔 방향으로 차를 몰던 그가 잠시 정차한 틈을 타 물었다.

"음… 별로."

한참 신중히 생각에 잠긴 척 연기를 하다가 맥없이 고개를 저었다. 가지고 싶은 걸 헤아릴 수 있다면 그지없지 기쁘겠지만 이성은 잔인하기까지 했다. 머리는 버리고 가야 할 것을 하나씩 추려내고 있었다.

"한 가지도 없어? 잘 생각해 봐."

"생각이 안 나는 걸 어쩌라구…."

"알다가도 모르겠어. 어떻게 갖고 싶은 게 없을 수 있어? 어째 갈수록 미로 속인지."

서서히 차를 출발시키던 그가 고개를 내저으며 쩝쩝, 입맛을 다셨다.

"실은 갖고 싶은 게 있는데 그건 살 수 없는 거거든."

"뭔데? 돈으로 안 되는 게 어딨어? 지금이라도 눈앞에 대령

할 테니 말만 해."

"유에프오."

"유에프오? … 괜찮아?"

뜬금없는 소리에 그가 브레이크를 밟으려다 실수로 액셀레이터를 밟아 버린 모양이었다. 몸이 휘청 꺾였다. 반사적으로 손잡이를 움켜잡은 채로 고개를 끄덕이자 그제야 그는 안도의 숨을 내쉬며 천천히 차를 출발시켰다.

"컨디션이 영 아닌가보다. 호텔 가서 약부터 먹자."

"오빠, 이렇게 마음 가는 대로 한없이 달리면 좋겠어. 그러다 차가 멈춰서면 그때 일은 그때가서 생각하는 거야, 할렘가 흑인들처럼. 설령 그 끝이 지옥이라도…."

차창에 쏟아지는 햇살을 멍하니 바라보며, 지원은 넋없이 주절거렸다. 우린 함께잖아, 하는 소리를 질끈 눈을 감으며 속으로 삼켰다.

가슴을 쥐어짜는 듯한 통증이 몰려와 숨조차 쉬기 힘들었다.

"…?"

그 모습을 지켜보고 있던 그가 고개를 갸웃했다. 아침 된바람에 감기라도 들린 걸까? 아니면 일출을 보고 나더니 공연히 감상에 젖어 시답잖은 소릴 지껄이는 걸까? 몹시 걱정스러워하는 얼굴이었다.

이른 저녁, 그가 두 눈을 가린 채 어디론가 데리고 나갔다. 엘리베이터에 태워지고 얼마잖아 싸한 바람이 들이쳤다. 별관 어디쯤 되겠구나, 어렴풋이 헤아리고 있었는데 갑자기 시야가 열렸다. 별관 뒤란이 온통 축제 분위기였다.

다소 유치하다 싶은 색색의 풍선들이 바람결에 펄럭이고 그 뒤로 악기를 하나씩 들고 앉은 생일 도우미들이 큐 사인을 기다리고 있었다.

주위의 요란한 불빛에 3단 케이크의 불빛이 묻혔다.

"냄새 좋지?"

하는 그의 말에 고개를 돌리니 그릴 쪽에서 돼지갈비가 구워지는 냄새가 풍겨 왔다. 겨울엔 돼지갈비가 당겨, 흘리듯 했던 말을 그는 잊지 않고 있었나보다. 이런…. 한사코 아픈 추억을 만들어주는 그가 오히려 원망스럽다. 이럴 줄 알았으면 그때의 추억을 꺼내지 말 걸, 싶어 지원은 한숨을 내쉬었다.

"왜, 기대 이하야?"

"… 아니, 너무 놀라서."

탄성이라도 기대했을까. 그가 김빠진 얼굴로 물었다. 지원은 이내 화사하게 웃으며 마음에도 없는 대꾸를 했다.

"자, 불 옆으로 앉아. 안에서 할까 하다가 갑자기 그날이 생각나서 말야."

지원은 희미하게 미소지으며 고개를 끄덕였다.

"춥지 않아?"

"조금."

"그럼 식사부터 하고 케이크를 자를까?"

말없이 고개를 끄덕이자 그가 와인 잔을 건네주었다.

"건배할까? 뭐가 좋으려나."

그가 와인을 따라주며 싱긋 웃었다. 기념될 만한 말을 찾는 듯했다.

"이거다 하는 게 없는데 어쩐다?"

"그냥 쨍 하고 케이크 자르면 되지 뭐."

"그건 너무 시시하잖아, 그날처럼 러브샷할까?"

처음 만났던 그날을 떠올리는지 그가 키득대며 팔을 감아왔다.

"그리고 찐하게 음음도 하고?"

"하고 싶다면."

"여기서?"

그가 눈을 동그랗게 치뜨고 주위를 둘러보는 시늉을 했다. 그도 그럴 것이 배경음악을 연주하는 도우미들을 차지하고라도 테이블 서빙을 하는 종업원들만 해도 여럿이었다.

지원은 화들짝 놀라 얼굴을 찌푸렸다.

"둘만 있게 되면."

"썩 꺼지라고 할까?"

"입에 안 맞아?"

직원들 대부분이 물러가고 겨우겨우 음식을 삼키고 있는데 그가 시큰둥하게 물었다. 아마도 께적거리는 모습이 몹시 못마땅했나보다.

"배불러서…."

"케이크 가져 오지."

냅킨으로 입을 닦은 그가 저 멀리 떨어져 있던 웨이터를 불렀다.

함께 샀던 케이크가 테이블 위로 올려지고 다시 둘 만 남았다.

시간이 너무 쏜살같이 지나간다고 어이없어하고 있을 때 그가 대뜸 단숨에 물 잔을 비우고 그 안에 뭔가를 쑤셔 넣더니 라이터를 켰다.

뭐 하는 거지, 하며 눈을 동그랗게 치뜨려는데 갑자기 불길이 확 솟구쳐 올랐다.

소스라쳐 비명을 지르고 말았다.

"자, 선물."

벌렁대는 가슴을 누르며 찡긋 눈을 떠보니, 그가 붉은 장미 한 송이를 들고 싱긋 웃고 있었다.

"맘에 안 들어?"

"아, 아니."

고개를 내저으며 얼른 받아들었는데 뭔가가 테이블 위로 또르르 굴러갔다. 반사적으로 손을 뻗어 주워 들어보니 눈덩이 속에서 나왔던 그 반지였다. 언제 세팅을 맡겼을까. 전혀 다른 반지처럼 보였다.

"언제쯤 반지 주인 되어 줄 건데?"

"…."

터지려는 한숨을 겨우 입술로 말아 삼키며 시선을 외면하자 사그라지고 있는 케이크 불빛이 들어왔다.

"촛불 꺼지겠어."

"또 딴소리. 그 대답 듣기 전엔 안 불어."

"불고 나서 얘기해 줄게."

"정말이지? 실은 나두 선물 줄 거 하나 더 있거든."

"사장님!"

오빠만 있으면 되는데, 입술을 깨문 채 반쯤 타 버린 케이크를 끌어당기고 얼굴을 맞대려는 순간 저만치 떨어져 있던 웨이터가 그를 다급하게 불렀다.

"저 급한 전화라고 해서…."

웨이터가 몹시 민망하다는 얼굴로 말끝을 흐렸다.

"누나 전환데 집에 가 봐야겠어."

저만치 떨어져 전화를 받던 그가 다가가 앉더니 난처하다는 듯이 말했다.

"무슨 일인데요?"

"가 봐야 알겠어, 할아버지가 당장 오라고 역정이라신 것밖엔."

"가지 마요."

"나두 가기 싫지, 붙잡으니까 되게 좋은데."

그가 기특하다는 듯이 픽 웃었다.
"내일 가면 안 돼요?"
"정말 미안한데 촛불은 이따 다시 끄자. 진짜 근사하게 응? 미안해, 비호처럼 갔다가 바람처럼 올 테니 자지 말고 기다리고 있어."
"내 소원은 한 번도 이루어진 적이 없었어."
활딱 등을 보이려는 그의 목을 끌어안으며 지원은 울먹였다.
"웬 뚱딴지같은 소리야?"
엉거주춤 고개를 내린 그가 영문을 모르겠다는 듯이 물었다.
"많이 보고 싶을 거야."
애써 울음을 삼키고 지원은 깨금발을 해 그의 볼에 얼굴을 부볐다. 마지막 인사는 애들처럼 부비부비 대신 악수를 해야지, 했는데.
"미투야."
귓전에 대고 그가 조그맣게 웃었다. 그의 등 너머 촛불이 하나씩 스러져 갔다.

무슨 일로 이 늦은 밤에 호출일까? 집으로 가는 내내 머리를 굴려보아도 모를 일이었다. 사나흘 말없이 자리를 비웠다고 역정을 내시는지 아니면 그녀를 인사시키지 않는 게 이유인지 도무지 갈피가 잡히지 않았다.

밤이라 차는 시원스럽게 빠졌고 20여 분도 걸리지 않아 집 앞에 도착했다.

"대체 이게 어떻게 된 일이야?"

"뭘 말이야?"

현관문을 열기 무섭게 누나는 다짜고짜 쌍심지를 켜고 달려들었다. 그러잖아도 영문을 몰라 어리벙벙해져 있는데 누나까지 거들고 나서니 정신을 차릴 수 없었다.

"너 어떻게…."

"당장 들어오지 않고 뭐하는 짓들이냐?"

누나가 입을 열려는 참에 할아버지 방안에서 큰소리가 터졌다.

"언제까지 숨길 작정이었니."

몇 년만에 들어보는 할아버지의 큰소리에 잔뜩 긴장하고 방문을 열었다. 채 자리에 앉기도 전에 들려오는 할아버지 말에 현빈은 잠시 주춤댔다.

"무슨 말씀이신지…."

"왜 하필 그 아이야? 모래알처럼 많은 게 여잔데…."

하고 할아버지는 쯧쯧 혀를 찼다.

"지원이 말씀이십니까?"

"그래, 그 아이 말이다. 어째 인사시키는 걸 미뤄 이상하다 싶었는데 그럴 만도 하더구나. 못난 것 같으니라구."

여전히 영문을 몰라 눈만 끔벅이고 있자니 할아버지는 끙, 앓는 소리를 내며 책상의 파일 철을 탁자 위로 내팽개쳤다. 현빈은 얼른 파일 철을 펼쳐 보았다. 깨끗이 비워진 앞장을 넘기자 크게 확대된 그녀 사진이 먼저 눈에 들어왔다. 할아버지 얼굴을 힐끔 보고는 다시 한 장을 넘기자 누가 조사를 했는지 몰라도 듣지도 보지도 못한 그녀 프로필이 빼곡히 채워져 있었다.

"앞장을 다시 넘겨 봐. 민동식이 그 애 아버지더구나."

그녀의 뒷조사를 시킨 이유가 뭘까, 그게 궁금해 무심결에 뒷장을 넘겨보고 있으려니 할아버지가 답답하다는 듯이 끼어들었다.

"아시는 분이십니까?"

"알다마다, 세르데냐가 없어지지 않는 한 잊지 못하지."

"그게 무슨…."

"정말 아무것도 모르고 있었단 말이더냐."

그 아이가 무슨 작정으로 접근했는지 모르겠구나, 하고 할아버지는 입을 뗐다. 사채를 하던 시기를 거슬러 가는 할아버지 얼굴이 잔뜩 굳어졌다. 그리고 호텔업에 손을 뻗치기 시작해 세르데냐 전신인 코리아나 사장으로 거듭난 과정을 회고하면서 할아버지는 힘에 부치는지 이따금 길게 한숨을 내쉬곤 했다. 그 와중에 비로소 민동식이라는 이름이 흘러나왔고 그녀가 한사코 인사를 미뤄 온 이유도 자연스레 밝혀졌다.

"어쩌면 지원이도 모르고 있는 일인지도 모릅니다."

빤한 사실을 부정하고 싶어, 현빈은 앞뒤도 맞지 않는 말을 지껄였다.

"그때 그 아이 중학생이었다."

할아버지는 그 짧은 말로 상황을 종료시키고 있었다.

"15년도 지난 얘깁니다."

"15년이 아니라 150년이 지난다 해도 없던 일이 되지는 않아. 우겨서 될 일이 아니란 걸 잘 알텐데."

"제가 알아서 하겠습니다."

"뭘 말이냐, 니가 나선다고 될 일이 아니야, 그만 정리해."

"그렇게 정리될 사이 아닙니다."

"약혼을 한 것도 아닌데 뭐가 안 된다는 말이냐? 우리야 그렇다쳐도 그쪽에서는 펄펄 뛸 게 분명한데."

"사정 좀 봐 주시지 그랬습니까?"

그녀가 아니었더라면 이런 소리는 하지 않았을 것이다. 할아버지가 장기까지 담보로 잡는 악덕 사채업자였더라도 당연하다고 했을지도 모를 일이었다. 하지만 할아버지가 원망스러운 것은 어쩔 수 없었다.

"이 할애비가 원망스러운 게냐?"

"솔직히 그렇습니다."

"정리는 빠를수록 좋은 거다."

자리에서 일어난 할아버지는 창 커튼을 젖히고 저 먼 산을 올려다보며 쐐기를 박았다.

"아까도 말씀드렸다시피 정리는 못하겠습니다."

"어리석긴… 사업한다는 놈이 그리 물러 터져서야 원. 오늘

보니 딱 니 애비구나."

할아버지 관점에서 아버지는 무능력하고 어머니 밖에 모르는 팔불출이었다. 유순한 성격에 사람들한테 싫은 소리 한마디 못하는 분이셨지만 할아버지와는 눈엣가시인 어머니 때문에 늘 티격태격 했었다.

예기치 못했던 교통사고로 아버지와 어머니를 땅에 묻고도 남편 잡아먹은 년이라고 할아버지는 원망을 서슴지 않았다. 호스테스 출신도 모자라 팔자까지 드세 남편까지 저승으로 끌고 갔다고 할아버지는 제사상에 어머니 밥도 얹지 못하게 했다.

"피는 물보다 진하다 하더군요."

"버르장머리 없이 감히 어디서…."

등을 홱 돌린 할아버지는 붉으락푸르락해진 얼굴로 핏대를 세웠다. 할아버지의 관자놀이께 혈관이 툭 불거져 나왔다.

"그만 가 보겠습니다."

"가긴 어딜 가? 하던 얘긴 끝내고 가야지."

"제가 알아서 한다고 말씀드렸습니다."

"저 저…."

뒷목을 누르며 자리에 풀썩 내려앉은 할아버지를 보는 둥 마는 둥, 팔 소매를 잡아끄는 누나 손을 매몰차게 뿌리치고 집을 나섰다. 까닭 없이 화가 나 뭐라도 때려부수고 싶어, 분풀이하듯 차바퀴를 걷어찼더니 대기하고 있던 기사가 화들짝 튀어나왔다.

"조금 걷지."

넋없이 담배를 피우며 걷다가, 주구장창 한숨을 내쉬며 또 걷기를 담배 한 갑이 아작 날 때까지 생각 없이 걸었다. 한 가지라도 가닥 내볼 양으로 차도 마다하고 걸었지만 머릿속은 여전히 물감이라도 뒤집어쓴 듯 흐리멍덩할 뿐이다.

"저 사장님."

윙윙대는 귀에 기사 목소리가 들려 눈을 떠보니 어느새 호텔 정문 앞이었다. 연신 눈치를 살피는 기사의 인사를 건성으로 받고 빌라로 가는 걸음을 돌려 잰걸음으로 뒤뜰로 가 보았다. 왠지 그녀가 그대로 있을 거 같아서. 아니나 다를까, 그녀는 싸한 강바람도 아랑곳없이 불꺼진 뒤뜰을 홀로 지키고 있었다.

"죽도록 패줬으면 좋겠어."

그 모습에, 현빈은 눈이 뒤집혀 그녀를 짐짝처럼 어깨에 들쳐 메고 방으로 들어와 침대에 패대기쳐 버렸다.

"어떻게 말하나 걱정했는데…."

그녀가 일어나 앉으며 기어 들어가는 목소리로 말했다.

"뭘? 어떻게 쫑쳐야 멋있을까 고심이라도 했어?"

"화낸다고 달라지지는 않아."

"그럼 어떻게 해야 하는데, 상큼한 얼굴로 바이바이 손이라도 흔들까? 그동안 즐거웠어, 이렇게?"

너무 단정한 그녀 모습에 현빈은 화를 가누지 못하고 버럭 소리를 질렀다. 뭣도 모른 채 그녀 장단에 놀아났다고 생각하니 머리끝까지 화가 치밀었다.

"그랬으면 좋겠어."

창가로 느리게 걸음을 떼던 그녀가 잠시 주춤, 걸음을 멈춘 채 억양없이 말하고는 다시 발을 옮겼다. 현빈은 두어 걸음만에 그녀의 어깨를 붙들어 홱 돌려세웠다.

"그랬으면 좋겠어? 장난감도 이런 취급은 안 당할 거다. 내가 장난감이야? 장난감이라도 놀고 나서는 정리는 해 놓고 가야지 안 그래?"

"미안해."

"그렇게 무책임한 말이 어딨어?"

"그럼 어떡해, 둘이 야반도주라도 할까? 그럴 수도 없잖아."

"왜 안 돼? 언제 나한테 물어보기라도 했어? 왜 니 맘대로 좌지우지야."

"오빠가 도망가재두 난 못해."

"날 버리는 건?"

"쉽지 않겠지."

"불가능한 게 아니라 쉽지 않아? 내가 그 정도 밖에 안 돼?"

주룩 흐르려는 눈물을 애써 참아내려는 그녀가 못마땅해 현빈은 그녀의 어깨를 아프게 흔들어대며 씨근덕거렸다.

"오빠가 어느 정돈지 생각 안 해 봤어. 아니, 그런 거 생각할 시간이 없었어."

"두고두고 생각할 시간 내가 만들어 줄게. 내가 하잔 대로 해."

"아니, 부탁이야. 오빠 젤루 싫어하는 거 드라마잖아. 우리 그거 하지마 엉?"

"너만 내 옆에 있어 준다면 달나라에 가서 절구라도 훔쳐 오는 코미디도 찍어."

"힘들겠지만 시간 지나면 나아질 거야. 어쩌면 코미디 안 찍길 천만다행이다 할 지도 몰라."

그녀의 괴변에 갑자기 웃음이 터져 현빈은 미친놈처럼 웃고는 미니 바에서 위스키 병을 꺼내와 물처럼 벌컥벌컥 들이켰다.

"그딴 말로 날 이해시키려고 용쓰지 마. 너도 이해 못 시키잖아?"

"그만 마셔."

반쯤 병이 비워 가자 서랍장에 기대앉아 있던 그녀가 다가와 술병을 낚아챘다.

"놔, 무슨 상관이야?"

"오빠 제발…."

빽 소리를 지르자 그녀는 속수무책으로 바라보고만 있었다.

"어떻게 그딴 걸 시켜, 넌 그럴 수 있어? 차라리 같이 도망가자고 해 그게 더 쉽잖아."

"오빠…."

그녀는 무슨 말인가 하려다가 말고 고개를 내저었다. 그녀의 얼굴도 잔뜩 젖어 있었다.

"이럴 거면 아예 오지 말지 그랬어, 온통 니 냄새로 도배해놓고 가면 남은 난 어떻게 해야하는데. 너 빠져나갈까 문도 못 열고 있다 질식해 죽을까? 그러길 바래?"

그 뒤로 혼자 주절대며 얼마쯤 술을 퍼부었을까? 그녀 얼굴이 어른거리기 시작하더니 어느 순간 눈앞이 캄캄해졌다.

Story 23
눈뜨면 지옥

지원은 눈도 뜨지 않은 채 팔만 뻗어 물병이 있는 곳을 더듬거렸다. 그리고 물병 채 물을 넘기고 도로 털썩 들어 누워버렸다. 사금파리처럼 부서진 몇 조각의 기억들이 뇌리를 어지러이 휩쓸고 스쳐 갔다.

내일을 훔치려 애쓰지 마. 지원이 마지막 소원이야.

하고 휴대폰에 문자를 남기고 술에 취해 너부러진 그의 볼에 부비부비를 해 주고는 직원들 눈을 피해 호텔을 빠져나왔다.

택시를 타고 정처 없이 달리다가 어디인지도 모를 허름한 모텔에 들어왔다. 벌써 3일째인 듯하다.

그동안 입에 댄 음식이라곤 물과 두 끼 식사뿐. 그마저도 주인 여자가 확인 차 문을 열지 않았으면 식사는 생각지도 못하고 있었을 것이다. 종종 벌어지는 불미한 사고에 잔뜩 신경을 곤두세우고 있던 주인 여자는 손수 식사를 넣어 주었다. 심지어 옆에 지켜 서서 감시까지 했다. 그래서일까. 아직은 죽지 않고 버티고 있는 듯했다.

곧장 집으로 가지 않고 이곳으로 숨어들 때에는 마음을 추스르고 집으로 가려는 작정이었는데 막상 그를 떠나 이곳에 등을 뉘인 뒤부터는 아무런 사고를 할 수 없을 만큼 공백 그 자체였다.

망치로 얻어맞은 듯한 얼얼한 기분, 치명적인 독가스에 세포가 삭아 들어버린 것마냥 몸조차 가누기가 버거웠다.

두꺼운 커튼 틈으로 새어 들어오는 가는 햇살자락에 부스스 눈을 떴다가도 이내 몽롱한 잠결 속으로 빠져들곤 해서인지 밤인지 새벽녘 어스름인지 가늠하기조차 힘들었다.

지원은 가물가물 자꾸만 감겨 드는 눈꺼풀에 힘을 주어 시계를 바라보았다.

다음날, 더 이상 식물인간처럼 누워만 있을 수 없어, 지원은 힘겹게 몸을 일으켰다. 그리고 무얼 해야할지 생각했다. 하지만 공황상태는 여전했다. 짜 맞출 수 있는 거라곤 그의 얼굴과 엄마의 얼굴 그리고 집, 이 정도뿐이었다.

실성한 듯 모텔을 등지고 매서운 바람이 들이치는 골목으로 나와, 하염없이 서 있다가 택시를 탔다.

"어서 오세… 아니, 이게 어떻게 된 일이냐, 응?"

미닫이를 열고 들어서니 테이블을 치우고 있던 엄마의 등이 들어왔다. 아마도 손님이라고 착각을 했는지 엄마는 등 돌릴 새도 없이 입부터 열어 인사말을 건넸다. 그제야 알아 본 엄마는 행주를 탁자 위로 던져버리고 한걸음에 달려왔다.

"엄마…."

가방을 바닥으로 떨구어 버리고 지원은 무너지듯 엄마 품으로 파고들었다.

"이게 무슨 일이야… 이 머리는 뭐고 또 얼굴은 왜 이 모양이야?"

말도 못하게 속이 상한 듯 엄마는 얼굴을 한껏 찌푸렸다. 땀에 절은 머리칼을 쓸어 주는 손끝이 파르르 떨렸다.

"나 눕고 싶어."

"그래, 한숨 푹 자고 뭐 좀 먹자. 먼저 방에 들어가 있어, 물수건 만들어 들어가마."

지원은 방으로 들어가자마자 이불 위로 풀썩 쓰러졌다. 그리고 내내 잠에 빠져 허우적댔다. 눈을 떠보니 홀 쪽에서 웅성웅성 사람들의 소음이 들려왔다. 아마도 이른 저녁을 먹는 택시기사들이 몰려든 듯했다.

그때 엄마가 문을 열고 방으로 들어왔다.

"이제 일어난 거야? 밥 한 술 떠 볼래?"

걱정스레 묻는 엄마의 얼굴에 어두운 그늘이 내려앉아 있었다.

"좀만 더 있다, 그래도 한 숨 자고 나니 훨 나은데?"

애써 미소를 머금고, 지원은 밝은 음성으로 대꾸했다.

"대체 무슨 일이야? 성원이부터 나우 나경이 또 이상한 남자들까지 찾고 난리였다. 누구냐고 물어도 대답을 해야 말이지 원. 회사 사람도 아닌 것 같던데."

하고는 엄마는 슬금슬금 눈치를 살폈다.

"어엉, 며칠 여행 갔다 왔는데 그 새를 못 참고 난리들이었나 봐."

엄마가 말한 이상한 남자는 그 아니면 그가 보낸 사람일 것이다. 마지막 소원을 그는 들어주고 싶지 않은 모양이었다. 문득 한숨이 나오려는 걸 지원은 얼른 삼키고 픽 웃었다.

"여행?"

"응, 일도 지겹구 해서 좀 쉴려구. 아마 이상한 남잔 회사 사람일 거야. 무단결근 했거든."

"무단결근? 왜, 사람들하고 쌈이라도 난 거여?"

"좀… 여하튼 내가 알아서 할게."

"정말 다른 일은 없구?"

엄마는 여태 의심을 풀지 못한 모양이었다.

"그러엄… 엄마, 나 내려오니까 좋지?"

엄마의 허리춤을 간질이며 지원은 애교를 부렸다.

"좋긴! 그럼 그렇다고 성원이한테는 알리고 왔어야지. 다들 걱정하느라 전화통에 불이 났구만."

그제야 엄마는 마음이 놓이는지 일부러 팩 쏘아붙이며 가볍게 눈을 흘겼다.
 "알았다구, 전부 내 잘못이야. 이렇게 있으니까 너무 좋다. 엄마, 나 여기서 계속 살까 봐. 이젠 굳이 일 안 해도 되잖아. 실은 나 일하기 싫어, 엄마가 해 주는 밥 먹으면서 식당 일이나 거들게."
 지원은 엄마 어깨에 얼굴을 묻고 혼잣말을 했다.
 "살다보면 이런 일도 있고 저런 일도 있지 어떻게 만날 내 맘 같을까. 지금껏 공부한 게 얼만데 일을 그만 둬? 난 말이다, 성원이도 귀하지만 이 에미 맘속엔 항상 니가 들어차 있어. 내가 손이 부르트도록 일한 게 누구 때문인데, 우리 하나밖에 없는 딸내미 내 보물덩이 때문에 이 악물고 버틴 거야. 근데 뭐…."
 "알았어, 그만해 엄마 맘 누구보다도 더 잘아. 그래서, 그래서…."
 쉬이 끊이질 않을 것 같은 잔소리를 가로막으려고 엄마의 목을 끌어안다가 지원은 끝내 울먹이고 말았다. 울컥 설움이 북받쳐 얼굴을 들 수 없어 꼼짝없이 있어야 했다.
 "갑자기 왜 이래?"
 "엄마가 너무 안 돼 그러지. 이젠 엄마도 좀 쉬어가며 일해 내년이면 오빠 사업도 풀릴 거야. 그때 우리 함께 여행갈까?"
 지원은 냉큼 울음을 삼키고는 떨어져 앉으며 딴청을 부렸다.
 "성원이가 그러더냐?"

"요즘 오빠 신났잖아."

"그래, 그놈의 자식은 뭐가 바쁜지 달랑 전화만 하고 얼굴은 내비치지도 않는구나. 아들내미는 하나도 소용없다더니…."

설레설레 고개를 내젓던 엄마는 못내 서운한지 말끝을 흐리며 한숨을 내쉬었다.

"그래도 오빠가 나중엔 효도 많이 할거야. 오빠가 옛날에는 얼마나 싹싹했어."

"에휴, 다 이 에미 탓이다. 그건 그렇고 배고프지 않아, 밥상 봐 줄까?"

"아니, 이따 손님 한차례 빠져나가면 그때 아줌마랑 같이 먹자."

대충 마지막 손님들까지 치르고 저녁을 먹고 나니 11시가 가까워지고 있었다.

지원은 이불을 깔고 누웠다. 눈을 뜨고 있어도 감고 있어도 그의 얼굴이 어른거리는 것은 마찬가지였다.

그러면서 그를 걱정했다. 혹시 일 팽개치고 찾으러 다니는 건 아닌지, 좀 더 옆에 있다가 아침에 말짱한 정신인 거 보고 나오 걸 그랬나. 제발 바보 같은 짓 그만둬야 할 텐데…. 이내 닭똥 같은 눈물이 볼을 타고 흘렀다.

지워지지 않으리란 건 이미 절감하고 있었지만 생각보다 몇 배는 힘에 겨웠다. 벌써부터 힘이 들면 긴긴 시간 어떡하나. 지원은 눈물을 훔쳐내며 스스로를 위로했다.

시간이 지나면 그의 모습도 희미해지고 뻥 뚫린 마음도 다시 메워지겠지. 하긴 그의 결혼 소식을 접하게 되면 또 마음이 무너지겠지만 그래도 한결 마음은 가뿐할 거야. 그는 초콜릿을 입에 달고 살 테고 그러면 외로워하지도 않을 테니까.

아침, 엄마는 새벽 손님이 한차례 빠져나가자 주인집 주유소 사장님 차에 묻혀 시장을 보러 나갔고 아빠는 하루도 거르지 않는 아침 운동을 나갔다 유일한 낙인 기원에 들러 바둑을 두고 있을 것이다.
"됐어, 나머진 내가 할 테니 들어가 쉬어. 성님 보면 벼락 떨어진다니까. 금이야 옥이야 하는 딸 설거지 시켜 먹는다고."
콩나물을 무치고 있던 아줌마는 은근히 엄마 흉을 보며 설거지하는 손을 말렸다.
"이것만 하구요."
"그래? 그럼 나야 고맙지 뭐. 오래 있다 가라, 심심찮고 좋다."
아줌마는 남 속도 모르고 도와주는 손이 생겼다고 마냥 헤실거렸다.
"안 그래도 넌덜머리난다고 할 때까지 있으려구요, 구박이나 하지 마세요. 호홋! 어서 오…."
애써 목청을 돋궈 너스레를 떨고 있는데 문 열리는 소리가 들려왔다. 지원은 얼른 표정을 바꿔 어느새 입에 붙은 인사말을 건네려다 말고 얼어붙고 말았다. 집에 온 뒤 전화조차 없었던 그가 불쑥 들이닥치다니. 순간 와장창, 접시 깨지는 소리가 정적을 갈랐다.

"조심하잖구, 안 다쳤어? 어머 내 정신 좀 봐. 쟁반을 어디다 뒀더라."

수선스레 접시조각을 거둬들이고 있던 아줌마는 그제야 손님 생각이 떠올랐는지 접시조각을 아무렇게나 던져놓고 그에게 다가갔다.

"어머? 이 양반 그때 왔던… 지원아?"

탁자에 물 컵을 내려놓고 돌아서려던 아줌마가 다시 고개를 틀어 그를 유심히 살펴보다가 이편을 보고 손짓을 했다. 지원은 씌인 듯 걸어 테이블 앞에 섰다.

"그때 야 찾던 서울 분 맞지라?"

"예."

그는 아줌마를 본체만체 고개를 끄덕하고는 뚫어질 듯 쳐다보았다.

"아침부터 까치가 조잘대더니 반가운 손님 오려고 그랬는가 보이. 아 참 이 정신머리하곤 국밥 한 그릇 말아드릴까?"

"아줌마 따뜻한 물 한잔 더 주세요."

지원은 그를 대신해 아줌마 입을 막았다. 그리고 주방으로 들어가는 아줌마를 확인하고서야 입을 열었다.

"뭣 좀 먹을래요?"

그 앞으로 물 컵을 밀어주고는 지원은 낮게 한숨을 내쉬었다.

정신을 차리고부터 내내 그의 해쓱해진 얼굴이 맘을 아프게 했다. 바로 아무 일 없이 지내지는 못하겠지 하면서도 한편으로는 빨리 제자리를 찾기 바랐는데, 그 역시나 힘든 모양이었다. 어쩌면 그가 너무 말끔한 얼굴로 왔더라면 더 마음이 아팠을지도 모르겠다는 터무니없는 생각이 머리를 스쳐, 지원은 속으로 어처구니없는 웃음을 삼켰다.

"집에 내려왔다는 소리 듣고 하루는 안도했고 그 다음날은 줄곧 창 밖만 봤어. 그리고 또 그 다음날은 일도 못하고 로비에서 서성였다. 그러다 문득 식구들 설득시키기가 힘든 모양이구나 싶었어. 내 맘 반만 되도 진작 올라왔을 테니까. 그래서 내려왔어."

그는 차분하게 말을 이어가면서도 서운하다는 마음을 감추지 않았다. 분명 모든 게 끝났다는 것을 알면서도 그는 인정을 하지 않고 있다.

"그냥 가요."

"내가 대신 한다구."

그는 물 컵에 손도 대지 않고 주머니에서 담배를 빼 물었다.

"안 된다는 거 잘 알잖아요."

"해 보긴 한 거야?"

단호하게 고개를 내젓자 그가 조금 곤두선 목소리로 물었다.

"엄마까지 어찌 되는 꼴을 보라구요?"

"엄만 무섭고 난 어찌 되든 상관없는 거야?"

그가 피우다만 담배를 비벼 끄고는 테이블 가에 치워놓은 찬물 잔을 끌어당겨 꿀꺽꿀꺽 들이켰다.

"미안해요."

지원은 길게 한숨을 내쉬고는 고개를 끄덕였다. 여태 눈물을 보이지 않으려고 꾸역꾸역 참아내고 있었는데 어느새 뺨이 촉촉이 젖어들었다. 손바닥으로 얼굴을 훔쳐내고 지원은 잠시 마음을 진정시킨 뒤 고개를 들었다.

"다신 오지 마요. 이런다고 바뀔 건 하나두 없어."

"나한테 맡기고 방해만 마. 제발 끝내자는 소린 그만 해. 그것 빼고는 뭐든지 다 들어줄게 엎드려 기라 해도 길 자신이 있어."

"오빠, 애들처럼 왜 이래…."

테이블 위로 손을 뻗어 그의 팔 소매를 흔들고 있는데 갑자기 문이 열리더니 엄마가 장바구니를 고쳐 잡으며 들어섰다. 지원은 퉁기듯 자리에서 일어났다.

"엄마…."

"어? 그래… 손님 와… 어머?"

"안녕하셨습니까."

그와 엄마를 번갈아 보며 쩔쩔매고 있자니 엉거주춤 일어난 그가 고개를 푹 숙여 보였다.

"접 때 오셨던 분? 얘, 너 찾아왔던 분이 이분이야."

그가 말없이 고개를 끄덕이자 엄마는 조금 겸연쩍은 얼굴로 장바구니를 내려놓고는 황망히 차림새를 추스렸다. 눈뜨기 무섭게 새벽 장사를 준비해야 하는 엄마는 화장은커녕 머리 빗을 시간도 없이 주방으로 들어서곤 했다. 언제부터인가 거울 앞에 앉아 있는 엄마를 본 적이 없는 것 같다. 그런데 지금은 부스스한 외모가 몹시 신경 쓰이는지 엄마는 자꾸 머리를 만지작대고 있었다.

"저 드릴 말씀이 있는데 잠시 시간 좀…."

멍하니 엄마의 하는 양을 쫓고 있을 때 그가 정색한 얼굴로 엄마에게 자리를 권했다. 엄마는 멀뚱멀뚱 이편을 쳐다보다가 영문 모를 얼굴로 그와 마주 보고 앉았다. 지원은 앉지도 서지도 못하고 발만 동동거렸다.

"우리 지원이가 무슨 일이라도 저질렀나요?"

사무실 직원이라 넘겨짚은 엄마는 잔뜩 움츠러든 목소리로 물었다.

"아니 그런 게 아니라 저희들 문제로 상의드릴 게 있어서요."

"저희들?"

엄마는 무심결에 그의 말을 되뇌며 무슨 일이냐는 눈빛을 던졌다. 지원은 그의 옆자리에 가만히 내려앉아 엄마를 바라보았다. 그러자 엄마는 더욱 황당해 하는 얼굴로 번갈아 보며 아무나 설명을 해 보라는 얼굴로 말없이 채근했다.

"뭣부터 말씀을 드려야 할지…."

물로 입술을 축인 그는 조심스레 입을 열었다. 그가 지금처럼 쩔쩔매는 모습을 본 적이 없는 듯했다. 엄마는 단박에 굳은 얼굴로 탁자 가까이 의자를 끌어다 앉으며 숨죽인 채 그를 빤히 쳐다보았다.

그가 인사드리려 왔다고 다시 한번 고개를 숙이고 이윽고 그의 입에서 세르데냐, 라는 말이 흘러나오자 엄마는 숫제 질린 얼굴로 그를 멍하니 쳐다보고 있더니 막판에 그의 할아버지의 이름, 최동식 석 자에 온몸을 부르르 떨기 시작했다.

"도통 무슨 말을 하고 있는 건지…."

마치 귀신에 홀린 사람처럼 엄마는 혼잣말로 주절대다가 창밖으로 고개를 돌리더니 길게 한숨을 내쉬었다. 창 밖은 1미터 앞도 분간하기 어려운 짙은 비안개에 휩싸여 있었다.

"받아들이시기 힘드실 줄 압니다만 저희들도 어쩔 수 없이 시작…."

"이것아, 어쩌자고, 어쩌자고 이래?"

채 그의 말이 끝나기도 전에 엄마는 사정없이 어깨를 내리찍으며 거의 실성한 사람처럼 소리를 질렀다. 아무리 긴긴 세월 막노동판 밥을 해대고 단돈 천 원 때문에 사람들과 말다툼도 벌이곤 했던 엄마였지만 지금처럼 남들 눈도 아랑곳없이 바락바락 소리를 지른 적은 없었다.

엄마는 힘들게 살아가면서도 자식들 눈이 무서웠는지, 아니면 소싯적 체면이 남아있었는지, 어쨌든 엄마는 사람들 입에 오르내리는 추태는 보인 적이 없었다.

더구나 어디 때릴 데가 있다고 매를 드는지 원, 하고 다른 엄마들을 헐뜯던 엄마가 15년 세월 울분을 토해 내듯 정신 없이 내리치고 있었다.

"니가 어떻게 나한테…."

"니그 아버지 반병신 만든 작자가 누군지 눈 시뻘겋게 뜨고 본 니가…."

"차라리 아그들 네댓 딸린 홀애비한테 시집을 가겠다 그라는 것이 낫제."

아픔도 모른 채 그저 몸을 내맡기고 있자 보다못한 그와 아줌마가 사색이 되어 뜯어말렸다.

"당장 꺼리자고 해. 여기가 어디라고…."

하고 자지러지듯 소리를 지른 엄마는 기절 직전에 아줌마 손에 이끌려 방으로 들어갔고 그는 말없이 밖으로 나가더니 담배를 피우며 연신 한숨만 내쉬었다.

지원은 눈물로 얼룩진 얼굴을 대충 닦아내고 밖으로 나갔다. 그는 무섭게 달리는 차 소리에 기척을 느끼지 못했는지 고개도 돌리지 않고 뻑뻑 담배만 피워 댔다.

"그만 가요."

등 뒤로 다가가 어깨를 두드렸더니 그제야 그가 고개를 돌렸다.

"어떻게 그냥 가?"

피우다만 담배를 발끝으로 비벼 끈 그가 잔뜩 얼굴을 찌푸리며 말했다.

"언젠가 그랬죠, 세상엔 안 되는 것도 있다구. 그만 고집 피우고 인정해요."

"지금 고집 피우고 있는 것처럼 보여? 어쩜 할아버지 말하고 토씨도 안 틀려, 서로 짰어? 어떻게 이렇게 무섭게 굴어? 난 지금 살기 위해 몸부림치고 있는 거야. 눈뜨는 아침이 지옥이다 알기나 하면서 그러는 거냐구."

어이없다는 듯이 말을 이어가던 그가 종내는 버럭 고함을 지르며 풀썩 주저앉았다. 그리고 재킷 주머니에서 담뱃갑을 찾아내 담배를 빼 내려다 말고 사납게 우그러뜨려 버렸다.

그는 또 한숨이었다. 가만 그 옆에 쪼그려 앉아 쌩쌩 눈앞을 스쳐 가는 차만 바라보고 있으려니 그가 땅에 떨어진 담뱃갑을 뒤져 용케 덜 바스라진 담배 한 개비를 찾아내 불을 붙였다. 등 뒤로 흙바람이 몰아치고 있었다.

"난 애인님만 있으면 돼."

하고 그는 깊게 담배를 빨아들이더니 하늘을 보며 길게 연기를 내뿜었다. 바람이 연기를 눈 깜짝할 새 먹어 삼켰다. 그는 물기 젖은 눈으로 그 연기를 멍하게 쫓았다.

"미안해…."

지원은 목으로 치미는 뜨거운 덩어리를 겨우 삼키고 발딱 일어나 등을 돌렸다. 그를 빨리 보내라고, 가게 창 너머에서 채근하는 아줌마 얼굴이 부옇게 흐려지고 있었다.

Story 24
그리움은 그리움을 부르고

 문을 밀치고 들어가기 무섭게 현빈은 담배 연기 자욱한 홀을 바쁘게 두리번거렸다. 낮인데도 불구하고 빈자리를 찾기 힘들다. 너나 할 것 없이 담배를 입에 문 채 뱅글뱅글 돌아가는 구슬에 눈을 박고 있었다.
 겨우 자리 하나를 찾아 앉자마자 어디선가 하이힐 소리가 들려왔다. 고개를 돌려보니 쟁반을 받쳐 든 아가씨가 사람들 앞으로 음료수를 돌리고 있었다. 현빈은 아가씨를 불러 지폐 몇 장을 내밀고 담배부터 빼 물었다.
 그러면서 습관처럼 휴대폰을 꺼내 액정화면을 멀거니 들여다봤다. 혹시 그녀에게 전화라도 걸려오지 않았을까. 하지만 휴대폰은 그녀 아닌 다른 전화들로 불이나 있을 뿐이었다. 오비서야 말할 것도 없고 행방을 찾는 누나에서 할아버지, 시후까지. 현빈은 거칠게 휴대폰을 팽개치고 아가씨가 들고 온 동전을 받아들었다.

  동전을 구멍 속으로 투입할 때마다 속으로 빌었다. 제발 살려달라고, 더는 견딜힘이 없다고, 그만 붙들어 달라고. 그래도 그녀는 말이 없었다.

  현빈은 신음처럼 혼잣말을 토해 냈다.

  "낼은 없다고 했으면서 영혼을 송두리째 훔쳐 버렸잖아, 그러면 책임을 져야지. 안 그러니 애인님."

  얼결에 흥분을 하고 말았을까. 뻑뻑 담배를 피우며 게임에 빠져 있던 옆 사람이 미친놈 다 보겠다는 듯이 헛기침을 했다. 그리고 에고, 오늘도 삽질이구먼 하고 자리를 털고 일어났다.

  공연히 머쓱해져 동전을 집으려는데 어느새 수북히 쌓였던 동전이 바닥나 있었다. 아가씨를 부르려고 고개를 드니, 시간이 얼마쯤 지났을까, 띄엄띄엄 빈자리가 보였다. 아가씨가 들고 온 동전을 받아들고 현빈은 다시 동전을 집어넣었다.

  "이 동전이 다하기 전에 한 번만…."

  주문을 외듯 동전을 몇 개 집어넣고 있을 때였다. 기적처럼 휴대폰이 반응을 보였다. 현빈은 번호도 확인하지 않고 플립을 열었다. 왠지 이번만은 그녀일 것 같았다. 하지만 예상은 보기 좋게 빗나갔다. 전화기 저편에서는 시후의 몰아붙이는 말소리만이 넘어왔다.

  "대체 종일 어디 있었던 거야? 다른 전화는 씹어도 내 전화 받아야지."

약속장소인 술집에 먼저 도착해 혼자 반 병쯤 비우고 있을 때 들이닥친 시후는 보자마자 볼멘소리를 하기 시작했다.

현빈은 딱히 할말도 없었을 뿐더러 하고 싶지도 않아 말없이 잔을 비웠다.

"진종일 너 찾는 전화 받느라고 일을 못했다. 오 비서에 회장님 누나까지. 뭘 어쩌자는 거야? 시원스레 말이나 해 봐."

술병을 낚아챈 시후는 이젠 씩씩거리기까지 하며 다그쳤다.

"모르겠어, 아무것도…."

술도 얼마 마시지 않은 것 같은데도 몸은 한없이 늘어졌다. 현빈은 왼손으로 얼굴을 받친 채 앓는 소리를 했다.

"민한텐 연락 없구?"

답답했는지, 시후도 술잔을 그득히 채우며 물었다.

"오지 말라는 소리만 하더니 어제부턴 아예 전화도 받지 않는다."

"좀 느긋하게 기다려 봐. 하루 이틀에 풀릴 문제 아니잖아. 한번에 어쩌려구 하면 되던 일도 도로아미타불이다. 나경 씨한테 은근슬쩍 그쪽 상황 떠볼 테니 제발이지 정신 좀 차려 엉?"

하고 시후는 단숨에 잔을 비웠다. 그리고 얼마쯤 주거니 받거니 말없이 술을 마셨다. 한껏 어두워진 조명 아래로 블루스 선율이 진저리를 치고 있었다.

"그만 맘 잡고 일 해. 그러다 보면 시간 가고 민 부모님도 누그러지시겠지. 호텔 말아먹을 작정 아니면 정신 차려."

잠자코 술친구를 해 주던 시후가 으르듯 입을 뗐다.
"호텔 그 딴 게 무슨 대수야? 아무것도 필요 없어."
"미쳐도 단단히 미쳤구나 너. 그만 정신 챙겨, 이 자식아."
"그때 맡겨 놓… 놓은 거 주라구."

현빈은 잔소리 그만 하라는 듯이 벌떡 일어나 바텐더 앞으로 팔을 내밀었다. 가늠 없이 마셔댔는지 혀가 꼬여 말이 제대로 나오지 않았다.

"여기…."

바텐더가 내미는 색소폰을 들고 현빈은 무작정 걸음을 내딛었다.

울분이 터져 자제할 수가 없었다. 주위 시선도 아랑곳없이 현빈은 큰 소리로 지껄였다.

"이거 선물 주려고 했는데 듣지도 못하고 가 버렸어. 이건 듣고 갔어야지."

겨우 흔들거리는 시선을 붙들고, 사람들 어깨를 비껴 비틀비틀 무대 앞까지 다가갔다. 무대에 다 왔다 싶어 마음을 놓고 있었던 까닭일까. 갑자기 휘청 앞으로 몸이 쏠리는가 싶더니 눈앞이 아뜩해 왔다.

둔탁한 뭔가가 가슴을 짓누르는 듯한 통증과 함께 정신을 잃어갔다. 사람들의 새된 비명이 귓가에 흩어졌다.

"널 부르는 소리 안 들려?"

아침, 눈을 뜨니 눈앞에 누나가 정승처럼 버티고 서 있었다. 아마도 시후가 호텔로 옮겨 놓은 모양이다. 누나는 눈이 마주치기 무섭게 다짜고짜 다그쳤다.
"그만 살 작정했지?"
"이따 얘기 해."
현빈은 이불을 머리끝까지 뒤집어 쓴 채 말을 잘랐다. 그러자 누나가 침대에 내려앉더니 홱 이불을 걷어내며 째려보았다.
"이따 이따 한 게 벌써 며칠짼 줄 아니?"
"할말이 뭔데? 피곤해 짧게 해."
누나 입에서 나올 말을 빤히 알면서도 현빈은 짐짓 모른 체 퉁명스레 대꾸했다.
"언제까지 봐 줄까?"
"뭐얼?"
현빈은 잔기침이 나와 콜록거렸다.
"너 점점 왕짜증인 거 모르니? 지금 드라마 찍어?"
"이게 드라마라면 골백번도 찍겠어. 짜고 치는 고스톱처럼 해피엔딩으로 쇼부 볼 거 아냐?"
하고 현빈은 침대에서 빠져나와 담배를 빼 물었다.
"그럼 니 사랑은 새드엔딩이라고 결론 본 거야?"
"무슨 말을 그딴 식으로 해?"
비꼬는 듯한 누나 말에 반사적으로 큰소리가 터져나왔다. 누나는 깜짝 놀랐는지 무슨 말인가를 하려다 말고 입을 다물었다.

"혼자 있고 싶어, 그만 나가 줘."

"진짜 할말은 지금부터야."

길게 잔소리를 늘어놓을 모양새로 누나는 침대 끄트머리에 자리를 잡고 앉았다. 현빈은 길게 들어 줄 마음의 여유가 없어 미리 선수를 쳤다.

"잔소리는 빼 줘. 그럼."

"너 밖으로 떠돌 동안 나 할아버지한테 얼마나 깨졌는지 모르지? 내가 뭔 죄니?"

"그래서?"

누나 말을 귓등으로 흘리며 현빈은 또 휴대폰을 확인했다.

"그래서? 갈수록 태산이다. 할아버지 당장에 사표 받아오라고 난리신 걸 겨우겨우…."

"왔으니 받아가면 되겠네 뭘."

"너 진심이니?"

더 이상 봐 줄 수 없다는 듯이 누나가 앙칼지게 쏘아붙였다.

"다 성가셔서 그래."

현빈은 한풀 꺾인 목소리로 대꾸하고는 다시 새 담배에 불을 붙였다.

"너구리 그만 잡고 내 말 새겨들어."

"더 남았어?"

귀찮다는 듯이 한숨을 내쉬자 누나는 다소 경직된 얼굴로 입을 열었다.
"느네 매형 어제 비행기 탔어. 성양 헌팅 갔다구 알아들어?"
누나는 팩 쏘듯 말꼬리를 끌어올리더니 낮게 한숨을 내쉬었다.
차일피일 미루고 있었던, 호텔을 포함한 대규모 쇼핑몰 프로젝트를 마케팅 이사인 매형이 대신 떠맡은 모양이었다. 어쩌면 할아버지의 반격이 시작됐는지도 모를 일이다. 호시탐탐 기회를 노리고 있던 매형은 얼씨구나 싶어 냉큼 받아먹었을 테고. 평소 같으면 그냥 먹히고 있을 최현빈은 아니지만 지금으로선 그 어떤 것도 부질없을 뿐이었다.
"고맙게 됐군."
현빈은 시니컬하게 웃으며 담배 연기를 날려보냈다.
"비아냥거릴 자격 없잖아 너?"
"누가 뭐래? 할말 다 했으면 그만 나가 줘. 지금 나가 봐야 해."
말이 끝나기 무섭게 옷을 챙겨 입자,
"결제는 하고 가. 안 그럼 진짜 너 모가지야."
하고 누나는 무섭게 을렀다.
"야! 최현빈! 밥은 먹고 다녀, 산송장 짓 그만 하고."
문 너머로 누나의 새된 소리가 고스란히 들려왔다. 현빈은 코트도 걸치지 못하고 쫓기듯 방을 빠져나와 로비 회전문을 밀었다. 대기하고 있던 기사는 이제는 습관이 됐다는 듯 알아서 키를 건네주었다.
차를 끌고 나와 시후 사무실 방향으로 길을 잡으며 현빈은 잠시 갈등했다.

줄달음치는 마음 길을 따라 무작정 달려가고 싶은 마음뿐이었다. 시후가 물어다 줄 기별을 기다리기조차 버거웠다.

하루해가 너무 길어서 형벌처럼 느껴진다고, 지원은 이부자리 속에서 작게 흐느꼈다. 행여 엄마가 깨어날까, 지원은 흐느낌을 가라앉히려고 비스듬히 몸을 틀었다. 그리고 요 밑에 깊이 감춰둔 미니 사진첩과 플래시를 꺼내들었다.

몸을 한껏 웅크리고 사진첩을 펼쳤다.

겉장을 넘기면 대문짝만하게 찍힌 찌푸린 그의 얼굴이 나오고, 한 장을 더 넘기면 창가에 엉거주춤 포즈를 잡고 선 그의 상반신이 끼워져 있고, 서너 장을 넘기면 무릎베개를 하고 누워 사진 찍기 싫다고 손을 휘젓는 모습이 담긴 사진이 나올 것이다.

순서까지 외도록 보고 또 본 사진들을 지원은 느리게 넘기며 각인이라도 시키듯 뚫어지게 바라봤다. 눈물과 손자국으로 얼룩진 비닐 커버에 어김없이 눈물줄기가 또르르 금을 긋는다.

그렇게 얼마쯤 속울음을 삼키고 있으려니 엄마가 몸을 뒤척거리며 돌아누웠다. 지원은 얼른 앨범을 감추고 후다닥 젖은 얼굴을 닦아내고 잠든 척 숨을 죽였다. 베갯잇이 흥건히 젖어 들어갔다.

이윽고 엄마는 깊이 잠에 빠졌는지 숨을 고르게 내쉬며 등을 돌렸다. 지원은 가만 눈을 뜨고 허리춤 밑에 깔린 휴대폰을 꺼내들고 음성함을 열었다.

꼭꼭 숨어라, 머리카락 보일라, 숨바꼭질 더 이상 못 하겠어.
나 포기 안 할 거지? 아니 못 하지? 그 말만 듣자.
시후는 기다려보라는데 난 더 못 하겠어. 꾹꾹 누르는데도 자꾸 니 생각은 넘친다. 난 암 말도 안 했는데 밴댕이 속이 그런다. 더는 용량이 딸린다고.
매일 기도해, 잠시만 보여 달라고. 시간을 훔쳐가 달라고. 그리고 지금도 기도해, 애인님 목소리 한 번만 들려 달라고.

지원은 끝내 울음을 토하고 말았다.
"보고 싶어…. 나 거짓말쟁이야, 오빠 잊는다고 큰소리친 거 취소하고 싶어."

토막 잠으로 밤을 보내고 지원은 이유 없이 답답증이 나 평소보다 조금 이르게 코트를 걸쳐들고 방문을 열었다. 어느 때부터인가 뒷동산에 앉아 오전을 보내는 게 하루 일과가 돼 가고 있었다. 하늘바라기로 그리움을 견뎌내고 있었을 지도, 언제 공항으로 달음질칠지도 모르는 위태위태한 나날을.

"아침이나 뜨고 나가라."

막 가게문을 열고 나서려는데 엄마의 날 선 목소리가 등에 꽂혔다. 엄마는 이젠 말리기도 지쳤는지 방에 들어가라고 우기는 대신 아침밥으로 꼬투리를 잡고 늘어졌다.

"생각 없어요."

"아직 날 찬데 속이라도 뜨뜻하게 데우고 나가야지 덜 추울 거 아녀?"

"잠깐 바람 쐬고 올게요. … 괜찮테두."

부질없는 일이라는 것을 알았는지 엄마 잔소리는 금방 끊겼다. 지원은 낮게 한숨을 내쉬며 문을 열고 밖으로 나왔다. 그리고 몇 발짝 뗐을까. 문득 등 뒤에서 기척이 느껴져 고개를 돌려보니, 주방으로 들어갔겠지 싶었던 엄마가 목에 목도리를 둘러주며 낮게 혀를 차 댔다.

"단단히 싸매고 있어, 너 아프면 나만 고생이다. 길게 있지 말고."

엄마는 일부러 차갑게 말을 내뱉고는 혼자 구시렁대며 등을 돌렸다.

지원은 뒷동산으로 이어지는 계단을 오르며 부질없는 기대를 해 봤다. 말로는 나 눈 감기 전에는 어림도 없다고 얼음장을 놓는 엄마지만 딸내미가 힘들어하면 언젠가는 봄날 눈 녹듯 엄마 맘도 풀리지 않을까?

엄마의 혀 차는 소리가 늘어날수록, 혼자 고개를 내저으며 짠한 눈길을 던지는 횟수가 빈번해질수록 기대는 커져만 갔다. 집으로 내려와 얼마간 발버둥치며 잊자고 했던 마음은 온데 간 데 없이 실종되고 없었다.

벤치에 오도카니 앉아 혼자 생각에 잠겨 있는데 느닷없이 휴대폰이 울렸다. 지원은 얼른 휴대폰을 꺼내들었다. 이 시간에 전화를 하는 사람은 그밖에 없었다. 지원은 더는 참지 못하고 무작정 귀에 휴대폰을 가져다 대었다. 그런데 뜻밖에도 엄마였다. 엄마는 당장에 내려오라고 채근했다. 건성으로 왜요? 했더니 엄마는 나우 내려오는 길이란다, 하며 다소 들뜬 목소리였다. 아직도 엄마는 한 줄기 희망을 버리지 못한 듯했다.

지원은 깊게 한숨을 내쉬며 자리에서 일어났다.

터벅터벅 동산을 내려와 횡단보도를 건너려고 서 있는데 가게 앞에 못 보던 승용차가 턱 버티고 있었다. 지원은 고개를 갸웃했다. 국밥을 먹으로 들른 차라고 하기엔 너무 고급 차였다. 마침 신호가 바뀌자 지원은 걸음을 서둘렀다. 가게 문 밖에서 잠시 숨을 돌리고 막 문을 열려고 하다가 지원은 꼿꼿이 얼어붙고 말았다.

뿌옇게 서리 낀 문 너머로 예기치도 못했던 광경이 들어왔기 때문이었다. 테이블을 사이에 두고 엄마와 점잖게 차려 입은 노인네가 잔뜩 굳은 얼굴로 서로를 노려보고 있었다. 지원은 저만치 세워놓은 차 번호판을 힐긋 넘겨다보았다. 서울 차였다. 속속들이 따져보지 않아도 그의 할아버지란 사실을 금방 알아차릴 수 있었다.

지원은 문 앞으로 바짝 몸을 디밀고 귀를 세웠다.

"이렇게 다시 보다니 두 집 연이 질긴가 보외다."

"악연이니 당연히 질기겠지요."

엄마는 말을 받으며 테이블 밑으로 주먹을 앙틀어쥐었다. 지원은 도무지 믿을 수가 없어 눈을 비벼 보았다.

"나 싸우자고 온 거 아니외다."

"무슨 이유로 여기까지 오셨는지 모르겠지만 할말만 빨리 하고 일어나 주시죠."

엄마는 진정이 되지 않는지 목소리가 심하게 떨려 나왔다.

"내가 여기 올 이유가 애들 문제말고 뭐가 있겠소."

마음이 상했다는 듯이 그의 할아버지는 헛기침으로 거푸 해댔다.

"애들이라뇨?"

짐짓 모른 체 엄마는 시치미를 뗐다.

"지나간 과거로 창창한 애들 앞길 막아야 쓰겠소. 우리가 조금만 접고 들어가면…."

그의 할아버지는 애써 엄마를 참아내고 있는 듯했다. 어려운 걸음 한 것을 고맙게 여기지 않아 심기가 불편한 모양이었다.

"접고 들어가요?… 어려운 말을 쉽게도 하시네요."

차갑게 말을 끊은 엄마는 어이가 없다는 듯이 웃고는 비꼬듯 말을 이었다.

"그럼 어쩔 작정이시오. 우리 애 일도 팽개치고…."

그의 할아버지도 인내가 다했다는 듯이 핏대를 세웠다.

"우린 앤 그 좋은 직장도 그만두고 식당일 거들고 있답니다. 그쪽이야 다시 제 자리로 돌아가겠지만 우리 앤…."

파르르 입을 연 엄마는 끝내 목이 메어 말을 잇지 못했다. 지원은 문을 열고 들어서려다가 손을 멈췄다. 지금 엄마 앞에 나타나서 좋을 게 없을 것 같았다. 어쩌면 엄마는 울분을 토할지도 모르겠다, 싶었다.

"그러니 늙은이들이 양보를 하자는 말이오"

"내 눈에 흙 들어가기 전까진 어림도 없는…."

그렇게 말하고 엄마는 말을 잇지 못하고 분을 삭이려는 듯이 침을 꿀꺽 삼켰다.

"허허, 그럼 할 수 없군. 그럼 애들 떼어 놓는 건 어쩌시겠소."

"떼어 놓다니요?"

"일전에 알아보니 미국에 있다 왔다던데 다시 들어가면 어쩌겠냐 싶어서. 경비 정도는 내가 다…."

"보자보자 하니…."

드디어 엄마는 휘청 중심을 잃고 넘어가기 직전이었다. 보다못해 지원은 문을 밀고 가게 안으로 발을 밀어 넣었다. 그때 누군가가 어깨를 밀치며 안으로 들어섰다. 얼른 정신을 추스르고 고개를 들었더니 하필 나우였다.

"아줌마?"

나우는 엄마를 부축한 채 상황파악이 안 된다는 얼굴로 주위를 두리번거렸다.

입술을 꾹 깨물고 있던 엄마는 나우의 목소리를 듣고는 설움이 북받치는 얼굴로 입을 열었다.

"우리 애 다시 안 떼어 놓습니다. 정 떼 놓으실 작정이면 그쪽 손주나 보내든지. 그리고 이젠 우리도 먹고 살만 합니다. 우리 애 공부시킬 돈쯤은 아니, 능력이 안 된다 해도 내가 어디 가서 달러빚이라도 얻을 테니 그런 말이랑은 하지도…."

엄마가 분을 어쩌지 못하고 탁자 모서리를 쥐자 여태 말없이 보고만 있던 나우가 엄마를 부축해 방으로 데리고 들어갔다.

"아줌마 진정하세요."

부르르 떨리는 나우 목소리에 지원은 눈을 감고 말았다. 한 줄기 희망이 홀연히 자취를 감추고 있었다. 약속이라도 한 듯 난데없이 나타난 나우가 원망스럽기까지 했다.

Story 25
부제: 지독한 사랑

　머리끝까지 화가 치밀어, 나우는 차도 내팽개치고 비행기편으로 서울에 올라가자마자 그 자식을 수배하기 시작했다. 작정 없이 호텔로 쳐들어가 그를 찾았지만 그곳엔 없었다. 백방으로 수소문 끝에 이윽고 시후에게 알아낸 술집으로 찾아가 보니 그 자식은 혼자 술을 마시고 있었다. 난 한마디 말도 건네지 않고 그 자식 뒷덜미를 움켜잡고 밖으로 끌고 나왔다. 그리고 환하게 불 밝힌 도보 한가운데라는 사실도 잊고 그 자식 면상에 주먹을 박았다.

　"야 이 새끼야. 너 몇 살인데 아직까지 할아버지 무릎에서 놀아 엉?"

하고 그 자식이 중심도 잡기 전에 한 방 더 갈겼더니 도로가 제 안방인양 그 자식은 풀썩 쓰러졌다.

　"지원이 보여 줘. 지원이 얼굴 한 번만, 아니 목소리라도…."

그 자식은 애써 무릎을 세우다가 이내 주저앉아 버렸다. 그러면서도 애타게 지원을 찾았다. 차마 눈뜨고 보지 못할 정도로 그 자식은 망가져 있었다.

"이 자식이 아직도? 너 하나도 부족해 할아버지까지 끌어들여 불난 집에 기름을 쳐?"

예기치도 못한 반응에 나우는 지레 의기소침해질까 무서워 그 자식을 다시 일으켜 세웠다. 그리고 무방비로 서 있는 그 자식 가슴팍에 주먹을 내질렀다.

"아악!"

순간 퍽 소리가 나는가 싶더니 그 자식이 땅에 처박히며 신음소리를 냈다. 길을 오가던 사람들이 웅성웅성 모여들기 시작했다. 하지만 눈에 보이는 게 없었다. 나우는 얼굴 몸 가리지 않고 발길질을 해 댔다.

"지원아⋯."

그 자식은 아픈 신음을 지르기는커녕 피가 흐르는 입으로 연신 지원의 이름만 불러 댔다. 차라리 덤벼들던지, 그만 하라고 빌기라도 했으면 그쯤에서 끝났을 텐데 그 미련한 자식은 오히려 죽여달라고 몸을 내맡기고 있는 듯했다.

뜯어말리는 사람이 없어 다행이다 싶은 마음으로, 썩은 장작대기처럼 너부러져 있는 그 자식을 나우는 도끼로 패듯 팼다.

사랑을 하면 닮아 가는지, 약속이라도 한 듯 두 화상은 미련 곰탱이가 되어 있었다. 그 모습에 더 화가 난 것일까. 발길질은 좀처럼 수그러들지 않았다.

"너처럼 지지리 못난 자식은 지원이 이름 부를 자격도 없어. 지 발로 찾아와 빌지도 못하는 덜떨어진 자식!"

"지원이 올 거야."

"아가리 안 닥쳐?"

"포기 안 할 거야."

그 자식이 너무 당한다 여겼을까. 여태 멀거니 지켜보고 있던 남자 하나가 어깨를 부둥켜안더니 그 자식에게서 멀리 떨어뜨려 놓았다.

"애인님한테 가야겠어."

씩씩거림이 이내 가라앉지 않아 헐떡대고 있으려니 땅에 너부러져 있던 그 자식이 엉금엉금 도로를 향해 기어가며 혼잣말처럼 주절댔다.

나우는 어깨를 붙들고 있던 남자의 손을 홱 뿌리치고 한걸음에 쫓아가 그 자식을 다시 패대기쳐 버렸다.

"까는 소리하고 자빠졌네. 넌 평생 지원이 못 봐! 아니 내가 안 보여 줄 거야."

하고 마지막으로 분풀이를 하려는데 이번엔 두 남자가 한꺼번에 몸을 부둥켜안고 놓아주지 않았다. 겨우겨우 울분을 삭이고 있자니 주의 사람들이 119를 불렀다. 그리고 얼마잖아 그 자식은 병원으로 실려 갔다.

아침, 병문안을 다녀온 나경은 방으로 들어서기 무섭게 한

바탕 난리를 피우더니 지원을 보고 오겠다고 가방을 챙겼다.

"지원이 얼굴만 보고 와, 암 말도 하지 말고 알았어?"

문을 나서는 나경 등에 대고 팩 소리를 질렀다.

"내가 너니? 뭘 잘했다고 큰소리야?"

"아줌마 어떠신지 궁금하니까 가자마자 전화부터 하고."

"어련히 알아서 할까. 니 걱정이나 하셔, 그걸 얼굴이라고 달고 다니냐? 세수부터 하시지요. 얼짱 이나우? 하이구 이 꼬라질 보고도 그 말이 나오려나."

"약속 지켜."

꼴도 보기 싫다는 듯이 한껏 이죽댄 나경은 대답도 없이 휑하니 집을 빠져나갔다.

S# 뒷동산(낮)

(지원 인적 하나 없는 동산 벤치에 앉아 저 먼 산을 멍하니 바라보고 있다. 컷 바뀌면 씩씩대고 계단 올라오던 나경, 지원 모습 보고는 길게 한숨 내쉬며 지원 옆에 와 앉는다. 그때까지도 지원, 아무런 낌새도 채지 못한다.)

나경: (큰소리) 이렇게 궁상떤다고 뭐가 달라지니?

지원: (놀라) 어떻게 알고?

나경: (흘기며) 빨리도 묻는다. (코트 걸쳐 주고) 아줌마가 너 데려 오래.

지원: (엉거주춤 일어나며) 춥지? 내려갈까?

나경: (따라 일어서며) 그럴까? (가방 들다가 지원 팔 잡아끌며) 아니, 얘기하긴 여기가 더 낫겠다.

(다시 벤치에 앉은 두 사람 주거니 받거니 한숨 내쉬며 말없이 산만 바라보고 있다.)

나경: (길게 한숨 쉬고) 꼴이 말이 아닌 사람 여럿이네.

지원: 심란하게 해 미안해.

나경: 내가 심란하다고 너만큼이야 하겠니.

지원: (힘없이 웃고) 미안하고 고맙다.

나경: 무슨 말이 그래? 거 되게 오묘하네.

지원: 나우 맘 아프게 했는데도 참고 봐 줘서.

나경: (갑자기 씨근덕대며) 알긴 아는구나, 말을 안 해 속도 없는 줄 알았지.

지원: (혼잣말) 속없이 살았으면 좋겠어.

나경: 시간이 다 해결해 줘, 조금만 참아봐. (안쓰럽게 지원 쳐다보다가 갑자기 뭔가 떠올랐다는 듯이 허겁지겁 가방 뒤져 은박지에 싸여진 뭔가를 꺼낸다.)

지원: (나경 하는 양 지켜보다가) 뭐 찾는데?

나경: (은박지 풀어내며) 응, 길 건너오다 포장마차 있길래 (순대 뒤적이며) 꿀찜하기도 해서. (젓가락 건네주고) 같이 먹자.

부제: 지독한 사랑 ☆ 409

지원: (젓가락 내려놓고) 됐어, 혼자 먹어.

나경: 굶는다고 해결날 일 아냐. 일단 먹고 보자구. (반강제적으로 젓가락 쥐어주고.)

지원: (순대 집어넣고) 우엑! (헛구역질하고는 소스라친다.)

나경: (하얗게 질린 얼굴로 지원 쳐다보다가 자기도 모르게 젓가락 떨어뜨린다.)

나경이 지원을 보러 내려갈 때만 해도 이 시나리오는 노트북에서 지워지는 줄로만 알았다. 지원이 집으로 내려가자마자 del 키를 눌러 버렸으면 하는 방향으로 흘러갔을까.

하지만 지금도 이렇게 컴퓨터 앞에 앉아 있다.

사랑은 신기루처럼 찾아와 먼 길을 헤매게 하지만 끝내는 떠나온 자리를 찾아내게 하는 나침반 같은 것일까. 그녀와 그 자식은 진저리가 쳐질 만큼 한 자리를 지키고 있었다.

둘의 사랑을 지켜보고 있자니 문득 정말 지원을 사랑을 한 것일까, 의심이 들기 시작했다. 지원을 사랑한다고 발악하면서도 막상 벽에 부딪치면 지원이 원하니 어쩔 수 없다는 얄팍한 핑계를 대고 마음 깊이 숨어 버렸다. 진종일 술을 마시거나 트랙을 돌다가도 다음날이면 어김없이 있어야 할 자리를 찾아갔다. 누구처럼 먹지도 못한 채 하늘바라기를 한 적도 없고, 10년 아성이 무너질 처지에 놓였는데도 누구처럼 순순히 고개를 끄덕이지는 못했을 터였다. 얄팍하게도, 치유 가능할 만큼만 아파했었다.

돌이켜보니 그 자식을 죽지 않을 만큼 때린 진짜 속마음은 지독한 사랑을 무서워하지 않는 그를 향한 질투심이었다.

어쨌든 이 신을 마지막으로 지리멸렬한 마음의 전쟁을 끝내려 한다. 나경과 성원 형은 지원의 임신 때문에 어쩔 수 없이 물러난다고 생각하는 모양이지만 그게 다는 아니었다. 둘 사이에 이나우라는 인간은 조연, 그것도 악역밖에 되지 않는다는 사실을 깨달았기 때문이다.

오늘로서 이나우는 악역을 멋지게 소화해 내고 퇴장할 테고 마지막 대미는 두 사람이 알아서 할 일이다. 이번에도 비겁하게 스리슬쩍 꼬리를 빼고 있었다. 멜로드라마가 해피엔딩으로 피날레를 장식하길 바라며.

Story 26
아침 인사

 코끝에 느껴지는 살 냄새에 현빈은 희미하게 웃다가 꿈이구나 싶어 금세 인상을 찌푸렸다. 그러면서도 눈은 뜨지 않았다. 꿈이 깨면 그녀도 함께 사라지고 말 테니까. 눈을 감고 얼마쯤 행복에 빠져 있었을까. 갑자기 노크 소리에 이어 문 열리는 소리가 들려왔다. 현빈은 머리끝까지 화가 치밀어 번쩍 눈을 치떴다.
 "뭐야?"
하고 소리를 지르려는 찰나 헛 게 보여 현빈은 크게 눈을 끔벅거려 보았다. 눈앞에 그녀가 있다니. 현빈은 그때까지도 믿어지지 않아 화들짝 몸을 일으키려다 아픈 신음을 흘리며 도로 고개를 젖히고 말았다. 너무 놀라 갈비뼈가 부러진 사실도 잊고 있었다.
 "조심하셔야죠."

"괜찮아?"

간호사와 그녀가 동시에 팔을 붙들고 물었다. 현빈은 멍하니 고개를 끄덕이다가 간호사에게 나가라고 손짓하고는 그녀를 빤히 쳐다보았다. 꿈이라면 깨지 말라고 속으로 애원하며.

희미하게 끼쳐오는 그녀의 숨결도 부족해 현빈은 그녀의 얼굴을 감싸쥐어 보았다. 그제야 현실을 받아들이고 한 손으로 그녀의 얼굴을 끌어안았다.

"내가 하늘나라로 찾으러가야지 이야기가 되는 건데."

현빈은 그녀 정수리에 입을 묻고 웅얼거렸다.

"현대판 선년 좀 주도적이어야 할 거 같아서."

그녀가 얼굴을 들고 뺨에 부비부비를 해 주며 씩 웃었다.

"근데 혼자 온 거야?"

"아니, 나경이 데려다줬어."

"나경 씨가? 그럼 나 다쳤다고 해서 온 거야? 아무 일도 없었더라면…."

문득 섭섭한 생각이 들어 두서 없이 지껄였더니 그녀가 입을 틀어막으며 고개를 내저었다.

"나 오빠 훔치러 왔어. 말못한 지원이 마지막 소원이 오빠였거든."

하고 입에서 손을 떼어 내고는 희미하게 웃었다.

"집에 허락은 받고 온 거야?"

웃고 있는데도 그녀 얼굴은 행복해 보이지 않았다. 문득 그녀 어머니의 얼굴이 휙, 스쳤다.

"나 쫓겨났어."

그녀는 장난처럼 픽 웃고는 다시 목을 끌어당겼다. 보지 않아도 알만 했다. 소식을 전해 들은 그녀는 당연히 헐레벌떡 나경을 따라나섰을 테고 그녀 어머니는 자식 키워나 봤자 다 소용없다며 서운해했을 것이다.

상황이 바란 대로 풀리지 않아 마음이 무거운데도 몸은 말끔히 나은 듯 가볍기만 했다. 지금 기분으로는 당장에 마라톤을 하라고 해도 하겠다, 싶었다.

"어머니한테 죄송해서 어쩌지? 할아버지 찾아갔다는 소리 이나우한테 들었어. 많이 속상해 하셨지?"

그녀가 대꾸할 말이 변변치 않은지 목을 꽉 끌어안고 등을 토닥여 주었다.

"이렇게 애인님까지 와 버렸으니 이걸 어쩐다?"

"천천히 생각하고 지금은 푹 쉬어."

그녀가 온 뒤로는 아침이 두렵지 않았다. 하지만 비몽사몽 옆자리를 더듬는 습관은 여태 버리지 못했다. 그녀가 부비부비를 해 주면 그제야 안도하고 눈을 떴다. 그리고 그녀와 나란히, 아니 셋이 (생각지도 못했던 소중한 선물이 너무 벅차 한동안 입을 다물지 못했다.) 지는 겨울을 아쉬워하며 오솔길을 걸어나와 그녀의 배웅을 받을 때면, 이렇게 행복해도 되는 걸까 문득 두렵기도 했다. 마지막 바람 한 가지만 이루어진다면….

"오늘은 늦지 말구 빨랑 와, 꼬옥."

그녀는 오솔길이 끝나는 벤치 앞에서 입을 맞춰주며 투정부리듯 아침 인사를 건넸다.

"봐서."

건성으로 그녀 입에 입을 맞추고 현빈은 공항으로 향했다. 그녀의 가식적인 웃음이 아니라 진짜 웃음을 보고 싶어, 2주째 날마다 비행기를 타고 그녀 집으로 내려갔다가 오후 참에나 호텔로 돌아왔다. 까닭에 미뤄두었던 일을 끝내면 어느새 자정이 가까워지고 있었다. 그녀는 당연히 알지 못하니 이따금 투정 섞인 애교를 부리곤 했다.

"어머니 저 왔습니다."

하고 그녀 집 뒷마당에 무릎을 꿇고 앉아 방안에서 기척이 나기를 기다리는 것으로 일과가 시작된다. 처음 며칠은 기척은커녕 숨소리조차 들려오지 않았다. 그렇게 며칠이 또 지나자 그때서야 그녀 아버지가 떨떠름한 얼굴로 고개를 내밀었다. 그렇게 2, 3일 더 버텼을까. 질렸다는 듯이 고개를 내저은 아버지가 가게에 들어갔다 나오더니 그녀 어머니 몰래 상을 놓고 앞자리에 앉았다.

"지원인 잘 있나?"

오늘도 어김없이 그녀 아버지는 몰래 상을 차려와 마주보고 앉아 수저를 건네줬다. 말벗 생겨 심심지 않다고 은근히 기다리시는 눈치였다.

"예, 별 일 없습니다."

"편히 앉게, 잠깐이라도 발을 펴야 버티지, 내가 감시하고 있음세."

"괜찮습니다, 이러는 게 더 편해서….'

그녀 아버지가 내미는 뜨거운 국물을 후루룩 한 모금 둘러 마시고 현빈은 싱겁게 웃었다.

"어차피 늦게까지 버티는 사람이 이기게 돼 있어, 저 사람 슬슬 지쳐 가는 거 같으니 힘내라구. 자기가 무슨 용갈이 통뼈도 아니구 곧 있으면 손들게 돼 있어."

"말씀만이라도 기운이 나네요."

"어서 후딱 뜨고 물려. 잘 하다가도 한 번 찍히면 도로아미 타불이야."

"아저씨, 이러심 곤란하죠."

서둘러 수저질을 하고 있는데 삐거덕 중문이 열리는 소리가 들려왔다. 현빈은 기겁한 얼굴로 수저를 던지고 누구인지 확인도 못하고 홱 등을 돌리고 앉았다.

"나우 네가 웬일이냐? 혼자 온 게야? 나경이도 데려오지 않구."

나우의 이름을 듣고서야 현빈은 가슴을 쓸어 내리고 비스듬히 등을 돌렸다. 몇 발짝 떨어진 곳에서 나우는 주먹 쥔 손으로 입을 틀어막고 웃음을 참고 있었다. 그렇게 나우까지 합세한 오후의 만찬은 오래 이어졌다.

"하하! 보기보다 되게 순진하네?"

밥상을 물리고 아예 마당에 뻗어버리고 앉은 나우는 한참 동안 혼자 실실거리더니 발이 저려 코에 침을 바르는 모습을 보고는 큰소리로 하하, 웃었다.

"최 사장, 아니 뭐라고 불러야 하나… 에라 기분이다, 매형."

민망하기도 하고 멋쩍어 얼른 시선을 외면하고 있자니 나우가 바짝 다가왔다. 그리고 예기치도 못했던 말을 던졌다. 매형? 현빈은 그 짧은 한마디가 너무 반가워 발이 저린 것도 잊고 따라 웃었다.

"범생이가 다 성공하는 줄 알지만 천만에."

눈 깜짝할 새에 어디론가 사라졌다가 돌아온 나우가 뭔가를 불쑥 눈앞으로 들이밀었다. 너무 바짝 디밀어 뭔가 싶었는데 찬찬히 들여다보니 쓰다 만 두루마기 화장지였다. 이걸 어쩌라고? 하는 눈으로 바라보고 있자,

"무릎 밑에 끼워요." 하고는 얼른 방을 힐끔거렸다.

"나우 뭐하니? 안 들어오고."

그때 노기 쩡쩡한 그녀 어머니 목소리가 새어나왔다. 현빈은 화들짝 화장지를 끼워 넣고는 나우에게 빨리 들어가 보라는 손짓을 했다.

"오늘은 카메오로 출현하게 생겼군. 에고 내 처량한 신세."

영문 모를 소리를 툭 내뱉은 나우가 바닥에 무릎을 박으며 혼잣말을 주절대더니 갑자기 목청껏 노래를 부르기 시작했다.

"어머니 은혜는 하늘같아서…."

"현빈 씨, 요즘 바지가 왜 모양이지? 꼭 흙장난하고 들어오는 개구쟁이 바지 같잖아."

지원은 고개를 갸웃거리며 혼잣말처럼 중얼거렸다. 함께 식사를 하고 세탁을 보낼 옷을 가리고 있는데 뭔가가 이상했다. 깨끗한 양복 윗도리에 비해 바지는 엉망진창이었다. 무릎 안쪽으로 꼬깃꼬깃 잡힌 주름은 차지하고라도 잔뜩 들러붙은 흙먼지가 아무래도 의심쩍었다.

"으응, 요즘 별관 3층 공사 마무리 중이어서 거기 현장에 가 있느라고."

그가 가볍게 헛기침을 하며 우물우물 말했다. 왠지 당황한 기색이었다. 지원은 잠시 뚫어지게 쳐다보았다. 한데 그는 빠져들 듯 TV를 바라보며 과일을 씹느라 정신이 없었다. 지원은 나직이 한숨을 내쉬며 앓은 소리를 늘어놓았다.

"실은 2층 공사 미처 다 끝내지 못했는데… 오빠, 의사도 무리하지만 않는다면 일 해도 된다는데 나 일 다시 하면 안 될까?"

"자신 있어? 그렇게 하고 싶으면 최대한 몸 사리면서 해 봐, 어차피 우리 피로연도 거기에 해야 하니까."

"진짜죠? 두 말하기 없기야."

기쁜 마음에 지원은 옷가지를 팽개쳐 버리고는 와락 그의 목을 끌어안으며 매달렸다. 그러다가 휴우, 가늘게 한숨을 내쉬었다.

그의 입에서 흘러나온 피로연이란 소리에 바람 빠진 풍선처럼 힘이 빠졌다. 그는 뭘 믿고 자신하는 걸까. 조금만 기다리면 반가운 소식 있을 거라는 오빠 말에 지금껏 말없이 지켜보았지만 반가운 전화는 한 번도 없었다. 안달이 나 먼저 전화를 하면 오빠는 그저 기다리라고 하며 몸은 어때, 하며 화제를 바꿔 버렸다.

더구나 그는 무슨 작정인지 걱정도 하지 않는 눈치였다. 이제나저제나 기다렸지만 엄마에겐 전화도 없었다.

"이 에미 볼 생각도 말어."

문을 나서는 등에 꽂혔던 엄마의 말이 여태 생생했다.

엄마는 마음을 풀면 그지없이 행복할 텐데. 그에게 들킬세라 지원은 얼른 눈물을 훔쳤다.

"잠깐 산책이나 할까?"

울적한 마음을 들켜버린 걸까. TV를 끈 그가 손목을 잡아끌었다. 지원은 말없이 따라나섰다.

"잠깐만…."

뒤란 벤치에 앉아 있으라고 한 그는 몇 발짝 떨어진 나무숲으로 걸어 들어가더니 금세 뭔가를 들고 다시 나타났다. 주위가 어두워 잘 분간이 되지 않았지만 큼직한 가방 같기도 했다.

그는 손에 든 무언가를 흔들며 휘적휘적 다가왔다.

"이게 뭐야?"

그의 손에 들린 건 커다란 케이스였다. 언뜻 보아하니 악기 케이스 같기도 했다. 지원은 궁금증을 이기지 못하고, 그가 케이스를 열기도 전에 묻고 말았다.

"짠―."

그는 마술쇼라도 하듯 과장된 몸짓으로 케이스를 열고는 색소폰을 꺼내 들었다. 언젠가 그의 방에서 본 적 있는 색소폰이었다. 그런데 왜 이걸 여기 두었을까? 지원은 다그치듯 물었다.

"왜 이게 여기 있어?"

"그거야 내 맘이지?"

잔뜩 거드름을 피운 그는 색소폰을 입에 가져다 대었다. 정말이지 신기하게도, 색소폰은 마술을 부리기 시작했다. 바로 옆에 오디오라도 틀어놓은 것 아닌가 싶게 감미로운 선율이 바람결에 실려 왔다.

지원은 슬며시 눈을 감고 색소폰 선율에 빠져들었다.

My lady. 아름다운 그대, 그대 꿈길로 날 초대하면….

취한 듯 지원은 멜로디에 맞춰 노랫말을 흥얼거렸다.

"듣기 괴로웠지?"

한참 색소폰 선율에 빠져 있는데 갑자기 소리가 뚝 끊겨 눈을 떴더니 그가 어설프게 웃으며 옆에 와 앉았다.

"천만에, 이거 봐, 아직도 가슴이 벌렁대. 너무 행복해서."

그의 손을 끌어 가슴 위에 얹어주자 그는 말없이 얼굴을 바라보고 있다가 손을 감싸쥐고는 작게 소곤댔다.

"내 아침 돼 줘서 고마워. 어머니 허락 떨어지면 정식으로 프러포즈하려고 했는데…."

"지금두 행복해."

그의 어깨에 얼굴을 묻은 채 지원은 우물거렸다. 나두 꼬불쳐 둔 선물 있는데….

아침, 술렁이는 마음을 알아차린 듯 가랑비가 땅을 적셨다. 일요일인데도 그는 바쁜 일이 있다며 출근을 했다. 사락사락 나뭇잎 떠는 소리가 창틈을 비집고 들어왔다. 까닭 없이 다시 우울해졌다. 청소 좀 할게요, 하고 들어온 하우스키퍼가 아니었으면 눈물을 떨어뜨렸을지도 모를 일이었다.

늦은 아침을 뜨고 거실에 오도카니 앉아 무심결에 전화기에 눈을 맞추고 있는데 갑자기 전화벨이 울려 소스라치게 놀랐다.

"네에. … 오빠?"

예기치도 못했던 오빠였다. 다짜고짜 집으로 내려와 독불장군 니 낭군 모셔가라고 투덜댔다. 조금 상기된 목소리였다.

"무슨 일이야? 그이가 왜 거기 있는데?"

"내려와 보면 알아. 최 사장 더는 못 말리겠다. 창창한 울 엄마 학 때고 고개만 젓고 있어. 그만 하라고 엄마 두 손 들었는데도 며칠 더 하겠대. 그래야 마음이 편하겠다나 뭐라나. 이젠 니가 알아서 해."

"그게 무슨 말이야?"

"와 보면 안대두."

두서없이 흘러드는 소리를 얼마쯤 듣고 있다가 지원은 실내복 차림 그대로 손지갑만 낚아채 공항으로 내달렸다. 택시에 앉아 가만 헤아려보니 대충 짐작이 가고도 남았다.

아니나 다를까, 마당에 들어서자 그가 무릎을 꿇은 채 고개를 숙이고 있었다. 흥건히 젖은 차가운 바닥도 마다하지 않고, 마치 중죄를 지은 양 고스란히 비를 맞으며 버티고 있었다.

바지가 더럽혀진 이유는 바로 이 때문이었다. 문득 가슴에 가누기 힘든 통증이 밀려들었다. 지원은 발길을 멈추고 손으로 입을 틀어막았다. 그렁그렁 차오른 눈에 그의 모습이 어른거렸다.

말없이 홀로 감내하려 작정한 그가 우뚝 솟은 낙락장송처럼 고고하기까지 했다. 자존심까지 내팽개쳐 버린 남자가 처연해야 마땅할 텐데 숭고해 보였다.

뚝뚝 방울져 흐르는 눈물도 아랑곳없이 그의 앞으로 다가와 지원은 가만히 그의 얼굴을 품으로 끌어안았다.

"사랑해…."

작가 후기

더디게 열리는 창 너머를 바라보고 있다가 컴퓨터를 켭니다. 그리고 얼마잖아 창 가득 아침 햇살이 밀려옵니다. 눈이 부셔, 블라인드를 내려야 하지 않을까 할 만큼 따가운 여름 햇살이 아닌 게 행복하기까지 합니다.

얼마쯤 컴퓨터 앞을 멍하게 지키고 있으려니, 허기가 느껴집니다. 정말이지 터무니없습니다.

습관처럼 냉장고 문을 열었다가 선뜻 손 가는 게 없어 한편에 추려 놓은 레시피북을 들춰봅니다.

숱한 요리들이 눈을 스쳐 가지만 고심 끝에 낙찰을 본 건, 허망하게도 김치찌개입니다. 어쨌든 준비해 둔 돼지고기가 없어 참치를 넣고 김장김치 송송 썰어 찌개를 끓입니다.

뭉글뭉글 피어오르는 냄비를 보고 있자니 이런 생각이 듭니다. 과연 김치로 몇 가지 요리를 만들어 낼 수 있을까. 그럼 난, 내가 가진 이야기로 몇 가지 러브 레시피를 만들 수 있을까 하는 데까지 생각이 미칩니다.

손쉽게 요리할 수 있는 김치나 계란을 재료로 나만의 특별한 음식을 만들어 보고픈 마음으로 멜로드라마를 써 내려갔습니다.

제목부터가 그러하듯, 멜로드라마는 아주 통속적입니다. 이끌림, 집착, 열정, 욕심, 미련한 기다림, 예정된 운명 따위의 양념으로 특유의 맛을 내보려고 애는 썼는데, 맛의 달인이 될 수 없는 게 아쉬움으로 남습니다.

여명의 미혹을 아침 햇살이 쓸어가 주었으면 합니다.

짧게나마 그동안 수고해 주신 이가서 여러분께 고마움을 전합니다.

2005년 겨울 은나루